手机媒体

新媒体中的新革命

匡文波 著

华夏出版社
HUAXIA PUBLISHING HOUSE

图书在版编目(CIP)数据

手机媒体:新媒体中的新革命/匡文波著;谢新洲主编.
-北京:华夏出版社,2010.5
ISBN 978 - 7 - 5080 - 5745 - 3

Ⅰ.①手… Ⅱ.①匡… ②谢… Ⅲ.①移动电话机 - 传播媒介 - 研究
Ⅳ.①G206.2 ②TN929.53

中国版本图书馆 CIP 数据核字(2010)第 078235 号

出版发行:华夏出版社
　　　　　(北京市东直门外香河园北里 4 号　邮编:100028)
经　　销:新华书店
印　　刷:北京市世界知识印刷厂
装　　订:三河市万龙印装有限公司
版　　次:2010 年 5 月北京第 1 版
　　　　　2010 年 9 月北京第 1 次印刷
开　　本:670×970　1/16 开
印　　张:23
字　　数:357 千字
定　　价:49.80 元

本版图书凡印刷、装订错误,可及时向我社发行部调换

编委会名单

前　言

10年,可以是一个很短的概念,按照佛家"五百年一变,一千年一化"的时空观,10年短到不会有任何"变化";10年,也可以是一个很长的概念,可以建成一个罗马城,也足以感叹"十年生死两茫茫"。就是在离我们最近的这10多年里,由信息技术带动的媒体革命,使人们相互之间的沟通方式、资讯获取手段、信息传播渠道发生了翻天覆地的变化。

回顾媒体发展的历史,可以深刻见证近10年来媒体发展的奇迹:从4万多年前人类开始使用语言到6000年前人类出现文字,经历了约4万年;从文字的出现到造纸术的发明,经历了6000多年;从纸的出现到活字印刷术的出现,经历了1000多年;从印刷术的出现到公元17世纪初世界上第一份印刷报纸的诞生,经历了600年;从报纸的出现到1906年无线电广播的发明,经历了300年;从无线电广播的出现到二十世纪中叶电视机进入寻常百姓家,经历了40年;从电视的出现到1969年互联网的诞生,经历了约20年;从互联网的出现到1985年移动电话的诞生,经历了15年;从移动电话的出现到互联网与手机应用的广泛普及,用了10多年;从本世纪初web2.0理念与技术的提出,到今天各种眼花瞭乱的媒体的出现,只用了不到10年。在这10年里,出现了电子杂志、电子书、网络视频、博客、群组、网络社区等互联网媒体,出现了手机电视、数字电视、车载电视等数字广播,出现了手机短信、手机WAP网络等无线网络媒体,也出现了IPTV这样的跨网络媒体。这10年来出现的媒体形式远远超过过去几万年的总和。由此可以看到,媒体的发展趋势呈指数形式,媒体变革的周期越来越短,而出现的媒体形式越来越多。

面对当前所出现的斑驳陆离的新的媒体形式,我们无法用一个统一的概念来描述它们,只能统称它们为"新媒体"。严格意义上说,"新媒体"这个定义很不精确,难以表达这些媒体的特征,因为每一种媒体曾经都是新媒体,"新媒体"永远是一个相对的概念。即便如此,我们仍尝试想对这些新媒体进行解读。作为一个发展中的概念与领域,新媒体是计算机技术、通信技术相结合后的产物,是基于计算机技术、通信技术、数字广播技术等,通过互联网、无线通信网、数字广播电视网和卫星等渠道,以计算机、电视、手机、PDA、MP4 等设备为终端的媒体形式。它实现了内容的数字化,传播的网络化,服务的个性化和个人化。目前新媒体可以分为两大类别,即以互联网和手机为代表的新媒体,以及传统媒体应用数字技术进行手抓改造而形成的新媒体,如数字电视、电子报纸等。

较之于传统媒体,新媒体从以前简单的信息发布发展为集信息发布、信息交互、信息利用和信息交易于一体的信息服务平台。新媒体不仅仅是一种媒体,它已经大大超越了传统媒体的含义。互动性和个性化是新媒体最显著的特点,传播者与接受者的关系走向平等,接受者不再是被动的信息接受者,而可以主动参与发布信息并影响信息传播效果;新媒体可以面向更加细分的接收者提供更具针对性和差异化的个性化服务。

新媒体的出现不仅改变了人类几千年来的传播活动面貌,也改变了传统的商业模式,甚至深刻影响了整个人类社会的秩序结构、文化观念以及生活方式。

首先,新媒体作为一种多元化的信息传播渠道,极大地推动了信息传播的革命。裹挟着最新的科技手段,新媒体不受时间的限制,突破空间的樊篱,融合报纸、广播、电视等传统媒体的优点于一身,形成了广域覆盖、无处不在、互动多态的信息传播局面,延伸了人们的视觉、听觉、触觉。更为重要的是,新媒体之新,不仅仅在于其新的媒体形式,更在于这种新形式下所带来的前所未有的媒体参与度、关注度和影响力。在这种环境下,传播的理念不再强调媒介本身,而更强调媒介所负载的内容和传播的效果,因为"没有做不到,只有想不到"是新媒体传播影响力的写照。

其次,新媒体缔造了新的商业革命。人们都说网络革命推动了商业革命,其实这个命题并不完全成立。网络革命的最终成功,实际上取决于新媒体的成功,因此新媒体才是商业革命的最终推力。这从某种角度上解释了本世纪初,通讯技术已经推动了全球网络化,但那时网络经济却经历了大发展又大凋敝的原因——因为那时没有足够能力和数量的新媒体介入,从而导致网络发展缺乏赖以生存的信息内容支撑。网络通讯商修建了信息高速公路,而在这条高速公路上川流不息的是那些能够提供新闻和综合信息的媒体,尤其是跨国媒体,如新浪(Sina)、雅虎(Yahoo)等。因此,新媒体不仅带来了服务和技术的融合,意义更加深远的是,它也带来了媒体和通信两种产业的融合,开辟了新的产业链和增值空间。

最后,新媒体正逐渐渗透到社会生活的各个方面,推动着整个社会结构和人们生活方式的变迁。新媒体的兴起,使人们之间的关系突破血缘、地域、工作学习等因素,更可能因为兴趣和价值观的认同而以“群”的形式集结,从而在某种程度上改变了人们固有的关系形式、行为习惯、学习和生活方式。同时,新媒体的开放性和隐蔽性,使媒体话语权分散化,传统传媒的垄断性被打破,虚拟世界“话语权”和“干预力”不断增强,政府与媒体由单一的线性关系转变为双向的互动关系,对政府的执政方式和执政能力也提出了更新的要求。

由新媒体所引发的社会变革正在如火如荼地进行着,现在只是起点,未来充满可能。对这些代表着一个新的时代兴起的传播形式进行研究具有重要的意义,同时新媒体的传播机理、开发与利用模式、未来的发展趋势以及可能引发的各种社会问题都值得深入研究。出现这种情况的原因,首先是新媒体技术的发展太快,导致“知与行不一”——理论研究的深度一直跟不上新技术开发的速度;其次,是由于我们未能从扑朔迷离的现象中挖掘本质,未能站在一定高度去系统思考、把握规律性的东西,人海算沙,只窥其粒,未见全貌。基于此,为了使人们更加系统、深入地认识新媒体,了解新媒体所推动的这个时代的本质特点,我们特编写了这套丛书。当然,由于新媒体的研究相当不成熟,我们编写这套丛书,并不是表明我们已经有了完全成熟的想法,而是为了总结已有的认识,与读者共勉和交流,共同推动这个研究领域的发展。我们真诚地期待着大家的批评意见,通过大家的集思广益,将新媒体的研究不断深化。

目　录

序　言

虽然发明手机的主要目的是用来进行语音通话,但是手机与互联网的结合已经使其成为一个重要的大众传播媒体。手机,已经历了 3 代的发展,目前全球共有 46 亿人使用手机。人们通过手机不仅可以通话,还可以上网阅读新闻、收发 E‑mail、游戏娱乐、订购商品与服务等等。可以说,手机已经成为迷你型电脑,已经成为新媒体中的新媒体,成为网络媒体的延伸与组成要素。

手机媒体正在从人际传播向大众传播发展,作为网络媒体的延伸,除了具备网络传播的各种优势外,还具有携带方便的特点,是能随时随地使用的新媒体。在中国,许多人误以为手机短信(SMS)就是手机媒体,并称手机短信为"第五媒体"。其实,手机短信在中国超乎寻常的发展只是由于垄断型移动通信体制下扭曲的收费方式造成的,手机短信的信息承载量十分有限,不代表手机媒体的未来。

手机媒体借助手机进行信息传播,而且是网络媒体的延伸。如果说过去的十多年中,互联网改变了人类社会,那么今后 10 年,手机也会改变人们的生活及媒体产业。随着科技的创新,3G 等新的技术得到了广泛应用,手机的通信功能将渐渐被淡化,新闻传播、娱乐游戏、移动虚拟社区、信息服务等附加功能将不断增加,继手机上网、手机游戏之后,手机小说、手机报纸、手机电视、手机电影等新业务都已经出现。通过手机收看电视、阅读报纸、浏览小说……手机像一张大网,正在整合众媒体,成为媒介融合的新舞台。

不过,尽管手机媒体已日益重要,国内外从事手机媒体的研究者与研究成果却屈指可数，与手机媒体巨大的用户群、无穷的发展潜力形成了鲜明的反差。但愿本书的出版能够为中国手机媒体产业的发展、理论研究、人才培养、管理对策提供有益的启示。本书亦是教育部"新世纪优秀人才支持计划资助"的研究成果之一。

匡文波

中国人民大学新闻学院教授、博士生导师

中国人民大学新闻与社会发展研究中心研究员

全国新闻自考委员会秘书长

2009 年 3 月

第1章　手机媒体概说

第1节　手机的诞生与发展

回顾人类传播史,我们不难发现,信息技术的发展起着历史性的杠杆作用。信息技术的每次创新,都带来了信息传播的大革命,每一次革命都给人类的政治、经济、文化和社会生活带来不可估量的影响,从而推动了人类的文明不断向更高层次迈进。信息技术强而有力地改变着人类生产与生活的面貌,信息技术集中反映的标志就是信息传播方式的变革。人类的信息传播史可以视为信息技术的进步史。印刷术、无线电技术、电视技术、计算机网络技术造就了报刊、广播、电视、网络四大媒体;今天,无线通信技术与计算机技术、信息网络技术的结合正在催生一种新型的大众化、革命性媒体——手机媒体。

手机,原本只是一种人们在移动中进行人际传播的通信工具,又称为行动电话、移动电话。在美国英语中,拼写为 Cell Phone;在英国英语中则表述为 Mobile Phone;在新加坡等国英语中被称为 Hand Phone。目前手机已经历了 3 代的发展,进入了 3G 时代。

3G 即第三代移动通信系统(Third Generation)。国际电联规定:第三代移动通信系统要能兼容第二代移动通信系统,同时要提高系统容量,提供对多媒体服务的支持以及高速数据传输服务。其数据传输速率在高速移动环境中支持144kbps,步行慢速移动环境中支持384kbps,静止状态下支持2Mbps。与前两代系统相比,第三代移动通信系统的主要特征是可提供丰富多彩的移动多媒体业务。

目前国际电联接受的 3G 标准主要有以下三种:WCDMA、CD-MA2000、TD – SCDMA。WCDMA 全称为 Wideband CDMA(宽带分码多工存取),它是基于 GSM 网发展出来的 3G 技术规范,是欧洲提出的宽带

CDMA 技术。CDMA2000 是由 IS－95 技术发展而来的宽带 CDMA 技术,由美国主推。TD－SCDMA 全称为 Time Division－Synchronous CDMA(时分同步码分多址接入),是由中国提出的 3G 标准。

2009 年 1 月 7 日,工业和信息化部为中国移动、中国电信和中国联通发放 3 张第三代移动通信(3G)牌照。中国正式步入 3G 时代,将对新闻媒体行业的发展带来革命性的影响。

1981 年,全球首个移动通信网络 Nordic Mobile Telephony(北欧移动通信,以下简称"NMT")相继在沙特阿拉伯、瑞典和挪威开通。中国首位手机用户产生在 1987 年,用户是广州人徐峰。

从发明电话至 2001 年,固定电话花了 125 年的时间用户才突破 10 亿,而移动电话只花了 21 年就在 2002 年底达到了同一水平。全球移动用户从 10 亿到 20 亿只用了 3 年时间。互联网和移动网络通信已经成为 55 岁以下人群娱乐休闲的首选媒体,超过了电视、电台、报纸、杂志和电影院。

国际电信联盟(ITU)2009 年 3 月 2 日发表的一份报告显示,截至 2008 年底,全球的手机用户多达 41 亿,相比之下,固定电话线用户只有 13 亿,其中 2/3 是在发展中国家。2010 年 2 月 17 日,该机构统计数据显示,截至 2009 年底,全球手机用户已达 46 亿。

全球手机普及率排在前 10 名的国家分别是瑞典、韩国、丹麦、荷兰、冰岛、挪威、卢森堡、瑞士、芬兰和英国。①

据电信运营商协会(TCA)统计,截止到 2009 年 12 月底,日本手机用户达到 1.1062 亿户,NTT DoCoMo 用户数稳居第一。

在欧美国家,手机用户的一个特点是智能手机用户数超传统手机。

美国市场研究公司尼尔森 2010 年 3 月 27 日发布的报告显示,2009 年第四季度,美国手机用户中有 21% 为智能手机用户,预计到 2011 年底,智能手机用户有望超过传统手机。

法国电信管理局 2010 年 2 月 4 日公布的数据显示,截至 2009 年 12 月底,法国手机用户数量达 6150 万,占全国总人口的 95.8%,全年增幅达 6%。法国是目前手机入网率未达 100% 的少数欧洲国家之一。美国加

---

① 新加坡早报网,2009 年 3 月 3 日。

特纳公司的数据显示,西欧国家手机入网率高达 127.6%。

市场研究公司 comScore 2010 年 4 月 1 日发布的研究结果称,欧洲五国(英国、法国、德国、西班牙和意大利)智能手机用户去年增加了 32%,达 5160 万。2009 年在上述欧洲五国中,英国智能手机用户增幅最大,达 70%,总数达 1110 万;法国智能手机用户增幅位居第二,达 48%,总数达 710 万;意大利的智能手机用户最多为 1500 万,但其智能手机用户增幅最,低仅 11%;德国智能手机用户增加了 34%,达 840 万;西班牙智能手机用户增加了 27%,达 990 万。

伴随着中国经济的高速增长,包括移动通信、计算机等在内的中国 IT 行业与技术超常规发展,中国手机用户数也呈指数增长。

中国手机用户持续快速增长,是全球手机用户最多的国家。根据中国工信部发布的 2010 年 1 月通信业运行状况和主要指标完成情况显示,中国大陆手机用户达 7.566 亿户。[①]

目前,香港地区是世界上移动电话普及率最高的地区之一,当地的手机普及率已经达到152%,远远超过美国、英国和日本。据中新社 2008 年 2 月 3 日报道,2007 年台湾地区 3G 手机普及率为 16.5%,台湾地区整体手机普及率为 69.6%。[②]

第 2 节　手机由人际沟通工具向大众媒体的跨越

虽然发明手机的主要目的是用来进行语音通话,但是手机与互联网的结合已经使其成为一个重要的大众传播媒体。人们通过手机不仅可以通话,还可以上网、阅读新闻、收发 E - mail、游戏娱乐、订购商品与服务等等。手机已不仅仅是现代通信业的代表,越来越成为通信与计算机技术相融合的产物,而且手机已经成为网络媒体的延伸与组成要素。

目前,手机正在实现由人际沟通工具向大众媒体的跨越。跨越的标志是手机上网的普及。但是手机要真正完成由人际沟通工具向大众传播媒体的跨越,还依赖于 3G 技术的普及,以及建立在 3G 技术之上的手机

---

① 工信部发布的 2010 年 1 月通信业运行状况,见工信部网站:http://www.miit.gov.cn.
② 台湾 3G 手机普及率增长迅速,[OL] http://news.xinhuanet.com/newscenter/2008 - 02/03/content_7560285.html. 2008 - 02 - 03.

报、电视和广告的发展。

2005 年，日本利用手机上网的互联网用户数量已经超过了使用计算机上网的用户。当年，日本有 6920 万人使用手机上网，而使用 PC 上网的用户数量是 6600 万，都超过了日本人口的 50%。在这两类用户中，有 4860 万人同时使用手机和 PC 上网，占总网民的 50% 以上。

据 CNNIC 2010 年 1 月发布的统计报告，截至 2009 年 12 月 31 日，中国网民规模达到 3.84 亿人，普及率达到 28.9%。手机网民规模 2.33 亿，占网民总数的 60.8%，移动网络、手机终端在中国互联网发展中起着越来越重要的作用。

随着 3G 正式发牌和普及，手机上网将会有更快速的发展。

随着 3G 时代的到来，手机正加速从人际传播走向大众传播。手机媒体作为网络媒体的延伸，除了具有网络传播的各种优势外，还具有高度的便携性、私隐性、贴身性。

在中国，方便、低资费的短信已经成为许多手机用户常用的沟通方式。而多媒体短信（MMS）具有丰富的内容、直观的视觉效果，突破了文本的限制。彩色图片、声音、动画等多媒体的应用，使手机短信进入一个多彩的世界。不过，在此要特别强调，手机短信并非"第五媒体"的全部，手机短信只是手机媒体在现阶段的一种初级存在形式，并不代表未来的方向。中国手机短信发达是特殊的电信收费体制造成的。在日本、美国等发达国家，极少有人发短信。

手机媒体的魅力在于它高度的便携性、互动性，及其带来的增值服务。一方面，手机媒体能够给受众提供新闻信息，用户可以按需获取信息；另一方面，手机媒体具有的互动性也是其突出的特点。从未来发展看，手机媒体的发展趋势之一是大众化，手机媒体由少数社会精英的"专利"发展为大众化的媒体；二是手机媒体将实现 3G 化、多媒体化、娱乐化等。

一　手机在中国由人际沟通工具向大众媒体跨越的尝试

随着手机技术的不断发展，在手机制造、通信、收发短信产品形式的基础上，衍生出了手机游戏、手机上网、手机电视等多种产品形式，一个围绕手机不断成长壮大的经济产业链正在形成。手机将服务功能、新闻功能、娱乐功能、经济功能集于一身，形成了一个新的大众化媒体。

手机媒体独有的互动性，还开拓了新闻报道的信息源。新华网发出的第一条有关中石油吉林石化爆炸的图片新闻，不是来自摄影记者，而是来自当地居民用手机拍摄后传输来的。

手机媒体的特点在于个性化、互动性、即时性，因此手机媒体成功与否的关键在于内容。手机体积小，受众又多在移动中使用，因此，手机媒体的内容必须短小精悍，有冲击力。目前已经在上海投入试商用的手机电视，30 秒钟播放 4 条新闻。

手机的通信功能正在被淡化，新闻传播、游戏娱乐、移动虚拟社区、信息服务等附加功能不断增加。手机媒体的应用正不断向其他传统媒体延伸。

手机媒体打破了地域、时间和电脑终端设备的限制，可以随时随地接收文字、图片、声音等各类信息，实现了用户与信息的同步。尽管手机短信只是手机媒体目前的一种初级存在形式，却创造了巨大的市场。

近 7 亿人的手机用户规模使中国短信增值服务形成一个巨大的市场。从基本的每条一角钱的收入，到笑话、新闻、铃声、图片等增值业务收入，短信已经形成了一个大市场。不仅是移动通信运营商，就是固定通信运营商、增值电信运营商和门户网站等也在从这个大市场中不同程度地获利。目前，中国的手机媒体基本上是建立在短信/彩信技术之上的。

方便、低资费的短信已经成为许多手机用户常用的沟通方式。在节假日，短信成为人们表达祝福的新方式，在春节、五一、国庆等节日中，短信量都呈爆发性的增长。

短信不仅给中国的运营商带来了丰厚的利润，而且还救活了岌岌可危的互联网产业。靠着与运营商合作经营短信业务，大批网站走向了赢利。对于新浪、搜狐、网易这三大门户网站来说，短信业务的收入占总收入的比例曾经在 30% 以上。中国移动的手机用户现在可以通过新浪、搜狐、网易等门户网站享受订阅服务，例如每天订阅 15 条重大新闻，也可以从网上下载名人照片或卡通图像。

多媒体短信（MMS，即彩信）突破了以往的文本限制，彩色图片、声音、动画等多媒体的应用，使手机短信具有更丰富的内容、更直观的视觉效果。中国移动 2002 年推出了以图像、声音、文本的多媒体为特征的彩信业务。众多网站的加盟，也使得彩信业务迅速普及。

在手机彩信的基础上，人们开始尝试进行大众传播活动，如彩信报纸、手机短信出版。

2004 年 2 月 24 日,人民网推出国内首家以手机为终端的"两会"无线新闻网,首次实现借助手机报道国家重大政治活动新闻的历史性突破。

2004 年 7 月 18 日,《中国妇女报》推出全国第一家"手机报"——《中国妇女报·彩信版》,掀开了手机与报纸联姻的序幕。

中国首部手机短信连载小说名为《城外》,作者笔名千夫长。这篇一共 4,200 字的小说,将被分割为 60 章节,每篇 70 个字,分次发送给手机订户。2004 年 8 月,《城外》的版权被电信运营商华友世纪通讯公司以 18 万元人民币的价格买断。千夫长介绍说,《城外》的主题是婚外恋,《城外》的取名源自钱钟书名著《围城》,探讨的话题是婚外恋,写的是"城外的风景,两个人的故事"。除了通过短信阅读之外,用户还可以通过手机上网(WAP)、手机接听(IVR)等不同方式多角度欣赏《城外》。

2004 年 11 月 15 日,在上海和北京同时通过彩信首发的中国台湾作家黄玄的《距离》被称为是"中国第一部真正意义上的手机小说",彩信每次能够发送的文字最多可以达到 2 万字。

2004 年 11 月 16 日,《距离》正式上线,引发了手机文学的讨论热潮。

2004 年 12 月 17 日,空中网先将手机版电影《功夫》与观众见面,之后,发行方才在北京和上海举行首映式,许多影迷是通过手机直播了解到现场的实时新闻的。

2005 年 1 月 10 日,杭州报业集团和杭州移动宣布合作推出了一张彩信手机报纸。它以《杭州日报》、《都市快报》、《每日商报》为主要信息来源,信息经过整合编辑后变成适合在手机上阅读的新闻,再通过基于 GPRS 技术的彩信业务平台,将新闻通过彩信发送到用户的手机上。

2005 年 3 月 27 日,中国首部用胶片制作的专门在手机上播放的电视连续剧《约定》在北京开机。

2005 年 4 月 5 日,浙江日报报业集团、浙江移动通信有限公司和浙江在线新闻网站决定,联手启动国内首张省级手机报——《浙江手机报》。

2005 年 8 月 8 日,广东移动宣布与新华社广东分社、广州日报报业集团、南方报业传媒集团和羊城晚报报业集团等联合推出"手机报纸"。目前推出的手机报纸共 9 份,其中包括《广州日报》、《信息时报》、《足球报》以及《新华每日电讯》、《参考消息》、《南方日报》、《羊城晚报》、《南方都市报》、《新快报》。"手机报纸"将依照传统报纸的发行模式,实行按天计费。目前推出的是彩信版和手机上网浏览,其中彩信版报纸如包月订阅,包月费不超过每月 15 元,而按天点播则最高 0.8 元/条;WAP(手机上网)依据不同的页面收费,每天不限次反复阅读,最高 1 元/天。据介绍,所有报纸在推广期内供读者免费阅读。接下来广东移动还将与各大报纸共同推出彩信手机报料,让报料读者第一时间把现场照片发送到报社平台,并通过"手机报纸"实现读者与报社的互动,开通互动评论的栏目。

2005 年 10 月 12 日,众多用户通过手机直播观看神舟六号载人飞船发射过程,通过手机短信获得及时而丰富的新闻。

……

其实,从世界范围看,通过手机进行新闻出版活动并非中国独创。手机出版,目前尚无人对其下完整定义,笔者认为,随着上网手机的日益普及,手机正在成为互联网的重要终端设备,手机出版是网络出版的延伸与组成部分。

新闻出版总署与工业和信息化部发布《互联网出版管理暂行规定》,对网络出版作了一个定义。按照《互联网出版管理暂行规定》第五条的规定,互联网出版,是指互联网信息服务提供者将自己创作或他人创作的作品经过选择和编辑加工,登载在互联网上或者通过互联网发送到用户端,供公众浏览、阅读、使用或者下载的在线传播行为。其作品主要包括已正式出版的图书、报纸、期刊、音像制品、电子出版物等出版物内容或者在其他媒体上公开发表的作品;经过编辑加工的文学、艺术和自然科学、社会科学、工程技术等方面的作品。按照其对互联网出版的解释,"互联网出版"是一种"在线传播行为"。

不过,在下此定义时,没有人考虑到手机出版也是网络出版的组成部分。笔者认为,所谓手机出版,就是以手机为媒介的出版行为,是网络出版的延伸。

笔者在《网络传播学概论》等专著中,总结了网络传播、网络出版的优势,即传播与更新速度快、信息量大、内容丰富,全球性和跨文化性、检索便捷、多媒体、超文本、交互性、开放性与自由性、隐蔽性等特征。作为手机出版,除了上述特征外,还具有携带方便、私密、贴身的特点。

除了基于短信/彩信技术的手机文本信息传播活动外,手机电视在中国也应运而生。

各通信公司和广电机构联手展开的各种尝试把手机电视推到了受众面前。2004 年 4 月，中国联通在全国范围内推出"视讯新干线"移动媒体业务，与国内 12 家电视频道达成协议，为"视讯新干线"提供内容，其中包括央视新闻台、央视 4 套、央视 9 套、凤凰资讯台、BBC 等。2004 年 12 月初，天津联通开通基于 CDMA 手机的掌上电视（GOGOTV），利用 CDMA 移动通信网络，在手机上成功实现流畅清晰的视音频传输效果，用户可以通过手机轻松收看中央电视台、天津卫视及其他省市电视台近 20 套节目。

2005 年 1 月 1 日，上海移动与上海文广传媒集团联手推出手机电视业务试点，2 月 6 日，又推出中国第一部"手机短剧"——《新年星事》，共 10 集，每集 3 分钟。北京乐视传媒投资 300 万元，于 2005 年 3 月 27 日开机拍摄中国首部用胶片制作的专门在手机上播放的电视连续剧《约定》。2004 年 12 月 23 日在中国首映的周星驰新作《功夫》也曾现身手机，影迷通过手机这一终端看到了 10 个拆分的电影片段。

在 2008 年北京奥运会新闻报道中，包括手机电视在内的手机媒体扮演了重要的角色。

手机收看电视，手机阅读报纸，手机浏览小说……手机像一张大网整合了传统媒体的许多内容。手机正在成为媒介融合的新平台。这张网的力量大到任何传统媒体都不能忽视它的存在。三年以前，美国报业协会已经做出判断，报纸的移动电子业务将是未来几年里最有发展潜力的业务，因此正在不遗余力地发展各自的移动电子业务。美国报业协会正在与 Nando Media 媒体网络公司合作，创建一个全国性的报纸数据库，为移动用户提供信息丰富的各地报纸。移动新闻信息的优势在于它可以随时随地为用户服务，它既像传统的报纸一样方便，又有传统报纸所无法比拟的容量。

二　日本 I–MODE 催生了手机媒体

日本 I–MODE 诞生于 1999 年 2 月 22 日，是世界最成功的无线互联网服务之一，其发展令世人瞩目。I–MODE 中的"I"的含义是 Interactive（互动的）、Internet（互联网）和 I（代表个性）。

1. I - MODE 为日本民众提供了便捷价廉的上网方式

I - MODE 用户可以随时连接互联网进行浏览,与一般 PC 机拨号上网不同,I - MODE 更像专线上网,只要开机就一直保持在线上,这种随时随地传送信息的方式深受用户喜爱。一般的 I - MODE 手机售价在 3 万日元左右(约 2100 元人民币),在线浏览是以数据流量收费,每 128 字节 0.3 日元。I - MODE 手机一经推出,迅速风靡日本,从 1999 年 2 月推出到目前为止,I - MODE 的用户已经迅速增加到 2300 多万。显然,I - MODE 在日本互联网发展上起到了改变历史的作用,甚至改变了美国创造的 PC 称霸互联网的经典模式。使用 I - MODE 的用户半数以上是为了阅读新闻和娱乐类信息。

I - MODE 的成功首先是技术选择的成功。由于日本的 NTT DoCoMo 公司在 1999 年才开始提供 I - MODE 移动互联网服务,因此在技术上放弃了 GSM 和 PHS(Personal Handyphone System, 低功率移动电话)中使用的 CSD(Circuit Switched Data 电路交换数据)技术,选择了目前最先进的包交换技术。这一举措使 I - MODE 拥有了当时国际上最先进的互联网接入技术。其产生的结果,使得 I - MODE 的传输速率可以达到比 WAP 更高,并且网络使用费非常低廉。

NTT DoCoMo 公司创造的良性循环的经营模式是这一技术获得市场认同的一大关键。在技术与市场的共同推动下,日本的信息内容网站已经从最初的 67 家发展到现在的约 1,000 个官方站点和 1.87 万个非官方站点。显然,丰富的网上内容也极大地促进了无线互联在日本开花结果。

NTT DoCoMo 公司的 I - MODE 内容收费服务模式使用户和 ICP 进入网络的门槛都很低,促进了整个生态链步入良性循环。首先,I - MODE 提供的互联网服务是收费的,并且用户完全可以承受;其次,I - MODE 将收取的服务费与提供内容服务的 ICP 进行利润分成,促进了信息源的发展。

得益于 I - MODE 良好的利润分成模式,信息内容网站迅速增加。这些站点有些是免费的,有些要每月收取 100 ~ 300 日元的费用。官方的 I - MODE 站点一般分为 9 类:新闻信息类、移动银行类、金融股票保险类、旅行类、生活类、美食类、娱乐类、城镇信息类、词典工具类。

NTT DoCoMo 公司的收入主要来自电话服务费、数据包传送费和电子商务支付佣金。I - MODE 已经成为一个重要的移动商务中心。该公司已与百余家银行合作,用户可以利用移动电话转账和买卖股票。

同时,I-MODE 的成功来源于其品牌与服务,它能提供最好的通信、娱乐、广告等服务。不过,I-MODE 也有它的致命弱点,它基于日本的移动通信系统而不是建立在开放性的标准之上,这是属于日本地区性的无线系统,与 GSM 等不相融合。因此,I-MODE 不能运用在欧洲、亚洲等世界上绝大多数用户使用的 GSM 网络上,这就限制了 I-MODE 在全球的推广。

日本国民生产总值很高,人们的消费水平也相当高。同时人口数量大、人口密度高、地铁系统高度发达,大部分上班族基本上是在移动中生活,因此移动互联消费有着广泛的群众基础。此外,日本文字输入困难,因为不习惯用键盘,日本在 PC 和 Internet 普及上不敌美国,但在个人电子设备普及方面则恰恰相反,I-MODE 手机简单的使用方式,无须拨号、永远在线的特性,使消费者越来越习惯用手机随时随地浏览 Web 页面、收发电子邮件、查看股市行情、收看电视节目预告等等。

I-MODE 的手机都非常轻巧方便,显示屏比一般的移动电话的显示屏要大,有些能显示 256 色。绝大多数的 I-MODE 手机能够显示活动画面,还可以播放音乐。I-MODE 的操作简便,基本操作可以通过 4 个键来完成:游标前移、游标后移、选择和退回。只需按一下手机上的"i"键,10 秒钟内就可以连上一个互联网主页。用户还可以通过 I-MODE 定制个性化主页,打开手机就可以进入到自己定制的服务内容中。

2. I-MODE 催生了日本的手机媒体

I-MODE 激发了日本手机媒体的崛起,不仅使得各种网站与之联盟,还促使传统媒体与之相结合。在日本报纸发行量饱和并走下坡路之时,《朝日新闻》、《日本经济新闻》等报社纷纷通过手机媒体传送新闻。日本手机用户可以菜单式地选择网络信息服务。例如,有的手机用户需要每天通过手机阅读《日本经济新闻》、《朝日新闻》等报纸网络版的全文,每月增交数百日元的手机费;这些收费由 NTT DoCoMo 公司与各报社按 9%:91% 比例分成。

日本是世界上报纸消费量最大的国家之一,几乎每人每天都要看一份报纸,同时日本又是世界上手机拥有率和使用率最高的国家之一,手机是日本的年轻人生活中必不可少的工具。日本最大,也是世界发行量最大的报纸《读卖新闻》(*Yomiuri Shimbun*)正是看中了这一点,开展了广泛的移动发行业务。

1999 年,日本移动通信市场的领导者——日本电报电话公司(NTT)针对手机用户推出了互联网模式的服务(I - MODE service),I - MODE 的使用者可通过手机收发邮件、阅读新闻、购买机票和最新的流行音乐 CD,还支持用手机进行网络游戏和软件下载(包括 Flash 文件)。此外,日本电话公司(J - phone)和 AU 公司也不甘落后,都推出了同样性质的业务。

在 I - MODE 刚推出时,《读卖新闻》就与 NTT 展开了合作。《读卖新闻》为 I - MODE 的订户提供新闻简讯、体育头条、职业棒球大联盟和 J 联赛的战况及娱乐明星的最新动向等内容服务。

在日本职棒大联盟的赛季当中,《读卖新闻》与其合作者在三个移动通信商(NTT、J - phone、AU)的服务网络订户最多的时候曾经达到280000 个,这些订户每月要向《读卖新闻》缴纳 200 日元(￥14 元)的接入费,其中9%是给移动通信商的分账。许多订户订阅不止一种服务,加上基本的通信与通话费用,每个手机用户平均花费为10000 日元(￥700 元)。

从 2002 年开始,《读卖新闻》还和出版印刷株式会社(Toppan Printing Co. , Ltd)合作推出了"读卖 PDA"(PDA Yomiuri)业务,向无线局域网(wireless LAN)的 PDA 用户提供 24 小时的新闻服务,这项业务的收费为每月 600 日元(￥42 元)。另外《读卖新闻》还和《朝日新闻》、《每日新闻》一起与奥林巴斯合作推出"M - Studio",向手机用户传送各大报纸新闻的语音版。

《读卖新闻》在对新闻进行二次利用,开发移动发行业务取得了巨大成功,公司负责移动业务方面的人员只有 5 ~ 6 名,但每年所创造的利润却达 1 亿日元(￥700 万元)。

I - MODE 还成为重要的广告媒体。有调查显示,I - MODE 邮件广告点击率高达24.3%。2005 年 12 月 10 日,NTT DoCoMo 公司的互联网手机服务 I - MODE 广告代理商 D2C 通信公司公布了I - MODE广告效果调查报告。调查结果显示,I - MODE 画面上的旗帜(banner)广告的点击率为3.6%,这一数字远高于仅有 0.5%的 PC 上网者对旗帜广告的点击率。另外,I - MODE 邮件广告的点击率为 24.3%。同样是旗帜广告,调频广播电台网站上娱乐新闻板块的旗帜广告的点击率高达 8.8%,与此相反,在线证券板块的旗帜广告的点击率仅为4.3%。调查结果还表明,广告内容与网站搭配的好坏将直接影响广告的点击率。至于为什么邮件广告的点击率高达24.3%,有人认为是由于邮件广告到来时伴随有声音和振动,因此效果自然不同。

I－MODE的优势在于用户无论何时何地都可以随身携带、使用频率高,是高便利性的媒体;当场可以网上确认与收发E－mail;手机广告回应率高,是高效的媒体;手机的高度普及使得手机成为互动型的大众媒体,也是实时的个人信息交流媒体;可以吸引非PC用户的网民;对于出门在外的用户,还可将用户吸引至各商店企业,起到沟通与促销的作用。

I－MODE不仅可以用于信息内容服务(如提供新闻、音乐、游戏),使用户获得最新最有价值的信息,以及商品促销、广告宣传,还可以用于市场调查与顾客管理,并且有与其他媒体联动的优势。

日本手机是单向收费的,用户无须为手机广告增加经济负担。手机广告形式多样,如通过手机送虚拟优惠券、有奖应征。手机广告可以分为旗帜型(图片型)广告、邮件型广告、网站型广告等。I－MODE广告的具体做法有:在适当的时机发送手机电子邮件,吸引顾客;通过网络游戏吸引用户;在网络游戏中打出企业标志(LOGO),等等。

3. I－MODE 的局限性

I－MODE有不少值得改进之处,例如,文本信息过于乏味,需要增强内容的趣味性;I－MODE手机需要改进性能,例如电池支持的时间要更长,以适应人们更长时间的上网与游戏;I－MODE还需要提高速度并扩大使用范围。

I－MODE将采用JAVA技术,以提高表现能力与安全性;宽带化,传送动态图像音乐;采用蓝牙技术,实现与信息终端无线通信;与GPRS联动;输入输出手段进步;增加用户数,扩大利用范围,深入到人们的生活中,使人们能随时随地获取信息,使得移动电话媒体成为更加灵活的双向媒体;通过与大众媒体的互动与合作,提高回应率;通过分析用户的使用状况,测定与提高促销效果。

与日本I－MODE同时出现的还有欧洲的WAP(Wireless Application Protocol,无线应用协议)。两者的主要区别是所使用的标识语言不同。I－MODE使用CHTML(Compact Hypertext Markup Language,压缩式超文本标识语言)，而 WAP 使用 WML(Wireless Markup Language，无线标识语言)。

CHTML 有四个基本原则：①完全基于目前 HTML W3C，这就是说 CHTML 具有标准 HTML 的灵活性。②CHTML 在有限存储和低功耗 CPU 上实现，不支持框图和表格(需大存储量)。③支持网络内容在单色小屏幕上阅读。④用户操作方便。用户通过结合使用 4 个按钮(向前指针、向后指针、选择、倒退/停止)，就可以完成一系列基本操作。

I － MODE 取得的成功远远超过 WAP，其中的重要原因在于 NTT DoCoMo 公司能够在日本整合手机生产商、内容服务商及通信公司；而 WAP 在欧美、中国，手机生产企业、内容服务商及通信公司是各自为战的。日本 NTT DoCoMo 公司不仅控制了通信网络、内容，而且还成立了 I － MODE研发中心，指导控制手机生产企业，既控制软件又控制硬件。换言之，NTT DoCoMo 公司实现了 4 大控制，即对手机制造者工艺和发展的完全控制，对销售的控制，对标准的定义和控制，对内容网站的管理和控制。这些因素在其他国家都是不完全具备的。因此，没有人能再走 NTT DoCoMo 公司的老路，值得借鉴的是它所提供的为大众服务的商业模式。

WAP 并非一无是处。I － MODE 是日本国内标准，WAP 和 GPRS 都是全球化标准，在终端、网络、应用上都有更广泛的全球化支持。一些能使移动应用更出色的技术和产品如 STK/Java 卡、移动定位、J2ME(Java 2 Micro Edition)等等，更容易和 WAP over GPRS 结合起来，从而大大增强移动互联应用的魅力。从长远看，WAP over GPRS 比 I － MODE 更具备可扩展性和兼容能力。关键是如何建立一个适合于业务商和用户的利益模式。

日本的 I － MODE 只能算是 2.5G 手机，手机媒体在中国的发展，不可能直接拷贝 I － MODE 模式，而是要重点发展 3G 技术，使 3G 在中国逐渐完善与普及。随着相关法规的完善，手机媒体将实现网络化、宽带化，将创造一个巨大的媒体市场。

4.3G 的应用使得日本成为全球手机媒体发展的教科书

日本是世界上最早提供 3G 业务的国家之一，被看做是全球手机媒体发展的教科书。

3G 业务的推出给日本移动通信市场、新媒体业以新的增长点和巨大推动力。运营商、制造厂商和服务提供商纷纷推出应用最新技术的 3G 业务和终端，有力地促进了 3G 乃至整个移动通信产业及传媒业的飞速发展。截止到 2009 年 8 月,日本 3G 用户数已达 1.036 亿,占手机用户总数的 94.8%,这也是目前世界上 3G 比例最高的市场,大大超过了欧美的普及水平。

NTT DoCoMo 是全球首家推出 WCDMA 业务的运营商,公司致力于提供优质的增值移动服务和技术。例如其支付服务"Osaifu – Keitai"使手机可以作为电子货币、信用卡、电子票卡、会员卡、机票等多种用途使用;2008 年推出的生活助理服务 i – concier 则利用手机为消费者的日常生活中的多项活动提供支持。

在 2G 时代,面对近乎饱和的日本移动通信市场和占据长期垄断地位的 NTT DoCoMo,KDDI 缺乏强有力的竞争优势,扮演着"陪太子读书"的尴尬角色。然而,3G 时代的到来在催动整个日本移动通信市场、新媒体业再度蓬勃发展的同时,也给了 KDDI 壮大与崛起的绝好机会。KDDI 于 2002 年和 2006 年先后部署了 CDMA2000 和 EV – DO 版本 A 网络,2009 年 4 月推出多载波版本 A 以进一步提升数据传输速率。

与在全球率先商用 WCDMA 的 NTT DoCoMo 相比,步入 3G 时代的 KDDI 并不占据时间优势。为此,KDDI 采用了成熟的 CDMA 技术走差异化竞争路线。凭借 CDMA 技术良好的后向兼容、平滑演进特性,KDDI 得以在较短的时间内以较低成本实现网络部署和升级,抢得市场先机。

3G 带来的高速数据传输使消费者的更多需求得以满足,这也使一批出色的应用服务提供商相继涌现。通过与运营商和制造厂商紧密合作,应用服务提供商开发并提供了大量丰富多彩的应用服务,在为消费者带来更多生活便利与娱乐体验的同时,也使新媒体产业得到快速发展。

2005 年,从事数字内容技术开发的 YAPPA 推出了世界上第一份基于 3G 手机网络的无线网络报纸。YAPPA 为 iPhone 用户定制的无线网络报纸,可以随时为用户提供最新报纸内容,现已成为日本最时髦的无线应用服务之一,大约 50% 的 iPhone 用户下载了这一应用并通过其服务每天浏览无线网络报纸。此外,YAPPA 还与日本最大的广告公司电通广告公司合作推出 MAGASTORE 业务以提供手机图书阅读服务。

3G 给日本移动通信产业带来的惊人变革与腾飞,彰显出 3G 技术对运营商、制造厂商、应用服务商以及手机媒体行业的巨大价值和深远影响。

3G 手机的特点是高速度、多媒体、个性化。它的速度很快,不仅能通话,还可以高速浏览网页、参加电视会议、观赏图片和电影以及即时炒股等等。3G 时代的来临将使手机媒体具有网络媒体的许多特征,成为人们随身携带的交互式大众媒体。手机正在成为一种小巧的特殊电脑,正在成为网络的延伸。

三　手机媒体的概念

媒体又称媒介、媒质,是承载信息的载体。按照《现代汉语词典》的解释,媒体是指"交流、传播信息的工具,如报刊、广播、广告等"。

如前所述,手机媒体不仅已经诞生,而且其社会影响日益深远。笔者认为,所谓手机媒体,是借助手机进行信息传播的工具;随着通信技术(例如 3G)、计算机技术的发展与普及,手机就是具有通信功能的迷你型电脑;而且手机媒体是网络媒体的延伸。手机媒体也只能成为信息海量的网络媒体新的组成部分,否则它将面临信息贫乏的难题。

在此,笔者要特别强调,手机短信只是手机媒体在现阶段的一种重要存在形式,但不是全部,也不代表未来的方向。在中国,许多人误以为手机短信(SMS)就是手机媒体,并称手机短信为"第五媒体"。其实,中国的短信量巨大、短信文化发达是由特定的电信管理体制与收费模式造成的。

手机媒体是新媒体的重要成员。

关于"新媒体"(New Media)的确切定义,业界和学界目前尚未达成共识。

新媒体(New Media)一词源于美国 CBS(美国哥伦比亚广播电视网)技术研究所所长 P. 戈尔德马克(P. Goldmark)的一份商品开发计划(1967年)。之后,美国传播政策总统特别委员会主席 E. 罗斯托(E. Rostow)在向尼克松总统提交的报告书中,也多处使用了"New Media"一词(1969年)。由此,新媒体一词开始在美国流行并不久扩展至全世界。

关于新媒体的定义,国内外专家各执一词。早期,联合国教科文组织对新媒体下过一个定义:新媒体就是网络媒体。与之类似的是把新媒体定义为"以数字技术为基础,以网络为载体进行信息传播的媒介"。[1]

清华大学熊澄宇教授提出,所谓新传媒,或称数字媒体、网络媒体,是

---

[1]　陶丹、张浩达:《新媒体与网络传播》,科学出版社,2001 年,第 3 页。

建立在计算机信息处理技术和互联网基础之上，发挥传播功能的媒介总和。它除具有报纸、电视、电台等传统媒体的功能外，还具有交互、即时、延展和融合的新特征。互联网用户既是信息的接收者，又是信息的提供和发布者。包括数字化、互联网、发布平台、编辑制作系统、信息集成界面、传播通道和接收终端等要素的网络媒体，已经不仅仅属于大众媒体的范畴，而是全方位、立体化地融合了大众传播、组织传播和人际传播方式，以有别于传统媒体的功能方式影响我们的社会生活。①

上海交大的蒋宏和徐剑从内涵和外延两个方面对新媒体做出了界定。他们认为，就内涵而言，新媒体是指 20 世纪后期在世界科学技术发生巨大进步的背景下，在社会信息传播领域出现的建立在数字技术基础上的能使传播信息大大扩展、传播速度大大加快、传播方式大大丰富的与传统媒体迥然相异的新型媒体。就外延而言，新媒体包括了光纤电缆通信网、有线电视网、图文电视、电子计算机通信网、大型电脑数据库通信系统、卫星直播电视系统、互联网、手机短信、多媒体信息的互动平台、多媒体技术广播网等。②

中国传媒大学黄升民教授将 IPTV、地面移动电视、手机电视视为新媒体的三大部分。③

宫承波认为，门户网站、搜索引擎、虚拟社区、电子邮件、网络文学、网络游戏属于新媒体。④

综合起来，笔者认为目前对新媒体界定中存在的最大问题就是界定过宽且逻辑混乱。

有人把近十年内基于技术变革出现的一些新的传播形态，或一直存在但长期未被社会发现传播价值的渠道、载体都称作新媒体。⑤

持这种观点的人将手机电视、网络电视（IPTV）、网络广播、博客、播客、楼宇电视、车载移动电视、光纤电缆通信网、都市型双向传播有线电视

---

① 熊澄宇、廖毅文："新媒体——伊拉克战争中的达摩克利斯之剑"，http://news. xinhua-net. com/newmedia/ 2003 - 06/10/content_910340. htm.

② 蒋宏、徐剑主编：《新媒体导论》，上海交通大学出版社，2006 年，第 14 页。

③ 虢亚冰、黄升民、王兰柱：《中国数字新媒体发展报告》，中国传媒大学出版社，2006 年，第 1 页。

④ 宫承波：《新媒体概论》，中国广播电视出版社，2007 年，第 1 页。

⑤ 陈晓宁主编：《广播电视新媒体政策法规研究》，法制出版社，2001 年，第 16、第 35 页。

网、高清晰度电视、互联网、手机短信、数字杂志、数字报纸、数字广播、数字电视、数字电影、触摸媒体，等等，均列入新媒体。这种界定不仅过宽，而且将以上媒体并列本身就存在分类混乱的逻辑错误。

1. 如何理解新媒体

（1）新媒体是一个通俗的说法，严谨的表述是"数字化互动式媒体"。从技术上看，新媒体是数字化的；从传播特征看，新媒体具有高度的互动性。数字化、互动性是新媒体的根本特征。新媒体的传播过程具有非线性的特点，信息发送和接收可以是同步的，也可以异步进行。诸如楼宇媒体、车载电视，由于缺乏互动性，不属于新媒体的范畴。

（2）新媒体是一个相对概念，其内涵会随着传媒技术的进步而发展，但从人类传播史的角度而言应是一个时代范畴，特指"今日之新"而非"昨日之新"或"明日之新"。我们不应当以"昨日之新"作为标准界定新媒体，20 世纪初出现的广播、电视，在当时都是新出现的媒体，但是现在属于传统媒体。我们更无法以"明日之新"作为标准界定新媒体，否则目前就没有新媒体了。

（3）新媒体的新是以国际标准为依据的。一些在国人看来是"新"的媒体形式，在发达国家早就有了，不能称为新媒体。例如车载移动电视。

（4）新媒体亦是一组概念的集合，是利用数字技术、通过计算机网络、无线通信网、卫星等渠道，以及电脑、手机、数字电视机等终端，向用户提供信息和服务的传播形态。目前，新媒体主要包括网络媒体、手机媒体、网络电视等媒体形态。

笔者不赞成使用"数字媒体"这一概念。因为此处的"数字"也可以被人理解为制作过程的数字化，这样的理解几乎可以将所有的媒体都列入数字媒体的范畴。

2. 哪些不应当属于新媒体

纸质媒体、传统的模拟广播电视显然是传统媒体，对此，学术界没有异议。但是，除此之外的媒体形态都能称为新媒体吗？

（1）并非新出现的媒体形态都可以称为新媒体。例如：有人用自行车身甚至额头作为广告媒体，但是却不能称为新媒体。

美国内布拉斯加州东部城市奥马哈市居民安德鲁·菲舍尔是一名网页设计者，2005 年他将自己的前额作为广告位招商，为治鼾药物"鼾停"

做广告,获得了 3.7375 万美元的收入。他在前额上展示"鼾停"标识,时间是 1 个月。[①] 2006 年 2 月,国内一名陈姓男子在淘宝网以 10 万元底价拍卖额头广告发布权,但是没有成功。

在杭州,从 2008 年 5 月 1 日起,共投放 2000 辆自行车供市民租用,其中景区将投放 350 辆左右。一年半以后,租车点将达到 1000 个,可租用的车将有 5 万辆,租车时间 30 分钟以内是免费的。2008 年 4 月初,属国有独资公共自行车交通服务企业——杭州市公共自行车交通服务发展有限公司,组建成立。该公司由杭州公交集团与杭州公交广告公司共同出资。公司的重要收入来源之一就是自行车车体广告。初步计划自行车车体广告收费标准是 150 元/辆·月。5 万辆自行车,按 75% 的商业开挂率(一年中 3/4 时间车身都有广告,或 75% 的车一年中都有广告),年收入为 6750 万元。

(2)互动性是新媒体传播的本质特征。与传统媒体相比,新媒体具有如下特征:即时性、开放性、个性化、分众性、信息的海量性、低成本全球传播、检索便捷、融合性等。但是新媒体的本质特征是技术上的数字化、传播上的互动性。互动性,英文是 interactive,国内也有人称为交互性。

传统媒体的传者和受者定位非常明确,传者是信息的发布者,受者只能被动地接收,不管喜欢或讨厌,无从表达对信息的看法。但是新媒体使传者和受者之间的界限变得模糊,受众不再是被动的信息消费者,而具有了与传者交互信息的功能,甚至转变成传者的身份。

笔者很欣赏 *Online* 杂志给新媒体下的定义:由所有人面向所有人进行的传播(Communications for all,by all)。传统媒体使用两分法把世界划分为传播者和受众两大阵营,不是作者就是读者,不是广播者就是观看者,不是表演者就是欣赏者。新媒体与此相反,它使每个人不仅有听的机会,而且有说的条件。新媒体实现了前所未有的互动性。因此,在新媒体的研究中,笔者认为已经不存在"受众"的概念,建议用"用户"取代"受众"一词。

因此,用互动性的标准衡量目前所出现的各种新媒体形态,我们就可以发现,一些所谓的"新媒体"其实只是"新出现的传统媒体",车载移动

---

① "收入近四万美元,广告爬上额头",《北京晚报》,2005 年 1 月 27 日。

电视、户外媒体、楼宇电视,就是典型的"新出现的传统媒体"。

车载移动电视和户外媒体只是在中国新出现的传统媒体形态,它们缺乏新媒体传播的本质特征——互动性。对用户而言,车载移动电视毫无互动性可言。它具有封闭的空间、无选择性地被动接受信息,不能调换频道、不能屏蔽广告,强制收视,不以人的意志为转移,随时移动、随时收看。

楼宇电视通过导线传播,具有传统广播电视所具有的特征:对象广泛、时效性强、丰富直观、接受随意、顺序接受、转瞬即逝,因此按照传输方式划分,楼宇电视可以而且应属于有线广播或闭路广播之列。楼宇电视目前传播的内容主体是广告。当一个人处在比广告更无聊的时间和空间时(如等待电梯),他宁愿选择看广告。这就是楼宇电视广告的心理强制性。因此,楼宇电视的信息传播具有很强的受众被动性,而不是用户的主动性与互动性,这与新媒体的本质特征背道而驰。

以下是笔者对新媒体进行梳理的图示:

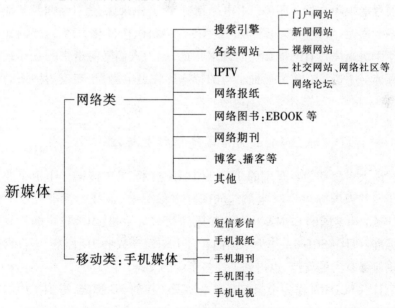

图 1–1　新媒体目前的外延

从传播的角度看,作为新媒体的手机媒体拥有其独特的优势:高度的便携性,跨越地域和电脑终端的限制,拥有声音和震动的提示,几乎做到了与新闻同步;接受方式由静态向动态演变,受众的自主地位得到提高,可以自主选择和发布信息,信息的及时互动或暂时延宕得以自主实现,使得人际传播与大众传播完满结合。

手机传播将人际传播和大众传播融为一体,它是一种全新的传播类型。根据目前手机传播的现状,我们可以将手机传播细分为手机中的人际传播与手机中的大众传播。前者目前主要是手机短信和通过手机收发电子邮件;后者又分为手机报纸、手机电视、手机出版,等等。我们将在后面的章节分别对其进行深入研究。

第3节 3G 使手机媒体走向成熟

3G 可支持高速的网络宽带用途。换言之,用 3G 手机可以更快速地进行信息交换及得到各种资讯。就像以前上网用普通电话线,现在用宽带一样。有了 3G 手机,可以更快速地浏览网页、查看电邮、进行跨地区跨国界的视频会议。还可以看电影预告片、音乐录像、焦点新闻及其他更顺畅的影像。3G 手机的特点是高速度、多媒体、个性化。3G 时代的来临将使手机媒体具有网络媒体的许多特征,成为人们随身携带的互动式大众媒体。手机正在成为一种小巧的特殊迷你型电脑,正在成为网络的延伸。

一 TD – SCDMA 成为中国通信行业标准

由大唐移动主导开发的 TD – SCDMA 技术,是中国第一个由企业自主研发并为国际电信联盟采纳的国际电信标准,该技术标准与欧洲的 WCDMA 和美国的 CDMA2000 一起成为第三代手机(3G)技术的三大国际标准。TD – SCDMA 作为中国拥有自主知识产权的 3G 标准,不仅得到了政府强有力的支持,也得到了许多企业的支持。

TD – SCDMA 作为中国拥有自主知识产权的 3G 标准,得到了中国政府的大力扶持。在 3G 技术标准的选择上,通常有两种基本的方法:一是政府干预,由政府规定一个统一的技术标准;二是市场选择,由运营商根据自己的偏好任意选择技术标准。根据中国移动通信业发展的现实,未来 3G 标准的选择很可能采用市场选择与政府干预相结合,但以市场选择为主、政府干预为辅的原则。但是,真正决定命运的是市场。

表 1 - 1 3G 三大国际标准的比较

WCDMA、CDMA2000、TD - SCDMA 技术参数对比		
	CDMA2000	WCDMA	TD - SCDMA
核心网络	IS - 95	GSM	GSM/MAP
码片速率(Mcps)	1. 2288/3. 6864	3. 84	1. 28
射频信道带宽(MHz)	1. 25/5/10/20	5/10/20	1. 6
基站间同步	需 GPS 的严格同步方式	无需 GPS 的同步方式	需 GPS 的严格同步方式
FEC 编码	卷积码、TURBO 码	卷积码、RS 码	卷积码、RS 码
帧长	20ms	10ms	5ms/10ms
多址双工方式	CDMA/FDD	CDMA/FDD	TDMA + CDMA/FDD
调制方式(上行、下行)	QPSK/BPSK	QPSK/BPSK	QPSK
扩频因子	4 - 256	4 - 512	1 - 16
扩频方式	WALSH + M	WALSH + GOLD	WALSH + PN
最高传输速率	3. 09Mbps	2Mbps	2Mbps
语音编码方式	可变速率编码(IS - 773、IS - 1271)	自适应多速率编码器(AMR)	自适应多速率编码器(AMR)
功率控制(Hz)	800	1500	200
切换方式	软切换、频间硬切换	软切换、频间硬切换	接力切换、频间硬切换

无论从国家层面还是企业层面,TD - SCDMA 都将带来巨大的自主经济收益。TD - SCDMA 由于具有频谱利用率高的显著特点,同时采用了多项先进技术,使得 TD - SCDMA 相比 WCDMA 而言,网络建设和维护的成本都大大降低。根据初步估算,建设并维护一张完善的 TD - SCDMA 全国网络,要比 WCDMA 至少节约 300 ~ 500 亿元,将极大地缓解国家和运营企业的固定资产投资压力。

TD - SCDMA 的建设和商用,将使 1500 ~ 1800 亿元的价值转而留在国内企业,如果加上终端以及其他相关产品,由于 TD - SCDMA 而给国内企业带来的增收将超过 5000 亿元。

一方面,TD - SCDMA 将加深中国在国家基础技术领域的研究积累。由于 TD - SCDMA 的存在,使得我国在通信芯片、软件以及相关关键器件和仪器仪表领域开始积累自主研发经验。在 TD - SCDMA 的芯片、软件以及仪器仪表技术领域,我国本土企业都已充分涉足,这对我国在核心基础技术领域的发展具有重要的现实意义。另一方面,TD - SCDMA 将极大地保障我国的国家安全。

事实上,TD - SCDMA 的贡献不限于移动通信产业,其对半导体、精密仪器制造、软件、芯片、原料、系统集成、电子元器件等领域的行业辐射力,将使中国在历史上首次有机会以自己的国际标准为依托,以自主知识产权为纽带，打造一个不受制于任何外部力量的 TD - SCDMA 产业链。

2009 年 1 月 7 日，工业和信息化部正式发放了第三代移动通信（3G）牌照：中国移动获得了 TD - SCDMA 技术制式牌照，中国电信获得了 CD-MA2000 技术制式牌照，中国联通获得了 WCDMA 技术制式牌照。

中国具有核心知识产权的 TD - SCDMA 网络从 2008 年 4 月就开始试商用，3G 牌照发放后，TD - SCDMA 的发展将进入一个新的阶段。中国移动 TD - SCDMA 网络服务专属的 188 号段开始上市，广东和上海两地作为试点省市已经放号，并在 2009 年春节前扩大至已运营 3G 网络的 8 个省 10 个市，2009 年 6 月，28 个省 3G 网络建设完成后中国移动将在全国 38 个 TD 城市放号。中国移动还将重点推广 3G 高速上网、手机电视和视频通话等典型 3G 业务。中国移动规划：到 2011 年，TD - SCDMA 网络将覆盖全国所有的城市。

中国电信计划在未来 3 年内，投资 800 亿元用于升级改造优化 CD-MA 网络。目前，中国南方大部分城市 CDMA 网络优化工作已经完成，升级后的网络可向 CDMA2000 的 3G 网平滑升级。中国电信将在 2009 年上半年完成全国 340 多个城市的 CDMA 网的扩建、改建工作，在 80 余个主要大中城市，满足用户高速上网需求。

中国联通在 3G 的竞争中具有相对有利的条件，中国联通的 WCDMA 是目前最成熟的 3G 技术，拥有目前 3G 技术中最完善的产业链，特别是作为 CDMA 主导的高通公司宣布放弃 UMB 的研发后，WCDMA 的产业链优势更加明显。但是 WCDMA 在中国的启动时间落后于 TD - SCDMA，中国联通的 WCDMA 的招标和建网进度显得有些缓慢。目前，中国联通已在上海、深圳、佛山等 8 个城市开始建立 WCDMA 试验网络，每个城市计划建设约 100 个 WCDMA 基站。中国联通总工程师张范表示，联通 3G 建网的步骤是初期覆盖大城市和重点地区，然后逐步覆盖中小城市；对于农村地区首先以 2G 为主，以后根据 3G 业务普及程度考虑覆盖。

3G 牌照的发放有利于运营商间进行业务方面的差异化竞争，从而为用户提供多样化、不同体验的服务。与目前 2G 网络单纯的语音通话不同的是，3G 网络标志性的服务就是视频通话，当然，除了视频通话，3G 网络还将提供许多全新的服务，例如通过 3G 手机可以实现高速上网，随时随地获取信息，还有手机电视、视频会议、视频点播、远程监控等服务。

3G 发牌后,将形成一条包括 3G 网络建设、终端设备制造、运营服务、信息服务在内的通信产业链。由 2G 时代升级到 3G,意味着需要对网络和设备进行大规模升级改造,同时还需要建设全新的网络和设备。

2009 年是中国的"3G 元年",据工业和信息化部 2010 年 1 月 26 日发布的数据,2009 年三家基础电信企业共完成 3G 网络建设直接投资 1609 亿元,共完成 3G 基站建设 32.5 万个,开创了全球电信发展史上建设规模最大、建设速度最快的纪录。三大运营商相继公布了 2009 年的 3G 发展数据,中国移动号称 3G 用户数超过 500 万,中国联通公布的是 274 万,而中国电信也不少于 500 万。全国 3G 用户数迈上千万级别。

3G 间接拉动了国内投资 5890 亿元,带动直接消费 364 亿元,间接消费 141 亿元;直接带动 GDP 增长 343 亿元,间接带动 GDP 增长 1413 亿元;直接创造就业岗位 26 万个,间接创造就业岗位 67 万个。同时,3G 还带动了信息通信、商务金融、文化娱乐等各方面的业务应用和创新,推动了移动互联网、电子商务、新媒体等新兴产业的发展。

除了建设投资带来的经济刺激外,3G 还将给中国的互联网消费市场带来冲击。未来的 3G 手机除了进行高质量通话外,还可能成为高速上网、移动定位、可视电话、网络互动游戏、手机钱包、电子购物、家庭监控等新应用的主阵地。3G 牌照的发放,使得中国移动通信市场进入一个新的时代,三家移动运营商开始积极部署 3G 网络建设,3G 产业的投资建设将带动中国经济的增长。

二　3G 为手机媒体的成熟奠定了技术基础

手机媒体要取得良性发展,还需解决终端限制、商业模式不成熟、信息内容缺乏、监管缺位等一系列问题。只有解决了这些问题,手机媒体才能真正走向成熟,迎来大迸发时代,才能成为真正意义上的"第五媒体",而 3G 将是解决这些问题的东风和助推剂。

3G 手机突破了多媒体功能的局限,拥有对数据和多媒体业务强大的支持能力以及在线影视、阅读图书等多种多样的流媒体业务,除传统的通信功能之外,3G 手机所能提供的网络社区、信息服务等诸多增值功能也在不断吸引人们的眼球。

3G 牌照颁发后,获得 3G 牌照的运营商必将重心投入到 3G 业务的运营中。所谓3G业务就是以手机多媒体应用为代表的手机媒体。手机媒体将在以运营商为核心构建的3G产业链中走向成熟。

首先,3G的到来将催生手机媒体成熟的商业模式和赢利模式。在3G时代,运营商将从传统的基础网络运营商向多媒体电信运营商、内容运营商和综合信息服务提供商转变。业务转型要求运营商寻求新的商业模式和赢利空间。手机媒体的商业模式将在运营商整个运营模式的转型中走向成熟。例如,运营商可以根据自身的技术能力将产业链上合作的深度把握在可控的范围内,多方合作,调动各方的积极性,充分发挥各方优势,提供优质的服务,摸索出一个多方共赢的手机媒体赢利模式。

其次,3G将促使信息内容缺乏的问题得到解决。手机媒体在不知不觉中已经逐渐形成了融视、听、看为一体的新的媒体阵营。目前,手机媒体按信息的不同承载传播方式可以分为手机报、手机电视、手机广播、手机电影、手机小说等。但无论什么形式的手机媒体,对用户而言,内容还是最关键的,内容才是吸引用户真正使用手机媒体的动力。

与传统媒体运营方式不同,手机媒体要推出真正为用户喜爱的信息产品,并不仅仅是内容提供商一家的事情,需要运营商、终端厂商等产业链形成良好的协作关系,因为网络速度、终端感受、收费渠道、服务水平等都影响了用户对手机媒体的使用感受。

在3G时代,运营商将介入内容服务业,走向"媒体化"。运营商通过加强对市场的指导作用,增强和内容提供商的互动,成为内容提供商和用户的桥梁,使得内容提供商能够设计出有针对性、目标精确的应用内容。

再次,监管缺失将得到补位。手机媒体已经给媒体管理带来新的挑战。由于手机用户群非常庞大,而且手机媒体横跨多个行业,产业链十分复杂,在管理上遇到了前所未有的问题。手机媒体要良性发展,管理必须紧紧跟上。随着3G在中国的逐渐普及,以及相关法规的完善,手机媒体将实现网络化、宽带化,手机将成为随身携带的、互动式、多媒体的大众媒体,将创造一个巨大的媒体市场。

在此,笔者要特别强调,在手机媒体的发展中,技术只是基础,成败的关键还在于能否提供合适、丰富的信息内容与服务,以及能否建立一个让手机媒体各博弈方共赢的经营模式。

第 2 章　手机媒体：
新闻学、传播学研究的新领域

互联网不但将传统的三大媒体纳入自己的怀抱,还催生了新的媒体——手机媒体。技术的进步,使得移动网和互联网融合的深度不断加强,互联网的内容之门越开越大,信息传递的形态越来越高级。从最初的仅能发纯文字的短信 SMS,到现在彩信 MMS,包含有格式化文本、图像、音频、视频等数据,例如电子贺卡、图片新闻、有声天气预报和照片的传递,手机用户还可以在线收看新闻、电影、音乐电视、体育比赛等多媒体信息,也可以利用本身的摄像和摄影功能制造多媒体信息,发送给其他手机用户或电子邮箱。手机媒体将和其他几类传统媒体在互联网融会贯通。手机媒体是网络媒体的延伸,作为通信工具的手机必将是互联网的信息终端,在它上面可以呈现其他媒体的内容,也可以为这些媒体制造和传送内容。

麦克卢汉曾说:媒介即是讯息。即不但通常认为的媒介内容可以成为讯息,媒介本身的功能、性质、开创性更值得重视。麦克卢汉曾预言,"媒介是人的延伸",他认为技术的任何进步都会使人类更有效地生活和劳动,媒介具有有机体的性质。报刊、广播、电视事实上是和人分离的,以电脑为终端的互联网,实际上是把人给"淹没"了。手机媒体的诞生真正实现了人和媒体在时空中的无缝链接,让人感觉拥有和控制媒体的能力:媒介既不是和人分离的,也不主宰人,而是"人的延伸"。手机媒体将是一种完全以个体为中心构造的媒体。许多人基本上已是机不离身,一个用惯手机的人一旦缺了它,就会像摘掉"感官"一样难受,他对周围事物的感觉能力和沟通能力将大大减弱。

从某种意义上说,每一种新媒体的产生都是弥补之前媒体的不足。被誉为"数字时代的麦克卢汉"的保罗·莱文森认为:数字时代的特征,是用视窗和浏览器选择信息而实现个人化,那么,在数字化以后的时代里,我们则期待与之类似的表现个人选择的载体。只不过将来的载体的用法不同、目的不同,结果也不同而已。从这个意义上讲,手机媒体将是互联网出现以后,即数字化以后的新媒体克服原有媒体的不足,实现自己存在价值的一种方式。它的传播介质将更加适于信息传播。虽然它依附于互联网,但具有自成一体的无线网络。比起有线网络的电脑,基于无线网络的手机媒体对信息的处理更加及时、迅速,互动性更强。它小巧玲珑的形体优势,使得它比笨重的电脑更易携带和装饰,从而更符合个体的需要。虽然它的受众群从时空上来讲也是广泛和分散的,但以手机号形式出现的受众比起以网址出现的电脑网民更加固定和容易确定,从而将受众与传者的隔离抹掉。它拥有两个相对独立的话语空间,一个是点对点的私人空间,另一个是连接互联网形成的点对面的公共空间,而"一网打尽"的互联网只有一个互联网空间,里面的各种话语割据空间而立。手机媒体人性化传播的特点代表着未来新媒体的发展方向。

手机传播打破了传统大众传播传播主体的机构性、权威性,进而呈现出了传受主体的多元交互性及其在新的传播模式中权利的分解与集中的特征。

在"点—点"的短信人际传播模式中,个体既是信息的发送者,又是信息符号的还原者,具有双重身份。"把关人"的权力在这里分解出了无数个人传播主体,这是一种多元而矛盾的主体,同时也是分散的主体,短信传播有自由、多元、开放的优势,手机短信用户之间个体与个体的交流是互动的,并且由于信息发送者与接收者之间没有第三者介入,信息的传送—接收—反馈的过程也十分迅速,双方的地位也是平等的。

在"点—面"的手机大众传播模式中,SP(短信服务提供商)、I–MODE、WAP、3G 网站又成为传播者,对信息进行搜集、加工处理、过滤发送,并在这一过程中起到"把关人"的作用,手机媒体要面对的是广大受众,受到社会的监督。

短信只是手机媒体诸多功能中的一种,也是现阶段展示其媒体特点的最主要形式,是 3G 来临前的一种信息过渡形式,短信只能以纯文本的形式出现。

在 3G 时代,手机用户还可以将信息进行编辑后上传到各种网站中的个人空间、BBS、博客网站,实现与他人的信息共享及个人与网络之间的互动。

手机传播能够真正实现信息传播的 5W:无论何时(Whenever),无论何地(Wherever),无论是谁(Whoever),无论什么内容(Whatever),能找到对方(Whomever),即任何用户可以在任何时间任何地点获取任何信息并联系上任何人。

第 1 节 手机媒体的特征

手机媒体的基本特征是数字化,最大的优势是携带和使用方便。同时,手机媒体作为网络媒体的延伸,具有网络媒体交互性强、信息获取快、传播快、更新快等特征,这些特征使得手机媒体能够渗透到人类社会活动的各个层面,深刻影响人类的传播活动。

一 手机媒体的优势

1. 高度的移动性与便携性

手机媒体具有高度的便携性,信息传播极其方便。在日本,I – MODE 手机已经成为人们日常生活与习惯的一部分。有人把手机媒体形象地称为"影子"媒体,因为手机往往 24 小时不离身,手机媒体以其移动性、便携性的优势实现了边走边看。媒体经济是一种注意力经济,眼球资源成为媒体最短缺的资源,然而受众却有大量的零散时空被耗费,如等车、候机、坐地铁等,成为注意力的"盲点",而手机媒体随时随地且无处不在的服务,正好填补了人们的离散时空。通过吸引受众的非连续的、间歇的和零散的时间段和空间段的注意力来获得经济收入,创造出"离散眼球经济"。

保罗·莱文森在 2004 年出版的《手机》一书中,对手机发展做了最乐观的分析。莱文森认为,人类有两种基本的交流方式:说话和走路。可惜,自人类诞生之日起,这两个功能就开始分割,直到手机出世,才将这两种相对的功能整合起来,集于一身。手机之前的一切媒介,即使是最最神奇的电脑也把说话和走路、生产和消费分割开来。唯独手机能够使人一边走路一边说话,一边走路一边发短信。于是,人就从机器跟前和禁闭的室内解放出来,进入大自然,漫游世界。无线移动的无限双向交流潜力,使手机成为信息传播最方便的媒介。

霍华德·莱茵戈德(Howard Rheingold)在《聪明暴民:下一次社会革命》(*Smart Mobs*)一书中提到了新媒体全新的沟通模式:互联网的力量从电脑转移到手机上,诞生了全新的社会现象,产生了全新的沟通模式。如果说电视的收视率、报纸的订阅率更多有赖于用户的传统媒体习惯,那么,具有相当可读性、必读性、互动性、新奇性及类型丰富,能以不同内容、不同形式满足用户需求的手机媒体,就会成为用户随时随地获取信息的新的习惯性媒体。

手机媒体高度的便携性还带来了高度的个性化、私隐性与贴身性,手机是同人们生活黏性极高的"带着体温的媒体"。这就要求手机媒体传播者要按用户的需求提供个性化信息,即真正做到分众传播。

2. 信息传播的即时性

手机传播是一种数字化传播。手机传播速度快、时效性强、范围广、限制因素少,由于手机用户数量庞大,使得手机传播的受众群十分巨大。

手机媒体在即时性方面的优势已经彰显无疑,不用打开电脑或电视机,许多受众就是通过手机媒体看到权威媒体机构提供的实时新闻、现场图片或现场视频片段。例如不少受众通过手机领略"神六"升空的壮丽场景。新华网发出的第一条有关中石油吉林石化爆炸的图片新闻,不是来自摄影记者,而是当地居民用手机拍摄传输来的。特别是当遇到台风、地震、山洪等突发性自然灾害时,手机媒体即时报道,沟通信息,有利于紧急避险。手机媒体还具有即时接收和动态传播的特点,尤其是遇到突发事件时,手机媒体可以像网站一样实现新闻的动态传播。

手机传播的更新速度快、更新成本低。手机传播的更新周期可以分秒计算,而电视、广播的周期以天或小时计算,纸质报纸的出版周期以天甚至以周计算,纸质期刊与图书的更新周期更长。手机传播的即时性提高了新闻的时效性。同时手机传播还具有一定的"信息接收的异步性"。例如,一条手机短信发过来,你可以在方便的时候再去阅读与回复。接收的异步性可以使受众不需受媒体传播时间的限制,可按自己需要随时进行信息的接收与利用。

3. 互动性

手机传播是一种开放的互动式传播。传统媒体的传播方式在现实中通常是单向的,传播者与受众双方无法随时随地进行双向沟通。而手机传播既可以是单向传播,也可以是双向甚至多向传播,手机传播具有很强的交互性。

手机媒体在"交互性"方面也有着传统媒体无法比拟的优势。传统大众传媒的重要特点之一就是传播的单向性很强。这一特点导致受众对媒介信息的反馈大部分是事后的、延时的,缺乏即时性和直接性。尼葛洛庞蒂把网络区分为环状网络和星状网络。电视网是典型的环状网络,它的作业方式是"一对多"。而移动通信网则是一种典型的星状网络,是"多对多"的作业系统。其实,我们可以把星状网络界定为"无中心化机构的网络"。基于移动通信网的手机媒体正体现了这一特点,在此传播体系中的一环,传者与受者一律平等,受者亦构成这个传播体系中的一环,传者与受者之间没有明确不变的界线。因此,手机媒体不仅给用户发送他所需要的新闻,更可达到跟踪、材料收集、读者调查、读者评论等多方面的功能。对读者和报社都提供了更多、更方便的服务,实现了更广泛、更迅速的互动。

较之网络传播,手机传播的出现进一步打破了传统媒介的特殊地位,清除了一般受众进入媒体的障碍,使得每一个人都能通过手机媒介行使自己的信息发布、意见表达权。在这种情况下,传播者和接收者的角色发生了变化与融合:就组织机构类型的传播者而言,既要进行网上信息发布,又要强化受众意识,及时接收整理用户的反馈,及时作出调整,最大限度地吸引用户,防止用户"用拇指投票",不登录自己的手机网站或使用自己提供的服务。对普通受众而言,随时随地都在传播者和受众的角色之间转换,比如浏览新闻是受众,发表跟帖评论是传播者;浏览别人的博客是受众,而开办自己的博客又成为传播者。而手机独有的随写随拍随录随发功能,使每一个用户每时每刻都能往手机网站或互联网站上发布新闻信息、图片、视频等内容,普通受众的传播者角色得到空前强化。

手机传播强调个人化、人性化,强调用户参与。与传统的大众传播相比,手机媒体在传播类型上具有明显的多样性,集人际传播、群体传播、组织传播、大众传播于一体。手机本身就是人际沟通工具,借助手机媒体上的各种论坛、聊天室、移动 QQ 等,人与人之间的交流渠道更加丰富。群体传播在手机媒体上也能便捷地实现,不少手机网站都在倾力打造主题

BBS、专题论坛、手机社区等,供有共同爱好或需求的用户交流。通过手机进行组织传播应用已经较为广泛,不少单位和部门开发了专门的手机信息发布平台,直接通过手机短信的方式传递组织内的各种信息;北京等地的政府部门还通过手机短信的方式,将突发事件应急信息、市政建设信息等第一时间告知市民。手机媒体的大众传播功能正在不断加强,一些传统媒体在无线互联网上安家落户,一批以新闻信息服务为特色的手机网站逐渐兴起,具有越来越大的社会影响力。这些传播类型相互交织,在一定条件下可以相互转化。比如通过移动 QQ,既可以进行人际传播,也可以进行群体传播、组织传播,甚至可以进行大众传播。

手机传播具有人性化的特点。美国媒介理论家保罗·莱文森提出了媒介演化的"人性化趋势"理论,认为人类技术发展是在模仿甚至复制人体的某些功能,是在模仿或复制人的感知模式和认知模式;并认为任何一种后继的媒介都是一种补救措施,都是对过去的某一种媒介或某一种先天不足的功能的补救和补偿。换言之,人类的技术越来越完美,越来越"人性化"。① 作为继网络媒体之后出现的又一新型传媒,手机媒体在很多方面克服了其他媒体的不足,会越来越张扬自己的独特个性。手机媒体能实现信息产品和家电产品功能的一体化,实现各种媒体功能的集约化,例如通过手机可以看电视,可以拍摄照片、录制视频并直接传播,摆脱了众多设备和程序的束缚,充分体现了"人性化"特点。手机媒体形体小巧,易于携带,更符合个体的需要。手机媒体是人能够"掌握"和控制的媒体,不像传统媒体那样把人与媒体分离开或像网络媒体那样把人"淹没"其中,更能凸显人的主体性。手机是"作为人体组成部分"的媒体,具有有机体的性质,是"媒介即人的延伸"的生动诠释。

4. 受众资源极其丰富

衡量一个媒体是否具有竞争力的一个重要指标就是现实和潜在的受众数量,而对手机媒体来说,最不用担心的就是用户资源。全球已有 46 亿人使用手机。手机用户数远远超过网民与报纸读者的数量。与国内发行量最大的报纸、杂志,点击率最高的网站,以及客流量最大的车站、地铁

---

① [美]保罗·莱文森:《手机:挡不住的呼唤》,何道宽译,中国人民大学出版社,2004 年,第6、第7页。

等场所的户外媒体相比,手机媒体拥有数量更庞大、类型更广泛的受众群。

手机已经不再仅仅是一个简单的通信工具,它的快速发展改变着人们的日常生活方式,成为传播、整合信息的设备,甚至是个人数字娱乐中心。未来移动通信产业发展的主要目标从用户数量的扩张转移到人均利润最大化。虽然在许多成熟的市场当中,手机的拥有量已经达到饱和,但在利用手机进行信息传播以及赢利等方面,仍处于起步阶段。

5. 多媒体传播

手机信息处理功能日益强大。手机上网、拍照、录音、摄像已逐渐成为不少手机的基本配置,多媒体手机逐渐普及。手机的操作平台也发生了很大变化,手机电脑化趋势迅速发展,基于 Windows Mobile、Linux 和 Symbian 等几大主流开放式操作系统的智能手机,具有传统以通话为核心功能的手机所不具备的信息处理能力,且该能力还在不断提升。新推出的一些手机,还整合了移动博客、即时通信等最新应用,手机的信息处理和信息传播功能不断增强。

3G 时代的手机传播是一种多媒体的传播。它可借助文字、图片、图像、声音等任何一种或几种的组合来进行传播活动。这种具有立体效应的多媒体传播组合可以更加真实地反映所报道的对象,给受众带来逼真而生动的感觉。手机传播的新闻也可以是多媒体的。

手机真正成为大众化媒体的催化剂是 3G。3G 不仅是一种高新技术,而且是一个新兴的产业,是移动通信发展的方向。随着 3G 时代的来临,随着技术的完善、用户认知的不断提高和运营模式的逐渐形成,手机将可以更快更好地承载目前各种媒体的传播方式和内容,手机媒体及相关产业的巨大潜力也将随之得到显现。在 3G 基础上,文字、图片、音频、视频、网页、电子邮件、实时语音、实时影像等功能均可以实现,而这些传统、新颖的功能结合在一起,所能带来的不仅是集中发力的冲击,更能为不同需求、不同终端的用户提供不同的内容,满足他们的不同需求,并可通过多种形式形成一定的互补和替代,确保同一类内容在手机媒体中以不同的形式实现最广泛的传播。

6. 手机亦是新闻采访的重要工具

2005 年 7 月,许多伦敦地铁和巴士乘客及路人用具有摄像功能的手机拍摄了伦敦大爆炸的现场，记录下这场自第二次世界大战以来伦敦经历的最严重的浩劫。就在伦敦连环爆炸案发生后数秒钟，十几名地铁乘客和被炸巴士附近的路人，在第一时间用手机拍下现场的恐怖画面。有人用手机拍下了其中一个地铁站的爆炸现场。画面显示，由于车厢满是浓烟，乘客们不得不用手捂住嘴巴，另一个画面捕捉到，附近的另一名男子也在用手机拍照。

电视台和新闻网站上出现的录像和单张照片显示，绝望的地铁乘客到处寻找逃生之路的情景。还有画面显示，巴士爆炸发生后，失去知觉的乘客横卧在地。画面清晰地捕捉到满脸黑灰的乘客逃生的情景，还有一名妇女在人行道上痛苦地蜷缩成一团，周围的建筑物上也有斑斑血迹。

大爆炸发生后不久，幸存者发现，手机线路出现拥堵，因为成千上万的人都想在第一时间联络自己的亲人。电话打不出去，一些人便用手机拍摄现场的恐怖情景。许多媒体，甚至远在澳洲的媒体向这些亲历者索取现场画面，希望他们通过电子邮件将拍摄到的画面发送给媒体，许多人给予了回应。

手机媒体技术的迅速兴起，使得全世界几乎所有普通的民众都能够拍下突发新闻并迅速传到互联网上。世界见证历史的方式正在因此而发生改变，名人们的糗事更是无处可藏。有些西方学者把这种现象称为"草根新闻"、"草根记者"，只要有手机就可以做记者。

以前只能靠人脑记忆的事件现在可以以几百万像素的精度几秒之内完整地传遍全球各个角落。2000年，拍照手机的问世更是将这一趋势推向了新的高潮。图片的作用也日趋增加，检方在审理抢劫、恐怖活动等案件时，越来越依靠现场图片的证据。保险公司在处理交通事故时，除了听取当事人的回忆外，手机照片也成了重要的佐证。

7. 私密性

手机媒体是一种十分个人化的媒体，不像电视那样方便家人共同观看，也不像报纸那样方便多人相互传阅，而是带有鲜明的个人色彩、贴着个性化标签的信息传播工具，具有很强的私密性。每一个手机终端对应一个具体的受众，这比互联网IP地址更能准确跟踪用户信息及行为。对信息服务提供商来说，信息传播可以针对不同的受众群体甚至特定用户设定，从而提供有吸引力的个性化服务，满足受众的个性化需求。对手机媒体用户来说,自主地位得到提高,自由选择和发布信息的权限扩大,私密性得到保证。

8. 整合性

手机是媒介融合的重要平台。手机媒体能整合多样的传媒形态,承载报纸、广播、电视等传统媒体的内容,并充分发挥出网络媒体本身所具备的一切传播优势。手机媒体能整合多元的传播主体,将电信基础运营商和各种类型的 SP、CP 融合到一起,将生产信息、传播信息的传者与接受信息、消费信息的受众合而为一。手机媒体能整合多样的传播方式,既可实现点对面(手机网站对用户)、面对点(多个用户向网站反馈信息)的传播,还可实现点对点(单个用户对单个用户)、一点对多点(聊天)、多点对多点(群组)等丰富的传播方式。

9. 同步或异步传播有机统一

手机媒体将同步传播和异步传播有机整合到了一起,即用户借助手机媒体提供的各种传播工具,既可以实时接收传播者传递出来的信息,与其他用户进行实时交流,也可以选择任何自己愿意的时间接触传播者传递出来的信息、与其他用户进行跨时间交流。这与网络媒体传播模式的特征十分相似。手机媒体的特殊性在于,由于手机是与人形影不离的传播工具,能有效缩短甚至消除异步传播的时间差,实现同步传播与异步传播的有机统一。比如,电子邮件是异步传播方式,但手机邮箱的邮件到达提醒功能,能让用户更快知晓邮件内容;即时通信工具具有留言功能,但手机即时通信的留言提醒功能,能让用户不必被动地等到下次上线才去提取。

二 手机传播的不足

手机作为媒体最大的优势在于便于随身携带。手机媒体是一种数字化新媒体,作为网络媒体的延伸,网络媒体的许多特性(包括不足)也延续到手机媒体之中。在现阶段手机媒体存在以下不足:

1. 虚假与不良信息传播

一些不法分子发布虚假信息,大肆招摇撞骗,各种淫秽信息和流言飞语借手机流传,败坏了社会风气,误导公众,导致社会秩序的混乱。

2. 侵犯个人隐私

彩信 MMS 手机的出现,是因为手机制造商纷纷将竞争焦点集中在手机的功能扩展方面,以及用户要求短信(SMS)以外更多的多媒体互动功能,但这种新型手机除了涉及国防安保和商业机密问题,还可能涉及其他法律问题。彩信 MMS 手机有其独特功能的设计,把摄像镜头安装在手机的背部,并且还可以被隐藏起来,因此佯装打电话,也能轻而易举地拍下一些机密的东西或侵犯个人隐私。

针对越来越多的不法之徒利用手机等电子产品的拍照功能进行偷拍,一些国家和地区的立法机构开始介入。香港律政司建议引用普通法的"破坏公众体统罪"控告偷拍者,以取代目前刑罚较轻的"游荡"罪名。疑犯一经定罪,最高可判入狱 7 年。韩国要求用照相手机拍摄时必须自动发出响亮的快门声,以有效制止手机偷拍现象。日本政府制定规范,禁止在公共浴室、更衣室等偷拍高发地点使用照相手机。英国政府禁止人们携带手机进入任何可能进行偷拍的公共场所。美国芝加哥市规定,在公共浴池和淋浴间,未征得当事人允许,禁止对其进行拍照。芝加哥市议会提议,对违反规定的人处以 5~500 美元的罚款。

3. 信息垃圾

目前中国网民收到的垃圾邮件数量已经与正常邮件数量相当,垃圾短信也不计其数。

4. 信息安全

一些手机的黑客针对手机的软件专门设计了一些病毒,对广大的手机用户进行攻击。用户使用手机收简讯或上网时要留意一些不明信件,对有乱码出现的信息千万不要打开,要马上删除掉。有些病毒利用了手机芯片程序中的漏洞或缺陷,用简讯的形式播发病毒代码,从而造成破坏。而其他曾经出现过的手机病毒,能使手机自动关机、死机等,甚至破坏内部芯片。部分手机病毒甚至还可使手机自动报警,将机内个人地址簿自动转发等。

还有如手机所固有的技术缺陷:屏幕小,电池不足等。尽管手机媒体存在不足之处,然而手机作为新媒体已经实现移动电话媒介身份的突破,正在成为人们随身携带的信息系统。手机作为新的传播终端,以高效、便捷、及时、互动的特性,为人们提供更为丰富、更为个性化和随时随地的信息服务。这将是一种不同以往的、向传统媒体发起挑战的、全新的文化生产样式和信息传播渠道。

从手机媒体的特点来看,它完全不同于传统媒体,而和网络的传播特性较为接近。其功能是多元合一,比如,通话时手机就是移动电话,发短信时就是文字媒介,用手机上网时就是网络媒体。应该说,手机媒体是网络媒体的延伸。

手机庞大的用户群已经构成了大众传播所必需的大量的分散的受众。手机的特点在于随着其功能的日益强大,它正逐渐从一种通信工具向信息平台转型。

作为具有信息载体功能的终端,手机在实现自身基本功能属性的过程中,面对海量的终端用户进行直接接触,因而有可能把特定信息进行最大限度的有效传播,进而达到一种类似、甚至超过传统媒体的大众传播效果(无论是在广告还是新闻方面)。在当今这个信息爆炸的时代,现代社会正以细胞裂变的方式不断地制造信息,传统媒体在满足人们日益增长的信息需要时也遇到了各种局限,渴望自己的信息能够更快、更好地传递给他们的目标客户群体。对传统媒体而言,这就找到了一个极佳的突破点。这种供求关系的扩张,使得将传统媒体的优势和手机的优势结合起来成为可能。

手机的特点在于可移动性以及个性化。一方面,即时滚动新闻的推出使得用户在路上就可以随时随地看到一些重要而简短的新闻;另一方面,报纸、广播、电视等传统媒体长期发展形成的信息采集网络、媒体品牌、广告经营以及社会公信力,也是目前其他新兴媒体所无法逾越的一道门槛。传统媒体与手机媒体的结合改变了信息的传播方式和内容表现形式,其最深层次的本质并没有发生根本性的变化,从长远来看,这有利于传统媒体强化自身的品牌优势,进而吸引更多的受众使用传统媒体的服务。

第 2 节　手机媒体与新闻传播

一　手机传播新闻信息的主要方式

手机传播新闻信息主要有哪些方式? 从目前的情况来看,用手机作为阅读终端主要有以下两种模式:

1.互联网模式

这种模式又可以细分为:WAP 版、I－MODE 版,及 3G 版。

WAP 是一项全球性的网络通信协议,通过 WAP 平台可以把互联网上的信息和业务引入到移动电话等无线终端,把目前网上 HTML 语言的信息转化成用 WHL 描述的信息,显示在移动电话显示屏上。所谓无线增值业务所包括的手机短信订制、彩铃、彩信的下载以及手机网络游戏都是在 WAP 上实现的。由于具备 WAP 功能的手机已成为大众消费品,越来越多的用户开始通过手机上网获取各种信息。

手机上网是大势所趋。2000 年,中国移动推出 GSM 网络与互联网沟通融合在一起的 WAP 业务——"移动梦网",随后中国联通推出"互动视界"。它们是目前中国最大的 WAP 网站,为移动通信与互联网间架起了应用平台。

WAP 技术能让手机与互联网结合起来,为用户带来更大通信空间。报纸 WAP 版的推出,使传统报媒进入无线平台,报纸和 WAP 版可以互相促进、互相补充。

与 WAP 版同时代诞生的还有日本的 I－MODE 版,后者在前文已经详细介绍,而且取得了远比 WAP 版更辉煌的业绩。

3G 普及后,WAP 版将让位给 3G 版。即用户可以通过手机高速上网,不仅阅读文字与简单的图片,而且可以流畅地欣赏到音频与视频。

2.短信/彩信模式

1992 年,当世界上第一条短信在英国沃达丰的 GSM 网络上通过 PC 向移动电话发送成功时,谁也不会想到,当初这项由电信运营商为解决手机话费过高问题而推出的低廉文本信息服务,竟会在多年后对人们的经济文化甚至政治生活都产生了如此大的影响。手机短信是报纸最基本的无线平台,随着移动通信业务的发展,手机短信业务因价格便宜、形式新颖、方便快捷,日益受到青睐。其内容包括:传统短信新闻订制;短信互动营销;开辟短信互动栏目,如读报有奖、新闻报料、头条新闻订制、读者俱乐部等。

中国目前的手机报主要是基于短信技术,并且与传统媒体结盟。传统媒体凭借长期形成的公信力、受众忠诚度和专业的数据库,能够在内容提供方面发挥自身潜力,向用户发送可信的、专业性和亲和力强的信息。

现阶段,国内手机短信与大众媒体的结合可以分为以下两种方式:

第一种是无线通信运营商、SP(短信内容提供商)和手机用户三者的组合。既有的网络、报纸、广播、电视等媒体作为 SP,通过中国移动、中国联通这些手机运营商提供的无线传输网络,向手机短信的终端用户提供信息,手机运营商和 SP 按照协议各自获得短信用户缴纳的信息服务费。

第二种是手机运营商、短信平台服务商、大众媒体和手机用户的组合,手机用户通过编发短信至短信平台参与到媒体互动中,受众与媒体通过手机短信形成互动,而手机运营商、平台服务提供商和媒体都可以从中分得一杯羹。

就第一种模式来说,手机用户可以通过短信订制、短信点播获取信息,相比于传统媒体的方式,手机短信具有接收简单快捷、针对性更强的优点。但由于技术限制,手机短信依然无法达到传统媒体信息的广度、深度和多样性,在相同费用支出下,通过手机短信获取的信息容量要远远小于报纸,更不用说文本信息之外的广播电视和网络信息了。但是另一方面,手机短信的优点使它可以随时随地接收自己想要的信息内容,随着技术的成熟和费用的降低,手机短信的媒体或然率在一步一步提高。手机短信的这些功能在青少年中具有广泛吸引力。另外,从人际传播的角度看,手机短信交流可以克服电话交流和面对面交流的羞涩心理,可使更多的人参与到媒体中表达自己的想法。

现在的手机相当于迷你型电脑,WAP 相当于手机上的一种无线协议的 IE 浏览器,WAP 和短信相当于我们获取信息的另外一种信道。与传统媒体不同的地方是,它具有即时互动性。短信和 WAP 是个统一的数据库,在内容上可以通过 WAP 和短信两种形式相互宣传和表现,让用户具有更多选择,其应用普及是大势所趋。随着技术的发展,手机短信不只可以发送文本信息,而且可以传送包括图像、声音、数据等形式的信息内容,其信息容量也在快速增大。

无线手机媒体融合了纸媒体的书写和互联网的交互,还包括无线的基本特征:移动、即时。

从发展来看,3G 版将成为手机媒体的主流。它将集手机媒体的便携性与网络媒体的信息海量性、全球性等特征于一身,使手机媒体真正成为交互性、数字化、快捷的、多媒体传播的影子媒体。

二　发展手机媒体要克服的"瓶颈"

虽然手机作为一种大众媒体发展势头迅猛，并显示了非常明显的优势；但是，手机媒体的发展在中国尚受到五大"瓶颈"的制约。

1.终端限制

目前，大多数手机可接收和发送短信息，但只有支持彩信的手机用户才能读手机报、浏览互联网。另外手机的屏幕小，传播的信息量相对有限，阅读不如报纸、图书方便。

目前国内只有彩信或者 WAP 手机用户才能阅读手机报纸，因此无形之中将拥有低端手机的用户排除在手机报纸的潜在客户之外。单纯就文字而言，一条彩信可容纳 50K，相当于 25000 字，而且压缩的图片清晰度不高，还会出现手机接收不是很好甚至出现错误的情况，影响读者阅读。手机报一期有 50～100K，而现在市面上的手机容量大约 2～30M，用户还要储存短信、图片、MP3、电话簿，这样留给手机报的储存空间非常有限；而手机杂志的传输形式是平面印刷的 PDF 格式，用户阅读时要放大文字阅读，这样就无法在屏幕上清楚看到一个完整的页面，失去了阅读杂志的快感。

对于手机视频，美国和我国移动运营商推出的手机电视业务主要是依靠现有的移动网络实现的。目前较高的手机屏幕分辨率为 176×220 像素，屏幕约为 2～3 英寸，手机视频的色彩、声音、清晰度都无法和电视相比。其次，一段十几分钟的视频用 RM 流媒体格式压缩到手机上，需要占用 1M 内存，相对手机内存来说占用空间太大。再次，虽然手机电视以时效性、即时性突出，但同时也有相当一部分的移动视频，比如室外大屏幕、车载视频、电梯动态视频也为人们在户外收看视频提供了更多的渠道。

2.费用相对较高

彩信、手机报、无线互联网一般采取用户包月订购或者按流量计费等方式销售，每月的费用为 8～20 元不等。如包月的手机报只提供报纸的精华内容，用户如需了解版面内新闻的全部内容，还需要单独上传指令下载，每条短信的价格为 0.5～1 元，这样的收费标准相对于普通报纸并不便宜。

手机报的包月定价在 3 ~ 15 元不等,阅读手机报的用户接收的文字量和图片量要比报纸少得多,所付费用却高于报纸。手机小说也通过用户订制短信的方式收费,以千夫长的短信小说《城外》为例,这部总共4200 字的小说被分割成 60 条短信"出版发行",每条短信价格 3 角,那么要阅读 4200 字的小说就要花 18 元钱,而 18 元可以在书店买一本 30 万字的长篇小说了。

对于手机视频,目前的通信费按照 GPRS 资费标准收取,可选 20 元WAP 包月套餐,信息费为每月 10 元,一共每月 30 元;联通的收费采用多种套餐的方式,例如 100 元包 1GB 的流量。与这样的资费标准相对应,有线电视每月只需花费 13 元。这个价格与大众能接受的标准还有很大的距离。目前能够收看手机视频的 3G 手机价格也比较高,约为 5000 元左右。

3.走内容原创还是集成模式

调查显示,读者在前几次的阅读体验直接决定了他对手机报的态度。由于各大报纸目前都处于摸索阶段,并没有安排很多人力去编辑手机报纸的内容,往往是直接把报纸的新闻拿来用,因此现在手机报的文章长度甚至语言习惯并不符合手机的传播方式——快速、简洁、直接。

目前运作的手机媒体,原创内容并不多,大部分只是把报纸内容经过选择、压缩再翻版到手机上,而今天的报纸形式、文章长度甚至语言习惯都并不符合手机快速、简洁的传播方式,不对内容进行大幅度整合是无法满足读者阅读需求的。手机小说也被称为短信小说,现代人常常无暇阅读长篇巨著,且受手机屏幕显示文字数量的限制,手机小说很少采用标点符号,文章紧凑,节奏感强。短信小说《城外》卖出 18 万元的天价后,短信小说写手不断增加。但总的来说,手机阅读还未开辟出稳定的市场,媒体内容也未足够凸显出手机媒体自身特色。媒体内容制作应依照媒体特征设定内容范围,比如广播媒体强调信息快捷,电视媒体强调视觉冲击,报纸强调信息丰富。手机阅读要求制作者按照手机媒体的特点去策划筛选内容,充分利用彩信优势,整合图片与文章的内容、结构来适应那些通常处于移动状态、没有时间进行深度阅读的读者。

手机视频内容主要依附于电视媒体,逐渐形成多元化趋势。主要有两种不同的形式:第一种是实况转播电视,视频通过网络直接传送到手机上。2004 年 3 月初,第 76 届奥斯卡颁奖典礼和 2005 年 10 月 12 日神舟六号运载火箭发射过程都是通过"手机直播"直接传送给手机用户的;第二种是根据订户对于内容的要求创建或编辑的视频片段。央视的部分节目和电影片段即通过此方式供用户下载收看。

有人认为,手机媒体可以走信息集成模式,正如目前国内外商业门户网站新浪、雅虎一样。但是集成模式在网络媒体中取得了成功,在手机媒体中能否成功还有待观察。

4. 受众群体偏窄

"手机媒体"的读者是社会上知识水平高、经济基础好、年龄层次在 25 ~ 45 岁、对新闻信息敏感的特定人群,而不是原来四大传统媒体面对的普通大众,受众群体狭窄进一步限制了"手机媒体"的规模。

手机报业务开展得比较好的《华西手机报》,订阅用户也只是 8 万左右。除去对手机报的新鲜感、好奇心,能够继续热衷于阅读手机报的人又会剩多少? 而中国 7 亿多人这一庞大的手机用户的市场潜力要求手机必须以开拓大众市场作为长远目标。要想增加大众手机用户对手机报、手机杂志、手机视频的接受度,要实现大众手机用户也能够获取可支付得起的、快捷的、个性化的信息增值服务还任重而道远,妨碍手机阅读和手机视频发展的制约因素还有很多。

5. 赢利模式的迷茫

据报道,在神舟六号运载火箭发射升空后的短短 2 个小时内,涉及"神舟"、"神六"两个关键词的点对点短信量就达到 6 万多条,几乎相当于以往同一时间段短信数量的 65 倍。在手机用户指尖轻舞的同时,大笔的短信费、彩信费也源源不断地进入了门户网站、SP 和移动运营商的口袋。但是偶然事件不能保证手机业务的稳定利润。目前无论是手机阅读还是手机视频业务,都没有明确找到自己的赢利模式。

在无线增值产业,服务提供商(SP)是连接内容提供商(CP)和移动运营商的一个"桥梁"。报纸、杂志、小说甚至网络都可以成为内容提供商,要获得赢利首先要提高用户定制彩信的数量,因此内容是吸引用户的决定性因素。但是仅靠彩信订阅的收入是远远不够的,以《浙江手机报》为例,即使发展到 100 万用户,对移动运营商来说,一个月单纯彩信的收入还不及其他业务一天的收入。实现赢利应该是内容提供商、服务提供商和移动运营商三方合作的结果。空中网作为 SP,在成立半年就实现赢利是很好的值得借鉴的例子。空中网长期和大制作、市场影响力大的电影合作(《英雄》、《功夫》、《神话》等),拥有包括电影视频片段和花絮、电影剧照、海报、音乐、对白、音效、剧情等独家无线版权,并将这些素材制作成很多适合手机娱乐的产品。它的成功吸引了包括移动运营商、手机终端以及其他内容商的注意,进而形成一条龙的共赢局面。除此之外,广告依然是最大的利润增长点,但是传统媒体的赢利模式是否可以置换到手机广告中,还需要在实践中根据手机终端的特殊性作进一步探讨。

尽管手机媒体存在不少问题,但是我们要看到手机用户的普及率远远高于电脑。手机媒体是在电信网与互联网融合的基础上发展起来的高科技的产物,将互联网的力量从电脑转移到了手机上,从而形成了一种更方便、更强大的媒介方式。尽管现在手机的互联网应用还有点像鸡肋,但随着移动通信产业的迅速发展,手机媒体从某种程度上取代网络媒体也不是什么难事。

由于手机媒体集中了以往纸质媒体、广播媒体、电视媒体、网络媒体的优点,并兼具无线网络媒体传输的随时、随地、随身的新特征,所以虽然它目前还只是初现端倪,但作为手机媒体媒介的手机的先进性决定了它迟早会改变现有媒体的格局。从长远来看,手机报纸、手机杂志、手机电视会逐渐走进人们的生活,手机媒体化必将给媒体市场带来一场新的革命,报纸、电视、网络都可能受到巨大的冲击。

手机媒体作为一种新兴媒体,对传统媒体广告客户的分流是不可避免的,因为它的目标性很强,商家通过这种准确的受众定位,确定广告投放的目标群体,可大大节省资源。传统媒体要在这场分流战中保住自己的阵地,就需要借助手机媒体的兼容性寻求与其合作。同时,手机媒体也需要借助传统媒体来丰富自己的内容和表现形式。

手机是人们最强有力的信息终端。现在很多人 24 小时都与手机亲密为伴,离开了手机很多人会感到不舒服,丢失了手机对不少人而言会是重大的损失,不光是物质损失,精神也会产生一种与世界脱离的感觉。据近期央视索福瑞的调查,全国观众的收视时间在下降。对于报纸、广播等媒体,我们的使用时间也是有限的。只有手机是我们很多人随身携带的媒体。有人称之为"影子媒体",人们走到哪里都会与手机相伴,包括晚上睡觉的时候。世界上没有一种终端和介质比手机更具有媒体的兼容性、整合性、贴身性,以及像手机那样便于互动,甚至可以直接去呼唤手机的主人,强迫引起用户的关注和阅读。

第3节 手机传播带来的冲击

手机媒体的传播模式和传统的大众传播模式迥然不同,与网络媒体的传播模式也存在一定差异。需要强调的是,手机媒体本身还处在走向成熟的过程中,传播模式的一些特性尚未充分体现出来。

一 改变现有传播格局

媒介技术发展一般会经历三个阶段。新媒介初入世界时是供人娱乐的玩具,谁也不注意它们的内容。人们习惯新技术之后,技术就退居次要地位而进入了现实的镜像阶段,人们开始对内容做出回应。有的时候媒介进入第三阶段,此时的媒介就不仅反映现实,而且要重新安排、重新构建现实了。手机媒体的发展也正在经历这样一个过程。现在用手机登录WAP网站、接收手机报纸、撰写手机博客、开通即时通信等更多的还是一种体验性应用,是追求一种时尚,还谈不上通过手机传播信息已经到了须臾不可离的地步。不过,越来越多的人已经开始关注通过手机呈现出的丰富内容和不同媒介形态。手机媒体继续发展,必然会进一步改变现有传播方式,并有可能打破传媒业和通信业的界限,打破有线网和无线网的分割,兼容整合各种媒介形态,塑造新的传播格局。

1. 形成新的交流环境

"媒介即讯息",手机给人类信息传播提供了无限的想象空间。手机重要性的提升,手机功能的增强,正在形成一个瞬间完成传播、全方位包围我们头脑的新的交流环境。在新的交流环境里面,信息传播空间发生了变化,传播者和受众的距离被消除了,以实名制手机号码形式出现的用户比以IP地址出现的网民更加固定和容易确定;传受双方的界限被打破了,在后传播时代,从理论上说,每个人几乎都有可能成为传播者,传播机构和个体受众的区别也被缩小了;全球化传播渠道更加畅通了,手机即时通信、手机博客、无线互联网等很可能实现全球互联互通,地理上的区隔被进一步打破,"地球村"进一步变成现实。信息传播的时间发生了变化,静态的信息接受方式向动态实时接受信息转变,信息的及时互动或暂时延宕得以自主实现。人际交流的话语空间也通过手机媒体实现了有机整合,点对点的私人空间和连接无线互联网形成的点对面的公共空间既可以相对独立,又能即时贯通。

2. 媒体生态更加复杂

手机成为一种崭新的传播媒体,使媒体生态更加复杂,传播主体更加多元,受众分化更加明显,舆论引导难度明显加大,对既有的信息传播秩序带来了深刻冲击,特别是对传统的媒体格局和当前的新闻宣传工作带来了前所未有的深远影响。

当前,我国正处于传媒事业高速发展、传播技术深刻变革的时期,媒体数量十分庞大,新形媒体不断涌现,传播渠道多种多样,媒体生态环境日益复杂。不同媒体间的竞争态势也较为明显。一方面,各种内容提供商、服务提供商、网络运营商纷纷开展手机媒体业务,无线互联网领域的竞争将逐渐加剧;另一方面,手机媒体迅速发展,可能导致部分传统媒体覆盖面有所缩小,甚至出现被无线互联网边缘化的情况,主流舆论阵地面临新的压力。

3. 传播主体更加多元

相对于网络媒体,手机媒体的发展使介入新闻信息传播的主体进一步趋于多元。手机媒体是以运营商为主导发展起来的,目前网络运营商正在实施战略转型,即通过多网络、多终端、多业务的融合和价值链的延伸,实现由传统基础网络运营商向综合信息服务提供商的转变。一批商业门户网站、独立 WAP 网站或依托于"移动梦网"平台的 SP 不断加大手机媒体业务的投入力度,积极为手机媒体用户提供各种信息和服务,力争在这一新兴领域抢占先机、赢得主动。手机媒体的个人化趋势十分明显,普通手机用户可以通过手机方便地采集、发布信息,"个人媒体"有可能得到较大发展。可以预计,传播主体多元化,特别是个人掌握的传播工具越来越多、在信息传播中的地位空前提升,个人发布信息、形成舆论、"动员社会"、"穿透"管理的能力不断增强,产生不良信息和不可控因素的可能性大大增加,不可避免地对主流舆论形成冲击。

4.受众分化更加明显

人类新闻传播活动经历了从小众传播到大众传播,从大众传播到分众传播的漫长过程,这一过程的产生有着复杂的社会历史原因。现在,人们在获取信息的途径、接收信息的方式、需求信息的类型、选择媒体的偏好等方面差异越来越大,媒体的专业化、小众化传播趋势日益明显,受众群体分化趋势逐步加剧。手机媒体更多地体现了以个人为单位的个人兴趣、个人需求,是完全个性化的传播平台;手机信息传播将会最大程度地体现个人的差异和需求,最大限度地实现在信息需求方面的个人价值。手机媒体的应用和普及,必然会进一步改变人们的信息获取途径和接收方式,推动分众传播、小众传播更深入地发展,这也会在一定程度上使得传统的主流媒体往往到达不了某些特定受众群体,影响新闻宣传效果。

二 冲击舆论调控机制

手机信息传播的舆论化趋势为用户提供了一个自由的言论平台,使人们获得了更大的表达空间。但手机媒体的互动性、开放性、匿名性,以及传播内容的不可预知性、群发转发的不可控制性等特性,使得"把关"难度增大,"把关"机制失效或缺失,加之整个行业发展环境和手机媒体环境还不规范,手机信息传播的舆论化也带来了一系列现实和潜在的问题。

1.对传统的舆论调控机制的冲击

手机媒体的出现,使得信息传递更加及时、传播范围更加广泛,形成了一个"无所不在"的"5A"网络环境。从理论上讲,通过手机媒体,"任何人(Anyone)"可以在"任何时间(Anytime)"、"任何地点(Anywhere)",通过文字、声音、图像等"任何媒介(Any media)"传播"任何信息(Anymessage)",这给传统的舆论调控机制造成了深刻影响。从对热点引导的影响看,手机媒体特别是手机媒体与网络媒体相结合,可以使个别媒体报道的地方性事件迅速演变成全国媒体关注的对象,由"局部热点"迅速演变成"全局热点";可以几天甚至几小时就炒作出一个"事件"、"现象",而且往往事先难以发现征候,事后找不着责任主体,造成较大负面影响。从对正面宣传的影响看,手机媒体传播形式多样、信息内容庞杂,很容易将正面宣传的内容淹没,难以产生预期的社会效果,而错误的观点、非理性的舆论有了传播渠道和生存空间,这对传统的舆论调控机制构成了冲击,对如何确保舆论导向正确提出了新的挑战。

2. 冲击信息传播秩序

一方面,伴随手机信息传播舆论化发展,一些捕风捉影的流言谣言迅速扩散,垃圾信息无孔不入,低俗信息大行其道,少数手机网站提供的黄色小说、图片、视频浏览或下载业务"受到追捧",扰乱了无线互联网的信息传播秩序。另一方面,手机信息传播舆论化带来的不是信息的平等,而是在传统媒体、网络媒体已经造成的信息不对称基础上,更加剧了这一趋势。早在 20 世纪 70 年代,美国传播学者蒂奇诺等人就提出了"知沟"理论假说:"由于社会经济地位高者通常能比社会经济地位低者更快地获取信息,因此,大众媒介传送的信息越多,这两者之间的知识鸿沟也就越有扩大的趋势。"这一理论随着网络媒体的产生和发展继续得到验证。而作为媒体发展的最新进展,手机信息传播的舆论化趋势更加强了这种信息不对称的情况。

3. 冲击媒体发展环境

手机媒体要得到社会承认、取得相应地位,必须在一个良好的媒体生态环境下健康发展,逐步建立起一套成熟的运作体制和有效的"把关"机制,从而积聚起足够的公信力。但是手机信息传播的舆论化趋势,不断冲击着手机媒体发展环境,影响手机媒体公信力的建构。进而言之,一方面,手机传播技术带来的"把关人"缺失和"把关机制"失效,加剧了手机媒体的舆论化趋势。手机媒体融合点对点的线性传播、面对面的网状传播等特性,理论上传播路径是无限的,无论是政府在宏观层面建立的"把关"机制,还是运营商、服务商在微观层面建立的"把关"机制,都会存在漏洞和滞后等问题,这就使得"把关"的难度大为增加,甚至变得不可能,也就使得手机媒体舆论的自由空间很大,舆论化趋势不断加剧。另一方面,手机媒体的舆论化趋势,又不断冲击"把关人"和"把关机制"。越来越多的人通过手机媒体提供的平台自由表达意见,或许越来越多的人希望成为"意见领袖",手机媒体上的舆论变得更加多元,传统的"把关机制"受到的冲击增大,手机媒体的发展环境也就更加复杂。

三 手机媒体的发展导致社会控制进一步弱化

对于传统的大众传播媒体来说,社会控制不难实施。国家和政府通过规定大众传播体制,制定有关法律、法规和政策,来保障媒介活动为国家制度、意识形态以及各种国家目标的实现服务。包括对媒体的活动进行法制和行政的管理,对媒体的创办进行审批登记,限制或禁止某些信息内容的传播,分配传播资源,等等。

对于手机媒体而言,社会控制存在相当大的难度。由于手机传播信息容量的无限性、物质载体的无形性、信息受传者数量的海量性,要想全面、及时地控制手机传播几乎是不可能的。

为了社会稳定,政府可以采取一些策略,例如通过技术手段进行控制来实现(如封杀某些手机短信)。政府还可以制定一些法规,例如要求电信运营商将手机短信保存一段时间以备查,实行手机实名制。但是,由于手机媒体的用户群过于庞大,要全面监控手机信息传播并不容易,或者说要付出极高的社会成本。

在手机传播中,社会舆论将更加分散。

市场经济的冲击以及观念的开放,受众结构已经发生分化,变成了一个个有着不同愿望和需求的"小众"群体。主体意识的增强,使得受众的参与意识较之从前有了很大提高,手机媒体的发展促进了个性化传播趋势。除了传播方式的变革外,我们的政治将更加民主化,我们的经济、文化、社会和个人生活、学习、工作都将更加多样化,这些都加速了个性化传播趋势。包括互联网、手机媒体等数字化新媒体的发展,不仅使人们的信息来源大大增多、选择余地大大扩大,而且促使人们独立思考和判断的能力加强。受众眼界开阔,文化程度高,独立思考、判断的能力和习惯增强,盲从度会大大降低。这与生活的多元化、各种选择机会的丰富多样相结合,受众个人的独立性和自主性便会很强,受众需求的个性化程度相应提高。

数字时代被认为是一个尊重个体的时代,它更承认人们个人意见的表达与个性的发展,所以相对来说,传统的从众心理可能会表现得较弱一些。数字社会将是一个舆论更分散的时代。

2007年5月,由于百万市民转发短信反对建厂,使得厦门缓建高危石油化工厂,这一事件就从一个侧面反映了手机媒体的社会影响力。

由台资的翔鹭集团在厦门海沧区投资 4.75 亿美元兴建,每年可生产 80 万吨对二甲苯(paraxylene)的这个石化工厂,距离总面积 1627.55 平方公里、总人口约 137 万人的海滨城市厦门市中心只有 7 公里,原定 2007 年动工,2008 年底投入生产。

专家指出,对二甲苯属于危险化学品和高致癌物,对胎儿有极高的致畸率。生产该化学物品的工厂应与大城市相距 100 公里,才能保障安全,台湾、韩国对二甲苯项目与较大城市的直线距离一般大于 70 公里。

2007 年 3 月,中国科学院院士赵玉芬等 105 名全国政协委员,联名向全国政协提交一份头号提案,指出翔鹭集团投资的有关石化项目离居民区仅 1.5 公里,存在泄漏或爆炸隐患,将使厦门百万人口面临危险,必须紧急叫停项目并迁址,但得不到足够的重视。

2007 年 4~5 月,有网民贴出一条题为《反污染! 厦门百万市民疯传同一短信》的帖子,声称上百万厦门市民都在转发一条相同的短信,反对厦门兴建对二甲苯的石化项目。

短信的内容写道:"翔鹭集团合资已在海沧区动工投资(苯)项目,这种剧毒化工品一旦生产,意味着厦门全岛放了一颗原子弹,厦门人民以后的生活将在白血病、畸形儿中度过。"该短信在结尾号召市民参加游行,以向市政府表达反对之意。

2007 年 6 月 1 日厦门市政府宣布缓建这项耗资 4.75 亿美亿元人民币的海沧 PX(对二甲苯)石化项目,建厂工程已暂停。而最初发起这一短信抵抗活动的,竟是厦门市海沧一位多次进京上访投诉无门的普通农民。台湾翔鹭集团要在厦门海沧进行的石油化工项目,摧毁了农田。为此,这位农民向上级部门投诉,屡次失败后,他才想出了这样一个办法。

未来的世界将是一个移动互联的世界。手机作为新的信息终端、新的传播载体、新的媒介形态,正在对经济发展、政治文明、社会生活产生日益广泛而深刻的影响。

第 4 节　手机用户研究

与网民的发展历程一样,手机用户也经历了一个由"贵族化"向大众化、平民化的转变。网民在互联网发展的初期,呈现出所谓"贵族化"特征;手机的初始用户基本上是经济富裕的商人、企业家、政府官员。目前中国的手机用户已达 7 亿多人,全球手机用户已经达到 46 亿人,已经呈现出明显的大众化、平民化。

我国手机用户现在最常使用的手机功能是短信和通话,最常使用这二者的用户比例都超过了 80%,单机游戏、拍照、图片铃声下载这三项功能在用户中的使用比例为 30% 左右,紧接着是彩信和手机上网,约为20%,联网游戏及其他功能合计比例为 8%。大部分用户每月用于数据类业务的费用在 5～20 元之间,所占比例为 33%,其中每月用于数据类业务的费用在 11～20 元的用户比例为 16.7%,20～50 元之间的比例也比较突出,达到了 29.3%。

一 为什么称手机用户而不说手机传播中的受众

受众,简单地说,便是接受信息的人。传统上的受众是观众、听众、读者的统称。受众,在传播过程中是信息到达的终点(信宿),可以简要表示为:信息→新闻传播者→大众传媒→受众极少量的信息反馈。在这里,受众是与传统的新闻传播者相区别的一个相对固定的群体,在信息传播过程中,他们只能被动地接受新闻传播者所传播给他们的完全一致的信息内容。而在受众选择性很大的网络传播、手机传播中,有条件的受众摆脱了被动的地位,成为与从前的新闻传播者一样的主动的信息传播参与者。

由于手机传播具有主动性和交互性,手机传播中的受众——手机用户也有着传统媒体受众所不具备的许多新的特点。手机传播中的传播者和接受者可以在瞬间进行角色转换,这种转换尤其在短信传播中表现得十分明显。在手机传播中的许多情况下,信息的传播者和接受者在动态上难以清晰区分,两者的界限比较模糊。当然,手机传播中的传播者和接受者在静态上还是能够区分的。

由于客观条件(经济、技术、时间、知识技能等)的限制,至少在目前的大多数情况下,手机用户依然主要处在信息接受者的位置,即主要以受众的身份出现在手机传播中。整体上看,手机用户发布、传播信息的影响力、科学性、真实性、可信度,还无法与经济技术等各种实力雄厚的新闻网

站、商业网站等相提并论。日本I－MODE发展的经验说明,绝大多数手机
用户在使用手机时,浏览、检索、下载、接收的信息要远远多于上传、发布
的信息。

二　手机传播的便携性、互动性、主动性、选择性

从受众的角度看,手机传播具有高度的便携性、互动性、主动性与选
择性。

手机传播的互动性使得传播者与受众之间的关系发生了一定的变
化。手机传播的互动性带来受众的主动性,在手机传播活动中受众的参
与性大大加强。

传播学理论认为,任何传播行为,尤其是大众传播都应该是双向的,
只有及时获得受众反馈才有可能获得理想的传播效果。由于受到经济技
术条件的限制,传统媒体的传播方式基本上是单向的,受众处于被动接受
的地位,而互动性则使手机传播的传播过程成为一个闭合的回路,这将有
助于媒体便捷、低成本地搜集受众的反馈信息,从而提高传播效果。

在传统的大众传播模式,受众反馈几乎都是一种"延迟"行为,大众
传播中的反馈不能像人际传播中的沟通那样得到及时的回应,而且就传
播资源、传播能力以及传播时间而言,传受双方是不平等的,反馈在大众
传播中是一个薄弱的环节。尽管在现代大众传播中,传播者充分注意到
受众的反馈意见,诸多媒介设置了一系列的渠道,实现了传受之间的直接
对话,但是这种沟通仍然不能及时、准确、全面地反映所有受众的意见。

与传统媒介最大的不同是,手机媒体拥有类似网络媒体所具有的互
动性。手机媒体是双向、多向交流的媒体,互动性是手机传播较之传统媒
体的一大优越性。作为网络媒体延伸的手机媒体,继承了网络媒体互动
性的特点,并且具有网络媒体所不具备的高度便携性。手机受众享有了
前所未有的移动性与参与度,成为媒体的一部分。受众由被动变为主动,
自由地从媒体中选取所需信息,也可以参与媒体的传播活动。信息的提
供者与信息的接收者可以迅速反馈信息,受众与传播者之间可以相互选
择与沟通。

从传播学的角度看,手机传播的交流手段更加方便、交流速度不断加
快,实际上也带来了交流频率的增加和交流内容的扩大。手机传播的这

些特点使它在新闻信息的传播方面有着不可比拟的优点。手机新闻信息一般都短小精悍，更新快，要求传播速度快和范围广。

手机传播在互动性方面也有着传统媒体无法比拟的优势。传统大众传媒的重要特点之一就是传播的单向性很强。这一特点导致受众对媒介信息的反馈大部分是事后的、延时的，缺乏即时性和直接性。尼葛洛庞蒂把网络区分为环状网络和星状网络。电视网是典型的环状网络，当一个观众在收看一个节目时，有许多人也在同时看这个节目。它的作业方式是"一对多"。手机传播是一种星状网络，是个"多对多"的信息传播系统。我们可以把星状网络界定为"无中心化机构的网络"，在此传播体系中，传者与受者地位平等，受者亦构成这个传播体系中的一环，传者与受者之间没有明确不变的界限。因此，手机传播不仅给用户发送他所需要的新闻，更可达到跟踪、信息收集、读者调查、读者评论等多方面的功能。对读者和媒体都提供了更多更方便的服务，实现了更广泛、更迅速的互动。

手机媒体的魅力还在于它带来的增值服务以及消费者对它的认同。一方面，手机媒体能够给受众提供分类新闻信息。按需求发布，这使得新闻信息的传播具有人性化趋势，新闻的时效性也由于其动态传播和即时接收等因素进一步加强了。另一方面，手机媒体具有的互动性是其另一突出的亮点。受众总是希望参与到新闻的讨论中来，寻求与编辑、记者对话和交流的机会，传统媒体下的受众基本处于被动接受信息的状态，意见和观点反馈至传媒在即时性方面与手机媒体相比难以望其项背。

三　手机媒体用户普遍比较年轻

手机媒体用户普遍比较年轻，尤其是初期用户。这一点在日本 I -MODE 的实践中表现得十分明显。

I - MODE 最受到年轻人的欢迎，年龄层分布在 24 ~ 35 岁之间，这些人通常是最热衷于上网的人群。而在使用者中，以 20 多岁高收入的女性为主要市场。I - MODE 手机用户普遍的生活形态是：求新求变、追求个性与自我、喜欢利用 E - mail 与朋友交换讯息（在日本，文字型短信并不如 E - mail 受欢迎，因为可以利用手机收发各种精美又能附上图片的 E - mail），对于生活上的琐碎事情都希望能借由简单方便的网络服务来获得解决。又因为日本地狭人稠，往往要花费相当多的时间在通勤上，人们希望能利用短短的空当撷取各种讯息。无所不在、随时上网的 NTT DoCoMo 公司的 I－MODE 正好满足了这一需求。

有数百万人每天沉溺于 I－MODE，他们整天带着手机并迅速传递各种小道消息直到电池没电；或是张贴些可爱图片，可以透过手机来观看甚至下载到手机的屏幕。他们透过 I－MODE 所提供的电子邮件来与朋友进行交谈。

日本的手机使用者，对于移动通信服务的使用上，语音通话的比重并不高，多数集中在使用增值服务如 E－mail、简讯以及手机上网。尤其是 E－mail 更是占了相当大的使用比重。

与其他国家相比，日本手机上网的比重相当高。这是因为日本民众在接触网际网络时，不像其他国家一样是先从有线网络开始才往无线网络发展。在日本，固定网络上网率不高，反而是经过移动通信网络上网的几率很大。因为先利用移动通信网络上网，后来才使得很多人觉得有需要买 PC 透过固定网络上网，也有人说就是因为日本人并没有一开始利用 PC 上网，因此不觉得手机的小屏幕难以忍受。

四　手机用户的类型与心理

手机用户可以按照不同的标准进行分类。不同类型的手机用户有着不同的上网心理和行为。

(1)地域。不同的国度、地域、文化不同，对手机用户的心理和行为有重大影响。

有数据显示，中国人上网爱聊天，美国人常查地图，法国人写博客。当一个中国网民打开电脑开始聊天的时候，一个美国网民可能正在查找他的一个商业伙伴办公地的行车路线，而一个法国网民可能正在自己的博客上"奋笔疾书"。调查表明，聊天是中国网民上网最爱干的事情之一，而美国人上网最常做的事是查地图，法国的博客人数则超过了 600 万，这就是说平均大约 10 个法国人中就有 1 个有了自己的博客。不同的上网习惯不仅反映出一个国家互联网的发展水平，也反映出了一个国家的网络质量、网民的素质和网络文化。

(2)性别。男性和女性手机用户在行为上均有较大差异。英国移动电话市场服务公司 Enpocket 2003 年所做的调查显示,男女在使用移动电话的习惯上有很大差异,他们在向自己的移动电话下载软件时显示出不同的兴趣。调查显示,下载游戏的大多数是男人,而女人则对各种不同的电话铃声效果更感兴趣。在调查的 3 个月里,5.8% 的用户(约 190 万人)向自己的手机下载了游戏,其中男性占 58%。在同样的时间里,大约有 590 万人向自己的手机下载铃声旋律,其中多数是女性。目前,大多数的流行乐上榜歌曲可以作为铃声旋律下载,价格在每曲 1.5 ~ 3.5 英镑不等。2003 年,移动电话铃声旋律的总销售额在英国达到了 7000 万英镑。

(3)年龄。人们在不同的年龄,会有不同的心理和行为。

(4)支付能力。经济支付能力是直接影响手机用户动机和行为的重要因素。

(5)教育水平。教育水平直接影响手机用户获取信息的心理和行为。

此外,不同职业、社会地位等的手机用户也有着不同类型的信息需求。

五 手机用户动机分析

动机的原始含义是引起(或发动)动作,心理学则把人们经常以愿望、兴趣、理想等形式表现出来的,激励人们行动的主观因素称为动机。动机是行为发生的先导和条件。手机用户上网的动机主要有:

(1)获取信息。获取信息是手机用户中最普遍、最常见的一种心理需求。

(2)消闲娱乐。娱乐是以追求精神享受和放松为目的的一种动机。手机用户通过手机媒体可以增加见闻、满足好奇心、打发时间、寻求刺激、寻求快乐、放松情绪、消除烦恼和疲劳、释放日常生活带来的种种压力和烦恼。

手机游戏虽然不能与人的生存发展相关,但它有助于使人们的身心从繁忙的工作中恢复过来,使人们从日常利害关系中解放出来,是对自我个性各个方面的丰富,是自我放松和自我调节。

(3)时尚。时尚心理,是一种普遍的心理现象,它存在于许多领域。一些人频繁更换手机并无明确的目标,而只是追求一种时尚,以获得一种心理上的满足。

此外,追求便利也是手机用户的动机之一。事实上,手机用户的动机十分复杂,手机用户上网往往是多个动机综合作用的结果。

六　手机用户的娱乐化消费心理

人们生活方式、心态的变化,使大众越发崇尚娱乐化。正如美国著名未来学家奈斯比特抨击消费科技时说:"我们把科技当玩具玩。"但这确实体现了大众消费时的一种心理。现在无论哪款手机都有游戏功能。诺基亚甚至还曾以"贪食蛇"游戏大赛作为行销的手段。有调查显示,问候语、闲聊、正经的事情和一般笑话是短信使用者发送最多的,其选择比例分别占到被访问者的66.5%、60.1%、59.6%、51.2%。这里我们可以看到,平常人际交流是不会成为主流的幽默笑话的选择比例就高达51.2%,这充分体现了手机媒体的娱乐功能。

图片、铃声下载是目前中国手机用户使用最多的移动增值业务,地区差异性不大,用户普遍下载过图片及铃声,满意度较高,希望可以下载更多有趣的丰富的内容,对于个性化的要求很明显。

彩信业务的认知度较高,但使用率较低。受访者普遍表示了对彩信的兴趣。使用过彩信的人均表示带来了很好的体验。但终端的限制使很多客户无法使用。

用户大都知道可以 WAP 上网,但对资费的认知不高,普遍认为资费较贵,在操作过程中障碍较多,用户需求并未能有效激发。

音信互动、移动定位等业务都是认知度较低的业务,有很少的人使用过音信互动。很多人表示出了对定位服务的兴趣。

大部分用户手机更换频率为1~2年。年龄大一些的用户换机的周期更长一些。一般来说,年轻的用户,比如"动感地带"用户,对于"功能升级"类的手机比较感兴趣,比如彩屏、彩信、摄像头、MP3 等,其动机主要是追求时尚。年轻的上班族或自由职业者则在心理及社会地位有所改变后产生换机的需求。生活环境的变化也对换机产生一定影响。

有调查显示,基础语音业务仍然是手机用户最基本的需求,而娱乐需求是移动用户普遍存在的需求。

手机用户的娱乐需求有如下几种:自我展示需求;自我个体娱乐需

求:如手机小说、笑话、手机音乐、手机游戏等,这结合了传统的娱乐方式;群体交流需求:如短信交友、短信聊天、社区等;个性表达需求。

手机用户对增值业务的付费愿望普遍较高,其中视频娱乐类的付费愿望最高。位居前列的大多是娱乐方面的移动增值服务,愿意为商务和信息查询类增值服务付费的比例相对较小。与日韩相似,娱乐类增值服务将迅速发展,占据业务总量的大部分。娱乐类业务中,视频内容较受欢迎。而传输量小、显示效果好的动画类节目将广受欢迎。

调查显示,收入水平偏低的消费者在选择使用增值业务时,首要考虑的因素是能否满足基本的要求,因此,这样的消费者一般不会改变原来的消费习惯。而对一些收入水平高的消费者来说,更看重增值业务的功能是否实现了以前无法完成的事情,对价格的考虑倒在其次。

用户短信聊天、使用 WAP 上网、知识竞猜、玩手机游戏等,主要是为了消遣。在一段时间里,或者某个时刻,用户感觉到很无聊,有想做点事情打发时光的欲望,而通过拇指简单的按动可以非常快速、容易地获得一种快乐的感受。

以下几点是用户需求比较强烈的时刻:在汽车站等车时、乘坐火车时、约会等人时、旅行时。

互动性、易操作、易流行是一项手机媒体业务成功的关键。要针对用户的需求开发产品。娱乐性产品是用户最需要和最容易接受的。产品开发应该以简单实用为主。

要提供多样的计费方式,同时密切注意用户需求的变化。用户在使用业务过程中往往会产生新的需求。关注用户需求的变化,并不断地改进新闻信息产品。

用户现在最常使用的手机功能是短信和通话,短信使用率略高于通话,最常使用这二者的比例超过了 80%,单机游戏、拍照、图片铃声下载这三项功能在用户中的使用比例为 30% 左右,紧接着是彩信和手机上网,约为 20%,联网游戏及其他功能合计比例为 8%。

对 3G 手机的功能,用户都有很强烈的兴趣,最感兴趣的是移动钱包,估计这和移动钱包的方便性有关系,40% 以上的用户都感兴趣的 3G 手机功能有:移动钱包,视频邮件,在线支付,无线局域网,公交位置通知,家电遥控。用户对娱乐类的服务最感兴趣,对娱乐类服务最感兴趣的用户年龄在 18～25 岁之间,因此娱乐类服务的提供商应该主要针对这个年龄阶段的用户推出服务,26～35 岁的用户则对商务类、定位类以及生活信息资讯类服务较感兴趣。期望 3G 手机价格在 1000～2000 元之间的用户数最多,比例为 41.3%,期望 3G 手机价格在 2001～3000 元之间的用户数也较多,比例为 32.6%,两者累计比例为 73.9%。

七 中国手机网民的特征

根据 CNNIC 的统计,截至 2009 年 12 月 30 日,中国网民规模达到 3.84 亿人,普及率达到 28.9%。中国手机网民规模年增加 1.2 亿,达到 2.33 亿人,占整体网民的 60.8%。其中只使用手机上网的网民 3070 万,占整体网民的 8%。手机上网成为互联网用户新的增长点。

手机和笔记本作为网民上网终端使用率迅速攀升,其中,手机增长率 98.3%,笔记本电脑增长率为 42.4%,而台式机的增长率仅有 5.8%。互联网随身化、便携化的趋势进一步凸显。

与网民总体的性别特征比较来看,中国手机网民的男性用户更多,达到 56%。在 CNNIC 的研究中,中国手机网民的男性占比历来都高于女性,主要原因是早期手机上网在内容选择上更适用于男性用户,且男性用户对于新的技术相关事物的关心程度更高。这种比例的失衡正在逐年趋向于整体人口性别比例的分布。

2009 年手机网民的年龄依然呈偏态分布,在 10～29 岁年龄段的分布最为集中,占到了整体手机网民的 73.2%。与整体网民相比,手机上网更多地吸引了年轻群体,尤其是青少年群体。

从学历对比来看,手机网民中低学历群体所占比例更大,初中和高中学历的手机网民所占比例较总体网民在该年龄段的比例高出 2.3 个百分点。

与整体网民相比,手机网民群体在学生、企业职员、农村外出务工人员中有更高的使用比例,分别高出网民总体的 3.5、0.7 和 0.5 个百分点。

与整体网民相比,手机网民的低收入群体所占比例更大,500 元以下、501～1000 元两个月收入段均较整体网民有差距,其中月收入在 501～1000 元的手机网民占比高出整体网民 2 个百分点。3001～5000 元的收入段,手机网民占比则低于整体网民 0.9 个百分点。

手机网民居住地为农村的用户占到30.8%，而总体网民中乡村网民的占比为27.8%，两者相差3个百分点。由于手机特殊的应用便利性，在农村地区相对于传统的互联网有更大的优势，随着手机上网资费的调整等因素的影响，手机上网形式在农村将更加普遍。

目前有77.8%的用户使用手机在线聊天服务，这依然是手机上网的首要应用。第二位是手机阅读，用户的比例占到总体手机网民的75.4%。手机新闻网站、手机小说、手机报等业务已经成为影响手机网民的最重要应用之一。

手机搜索、手机音乐是目前手机上网应用的第二梯队，其中手机搜索用户比例较年中调查的比例增长了近一倍，市场前景不容忽视。

第5节　拍摄手机对新闻传播的影响

一　拍摄手机的传播特性

拍摄手机是手机通信功能与数码相机拍摄功能的结合体，虽然拍摄手机的成像原理与数码相机基本一致，但并不能因此将两者画等号。因为拍摄手机是以手机为载体的，手机自身的特点必将给相机的摄影摄像功能赋予独特的性能，甚至可能出现1+1＞2的效果，可以说拍摄手机结合了手机与普通相机的特点，因此在对拍摄手机进行传播学解析时，我们把它和传统胶片相机、数码相机进行一下比较，总结出拍摄手机的媒体优势和自身特有的特点。

1.操作的低门槛与传输的快捷性

拍摄手机的贡献不亚于当年KODAK制造出世界第一台"傻瓜"照相机。它不需要专业的摄影技术，拍摄影像的门槛比数码相机更低，例如用200万像素的索尼K750i拍摄手机，活动式镜头盖打开即进入照相模式，半按拍照键即可启动自动对焦功能，内置的Quickshare功能会自动将所摄图片大小缩至QQVGA(160×120 pixel)，以符合MMS 100KB的传输上限，按一下"确定键"，即可将所拍图片传送到其他手机上，从开启相机到最后的传送相片，每个步骤皆不需繁复的设定动作。这意味着任何人无须懂得太多摄影技术细节就可操作，手机载体易携带,拍摄图片或短片不仅超越了地域和时间,而且还超越了电脑终端设备的限制,受众在移动状态、工作空闲、日常休闲等各种情况下只要想拍就可以拍。相比数码相机,手机图片的传输也更加快捷,所拍摄的图片和短片只需按"发送键"就可通过手机的 MMS 多媒体信息系统传输给任何一个人,易保存、易转移,能通过复制进行大范围的传播,而且不像数码相机要首先将图片通过数据线上传到便携式电脑,缺了这根数据线图片无法传播,如果要在更大范围内传阅还要把照片结集并刻录到一张光盘上,借助因特网或移动存储进行传播。

2. 拍摄的低成本与高成功性

拍摄手机的低成本包括两方面:一是使用成本低。随着技术的发展,拍摄手机更新换代较快,从拍摄手机的发展来看,从最初的 11 万像素到现在的 1000 万像素仅用了 7 年。与其高速增长的像素质量同样令人瞩目的是其不断下降的价格。现在 1000 多元就可以买到一部带摄像功能的手机,而且其操作、传输、编辑的简单化也间接降低了使用成本,手机的移动性、即时性使手机为受众所提供的报偿保证远远高于受众使用这一媒介的费力程度。如今,人们每天不可能总是随身带着相机、DV,但手机肯定会带的。二是在特殊场合使用的风险成本低。这主要是针对在突发事件或特殊场合中由于各种原因限制拍照的情况,例如记者为获取第一手素材的揭黑报道,拍摄手机体积小,拍照隐蔽性高,不易受怀疑,降低了风险度;但也引发了普通受众偷拍侵犯隐私的问题,这一问题笔者将在后面详述。

拍摄手机拍摄的高成功性是与数码相机一脉相承的,因为用传统相机拍摄图像,在拍摄现场不可能马上知道拍摄的效果如何,一旦拍摄失败将无法挽回。这是新闻摄影记者最怕发生的事情,但是又无法避免,谁都有过拍摄失败的经历,而用拍摄手机拍摄的图像可以即拍即看,如果拍得不好,可以当即删除,重新补拍,极大地提高了拍摄的成功率。目前 500 万像素拍摄手机拍摄的效果已与数码相机一样,而且可与电视连接,大家一起共享。

3. 传播的广泛性与高抵达率

从媒介理论上来看,衡量一个媒介是否具有竞争力的一个重要因素就是现实的和潜在的受众,拍摄手机的崛起恰恰在于它庞大的用户数量。

根据上一章的分析,2006 年全球拍摄手机用户已达到 4.75 亿,这一数量还在快速增长,如此庞大的用户群俨然已经构成拍摄手机进行大众传播所必需的、大量的、分散的受众。

相对于其他传统媒体发布信息时相对粗放的方式,拍摄手机的受众目标精确,几乎是锁定的,抵达率几乎是 100%,效果直接。在现代社会中,对于任何一个媒体来说,受众群体都是其生存发展的基础。在竞争激烈的现代社会,传统媒体为了争夺收视率和发行量往往绞尽脑汁。而对于拍摄手机来说,最不用担心的就是用户资源,它甚至可以直接去呼唤手机的主人,强迫他阅读和关注。

4. 编辑的随意性与个性化

传统胶片相机拍摄的影像如果要制作特技图片,可能要花上几天或者更多的时间,耗费大量的材料,制作出的图片质量还不一定很高,数码相机的影像编辑仍然离不开计算机和相关的图片制作软件,而拍摄手机的影像编辑将这一切简单化,很多都自带图片编辑器,例如索尼 K750i 不仅照相、动态录像功能优秀,其内置的 Video DJ 影像编辑器与 Photo DJ 相片编辑器,可在摄录后立即在手机上进行相片美化编辑或影片编辑。其中 Video DJ 影像编辑器更可将随手拍摄的精彩影片 DIY 裁切,编辑图案、照片、影像与声音文字,创作编辑成一段具有自我风格的个人小短片,创造出高乐趣的影像生活,最大限度地张扬受众的主体意识、参与意识,满足其心理诉求。

从以上拍摄手机的传播特性可以看出,一方面,它提供给受众的"报偿保证"要高于传统胶片相机和数码相机。另一方面,由于 MMS 系统的即时性,手机图片可以瞬时传输,并且目标精确,抵达率高,随时、随地、随拍、随传、随编都使人们需求满足的"费力程度"要小于相机。综合以上分析,相对传统胶片相机和数码相机,拍摄手机将更有可能成为受众首选的传播媒介。

二 拍摄手机对新闻传播的影响

丹尼斯·麦奎尔这样解释大众传播:"大众传播是由一些机构和技术所构成,专业化群体凭借这些机构和技术,通过技术手段(如报刊、广播、电视等等)向为数众多、各不相同而又分布广泛的受众传播符号的内容。"①从丹尼斯·麦奎尔给大众传播下的定义中,我们可以概括出一个完整的新闻传播过程:是由受过专业训练的记者、编辑等采集素材进行信息编码,由新闻传播媒介向大众发布,受众接收后进行信息解码。传播链的一端是相对少数的职业传播者,一端是具有不确定性的、分布广泛而数量众多的大众。随着拍摄手机逐渐成为传播新闻、传递信息的新工具、新渠道,传播链中的传者与受者身份结构发生了改变,新闻生产力系统随之发生变化,从而也让整个传播流程变得更为复杂。

1. 受众参与新闻生产,新闻摄影受到挑战

由于不同的媒介具有不同的参与条件,所以它们具有不同的社会偏倚。拍摄手机易操作、易掌握、易获得,为大众开启了参与之门。

过去传统新闻传播中,由于时间、空间、人力和传播手段等的限制,只有媒体才拥有实质效能的传播工具,而受众也只是接受信息的群体,他们要发表自己的创作和想法,都先要经过传播者的生产程序。但现在,这种单向方式已经彻底改变了,受众也成为传播者,并轻易地透过互联网,把自己的任何自我表现公开传播,他们对人生的各种态度,都可以无遮掩地展露在自拍的手机镜头下。

在美国,大约有 6000 万人使用拍摄手机;在中国,从天安门广场的升旗仪式到普通百姓的聚会,许多场合都可以看到人们在用手机拍照。目前全球已有 44% 的人用拍摄手机作为拍摄照片的主要工具。目前,市面上出售的所有手机几乎都加入了拍照功能。越来越多的用户拥有了整合摄像头功能的拍摄手机,这也为他们随时随地抢拍精彩瞬间创造了便利条件。

从技术层面看,拍摄手机和单纯的数码相机的区别仅仅在于手机的通信功能,但正是由这一点决定了它们质的差别——手机的通信功能使它成为非专业人士随身携带的必需品,而无论功能再齐全的数码相机也不具备这样的客观强制性。专业摄影记者无论多么勤奋也不可能出现在所有新闻事件的第一现场,加之媒体对来自第一现场的照片并没有技术质量上的苛求,并且拍摄手机在拍摄的同时具有传输功能,可以从现场不

---

① 　丹尼斯·麦奎尔:《大众传播模式论》,上海译文出版社,1990 年,第 7 页。

经转换直接上传到媒体系统中,在现场感和时效性上得天独厚。于是,越来越多的受众手持拍摄手机,"时刻准备着"把第一时间所见的事情,包括新闻事件拍摄下来。这些拥有拍摄手机设备的普通人就成了"专业队"最好的替补,昔日专业摄影记者独享的"奶酪"被越来越多的人瓜分,新闻摄影乃至整个新闻界面临着更多的压力和挑战。

伦敦大爆炸是一个标志性的历史事件,一直被当做玩具的拍摄手机为媒体提供了大量记录爆炸现场的照片。2005 年伦敦爆炸幸存者手机抓拍现场首张新闻照片,作为悲剧的第一见证它占据了欧美媒体的重要位置,包括美国《纽约时报》、《华盛顿邮报》在内的具有世界范围影响力的报纸头版,而这张新闻图片正是来自手持拍摄手机的普通民众。手机的拍摄功能得到空前的发挥和重视。因此在大爆炸事件成为重要新闻的同时,"手机照片上头版"本身也成为新闻,英国媒体认为,在袭击中拍摄手机的使用标志着公民记者(Public/Civic Journalist)的诞生。其实,技术的发展、工具的普及一直在为这一天的到来做着悄无声息的铺垫,但谁也没有预料到拍摄手机的潜力会以这种形式在这么快的时间内得到验证。

在国内,我国权威媒体新华网发出的第一条有关中石油吉林石化爆炸的图片新闻,也不是来自摄影记者,而是当地居民用手机拍摄传输来的,因为他们往往能够比记者更先接触新闻事件。目前世界范围一些媒体和网站也正在掀起一股"业余"记者热潮,纷纷将新闻图片的发布大门向"非专业"人士敞开。

2. 受众掌控舆论主动性获得提升

拍摄手机将拍摄图片、生产视觉信息的权利最大限度地进行"民间"释放,使新闻资源的获取不再是传统职业传者的专利,而成为普通受众人人可为的行为,给予受众前所未有的参与新闻生产的机会。当"眼前事"迅速地成为"报上事",报纸与自己的距离如此之近,受众甚至可以体会到由自己发布信息的乐趣。而受众由被动地单纯接收信息变为主动地参与信息发布,新闻传播过程由此呈现出更为积极活跃的特征。

2006 年,一段名为"巴士阿叔"的手机拍摄视频,让发布这段视频的网站 YouTube 的日均浏览量在短期内上升至 600 万人次,远远超过Google、雅虎、微软等网站巨头,成为香港地区媒体炒作报道的热点,"巴士阿叔"还引起了包括英国《卫报》、美国《纽约时报》和《华尔街日报》在内的全球媒体的关注。

"巴士阿叔"的手机拍摄者方颖恒在接受媒体采访时说:"我就是透过摄录片段,真实地将事件反映出来,然后再由别人作出自己的判断。这总归比文字表达来得真实,因为视频不存在主观价值判断。"

虽然没有经历过专业摄影训练,但这些来自民间的生动叙述和其中所隐含的大众观点很有可能展现的是事件的另一个真相,当它们广为流传时,实际上也不知不觉地改变着媒介传统的叙事风格,影响着社会舆论的走向。因为现在只要有一部拍摄手机和一台个人电脑,受众就有条件、有能力决定什么是重要的。

因此,在一些突发性事件中,受众开始拿起手机拍摄照片或录影,从东南亚海啸、伦敦地铁爆炸事件到新奥尔良飓风,普通受众在"正确的时间、错误的地点"用手机拍摄的照片成了新闻媒体的一个"异象",它正以意想不到的数量与速度显示了"沉默的多数"参与公共话题的热情——2005 年 12 月 11 日伦敦北部班斯菲尔德(Buncefield)燃油库事件,BBC 竟在两天之内收到了 6500 多张手机照片和视频。而可以预想的是,在今后媒体的报道中特别是突发性事件报道中,手机照片或手机音视频将越来越多地出现在报纸版面或电视屏幕上。

随着手机功能的日益完善,除了与传统媒体进行互动之外,受众可以利用拍照手机、DV 手机在新闻现场直接制作新闻成品发送给传统媒体。从这个意义上讲,任何手机受众都有可能成为大众传播机构的传播者。这必然会对现有媒体和媒体中的采编人员产生不小的影响。

三　媒体与拍照手机"合作"

当遍布街头巷尾的芸芸众生都成为移动的手机抓拍者时,毫无疑问,报纸所能获得的新闻素材将远远超过由专业摄影记者捕获的新闻图片;尤其是一些突发事件,摄影记者来不及赶往现场时,当时在场者的手机图片就成为珍贵的第一手资讯。

荷兰最大的报纸《电讯报》一个月内两次在首页刊登了由业余摄影者使用手机拍摄的照片。一位名叫 Aron Boskma 的过路人,在阿姆斯特丹的犯罪现场用手机拍了一张照片。新闻摄影师赶到现场的时候尸体已被布盖上了,所以 Boskma 的照片成为唯一一张显示电影制作人兼专栏作家 Van Gogh 被刀子刺透的照片。

在过去，业余录像和照片也曾为重要新闻事件提供过唯一的注解或图片，但随着随身携带具有拍照功能手机的普通人越来越多，抢拍到的照片被出版的机会就更大了。新闻媒体也充分利用社会手机图片、手机视频资源主动拓展稿源与新闻线索收集渠道。《羊城晚报》最先于 2005 年在报纸上开设图片栏目《手机抓拍》，鼓励普通读者抓拍身边的新闻，为报纸提供现场图片。这一栏目开通第一天就收到十多条手机新闻图片。新华社就此事发表了图片报道，报道说："随着拍照手机像素的不断提高，手机拍照以其携带方便、一机两用而受到人们的欢迎，在抓拍新闻照片方面已经开始挑战数码相机。"

北京《竞报》更是响亮地打出"后博客时代图片报"招牌，从 2006 年 1 月开始，每周用一个固定版面"手机报道"刊登用手机拍摄的新闻图片。1 月 23 日的"手机报道"版就刊登了 11 幅图片，如"北航冬季运动会"、"广场火灾"、"工人在阳台施工，动作非常危险"、"汽车占道，拦住去路"、"小车载大包"、"十三米长大货车撞断电线杆翻倒"、"遭遇车祸"等，内容以社会新闻和市民身边一些比较有意思的场景为主。实际上，在此之前，该报就已经在其"视觉 24 小时"版面刊登有关手机图片，从 2006 年 1 月 1 日至 22 日，共刊登了 45 张手机图片。

《北京青年报》也从 2006 年 1 月 1 日起，在其"本市·热线"版推出了"彩信新闻"栏目，刊登市民用手机拍摄的有关彩色图片。虽然主题较小，以身边琐事为主，且篇幅不大，但表明其重视开拓手机图片市场的意图；《厦门日报》也提出"你就是手机摄影师"的概念，开设了"随手就拍"栏目征集手机图片，并"特别欢迎连续拍摄的手机图片故事"，而去年的《纽约时报》就在头版主图使用了手机图片拍摄的伦敦地铁爆炸案组合图片。

除了报纸外，电视台的新闻报道中也多次看到普通受众所拍的手机图片。

由此可以看出，重视开拓手机图片市场，并通过开设专版专栏等形式，加强与读者互动，增强读者的认同感与参与意识，正成为国内外众多媒体的共同选择。《竞报》为征集手机新闻图片开出了最高 5000 元稿酬。

正如《竞报》在其开设"手机新闻"版时所做的"编者按"所言，"众多的读者只要拿起手机随时随地抓拍发生在身边的新闻,就能从被动的接收者成为主动的发现者和传播者,我们有理由相信,拿起手机,大家都是记者"。对于很多媒体来说,这既是挑战也是机遇。

随着带有高分辨率数码照相功能的手机的普及,新闻媒体收到的来自读者的数码图像越来越多,这些图像无疑为编辑部提供了更多、更有实效性、更有现场感的图像。

四 专业记者的新武器

手机对新闻工作者来说,早已成为必不可少的联系手段和发稿工具。随着数字照相机、数字摄像机微型化并与手机结合,更使随拍随发新闻现场图像成为现实。多媒体信息服务(MMS)业务可以帮助记者们用手机自带的数码相机拍张照片,用手机录音器录制声音,再用手机书写功能写下几句说明,并把它通过无线网络发给值班的编辑——一则现场报道就这样完成了。

2001 年 4 月中美撞机事件发生后,美国 CNN 一记者正是用这种手机摄像功能抢先偷拍和传输了美方机组人员离开中国的独家画面,在播出时效性上占尽了先机和优势。至于其他没有抢得独家画面的美国各大电视台,都只能使用唯一被中方所允许的 APTV 所拍摄传送的录像画面,在时间上已晚了 CNN 一步。美国两大报《纽约时报》、《华盛顿邮报》网站为了报道的时效性,在首页上也不得不转发 CNN 摄像手机传回的画面。

随着技术的进步,拍摄手机的图片质量获得极大的提升。目前的百万像素的手机照片可以满足印刷要求不高的报纸,以索尼爱立信的 K790C 为例,它拥有 320 万(2048×1536 线)像素,可以满足高档印刷杂志 6 英寸以下的用图需求。为证明该产品拍摄图片的质素已足够专业人士采用,手机生产商索爱邀请了玛格南图片社著名新闻摄影师 Martin Parr 试用其拍照手机,并举行手机影像大赛。

另一方面,拍摄手机使记者在特殊场合的拍摄更具隐蔽性。在北京,中关村是与木樨园、公主坟齐名的水货手机集散地,即使在 3·15 消费者权益日,所有的水货手机商家还是和往常一样照常营业,甚至直接就将货品摆在柜台展示。随意询问几个商家,他们毫不掩饰其水货渠道身份,甚至你想买行货手机倒成了一件难事。但所有的商家已经形成一种默契,那就是在这里"禁止拍照",在这种场合下,记者如果举起数码单反相机拍照肯定会有巨大风险的。记者为了获得真实的情况,在一种极其隐蔽的情况下,用随身携带的多普达 C858 拍摄手机,伪装在通电话,盗摄了第一手真实素材。

虽然拍摄手机使"全民参与"式办报成为可能,但最终媒介的发布权还是掌握在职业传者手中,某个或某些影像能否在具有公信力、权威性的主流媒体上刊登以取得更大的话语权,始终也是掌握在少数职业者手中。因此,拍摄手机将成为商家的新卖点、报纸的新资源,但它不会彻底颠覆新闻传播流程。它只是一种新的工具,技术更新会使它获得更大的空间。可以预见,大众将更加欢迎这种充满趣味的新工具,影像获取将更容易,面对着一直在迅速扩张的图片需求市场,报纸等传统媒体也逐渐改变了新闻照片采集方式。据 2006 年 4 月 5 日路透社的新闻报道,全球最大的影像公司盖蒂(Getty)将手机视作下一个图片业务开发的平台,并且在未来将有助于该公司完成年增长目标的 15%。拍摄手机,已经成为新闻传播生产力的新亮点。

五 拍摄手机在新闻传播中的不足

影片《手机》的放映在让人意识到现代高科技产物在给人类带来方便的同时,也警示人们对于高科技引发的种种负面效应不能视而不见。拍摄手机亦带来一些问题。

1. 新闻图片的真实与质量受到挑战

真实是新闻的生命。这是新闻理论界、业务界以及社会对于新闻真实性的普遍认识。在百余年传播实践中,传统媒体形成了一套为社会所广泛承认的行业规范和职业道德,新闻记者都受过专业的新闻教育而具有较高的职业素养,但随着拍摄手机在受众中的普及,使用拍摄手机者绝大部分不再是新闻从业者,没有新闻职业道德约束,其图片真实性无法像摄影记者那样获得来自其职业操守的可靠保证。

每一个拥有拍摄手机的用户都可能从自己的利益或兴趣出发,制作与传播自己感兴趣的图片,在转发的过程中,任何中间节点的传播者都可以对图片进行加工和改造,使得手机图片的准确性难以避免地在传播中降低。图片编辑面对的手机图片可能是人为导演的,也可能是小题大做,断章取义，似是而非。而虚假和有问题的图片给新闻带来的负面影响将和拍照手机的覆盖面、传播速度成正比。

在图片编辑从普通受众中获得的手机图片里，很可能掺杂大量的"垃圾"。毕竟这些拍摄者没有受过专业训练，有时候，他们甚至会"糟蹋"一个极好的新闻事件，如何保证手机图片的质量是对编辑的另一考验。

另外，许多在手机间传播的图片一旦上了大众媒体，就是将私下流传变为公开报道，法律问题随之而来。这类纠纷又往往不易清晰界定，给报纸使用手机图片增加成本。这些问题对报纸的摄影记者和图片编辑都提出了新的课题。

2. 对策

对图片编辑而言，鉴别手机图片的真假可能成为一项新的功课。这需要编辑对图片提供者做更多的了解，为图片内容寻找更多旁证。在和手机拍摄者进行"竞争"时，报纸视觉负责人应该能够灵活地调配专业摄影师和业余拍摄者的力量份额。一方面鼓励自己的记者采用这种新的更加便捷的拍摄工具，另一方面必须使自己避免陷入到"街头快照"式的新闻报道中。作为大众传播媒介，始终更加需要高质量、高质素的新闻图片。

第 6 节　纸质媒体还有明天吗？

目前关于新媒体对传统媒体（特别是纸质媒体）的冲击与影响，以及媒体的未来发展的研究中，存在不少错误的观点，笔者认为有必要予以厘清。

一　典型的错误观点

1. 纸质媒体便于携带吗？

有人认为，传统的纸质媒体有其自身的优势，如便于携带，直观性强，阅读方便。果真如此吗？这种观点忽略了一个重要的事实，即纸的信息存储的密度大大低于新媒体，新媒体体积小、容量大、存储密度极高；事实上，在信息量相同的情况下，新媒体远比纸质媒体更容易携带。

从便携性的角度看，一张重量只有几克的 DVD 光盘可以存储 4.7G

的信息，相当于 $4.7 \times 1024 \times 1024 \times 1024 = 5,046,586,572.8$ 字节（Byte），即可以存储 2,523,293,286 个汉字。若以一本书平均 20 万字计算，一张 DVD 光盘可以存储 12,616 册图书。试问，几克重的光盘与 1 万多册图书，到底哪个更容易携带？

事实上，携带方便、阅读方便自由，正是手机媒体、电子图书阅读器的优势。所谓手机媒体是借助手机进行信息传播的工具；随着通信技术（例如 3G）、计算机技术的发展与普及，手机就是具有通信功能的迷你型电脑；而且手机媒体是网络媒体的延伸。手机短信只是手机媒体在现阶段的一种重要存在形式，但不是全部，也不代表未来的方向。

2. 纸质媒体比新媒体更有权威性、真实性吗？

有人认为纸质媒体权威性强。理由是纸质文献经历了上千年的洗礼，已建立起完善发达的编辑、生产、发行系统；在新闻报道方面，大多数纸媒体有着严密的新闻采编和发布流程；在科学评价方面，出版社、期刊社建立健全了学术评审委员会或类似机构来保证出版文献的学术水平。

笔者认为，在各类媒体的权威性、真实性上，我们需要具体对象具体分析。我们不否认发布在 BBS、个人博客上的信息，其权威性、真实性在整体上不如传统媒体；但是，谁能否认在雅虎、MSN 等知名网站上发布的信息的权威性与真实性呢？在纸质媒体方面，难道一些格调低下的小报上的消息也具有权威性与真实性吗？还有人认为新媒体的报道缺乏深度，但是这同样需要具体案例具体分析。无论是新媒体、还是在传统媒体，都不难找到在深刻性方面的正反案例。新媒体发布信息的迅速性与深刻性之间并没有必然的矛盾关系。只要存在利益驱动，无论是新媒体还是传统媒体都有可能发布假新闻。事实上，在一些突发与敏感事件的报道方面，新媒体比传统媒体具有更高的即时性、客观性与真实性，例如手机所拍摄的画面就具有很高的真实性、准确性。

有人认为网络媒体没有采访权，只有转载与编辑权，缺乏原创新闻。但是，网络媒体没有采访权只是中国特定时期的特定政策，事实上，在娱乐、体育等新闻的采访报道方面，国内各大门户网站已经能够发布原创内容。

在学术评价方面，国外不少高校、研究机构已经开始逐步认可在学术性网络媒体上发表文献的学术性，因为这些学术性网络媒体跨越国界，聚集全世界顶尖的同行专家，他们可以借助互联网十分便捷地讨论各类学术问题。

3.纸质媒体经济吗?

有人认为,纸质媒体不需要专门的阅读工具,价格便宜、阅读成本低。但是,笔者认为,在社会总成本方面,纸质媒体远不如新媒体经济。

新媒体的传播省去了制版、印刷、装订、投递等工序,不仅省掉了印刷、发行的费用,而且避免了纸张的开支,使总的成本大大降低了。

纸质媒体消耗了大量的森林资源,同时在纸张生产过程也造成了严重污染。有人计算,一棵树平均可以制作成 15900 张 A4 规格纸张,或31800 张 B5 规格纸张。一本书平均 280 页,一棵树平均可做 227 本书。中国目前有在校中小学生 2 亿多人,以每个学生一年 2 学期用 15 册课本计算,每年要用 30 多亿册课本,消费纸张达 55 万吨之多,需砍伐 1100 多万棵大树。从自然生态和环境保护的角度而言,是极为浪费的一件事,这显然增加了人类社会发展的总成本。

随着技术的发展,电脑、手机等数字技术产品的价格越来越低,而森林资源会越来越稀缺和珍贵,纸质媒体会越来越昂贵。

此外,价格只有几元的 DVD 光盘可以存储相当于 12,616 册图书的信息。请问,到底哪个更经济?

4.纸质媒体更符合人们的阅读习惯吗?

有人认为,人类对纸质媒体的依赖、依恋及其千百年来形成的线性阅读的习惯,不可能在一朝一夕就彻底改变。纸质媒体伴随着人们跨越了近两千年的风雨历程,人们已经习惯于它,并且对其充满了感情。

笔者认为,感情与习惯是可以改变的。对于从小就只接触纸质图书的年长者来说,纸质媒体的确符合他们的阅读习惯;但是对于从小就接触新媒体的新一代读者来说,阅读新媒体甚至比传统的图书报刊更习惯。在发达国家,不仅携带笔记本电脑上学的小学生越来越多,而且正在推行电子书包计划,刚入小学的学生就接触新媒体。电子书包不仅存储了大量的教科书、教学参考书、多媒体讲义,可以上网更新最新的教材版本,还可以在上面批注、圈点、记录上课笔记。显然,经过一两代人之后,新一代的读者会更习惯、更喜欢新媒体阅读方式。

5.纸质媒体对读者身体健康影响小吗?

有人认为,人们阅读纸质书刊,除了接受书刊中的信息之外,还可以非常直观地得到美的享受。纸质媒体美观，墨与纸的对比度大，分辨率高，字符稳定性强，图像色彩效果好，很适合读者阅读，对他们身体健康、尤其是眼睛的影响很小。

但是，这只是一种经验主义的判断，目前并没有科学权威的医学对比数据可以证明纸质媒体对读者身体健康的负面影响小于新媒体。其实，长时间地伏案阅读，不管是纸质媒体还是新媒体，都会对人的健康有所损害；与其说是屏幕损害了读者的眼睛，倒不如说是不科学的生活方式、不正确的阅读习惯损害了读者健康。目前大多数读者的近视眼恰恰是人们从小阅读纸质媒体造成的。随着科技的发展、技术越来越人性化，如人体工程学的大量运用、显示屏技术的改善，阅读新媒体损害健康的观点很难成立。

6. 纸质媒体便于保存吗？

有人认为纸质媒体便于保存，有收藏价值，我国在古代就有许多收藏家，由于他们孜孜收藏，使大量纸质媒体能流传至今。读者阅读纸质媒体，从中除接受信息、汲取知识外，还可以直观地欣赏到崇高美和朴素美。如宋代书版，盛行骨架挺拔、秀丽悦目的宋体字，所印图书成为读者喜闻乐见的千古珍品。而光盘、磁带、磁盘易损坏，任何污渍、划伤、磨损，甚至阳光、有机溶剂都可能导致载体损坏。而且存在病毒，计算机系统容易被破坏。

不过，笔者认为，新媒体的最大优势之一是信息存储密度极高、单位信息存储成本极低，因此，可以用极低的成本迅速对数字信息进行大量的复制，作为备份，以防不测。而这是纸质媒体无法做到的。例如，《人民日报》有史以来的所有报纸内容可以制作成几张 DVD 光盘，其成本不超过100 元。事实是，难以大量备份的纸质媒体更容易损毁。纸质媒体的确有收藏价值，但是这恰恰证明其将要消亡。

还有人认为，纸质媒体具有美感。笔者要问，难道新款的电脑、手机不具有高科技、人性化的美感吗？

二 纸质媒体会消亡吗

目前，学术界、业界的普遍观点是新旧媒体将长期共存；但是笔者深信纸质媒体走向消亡只是一个时间问题。

1. 让数据说话

大量的统计数据显示,纸质媒体正日薄西山。

中国出版科学研究所 2006 年 9 月发布的国民阅读状况调查显示,国民阅读率正在持续下降。调查结果表明,2005 年我国识字者阅读率为 48.7%,首次跌破 50%。1999 年首次调查的该阅读率为 60.4%,2001 年为 54.2%,2003 年为 51.7%。中国国民图书阅读率 6 年持续走低。与图书阅读率相反,近年来中国人网上阅读率正在迅速增长,从 1999 年的 3.7%,到 2003 年的 18.3%,再到 2005 年的 27.8%,7 年间增长了 7.5 倍。目前,已经有超过 10% 的中国人有网上阅读的习惯,而通过互联网了解时事新闻的网民比例则占网民总体的 19.0%,与 2001 年相比提高了 9.8%。传统的新闻信息获得渠道变化巨大,而且正在影响年轻一代的新闻信息获得方式。①

慧聪媒体研究中心的检测数据显示,2006 年上半年,中国大陆报纸广告总额为 313 亿人民币,广告同比增长率 6.2%,比 2005 年上半年的 7.7% 增长率退低 1.5%。一些纸质媒体已经出现亏损的情况。同一时期,中国的经济增长率保持在 10.0% 左右。这说明报纸广告的增长没有分享到国家经济增长的迅猛力度。和 2003 年相比,2006 年北京市的报纸读者减少了 4.0%,流失的主要是 35 岁以下的年轻读者。在报纸流失的年轻读者中,有 16.0% 是转向新兴的网络媒体和电子媒体。年轻读者的流失,让中国综合性报纸面对读者老龄化的现象。以北京为例,几乎所有报纸读者的平均年龄都在 42 岁以上②。

日本电通、读卖新闻社、朝日新闻社的多项统计数据说明,目前日本 40 岁以下的年轻人基本不读报,日本纸质媒体读者的平均年龄超过 40 岁。

美国美联社和市场研究公司益普索(Ipsos)2007 年 8 月联合展开的一项调查显示,四名美国成年人中有一人承认,他们在过去一年(即 2006 年)中完全没有阅读任何书籍。美国人平均每人在过去一年中读了 4 本书。美国近年的书籍销售率欠佳,书籍销售量递减的原因是由于互联网

---

① 《中国新闻出版报》,2007 年 8 月 30 日第 6 版。
② 新加坡联合早报网,2007 年 1 月 23 日。

等其他媒体的兴起造成的。①

美国哈佛大学2007年7月一项调查结果显示,美国12~17岁的中学生有28%不闻天下事,另有多达46%的中学生完全不读报。调查显示人们阅读习惯已全面转移至互联网。②

美国报业联合会2007年3月的一份报告称,由于受到互联网广告的巨大冲击,在2006年第四季度美国报业市场上,报纸及其网站的广告总收入下降了2.2%。该报告显示,2006年第四季度美国报纸网站媒体的广告收入比2005年同期增长了35%,达7.5亿美元,而报纸印刷媒体的广告收入下降了3.7%,达132亿美元,报纸及其网站的广告收入整体表现为下滑,下滑幅度达2.2%。③

2006年上半年,美国期刊报摊零售遭遇50年来最惨重下滑。在发行认证机构ABC和BPA所认证的期刊类别中,发行总量下跌3.5%,零售收入下降2.8%,发行整体收入下降了4500万美元,被业界认为是50年来下降幅度最大的一次。④

2005年,欧洲消费者用于上网的时间首次超过读报和看杂志的时间。⑤ 同年,英国报纸发行量下降了3%,比2004年的下滑幅度高出一个百分点。⑥

2. 让事实说话

电子词典是目前市场上取得成功的电子图书阅读器。事实证明电子词典正在取代纸质辞书,这是新媒体全面取代纸质媒体的一个典型案例。

电子词典作为与纸质辞书截然不同的辞书形体,有着彰显独立的秉性,优势十分明显:①检索功能强大,方便快捷。纸质《汉语大词典》只有笔画、部首、拼音三种检索途径,而光盘版则提供了20多种检索途径。②容量大、体积小、存储密度高。纸质《中国大百科全书》有74卷,而光盘版只有薄薄4张光盘。③功能多,资源丰富。电子词典将图文声像有机结合在一起,可读可视可听。特别是一些电子词典的即指即译功能,对

---

① 新加坡联合早报网,2007年8月27日。
② 中国青年报,2007年7月12日。
③ 《中国图书商报》,2007年3月20日第4版。
④ 《中国图书商报》,2006年10月13日第4版。
⑤ 英国《金融时报》,中文网(ftchinese.com.),2006年10月9日。
⑥ 英国《经济学家》,2006年1月27日。

于纸质辞书是不可想象的。修订方便,知识更新快,电子词典由于其开放性,吸收新知易,数据更新也快,特别是各种网络辞书,更是日新月异,修订完善都颇为快捷。④价格优势。纸质《大英百科全书》需要 1500 美元左右,光盘版只要 125 美元,网络版只需 85 美元。纸质《中国大百科全书》需要 4000 ~ 5000 元,光盘版只需 50 元,价格优势明显。

在欧美和日本,电子词典对纸质辞书造成了很大的冲击。日本纸质辞书的销量每年减少约 5% ~ 10%,2001 年销售 1000 万册,2004 年则下降到 800 万册。与之相对的是,电子词典的销售却一直上扬。2004 年度日本电子词典销量高达 335 万台,卡西欧等知名品牌销售额成倍增长。法国也是如此。久负盛名的《小拉鲁斯》词典,在 20 世纪 90 年代,由于电子词典的冲击而危机重重。

在美国,整个 20 世纪 90 年代,由于微软的 Encarta 百科全书的低价甚至免费赠送策略,美国的多卷本百科全书市场遭到重创,《大英百科全书》、《美国学术百科全书》甚至停止了纸质版本的出版。

由于网络等新媒体的兴起,美国传统媒体一直处于危机笼罩的阴霾下。统计数据显示,美国报纸的读者正在以 2% 的速度逐年下降。2009 年 10 月,美国普通工作日的报纸发行量下降了4.6%。[1]

2009 年 3 月 9 日美国报业巨头麦克拉奇报业公司再次宣布裁减 1600 个工作岗位,裁员比例达 15%。

具有 146 年历史的美国《西雅图邮报》2009 年 3 月 17 日出版了自己最后一期报纸,同一天该报的网络版正式开始运营。至此,西雅图历史最悠久的报纸结束了发行印刷版的岁月,而在网络上重生。这也是美国首个彻底脱离纸媒的大型报纸。

《西雅图邮报》自 2000 年以来一直亏损,2008 年的亏损额高达 1400 万美元。其所属公司赫斯特公司 2009 年 1 月初宣布出售该报。因为一直没有买家,公司遂决定"转网"。《西雅图邮报》并非遭遇停刊命运的特例。2009 年 3 月初,丹佛近 150 年历史的《落基山新闻》由于无法找到买家而停刊。亚利桑那《塔克森市民报》也于 2009 年 3 月 21 日停刊。

《西雅图邮报》原先有 150 名采编人员,改版后只需要 20 名编辑和

---

① 百年报纸只留电子版:美传媒业困境中艰难求生,新华网,2009 年 3 月 19 日。

20 名广告业务人员。赫斯特报业集团总裁斯沃茨说,《西雅图邮报》网络版并不仅仅是一家"线上报纸",而是一项全新的以当地新闻和信息提供为核心的数字业务。

中国亦不例外。2009 年 3 月 3 日,曾经的中国足球新闻报道"国家队"——《中国足球报》,在走过 15 年的历程、出版了自己的第 872 期报纸后,宣布暂时休刊。这家与中国足球职业联赛同样诞生于 1994 年的足球专业报纸,终因自身的经营不善和投资方的撤资,加上足球市场逐渐萎缩的外力压迫,选择了"自我了断"。

3. 让未来作证

新媒体将人际传播和大众传播融为一体,其基本技术特征是数字化,基本传播特征是互动性。新媒体具有传播与更新速度快、信息量大、内容丰富、全球性和跨文化性、检索便捷、多媒体、超文本、互动性、成本低的优势。[1]

新媒体在不断进步与完善,存在的不足也正在被迅速地逐一克服;相反,千年历史的纸质媒体已经没有技术飞跃的可能。例如,人们在阅读纸质媒体时可以在上面画线、批注、圈点、折页,甚至撕页等等,过去的新媒体则不行;但是现在许多电子图书已经实现了对图书内容的批注、圈点功能。

新媒体的许多功能是纸质媒体永远不可能具备的,尤其是高速便捷的检索功能与知识聚类功能。新媒体可以有聚类知识项的功能。新媒体中的各个知识项,可以根据需要在某一基准上自动进行聚合;而在另一基准上又可以换一种角度自动进行新的聚合。纸质媒体的不足,如检索不便、信息贮存密度小、无法实现多媒体跨国传播、印刷发行成本高等,正日益变得突出。作为中国古代四大发明的纸,像一个步履蹒跚的长者,正迈向历史博物馆。

随着电脑的掌上化、第 3 代手机技术的普及,手机正在成为重要的新媒体;使得纸质媒体所具有的便携性等优势完全丧失。因为从小就接触新媒体的新一代读者会抛弃传统阅读的习惯,电子书可以使人们的口袋中永远有一个完整的图书馆,从纸上阅读到屏幕阅读,新媒体有望革新整

---

[1] 匡文波:《网络传播学概论》,高等教育出版社,2004 年 6 月第 2 版,第 24 页。

个世界的阅读形式。

有人认为,过去关于纸质媒体消亡的预言都错了,但是笔者认为关于纸质媒体消亡的大趋势并没有错,只是时间后移了。预言家是很难当的,对任何事物都做出准确的预言是不现实的,能够把握大趋势的预言家就已经很了不起了。

笔者认为,由于中国、日本、美国等世界各主要国家的纸质媒体读者平均年龄均超过 40 岁,而其人均寿命均未超过 90 岁,因此,可以预言:50 年后纸质媒体将在主要国家退出历史舞台。考虑到全球社会经济科技发展的不平衡,100 年后,人们将只能在博物馆中见到纸质媒体了。

美国北卡罗莱纳州立大学教授菲利普·迈尔在《正在消失的报纸:在信息时代拯救记者》一书中写道:"到 2044 年,确切地说是 2044 年 10 月,最后一位日报读者将结账走人。"①

不过,笔者要特别强调,人类的阅读行为不会消失,报社、出版社、期刊社、图书馆都不会消亡,相关从业人员不会失业,但是信息传播形态将彻底改变,今日的新媒体也会被更新的媒体形态所取代。让我们告别对中国古代"四大发明"之一的纸的怀念,去拥抱一个崭新的数字化新媒体时代吧!

---

① [美]菲利普·迈尔:《正在消失的报纸:在信息时代拯救记者》,张卫平译,新华出版社,2007 年,第 12 页。

第3章　手机中的人际传播——手机短信

人际传播是手机传播中最常见的传播形态之一。目前通过手机,人和人的互动通过以下几种形式进行:通过手机上网收发电子邮件、短信SMS、多媒体彩信MMS等。

短信在中国盛行的初始原因在于中国扭曲的电信收费制度。但是,短信还具有实用、易用的特点,可以用简短的文字来传递信息、传达情感,更符合东方人含蓄、婉转的表达习惯。

通过2.5G、3G手机上网收发电子邮件,与使用计算机通过互联网进行电子邮件交流并无本质不同。在日本,通过I-MODE上网,收发电子邮件,是手机的最常见应用之一。而在中国、东南亚、部分欧洲国家与地区,短信SMS、多媒体彩信MMS则是主要的手机传播中的人际交流方式。

手机的短信SMS(Short Messaging Service的缩写),是最早的短消息业务,也是现在普及率最高的一种业务。目前,这种短消息的长度被限定在140字节之内,这些字节可以是文本的。SMS以其使用简单便捷、收费低廉而受到大众的欢迎。

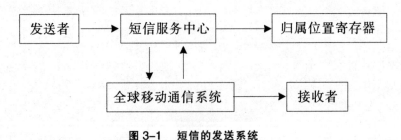

图3-1　短信的发送系统

彩信MMS(Multimedia Messaging Service的缩写),意为多媒体信息服务。它最大的特色就是支持多媒体功能,能够传递更丰富的内容和信息,这些信息包括文字、图像、声音、数据等各种多媒体格式的信息。

彩信在技术上实际并不是一种短信,而是在GPRS网络的支持下,以

WAP 无线应用协议为载体传送图片、声音和文字等信息。彩信业务可实现即时的手机端到端、手机终端到互联网或互联网到手机终端的多媒体信息传送。就好像收音机到电视机的发展一样,彩信与原有的普通短信比较,除了基本的文字信息以外,更配有丰富的彩色图片、声音、动画、视频等多媒体的内容。

彩信还有一大特色就是与手机摄像头的结合,用户只要拥有带摄像头的手机,就可以随时随地拍照,并把照片保存到手机里,或者作为待机图片或动态屏保,或是通过 GPRS 发送出去,与人分享快乐。

值得指出的是,手机短信只是"第五媒体"的雏形,是手机媒体在现阶段的一种重要存在形式;手机短信并非手机媒体,它们是局部与整体的关系。不可否认,作为手机媒体的初级形式——短信,悄悄地改变着人们的生存状态,日益彰显其全新的传播特征。

据中国移动提供的数据,2000 年,中国移动的短信量是 10 亿条;2001 年中国移动的短信量是 159 亿条,加上中国联通的短信量为 189 亿条;2002 年中国移动的短信量超过 750 亿条,加上中国联通的 150 多亿条,短信量总共达到了 900 亿条。中国手机短信的发送量在 2003 年实现了快速增长,突破了 2200 亿条,手机短信增值服务市场的规模也超过 200 亿元。在手机短信的各种增值服务中,短信聊天和游戏是最受手机用户欢迎的服务项目,其次是笑话、幽默等娱乐信息,再次是新闻、财经等信息和手机图片铃声下载,而多媒体短信和互动游戏正在成为强劲的增长点。[①]

2005 年全国手机短信发送量达 3046.5 亿条,比 2004 年增长 39.9%。以最低每条 0.1 元计算,2005 年短信市场收入超过 300 亿元。短信发送量的增长首先源于手机用户数的持续增加。2005 年全国平均每月新增手机用户近 500 万,用户总量超过 3.93 亿,手机普及率达到每百人 30.3部。中国手机普及率首超世界平均水平。

工业和信息化部的统计表明,2006 年,中国的手机短信发送量接近4300 亿条,比上年增长 41.0%;2005 年手机短信发送量为 3046.5 亿条,比上年增长 39.9%。以最低每条 0.1 元计算,中国移动、中国联通两大移

---

① 《人民日报》,2004 年 1 月 13 日第 11 版。

动运营商 2006 年的短信收入超过 400 亿元。[①]

据中国工业和信息化部的统计，2007 年，中国手机短信发送量达到 5921 亿条，同比增长 37.7%。

据中国国家统计局的统计，2008 年，中国手机短信发送量达到 6996.7亿条，同比增长 18.2%。

2009 年全年我国各类短信发送量达到 7840.4 亿条，同比增长 12.1%，日均达到了 21 亿条，其中 86% 为中国移动用户发送。[②]

据市场研究机构 Gartner 报告，2009 年，亚太区及日本（注：一般统计中亚太区不包括日本）的短信发送量达到 1.9 万亿条，较 2008 年增加了 15.5%。2010 年，这一地区的短信发送量预计将超过 2.1 万亿条，较 2009 年增加 10.5%。

短信发送量的增长首先源于手机用户数的持续增加。目前，全国手机用户数超过 7 亿。其次，公众对短信文化的认同感逐渐加强，使越来越多的手机用户加入短信"大军"。同时，手机按键、手写等输入方法的发掘，也使人们能得心应手地使用。

短信在中国盛行的初始原因在于中国特殊的电信收费制度。但是，短信还具有实用、易用的特点，可以用简短的文字来传递信息、传达情感，更符合东方人含蓄、婉转的表达习惯。

短信不仅给中国的运营商带来了丰厚的利润，而且还救活了互联网产业。靠着与运营商合作经营短信业务，大批网站实现了盈利。对于新浪、搜狐、网易这三大门户网站来说，短信业务的收入占总收入的比例至少在30%以上。中国移动的手机用户现在可以通过新浪、搜狐、网易等门户网站享受订阅服务，例如每天订阅 15 条重大新闻。他们也可以从网上下载名人或卡通图像。

但是，在此要特别强调，手机短信并非"手机媒体"的全部，手机短信只是手机媒体在现阶段的一种初级存在形式，并不代表未来的方向。在日本、美国等发达国家，极少有人发短信。主要原因是发达国家通信费用十分低廉，已经没有发送短信的经济驱动力。

---

① 工业和信息化部网站，www.miit.gov.cn。
② 古晓宇：2009 年我国日均短信量21 亿条，中移动用户占86%，《京华时报》，2010 年 2 月 6 日。

第 1 节 手机短信与人际传播

一 手机短信的人际传播特征

人际传播(Interpersonal Communication)是个人与个人之间的信息传播活动,也是由两个个体系统相互连接组成的信息传播系统。它大致分为两种方式:一种是面对面的传播,另一种是借助某种有形的物质媒介的传播。人际传播具有几个重要特点:第一,传递和接受信息的渠道多,方法灵活;第二,信息的意义更丰富和复杂;第三,双向性强,反馈及时,互动性频度高;第四,是一种非制度化的传播。

手机短信中的人际传播行为就是指依赖手机短信这一特定媒介而进行的非面对面的交流活动。手机短信传播行为,其固有的人际传播特征非常突出。手机短信传播自身具有信息的流动与控制无中介和双向性,发送者和接收者在交换信息时通常是平等参与,时间安排并无计划,通常由参与者共同决定;其形式虽不依赖于口头语言,但短信的文本和图片也可视为人际传播口头形式的延伸,其传播形式基本是无组织的。从传播的接收与限制看,手机短信的传播形式是互动的,反馈可以是同步而及时的,也可以是异步的。虽然一定程度上受到时间和空间的限制(比如对方手机关机或不在服务区),但机动性较强。由于手机传受双方依附于原有的人际关系,因此,它往往还具有可信度高的特点。这是人际传播的重要特质。人际交往比大众传媒具有一定的心理优势,这种心理优势使得人际传播在传播中特别有效。

除了群发功能,手机短信主要是在熟悉的人中传播,因此,在传播效果上具有了大众传播所不具有的传播正效果,一般不会让受传对象怀疑。手机短信最原始的目的与基本任务,就是作为一种人与人之间信息沟通手段的延伸与补充。它具有手机用户之间点对点或点对多(网络上的短信群发)直接发送与接收的功能。它具有人际传播的特质,因此,手机的传播模式实际上是人与人借助手机短信这种中介延伸了人体功能,同时,它的类同书信的文字记载方式又进一步提高了它的信凭性。

手机短信中的人际传播主要是诉诸文字文本进行人际互动的。使用文字符号便于清晰地表达,但其缺陷是不能运用一些辅助性的表达手段,一些背景信息不可避免地被削减。例如,一般用文本格式,就不可能看到对方的亲笔笔迹,也就很难通过这种潜台词来揣测发件人的个性性格、情绪心理等。沟通双方不但彼此看不到对方的身体动作,连电话里的重要信息载体——声音,包括负载于声音上的如语调、语气、停顿等一些副语言信息都接收不到,所以对方对信息的直观反应很难感受。从某种意义上来说,传播的质量会受到一些影响。但是利用文字传播也有自己的优势,从人际传播的角度看,当双方不进行直接交流时,可以克服羞涩心理,更加敞开心扉。调查显示,人们在通过短信息交流时比面对面或电话交谈时更大胆。手机的使用者借助于这种短信息表达模式,可以同时达到既沟通又隔离、既表达又掩盖的双重效果,实现传播者有限表达和可控沟通的传播意图与目的。当然,随着手机制造技术的发展,手机短信中文本、声音与图片的交互使用已成为可能,但从对目前手机短信的使用调查来看,文本短信还是占据绝大部分,而且,文字符号在手机短信中所体现出来的优势也决定了它在将来必将占据主体地位。

二 手机短信传播的类型

人际传播"使用与满足"研究把受众成员看做是有着特定"需求"的个人,把他们的媒介接触活动看做是基于特定的需求动机来"使用"媒介,从而使这些需求得到"满足"的过程。虽然"使用与满足"理论是对大众传播行为的研究,但同样适用于人际传播。需要是人们交际的前提,它是人的心理活动的重要动力。由于客观事物与人的需要之间的关系不同,人对客观事物便存在着不同的情感倾向,且随之产生不同的心理变化和外部表现。能满足或者符合人的需要的事物,就会产生肯定的情感,或褒奖,或喜爱,或积极的支持。

根据人们的需求,可以将手机短信中的人际传播行为分为满足性人际传播和手段性人际传播。

1. 手机短信中的满足性人际传播

满足性人际传播的侧重点或着眼点不在于交流之外的什么功利性或实用性目的,而在于交流行为本身,以及经由这种交流而达到的一种自我满足。典型的满足性人际传播的基本特质在于它主要着重于交流过程本身,以及交流对于人的一般社会性需要,尤其是人际感情需要的满足功能。手机短信中这种满足性人际传播行为主要体现在问候、情感交流、闲聊、娱乐等方面。

中国互联网信息中心调查也显示出:在短信息使用中,节日问候的占57.9%,日常联系占50.1%,沟通交流占37.3%,享受娱乐占22.2%。①

从各方面的调查结果可以看出,基于手机短信的这种特殊形式的问候、情感表达及笑话幽默满足了现代社会人们的各种需求,特别在情感表达方面手机文本短信与中国文化传统的契合,信短情长,内敛、含蓄的民族性格决定了国人更愿意用文字的书面形式表达感情。中国几千年的深厚文化积淀以及汉语独有的魅力为文本短信的发展提供了有利条件。

2. 手机短信中的手段性人际传播

手段性人际交流的根本着眼点在于把交流本身视为手段和工具,以寻求某种功利性的结果或目的。

事实上,在手机短信中,两种性质的人际传播活动混为一体的情形,或是一种交流在实施过程中向另一种交流转换的情形,都是很常见的。这种对人际传播的分类,只是提供一种参照尺度。

三 手机短信传播的动机

人际传播的重要动机之一是自我认识和相互认识,相对重要的方面是希望对方能够充分地了解、理解和评价自己。然而,对方能不能做到这一点,在很大程度上取决于自己的自我表达是否充分。人际传播对双方来说都是一种自我表达活动。自我表达是否准确,表达方式是否合适,直接影响人际传播的效果。传统的人际传播手段很多,可以通过语言符号和非语言符号来进行自我表达,而手机短信人际传播主要通过文字语言进行表达,客观上减少了自我表达的渠道,而增加了自我表达的难度。因此,利用手机短信进行自我表达,就要充分发挥文字语言及一些标点符号表达的优势,进行有效的自我表达,以达到预期的人际传播效果。

情感是人对客观事物的一种体验和态度,是人与客观事物及其需要

---

① 《调查:手机用户使用网站短信息的类型和用途》,中国互联网信息中心,2003 年 9 月 5 日。

之间的关系。情感因素即是说人在交际活动中,认识到某个客体的价值,体验到客体是否能满足自己的需要,并由此而产生相应的心理活动。可以说,人的情感是人作用于客体的认识、体验和心理满足的关系。情感因素对人际传播的影响是客观存在的。积极的情感可以激起人们的交际热情,主动自觉地同客体打交道,并正确地认识它,以正常的方式与客体沟通;消极的情感,可以抑制人们的交际热情,使人消极、冷淡,懒于同客体打交道,也不能客观地反映客体的实际情况和要求,往往形成许多障碍,以致中断交际。情感因素对手机短信人际传播的影响是明显的,手机短信中的满足性人际传播中的笑话幽默就是因为建构了一种积极的情感平台,从而成为人们喜爱的交流方式。正因为如此,人们总是倾向于向自己喜欢和熟悉的人发手机短信。

2006 年 4 月,笔者对中国人民大学、北京理工大学、北京外国语大学按学校人数比例发放调查问卷 1500 份,回收有效问卷 1074 份,以了解大学生群体中手机短信使用情况,重点调查短信与传播之间的关系。

研究发现,使用短信动机的强度排序如下:

- 事务通信,方便联络是使用手机短信最主要的动机;
- 日常问候,融通情感,与朋友交往动机在其次;
- 休闲娱乐,释放压力,放松心情;
- 信息资讯,获取关于外界和他人的事情。

研究发现,意见领袖在手机短信使用者中起着重要的作用。因为使用者了解短信息最主要的渠道不是媒体、不是手机供应商和内容提供商,而是朋友、同学和亲人。

值得指出的是,手机短信使用中存在着文化差异。与中国的情况截然相反,在日本、美国等发达国家,几乎无人使用短信服务。其原因不仅在于移动通信收费标准上的差异,也有文化上的差异。

相对于美国人的人均收入,其目前的移动通信运营商给消费者的资费可谓十分低廉。在中国可不同,手机资费一直十分昂贵,可是,短信的资费却相对便宜。这种导向无疑有很大的引导作用。中美手机用户在消费心理和文化心理上也存在较大差异。美国人性格直率,乐于面对面交谈,如果需要通过通信联系别人,宁可选择语音对话或者视频对话,不像中国人喜欢委婉表达。至于日本,由于通过 I – MODE 上网交流很便捷,无须再使用短信交流了。

四　手机短信在人际交往中的使用

手机短信的使用是基于电话的使用之上的,电话被人们认为是构建人际关系的手段,例如人们常常通过电话进行一件事情的通知,进行一项安排或者取消一个约会,这些行为都是对现有人际关系的维系和加强。手机短信在人际交往中也扮演着类似的角色,但更为独特的是,手机短信还承担了不少电话所无法或者不便承担的作用,譬如手机短信可以不受语音通话对场所的要求,短信的文本形式能更好地利用文字信息传播的确定性,发送短信可以避免通话所带来的尴尬,如此种种特性与手机通话相比都更加便于自我表露行为的发生,具体表现如下:

1.避免电话的交谈

用语言交谈虽然更加直接和明了,但是有时候在一些特殊的传播环境和情境下,或者受到传播内容的限制,这样的交谈无法进行,即使进行也很难达到良好的传播效果。但是手机短信允许回复的延时性、异步性,给接收短信的人更多的时间去思考如何作答,避免了因为直接打电话时不好意思讲出某件事情或者不知如何回答的尴尬,从而提高了传播者对传播过程的控制和把握的能力,更有利于调解人际之间的关系。

2.避免造成对他人的打扰

有人喜欢发送这样的短信:“你在哪? 我现在正在……”这种类型的短信问候被称之为“电子社交”(telephone socializing)。类似这样的短信如果作为一个电话交谈的内容,如果不是在非常亲密的关系中发生,将会被信息的接收者认为非常唐突,甚至对因为接听这样的电话而打扰原本正在进行的工作而不满。但是以短信发送的方式既可以让对方接收到同样的信息,也避免了对他(她)的打扰。根据访谈发现超过80%的受访者表示他(她)们发送或者接收的比较集中的时间是在晚上8:00~12:00,然而在这个时间段内打电话是很忌讳的,因为这个时段内一般人都在休息,电话会打扰他们的正常生活,但是手机短信却成为这个时段人与人沟通的上佳选择。

3.当电话通话困难时的通信选择

由于移动通信技术往往受到技术本身和地理环境的影响,有时候当移动通信终端处于服务区的"盲区"时，手机便无法接听，这是我们目前使用手机常常会遇到的问题，虽然随着移动通信基础支持设施不断的完善这种情况会越来越少，但是在目前的条件下还无法完全避免。所以，当出现这种情况时，如果有事情需要与处在服务盲区的用户沟通时，通话就无法完成，但是这个时候却可以发送短信，当该手机用户一旦到达可以接收到信号的区域，手机就会马上接收到刚才已经存在移动通信服务器上的信息，以便在第一时间接收到有关信息。这是由于短信传输不是用户到用户直接完成，而是由发送方将信息发送至服务器上，再转由服务器发送给接收者，只要发送者与服务器之间的联系畅通，信息就可以发送出去；只要服务器与接收者之间的联系一旦畅通，接收者就会在第一时间接收到信息。

4. 抒发和表达情感

短信具有书写性、异步性、及时性的特征，所以尤其适合情感的表露，在人们不想或者不能够通过语言进行面对面的交谈时，短信就满足了人们表达感情冲动的需要。因此，对于那些发送短信的人而言，不论年龄，短信中都带有他们对自己目前的状态、感情和友谊的描述。

虽然短信增加了人们每天情感的交流，但是对于人们来讲，第一次对别人谈自己对他人的感受总是带有一定的风险，人们正处在一个逐渐发现和认识各种关系的过程中，而书写这种形式在效果上是带有一定约束性的（uninhibiting effect），这种约束性恰恰适应了人们对感情表露把握的谨慎态度。例如，"我爱你"这样的话很难当面讲给自己的恋人，所以通过手机短信的形式更加容易表达自己的感情。

书写这种模式很好地适应了正向的、强烈的情感表达，也会调节和消除过剩的、较为激烈的感情。短信回避了面对面语言的交谈，加深了对较为强烈的情感表达的控制。

5. 存储信息

有的受访者表示很喜欢保存一些自己喜欢的短信，并不时地看看，就像翻看别人写来的信件一样。这种对于喜欢的短信的存留和再次阅读，是对自己喜欢的信息和感情不断地强化。虽然记忆可以让人回忆，但是跟文字的记录带给人的感受是不同的，就像人们喜欢保存信件和阅读这些信件一样。一方面，仅仅是头脑中的回忆信息，一方面与二维的手机短信文字相比较,它们带给人的视觉效果和传播效果是绝对不同的,这也就是人们喜欢购买短信储存量比较大的手机的原因。

第 2 节　手机短信的利弊分析

短信传播,从技术的角度看,是一种非实时的、非语音的数据通信业务。它可以由移动通信终端(手机)发起,也可由移动网络运营商的短信服务器发起,还可以由与移动运营商短信平台互联的网络业务提供商 SP(包括 ICP、ISP 等)发起。

笔者在此特别强调,尽管有人撰文认为,手机短信亦可以作为大众传播的载体,但是笔者对此观点持否定态度。原因在于作为手机媒体原始形态的手机短信存在诸多不足,并非大众传播的理想媒介。

一　手机短信的优势

手机媒体有不少优势,例如高度的便携性、个性化、私密性、贴身性、互动性、受众资源极其丰富、传播速度快。手机短信作为手机媒体的原始形式,也具备这些优势。

1. 传播成本十分低廉

短信拥有按量计费、价格低廉的优势。除去无线电频率、通信网络和终端外,无须再耗费任何其他资源,单位信息量的传播成本比传统媒体低很多。在中国,由于特殊的电信管理体制与收费标准,导致了发送、接收短信比用手机通话便宜。但是由于中国人口基数大、手机用户超过 7 亿,所以"涓涓溪流汇成大河",手机短信总收入十分惊人。

2. 传播及时,可以保存编辑

短信传播迅速及时,信息可以在瞬间传播到大量受众终端。短信传播比起语音业务,虽然实时性略差,但是具有可以保存、查阅、编辑的特点。

正是短信具有可以编辑的特点,在中国,一些媒体借助它进行一些初级的手机报、手机短信新闻业务活动。

3. 具有较强的参与性与互动性;传播行为可以同步,也可以异步

信息接受者可以采用不同方式回复信息源,及时方便地参与信息的反馈和再创造,致使短信业务的娱乐功能日益突出。

手机短信还能有效地实现与其他媒体的互动。"超级女声"的短信投票可看做是手机短信与其他媒体有效互动的典型案例。根据《许昌日报》2005 年 8 月 25 日的报道,2004 年"超级女声"的短信总收入约 1300 万元,而 2005 年,达到了 3000 万元左右。这样的短信收入可以与广告收入并驾齐驱,这在以前的电视节目中是无法想象的。

总之,手机短信传播具有普及率高、方便快捷、移动性好、灵活性高、互动性强、价格便宜等特点。

二　短信传播的局限性

尽管短信具有不少优点,但是,短信传播存在一些致命的不足,阻碍其成为大众传播的媒介,手机短信只是"第五媒体"的雏形。手机短信在具有互动性、即时性、私密性和自主性的同时,也具有许多的局限。手机媒体的一些负面效应,如不良信息、垃圾短信的传播,也存在于手机短信之中。笔者认为,手机短信只是一种过渡技术,手机媒体真正发展的技术基础是 3G,在 3G 技术普及与成熟之后短信将会走向消亡。

1. 信息承载量十分有限

一条短信只能传播 70 个汉字,信息表现形式单一,无法传播大量的信息,尤其是多媒体信息。短信的信息承载量十分有限,短信主要是对文字内容的传播,即使是彩信也不能很好地满足多媒体信息传播的要求,所以手机短信作为传播的载体会导致信息传播内容的有限与贫乏,致使手机用户无法通过手机短信了解新闻的全部内容。显然短信在信息的全面性、翔实性、深刻性方面无法与传统媒体相提并论。此外,基于短信的手机媒体广告,其广告的表现形式也受到了极大的制约。

2. 短信传播缺乏权威性,并非理想的新闻传播载体

短信传播有其先天的弱点,它的致命缺陷在于其真实性和权威性不够。人们每天所接收的短信有多少是完全真实的? 这一点绝大多数手机用户都无法给予核实和保障。到目前为止,人际关系和相互信任仍然是我们唯一的依据。

笔者在 2006 年 4 月对中国人民大学、北京理工大学、北京外国语大学有关短信和新闻传播的调查中发现,突发事件传播过程中,手机短信扮

演了重要的角色。但是这种传播依然主要靠点对点的人际传播通道,点对面的大众传播渠道还是处于劣势。

3. 传播门槛低,短信传播容易出现垃圾化

任何使用手机和互联网的用户都可能成为一条短信的制作者和传播者,发送、接受短信的技术门槛很低,加上"把关人"的缺失,短信传播容易出现庸俗化、垃圾化倾向。

技术角度看,手机短信也有其缺点。

第一,由于用手机发送短信与中文输入的操作过于复杂,用户难以接受,不适合于像信息群发、广告、通知等使用频率非常高的业务,如证券营业部、银行、快递公司、培训中心、会员俱乐部、服务行业等。

第二,手机短信的大量信息无法被长久地保存,因而短信的收发记录无法有效管理,造成企业实行短信移动办公后在管理上的难度增加。

第三,无法实现计算机的自动化管理,无法实现计算机数据与手机数据的交互。

正因为短信存在这些不足,大量群发短信的软件应运而生。有些群发软件甚至能"地毯"式地对用户手机号进行搜索并自动发送短信。这些群发软件为低成本甚至是零成本地大量传播垃圾信息创造了技术条件。

笔者在 2006 年 4 月对中国人民大学、北京理工大学、北京外国语大学有关短信的调查中发现,收到过骚扰性的、无聊的垃圾短信的大学生占总调查量的 88.6% ,没有收到的只占少数。由此可见,这些垃圾短信给多数大学生造成了严重影响,而且接收这些大量的垃圾信息也占用了同学们的时间和手机贮存资源,干扰了大家的正常生活和学习。

目前,不良短信可以分为:

(1)"骚扰型"不良短信,即含有敌对、淫秽等不利于接受方内容的短信。骚扰型多表现为"垃圾广告"或者一些无聊的信息。垃圾广告又称为强迫输入广告,即未经用户同意强行发送广告等带有宣传性质的短信。这类短信息一般不形成直接的利益侵犯,但大量的骚扰型短信容易给接收者带来身心上的烦躁。

(2)涉嫌犯罪短信。利用短信从事犯罪活动已直接对社会和公众安全构成了威胁。手机短信独特的功能和特性,为一些有害信息打开了方

便之门,甚至成为违法犯罪和传播不良内容的一个畅通无阻的渠道。短信犯罪行为手法多样,包括利用短信进行欺诈、勒索,甚至发送手机病毒等,突出显示了手机短信的不易控制性。涉嫌犯罪短信又以"欺诈型"不良短信居多。"欺诈型短信"多表现为一些"恭喜中奖"、"假证件"、"短信速配"等类型非法短信,都是借助短信实施诈骗的行为。

(3)"强迫消费型"不良短信。这类短信主要包括两方面:第一,订阅收费短信。这种现象时有发生,主要由于短信业务本身不规范,一些网站或短信经营公司利用法律漏洞,强迫用户订阅收费短信。第二,诱导用户订阅,但订阅容易退订难。许多网站采取种种方式,包括欺诈或故意把短信收费等字眼放在格式合同中不起眼的地方,致使用户以为免费而订阅。但一旦订阅之后就很难退订,且手续烦琐。

短信传播具有非即时性和去现场性。去现场性是短信的一个重要特性,一般的人际沟通或者面对面进行,或者可以感知对方的声音营造"拟现场感"。在正常的人际交往中,每个人都有社会赋予自己的角色,人们的言语和行为都会遵循角色指定的模式进行。而一旦处于身份隐匿状态,角色参与意识淡化,同时加上无从感知对方的反应和交流现场感的缺失,个体原本被社会压制的个性和欲望就会转化为无拘无束的"井喷"行为,往往倾向于不加约束和不负责任地发言,从而诱发了不良庸俗信息的泛滥。

针对手机短信中存在的严重问题,韩国早在 2001 年起,就采取一户一网、机号一体的手机号码入网登记制,并规定广告商在发布手机短信广告时,必须注明"广告"字样和发送者的单位、电话及手机号码。如果手机用户不愿意接收该信息,所产生的电话费将由广告发送者承担。为保护客户的隐私权,商家在每天晚 9 时至第二天上午 8 时之间不得发送短信广告。韩国还规定,对滥发垃圾短信者将处以最高 8500 美元的罚款。此后,短信诈骗案大为减少。我国可以借助其他国家的做法,加快推动手机号码实名制,但是在中国全面实行手机实名制的难度与成本都很高。

此外,过于频繁地使用短信,会引发生理、心理上的不适。常发短信不仅会引起手指疲劳,而且会改变用户性格。据东方网 2006 年 5 月 21 日的报道,英国普利茅斯大学的一批研究人员经过对 1000 名使用手机短信服务的人调查后发现,所有被调查者中越是频繁收发短信的,他们所表现出来的社会忧虑感和内向型个性就越强烈。相关方面的专家也认为过于频繁地使用手机短信功能，实际上不仅无助于人们提升自己与他人交流和沟通的能力，在某些时候甚至能让自己的性格变得具有较强的、极端性的内敛和心理障碍。

第 3 节　手机短信的传播特征

手机短信具有的一些传播特征，很难归为优点或缺点，它们是具有双刃特征。下面我们对此逐一分析。

一　手机短信传播与社会大环境之间的互动作用

首先，任何人类传播都是在一定的社会环境中进行的，手机短信传播也不例外。特定的社会语境、不断变化的人类交流习惯、社会心态等等都在方方面面影响着手机短信的传播。比如，同样是手机短信，在英国、韩国、中国和美国却有着非常不同的发展前景。这其中有一个重要的原因就是社会环境的不同。在我国手机短信得以流行有着很重要的社会心理背景和文化背景。中国人自古崇尚含蓄、内敛的气质。手机短信的简短提示和不必要马上直接回复的特性使短信永远比铃声大作的语音通话更有分寸，也更为礼貌。有时电话显得过于直白和直接，而且有可能打扰正在忙碌的对方，而短信则给了对方很大的回旋余地与思考空间。在收到短信以后，可以立即回复，也可以等有时间再回复，甚至可以不回复。所以说发短信比打电话显得更谦虚，更尊重对方的意愿。而且，中国人最爱"面子"，很多话在公开场合或者见面、电话都不好意思直接说出来，比如言爱，"爱你在心口难开"，读我国的小说，看我国的电视剧，有多少故事的主人公是因为过于含蓄而产生种种误会！手机短信改变了一定要"开口"的交流方式，比直接对话显然更加委婉，所以受到国人青睐也是理所当然。

在社会环境影响手机短信传播的同时，手机短信的传播也在多个方面逐渐影响着整个社会环境的变化。首先，毋庸置疑，手机短信增强了人类的传播能力，促进了人类传播方式的新变化。手机短信已经深入参与各类社会生活，人们通过手机短信与他人交流，通过手机短信参与各类团体活动,并且通过手机短信获取新闻,获取自身所需要的方方面面的信息。手机短信的流行在客观上则引起了文本的复兴,形成了独特的手机短信文化。在手机用户之间迅速流传的各类"段子"层出不穷,有的针砭时弊,有的荒诞不经,有的不过博人一笑,也有的让人深省。有学者指出,手机短信的"段子"在实际上取代了传统相声的功能,也以"抖包袱"为趣。除了搞笑的段子,节日的问候短信也是一大亮点,逢年过节,亲朋好友发个短信相互问候已经成为当今社会的一大特色。而手机短信业务的蓬勃发展不仅大大提高了各大门户网站的收益,也创造了令人惊叹的"拇指经济"神话。总而言之,手机短信传播在受到社会环境影响的同时,也在深入地参与并改变整个社会环境的构建。

二 传统媒介环境与手机短信传播之间的融合

作为一种复杂的传播活动,手机短信传播与社会环境中传统媒介环境关系尤为密切。手机短信诞生于媒介高度发达、资讯异常丰富的信息爆炸时代,一方面,作为一种新兴的传播媒介,手机短信的产生和发展都受到了传统媒介环境的影响;另一方面,手机短信传播也给传统媒介传播环境带来了新鲜血液和活力。手机短信从诞生之初就与各种传统媒介有了密切的联系。现在短信运营商开展的手机短信服务如天气资讯、娱乐新闻、体育赛事等内容大多数由传统媒体资讯整合而来;手机短信的发展与各大传统媒体密切相关,报纸、广播、电视、网络等各大媒体纷纷开发手机短信平台,为手机短信传播创造了极为便利的渠道。

在传统媒介环境影响手机短信传播的同时,手机短信传播也在深刻影响着整个媒介环境。几乎所有的电视广播节目和报纸都有了短信平台,除了为用户提供新闻、娱乐信息等功能以外,也为媒体创造了更为丰富的受众反馈、参与和交流的平台,甚至有很多节目本身就以手机短信为生存方式。手机短信更因为所创造的经济价值日益被传统媒体倚重。而手机短信与传统媒介之间的连接并不一定和谐,手机短信传播与传统媒介环境之间的相互作用力未必是良性的。下面就以手机短信与各类媒体节目的结合为例来分析手机短信传播与传统媒介环境之间的各种关系。

目前短信互动与报纸、广播、电视、网络等各大媒体的结合方式五花八门,多种多样,但总的来说,可以分为三大类:

第一类,媒体栏目纯粹以短信为内容。此类方式最早源自广播的短信节目,现在也是在广播中应用得最好的。当手机刚刚普及、短信刚刚兴起的时候,灵活而又快捷的广播捷足先登,开办了以短信互动为主要内容的广播节目。此类节目的节目运作和节目内容均建立在短信互动基础之上,节目的所有元素都围绕着短信进行,节目以增加观众的短信发送量为首要目的,短信反过来影响着节目的进程,没有短信,节目将不复存在。开始的典型代表是北京人民广播电台文艺频道的《短信江湖》。这个以出租车司机为主要收听对象的低成本节目开播不久就迅速成为文艺台的主打节目,其良好的经营状况更是获得一片喝彩。现在这类节目已经成为各大广播电台的主打节目。以北京广播台为例,音乐广播、文艺广播、交通广播、新闻广播、体育广播、首都生活广播等都开展了短信节目。这类节目不仅借助手机短信收集丰富多彩的节目内容,短信量的不断上升也使节目获得了实际的经济利益,可谓一举两得。

这类方式也运用于报纸和网络。比如在报纸中开设短信专栏,在网站开设短信频道,等等。目前各大门户网站都有自己的短信频道,用户可以直接用手机号码登录和消费手机短信。

第二类是手机短信局部嵌入型。以 CCTV – 2 栏目《非常 6 + 1》的 2004 国庆特别节目《梦想中国》为例。在为期 7 天的直播节目中,《梦想中国》收到的短信量达到了 400 多万条,以每条短信 1 元计算,《梦想中国》仅在短信互动这一环节上就创造了高达 340 万元的利润(简单估算,此部分利润为《梦想中国》和央视公众资讯中心共有)。《梦想中国》在节目运作上的最大亮点是以观众的短信投票量作为评判参赛选手成功与否的唯一标准,让千百万观众作为整个比赛的评委。这种"将权力下放"的做法极大地调动了电视观众的积极性,而每一天比赛结果揭晓前的"砸金蛋"环节通过现场抽取电话号码(发来短信的观众均有可能被抽中)送大奖的方式把观众的热情推到了最高点。手机短信在《梦想中国》的作用无疑是必不可少的,这种运作模式在 2005 年轰动全国的"超女"选秀活动中更是登峰造极,趋于成熟。

第三类是以手机短信点缀型。比如在电视或广播节目的结尾通过口播或字幕让观众给节目发送节目线索、参加节目竞猜、给节目提意见或是报名参加节目录制等,在报纸或网络留下特服号码让观众参与讨论等等。

在这类方式中,短信在某种程度上只是一种点缀,不影响根本,大多在内容上处于可有可无的境地,如果处理不当更是会损害节目的完整性,给节目带来负面影响。

三 传播权利自由且分散化

目前手机短信的传播主体还是手机用户。只要有一个手机号码和一部手机,所有的人都能成为手机短信传播的主体,而不同层次、不同背景的人只要携带合法有效的身份证明就可获得手机相关业务服务,现在有很多类别的手机号码,尤其是预付话费的号码申请甚至根本不需要身份证明。这种"易得性"使手机短信的传播权力很大程度上实现了自由化和分散化。

与个人手机短信传播相比,SP 是在手机短信传播中不得不提到的一个词。SP 是 Service Provider(服务提供者)的缩写,是指电信增值服务提供商,即通过运营商提供的增值接口为用户提供服务,然后由运营商在用户的手机费和宽带费中扣除相关服务费,最后运营商和 SP 再按照比例分成。刚开始,只有中国移动一家运营商经营短信业务,2000 年时,移动梦网旗下的 SP 开始规模化出现。2002 年,联通 CDMA 网开通,有了两个运营商。后来,运营商开始允许一些公司获得移动或联通的认证,分配给每个 SP 一个端口,然后接入运营商的中转平台,于是这些公司也具备了短信中心的能力。这样几个人、几台服务器加上一点通信资源,就可以成为SP。不需要任何技术,甚至不需要任何内容,都可以盈利。这造成了国内 SP 的良莠不齐,并且由于 SP 以赢利为根本目的,并不关注社会手机短信传播的社会效益,缺乏媒介责任感。所以在手机短信的传播中,即使不是个人与个人之间的传播,"把关人"往往是缺位或者是责任不明的。传播的权利被分散在自由的个人或者以赢利为目的的 SP,一方面虽然增强了一般个人的传播能力,并且使得手机短信内容来源更加多元化、无限化;另一方面这种海量信息来源和分散的传播权利也在客观上给各种噪音的传播提供了机会。

四 传播过程的交互性和发散性

手机短信传播过程的交互性主要体现在手机短信的使用者既是信息

的接收者，又是信息发送者。手机短信的传播是双向的、可逆的、互动的。在手机短信的传播过程中，发送者与接收者可以集于一身，接收者可以转变成发送者，发送者也可以转换成接收者，发送双方的地位趋于平等化，"发送"和"反馈"的界限被模糊。

　　而在手机短信传播过程中，发送者与接收者之间角色互换不只是两者之间闭合式的一种交换。除了交互性和可逆性，手机短信的传播还体现出发散性的特点。比如说同一条短信从单个发送者出发，可以到达多个接收者，也就是说一个发送者发送的同一个信息可以面向多个接收者，呈现出发散的传播特性。而某一个接收者在收到短信之后，一方面可能由于回复短信而向发送者角色转变，这样就形成了上面提到的交互的传播模式；另一方面，这个接收者还可以通过把接收到的信息转发给第三方而完成向发送者角色的转换，这样信息就会进一步向外扩散传播，也就是传播过程更为发散。如果我们选取传播过程中的一个传播主体来进行分析，那么可以清楚地看到，一方面，这个传播主体可以作为接收者收到来自多方的信息；另一方面作为发送者也可以向多方发送信息，而在整个手机短信传播过程中，传播主体的数量可以是无限的，传播过程也是多方向发散的。

五　传播通道便捷、隐秘

　　手机短信的载体是手机。手机短信的传播可以简单地分为两种情况，一种是手机对手机，一种是服务器对手机，这中间都要通过运营商中转的平台进行数据转换。在大多数情况下，手机肩负着发射器和接收器的双重功能。我们可以看出，手机短信的传播通道是便捷的，只要拥有手机和手机号码，在有手机信号的地方（现在没有手机信号的地方越来越少）就能接收和发送手机短信。相对于其他传播方式，手机短信的传播受到的约束最小，它对时间、地点、空间的要求最低，只要传播中的双方都有手机、都有信号，就可以完成有效的传播。即使没有信号或者手机处于关机状态，发过来的手机短信也能够保留一段时间，一旦在有信号的地方开机，信息就能毫发无损地到达。而对于传播主体来说，手机是一种相当容易拥有的媒介，前面提到过，甚至不需身份证明，人们就可以买到手机服务；而且不仅现在手机价格越来越平民化，手机短信的价格更是能为大多数人接受。而使用手机短信的人越多,我们使用手机短信传播就越方便。比如想时常给家中完全不懂网络没有电脑还嫌长途电话贵的父母报个平安通个讯息,那么再没有比手机短信更方便的了。

除了便捷,手机短信的传播通道还兼有隐秘的特性。手机短信的传播从手机到手机或者从服务器到手机,过程非常简单,一般不易受到其他信息的干扰。比如与网络传播的开放性相比,手机短信传播过程中很少会受到恶意软件的监控甚至侵害。而且与其他媒介相比,手机的私人色彩更为浓厚。手机一般由个人随身携带,因此保存在手机中的短信是非常私密和安全的。而如果要保持语音通话的私密有非常严密的空间限制,手机短信传播则因为以无声的文本为内容更容易保持隐秘。即使在嘈杂的公共场合或者不方便出声的会议、剧院等地,手机短信仍能安静地带给传播者私密信息和自我空间,这也正是手机短信传播的魅力之一。

六 手机短信传播具有传播准确、高效的特点

由于手机这种特殊的载体和传播方式,手机短信先天具备了传播准确、高效的特点。首先,只要发送者确定要发送信息,在正常情况下,信息一定会被成功接收,这个过程是确定的,注定了传播这个动作的准确性。其次,相对于其他传统的信息传播方式,手机短信的传播受众十分明确,比如定制了各类短信信息的用户、买了汽车的客户、在商场办了会员卡的客户等等,都是对某类信息具有明确诉求的受众,手机短信使传播目标受众的准确性得到了保证。最后,手机短信息的接收环境相对单纯,每接收一条信息只能逐行阅读文字,而且手机用户在接收到一条短信时,在不知道短信内容的情况下,总有一种打开短信立即阅读的欲望,对信息的注意力比较集中,信息的有效到达率较高。

七 手机短信传播的内容:短小的文本

手机短信传播内容自然为短信。因本文研究范围既定,这里的短信则专指短小的文本。望文生义,手机短信传播内容的特征正是"文本"和"短小"。

首先,手机短信在客观上是一种文本的复兴。因为无法记录说话,人

类创造了文字。保罗·莱文森曾经设想，如果有一位时光旅行者带着录音机回到文字产生以前的世界，那么也许文字就不会产生。电话和口头交谈的吸引力是难以抗拒的，那么既然能够通话，为什么又要发短信呢？第一个原因就是上文刚刚提到过的，文本的无声确保了手机短信的私密性；其次，虽然声音也可以被保存，但是文本的保存和提取都更为方便；最后，文本可以精确地表述某些信息，一方面避免口头语言经常会出现的失误或者误解，另一方面更有利于表达抽象的思想，这也是书面语言比之口头语言的优势所在。

　　由于利用手机键盘打字毕竟不如电脑键盘那样方便，也由于目前手机短信容量所限，手机短信传播的文本一般都很短小。这一特点一方面限定了手机短信传播一般不用于大量信息的传播；另一方面，也创造了独特的短信语言，甚至出现了很多"短信写手"。现在流行的短信"段子"已经有了非常丰富的种类，如幽默短信、整蛊短信、祝福短信、抒情短信等等。

第4章　手机报

手机媒体发源于个人通信工具。在迈向大众传媒的初期,人们往往面临信息内容匮乏的难题。显然,纸质媒体与手机媒体的握手存在现实的合理性。事实也正是如此。当今的手机报、手机出版基本上是纸质媒体内容的数字化、手机化传播。但是,从长远发展来说,包括手机媒体在内的新媒体将逐渐独立于纸质媒体,将出现越来越多的原创内容,建立自己健全的采编体系和运作管理体系。

目前,所谓手机报,是将纸质报纸的新闻内容,通过移动通信技术平台传播,使用户能通过手机阅读到报纸内容的一种信息传播业务。通信技术的发展为手机报的诞生奠定了技术基础;人们对信息产品多元化、个性化的消费需求,也刺激了手机报的产生;传统媒体寻求多种经营和拓展生存空间的需要也是手机报产生的原因。

笔者特别强调,因为手机报已经不是纸质媒体,"手机报"比"手机报纸"的提法更为严谨、更为科学。据统计,截止到2007年5月,共有30多家全国性的报社推出了其报纸的手机版。据《北京商报》2008年12月12日的报道,全国已有手机报300余种,网络报纸1000余种,网络期刊2万多种。

手机技术应用的发展,使其不仅是双向语音通话的工具,而且成为个性化的、可以随时随地收发信息的媒体终端。新闻媒体在利用手机方面,一是可以将自己的内容通过这一大众化的终端进行传播及销售;二是可以成为媒体与受众间互动的中介(主要体现在广播、电视媒体)。

手机报可以分为两大类型:一种是彩信型手机报;另一种是网络型手机报,包括:WAP、I-MODE或3G网站类型。第一种类型类似于传统纸媒,就是报纸内容通过电信运营商将新闻以彩信的方式发送到手机终端上,用户可以离线阅读;第二种类型是手机报订阅用户通过访问手机报的网站,在线浏览信息,类似于上网浏览的方式。

　　手机报也可以按技术模式分为三种类型：文本类型、彩信类型以及WAP网页型，这三种技术模式在表现形式、内容容量、终端要求、订阅方式等方面有较大差别。文本类型是一种技术局限性非常高的手机报，最多只能传播70个汉字，生命力不强。

表 4 - 1　　三种技术模式手机报比较

	文本类型（SMS）	彩信类型（MMS）	WAP、I - MODE 或 3G 网站类型
表现形式	文本	文本、图形、声音	文本、图形、声音、影像
内容容量	最多传播70个汉字	彩信最大容量为2万个汉字，如果彩信中包含图像、视频、音频等格式的内容，文字容量将相应减少	无限制
终端要求	普通手机即可	支持 GPRS 或 CDMA1X 的手机	支持 GPRS 或 CDMA1X 的手机
订阅方式	每天定时被动接受	每天定时被动接受	随时随地主动接受
接受速度	最快	需下载图片所以稍慢	手机上网网速最慢
订阅费用	通信费：0.1元/条 信息费由服务商确定	通信费：0.50元/条 信息费由服务商确定	通信费：0.03元/KB 信息费由服务商确定
存储形式	直接存储，占用手机存储量	直接存储，占用手机存储量	上网浏览，内容不占用手机存储量，也可以手动存储
代表	各网络媒体（新浪、网易、搜狐等）的新闻短信包月定制；各传统媒体自有网站的短信定制	《中国妇女报·彩信版》	日本的 I - MODE 报纸非常发达；广东移动联合新华社及广东省几大报业集团联合推出的 WAP 版手机报，用户在手机上网"移动梦网"首页和"广东风采"首页就能浏览新闻

　　就使用方法来说，彩信版手机报需要进行定制，这点和短信新闻比较类似。但由于彩信可以传送最大容量为100KB的文件，因此可以做到图文并茂，在观感上更加接近传统报纸，这显然是短信新闻做不到的。彩信

版手机报可以通过短信和 WAP 进行报纸点播,给了用户更多的选择自由。

由于目前彩信的容量有限,最多只能传送 100KB 的文件,所以彩信版手机报中有部分新闻是以新闻摘要或是缩编的形式出现的。如果读者想看新闻全文的话,可以通过短信的方式进行点播,每条点播下载的新闻也会收费,但最高不会超过 0.8 元/条。

WAP 版的手机报则更像手机上的互联网新闻门户,例如读者可以通过登录"移动梦网"—"广东风采"—"手机报"的网址,随意浏览目前已经提供服务的九家报纸的相关新闻内容。以《南方日报》手机版为例,目前总共提供了今日焦点、图片新闻、时评观点、广东时政、环球视野、城市话题、南方财富、文坛热点等 8 个板块,每个板块可提供 5～10 条新闻,读者可以随时上网进行浏览。随着技术平台的改善,不久后,手机报还将加入自由组合新闻板块、新闻查询、互动评论、彩信手机报料、自定义手机报内容和发送时间等"个性化"功能。手机上网和电脑上互联网基本上是没有什么区别的。

和彩信版的包月定制相比,WAP 版的手机报看起来不仅方便,而且自由度也很高。读者只要使用手机登录"移动梦网",进入"广东风采"栏目,即可浏览手机报。目前 WAP 版的手机报共有《南方日报》、《南方都市报》、《新华快讯》、《参考消息》、《羊城晚报》、《广州日报》、《新快报》、《信息时报》、《足球·劲体育》等 9 份,每份报纸的浏览资费各不相同,登录其 WAP 页面将会有具体说明,实行按天收费,每天收费最高 1 元。

与国内 WAP 版相似的有日本的 I－MODE 版手机报。今后基于 3G 技术的手机报将是 WAP 版的延续与提升,应该是网络媒体的组成部分。

有实用价值和发展潜力的手机报应该是网络报纸的延伸,正与日本 I－MODE 手机报一样。日本 I－MODE 诞生于 1999 年 2 月 22 日,是世界上最成功的无线互联网服务之一。I－MODE 技术能够使用户以低廉的费用上网,并且达到日本 56kbps 的速度。在日本报纸发行量饱和并走下坡路之时,《朝日新闻》、《日本经济新闻》等报社纷纷通过 I－MODE 手机媒体传送新闻。真正的手机报应该是建立在 3G 技术基础之上,使得用户可以高速上网获取多媒体新闻信息,真正做到看新闻、听新闻。

第 1 节 中国手机报的发展

早在 2000 年 6 月 19 日,人民网(当时尚为人民日报网络版)日文版、英文版 I – MODE 手机网站在日本正式开通,实现了《人民日报》无线上网,这是国内第一家实现手机上网的报纸网站,而且是使用外文进入国外市场。

中国的手机报目前有 WAP 版和彩信版两大类型。WAP 版的手机报很像手机上的互联网新闻门户,读者通过手机登录指定网站,就可以读到当天的手机报。就使用方法来说,彩信版手机报需要进行定制,这点和短信新闻比较类似。但由于彩信可以传送最大容量为 100KB 的文件,因此在观感上更接近传统报纸。

中国目前的手机报主要是建立在短信技术基础之上的。文字短信只能支持 70 个汉字的信息容量。彩信可以支持文字、图片和声音,可以通过不同组合把它们拼接在一起。现在中国移动可以支持一条 50K 的彩信,不久还要推出 100K 的大容量彩信,但依然可以确保图片质量和承载内容更加丰富。在 WAP 网站方面,人民网于 2005 年"两会"期间,开通无线新闻网站。同年 12 月 16 日,人民网、新华网、千龙网更联合创办了"掌上天下"手机网站,成为重点新闻网站在移动通信领域中的旗舰。在利用手机发送新闻方面,一些网站有不少创新之举,如《中国日报》(*China Daily*)网站对重大事件、突发事件进行图文连续发送,达到直播的效果。

一 手机报在中国的发展概况

2004 年 7 月 18 日,《中国妇女报》推出了中国大陆第一家手机报——《中国妇女报·彩信版》。2004 年 9 月,新华社云南分社与云南移动通信有限公司合作,开始向云南移动用户提供"新华快讯"。每日发新华快讯 3 ~ 4 条,受众数十万。2004 年 12 月,重庆联通与重庆各大报纸开展行业合作,联手推出了《重庆晨报》、《重庆晚报》和《热报》WAP 手机上网版。

2005 年 5 月 17 日,由《浙江日报》报业集团、浙江移动通信有限公司和浙江在线新闻网站联合创办的国内首张省级手机报——《浙江手机报》正式开通。

2005 年 7 月,新华社江苏分社与江苏移动通信有限责任公司签署合作协议,共同打造"江苏移动新华资讯"业务,大力推进个人移动终端媒体,通过短信、彩信、WAP、流媒体等新兴传播方式的推广应用,为广大市民和移动用户提供方便快捷、随时随地的新闻信息服务。据了解,"江苏移动新华资讯"可同时提供体育、科教、文化、娱乐、生活等节目内容,有"国内大事"、"国际要闻"、"综合新闻"、"文体娱乐"4 大类、10 余小类的新闻,用户可酌情"各取所需"。

2005 年 8 月 8 日,广东移动与新华社广东分社以及《南方日报》、《羊城晚报》、《广州日报》三大报业集团联合创办的手机报正式"出版发行",手机报将先期开通彩信版和 WAP 版,目前主要提供《新华社快讯》、《参考消息》、《南方日报》、《羊城晚报》、《广州日报》等 9 份报纸的内容,并且每日更新,和传统报纸保持新闻同步。

广东移动推出的手机报目前主要以 WAP 和彩信版为主。WAP 版的手机报很像手机上的互联网新闻门户,读者通过登录"移动梦网"进入"广东风采",就可以读到当天的手机报。就使用方法来说,彩信版手机报需要进行定制,这点和短信新闻比较类似。但由于彩信可以传送最大容量为 100KB 的文件,因此在观感上更加接近传统报纸,图文并茂显然是短信新闻做不到的。

读者阅读手机报十分方便,广东移动用户通过手机上网登录移动梦网进入广东风采栏目,就可读到当天的手机报。每家媒体都会将当天的新闻信息,以图文并茂的形式制作成手机报,并依照传统报纸的发行模式,实行按天计费,价格每天不超过 0.8 元,按月则不超过 15 元。目前推出的手机报是彩信版和手机上网浏览,在推广期供读者免费阅读。

彩信版的手机报内容主要包括当天的精华新闻和上网浏览手机报的导读信息,每天定时发送给定制用户,帮助读者挑选新闻,使读者可以有针对性地阅读。

手机报最大的优势是随时、随地、随身,彻底摆脱了传统纸质媒体的时空限制,无论读者身在何处,打开手机就可以方便轻松地阅读新闻信息。此外,手机报还能高效快捷地实现读者与媒体的互动,让读者为报社及时提供新闻线索。

2005 年 12 月 6 日，搜狐正式推出全新版"手机搜狐网"，并牵手中国新闻社、《羊城晚报》《扬子晚报》等国内 8 省市权威媒体共同举办首届手机新闻图片摄影大赛。用户只需开通 GPRS，然后登录 wap. sohu. com 即可浏览各种免费新闻图片资讯。

2005 年 12 月 16 日，在中宣部、国新办、信产部指导和支持下，由人民网、新华网、千龙网共同主办的"掌上天下"手机网站开通，标志着国家主流媒体全面进军手机媒体领域，此举有利于重点新闻网站在无线互联网领域发布新闻、引导舆论和传播先进文化方面发挥重要作用，有利于手机媒体树立权威可信的形象。

2006 年 1 月 27 日，《解放日报》报业集团与中国移动、中国联通上海分公司共同启动了 i－news 手机报的 WAP 版。i－news 的 WAP 版，就是解放集团搭建在手机平台上的新闻门户网站。网站的内容由解放集团编辑团队精心挑选构建，用户进入该站点后，就可凭各自的兴趣点击相应内容，获取自己所需要的资讯。

凡是使用 CDMA1X 手机的上海联通用户，无需任何额外设置，均可通过手机上的"炫键"一键上网，未开通手机上网的用户可致电 10010 客服热线开通。用户进入联通"互动视界"后，选择"互动上海"下的"精品/排行/媒体"，即可通过操作指引进入 i－news 的 WAP 网站，以 CDMA1X 每秒 153.6K 的高速率，尽情享受新闻冲浪的乐趣。用户可免费浏览 i－news 手机报的 WAP 网站，上海联通仅收取流量费用。

上海联通目前已有 130 万的 WAP 用户，这些用户均为 i－news 手机报的 WAP 版的潜在读者。手机 WAP 业务同媒体内容的结合，将引领读者进入一个全新的新闻天地，无限拓展手机菜单的功能。

此前，手机新闻的主要表现形式为短信，也就是摘要式的纯文字信息，受技术所限，每条不超过 70 字。相比之下，"i－news 彩信版手机报"突破了容量的瓶颈，不仅提供详尽的新闻文字内容，还可配以精彩的新闻图片。彩信版更能体现出平面媒体内容丰富深刻的特点，并具有随时、随地、随身的特性，不用购买厚厚一叠报纸即可获知当日新闻。

目前，上海移动的用户中，已有超过 150 万的用户在使用彩信业务，他们现在能每天从手机上阅读"i－news 彩信版手机报"。上海移动用户只需发送"I"到0185801,即可定制"i–news彩信版手机报",在每天早晨7点获取一条由《解放日报》集团编辑精心遴选的多媒体信息,其中包含了5篇以上较长篇幅的配图新闻。该业务包月费5元,在2006年3月底前是免费试用。

　　解放集团还与上海移动一起,不断丰富手机报内容、细化分类品种。同时,双方将结合彩信与短信业务的发展,开展读者互动评论等业务,以体现"i–news"个性化定制与互动的品牌内涵。

　　手机用户通过i–news彩信版快速浏览当天手机报的内容。用户只需发送"I"到0185801,即可订阅i–news彩信版手机报。除了读者主动的订阅外,上海移动还与《解放日报》报业集团一起,每天向2万名移动用户赠阅i–news彩信版手机报,赠阅总数将超过10万份。

　　下表是笔者通过网络检索到的目前国内主要的手机报简况。

表4–2　中国手机报名录

名称	开办时间	类型	依托媒体	合作伙伴	资费	其他
1.《中国日报》手机报	2004.10.20	彩信版	中国日报	中国移动	1元/条	国家级媒体中最早推出彩信版的刊物之一
2.《人民日报》手机报	2007.2.28	彩信版	人民网	中国移动	3元/月;广东版8元/月	
3.新华手机报	2006.11.7	彩信版、WAP版	新华社	中国移动	5元/月	
4.辽宁手机报	2005.11.11	彩信版 WAP版	辽宁日报报业集团	辽宁移动	彩信3元/月 WAP5元/月	
5.安徽手机报	2006.12.26	彩信版、WAP版	安徽日报报业集团、中安在线	安徽移动	5元/月	
6.广西手机报	2007.1.12	彩信版、WAP版	广西日报社、广西新闻网	广西移动	5元/月	

（续表）

名称	开办时间	类型	依托媒体	合作伙伴	资费	其他
7. 浙江手机报	2005.5.17	彩信版	浙江日报报业、浙江在线新闻网站	中国移动浙江公司	5元/月	国内第一个用彩信方式实现真正的手机报纸,首家省级手机报,正式收费用户突破25万,列全国各省区市彩信手机报首位
8. 山东手机报	2006.8.3	彩信版	山东新闻网	山东移动	媒体精粹5元/月、财经专刊6元/月、房产专刊3元/月	
9. 湖南手机报	2006.3.23	WAP版	红网、潇湘晨报	湖南移动	5元/月	
10. 湖北联通手机报	2007.7.31		长江网	湖北联通	3元/月	
11. 河南手机报	2006.5.15	彩信版、WAP版	河南日报报业集团	河南移动	5元/月	
12. 江西手机报	2005.10.18	彩信版、WAP版	江西日报社、大江网	江西移动	3元/月	
13. 重庆手机报	2006.6.20	彩信版	重庆日报报业集团	重庆移动公司	3元/月	
14. 上海手机报 i－news			解放日报报业集团	上海移动、上海联通	3元/月	
15. 黑龙江手机报	2007.6.12	彩信版、WAP版	黑龙江日报报业集团	黑龙江移动、黑龙江联通	3~5元/月	
16. 海南手机报	2007.8.28	彩信版	海南日报报业集团	海南移动	3元/月	

（续表）

名称	开办时间	类型	依托媒体	合作伙伴	资费	其他
17. 宁夏手机报	2006.2.22	彩信版	宁夏日报报业集团	宁夏移动	5 元/月	
18. 山西手机报	2007.5.18		山西日报报业集团、山西新闻网			
19. 中国手机版新疆版	2006.2.23	WAP版、彩信版			3 元/月	
20. 湖北手机报		彩信版	湖北日报报业集团	湖北移动		
21. 深圳手机报		彩信版	深圳报业集团	深圳移动、深圳联通		
22.《新闻早晚报》(吉林)						
23. 河北手机报	2007.4.1	彩信版	河北日报报业集团	河北移动	彩信 3 元/月	
		短信版		河北联通	短信 2 元/月	
24. 天津手机报		彩信版	每日新报	天津移动	彩信版 3 元/月	
		短信版			短信版 1 元/月	
25. 安徽移动新华手机报	2005.12.22	短信版、WAP版	安徽日报报业集团、中安在线	安徽移动	5 元/月	
26. 常州手机报	2007.7.1	彩信版	常州日报社	常州移动	3 元/月	
27. 徐州手机报	2006.12.18	彩信版	徐州报业	徐州移动	2 元/月	
28. 泉州手机报	2005.8.1	彩信版	泉州晚报社、东南早报、泉州网	泉州移动	8 元/月,0.5 元/条	

（续表）

名称	开办时间	类型	依托媒体	合作伙伴	资费	其他
29. 南京手机报	2006.1.18	彩信版	南京日报报业集团	南京移动	3 元/月	
30. 齐鲁手机报	2006.8.4	彩信版	大众日报报业集团	山东移动	3 元/月	
31. 春城手机报	2006.6.16	彩信版	云南日报报业集团	云南省移动公司	综合新闻版5 元/月；时尚娱乐版3 元/月	
32. 连云港手机报	2006.12.30	彩信版	连云港日报社	江苏移动连云港分公司	3 元/月	
33. 镇江手机报	2006.12.30	彩信版	镇江日报社	中国移动镇江分公司		
34. 芜湖手机报	2007.3.28	彩信版	芜湖日报报业集团	芜湖移动		
35. 襄樊手机报		彩信版	襄樊日报社	湖北移动襄樊分公司	3 元/月	
36. 扬州手机报	2006.10.11	彩信版	扬州日报社	扬州移动	1 元/月	
37. 宁波手机报	2005.4	彩信版	宁波日报报业集团	宁波移动	8 元/月	
38. 太原手机报	2007.4.1	彩信版	太原日报社	中国移动通信集团山西有限公司	3 元/月	
39. 杭州手机报	2005.1.11		杭州日报报业集团	杭州移动和凯信网络技术有限公司	5 元/月	

（续表）

名称	开办时间	类型	依托媒体	合作伙伴	资费	其他
40. 台州手机报	2005.11.18	彩信版	台州日报社、中国台州网	台州移动	5元/月	
41. 绍兴手机报	2005.11.1	彩信版	绍兴日报社	绍兴移动	5元/月	
42. 嘉兴手机报	2005.11.1	彩信版	嘉兴日报社	嘉兴移动	5元/月	
43. 贵阳手机报	2007.5.15	彩信版	贵阳日报社	贵阳移动	3元/月	
44. 宿迁手机报	2006.5.1	短信版	宿迁日报社	宿迁移动		
45. 枣庄手机报	2007.5.19		枣庄日报社	枣庄移动		
46. 象山手机报	2006.10.27	彩信版	中国宁波网、中国象山港网站展	象山移动	5元/月	全国首家县级报
47. 潇湘手机报		WAP版、彩信版和如意邮箱版	红网、潇湘晨报	湖南联通		国内形态最丰富
48. 湖州手机报					5元/月	
49. 舟山手机报		彩信版	舟山日报、舟山晚报、舟山乡音版、舟山网			
50. 金华手机报		彩信版	金华日报社	金华移动	5元/月	
51. 衢州手机报	2005.10.1	彩信版	衢州广播电视报	衢州移动	5元/月	

（续表）

名称	开办时间	类型	依托媒体	合作伙伴	资费	其他
52. 丽水手机报	2006. 1. 19	彩信版	丽水日报社、丽水网	丽水移动	5 元/月	
53. 安康手机报	2007. 5. 17					
54. 长江手机报	2006. 12. 26	彩信版	长江网	武汉移动	3 元/月	
55. 济宁手机报	2006. 9. 1	彩信版	济宁日报社系列报刊	济宁移动	5 元/月	国内地市报第一家开通的手机报纸
56. 无锡手机报	2006. 12. 31	彩信版	太湖明珠网	无锡移动	3 元/月	
57. 汕头手机报		彩信版	汕头经济特区报社	汕头移动	5 元/月	
58. 沂蒙手机报	2006. 12. 18	彩信版	临沂日报报业集团	临沂移动	3 元/月	
59. 大庆手机报	2007. 7. 27		大庆日报报业集团	大庆移动	3 元/月	
60. 北方新报	2006. 4. 14 WAP 2007. 6. 8 彩信	彩信版、WAP 版	北方新报社	内蒙古移动		
61. 《广州日报》英文手机报	2007. 6. 22	彩信版、WAP 版	广州日报和大洋网	中国移动广东公司		广东首家全英文手机报纸
62. 《南方日报》手机报	2005. 8. 8	彩信版、WAP 版	南方报业传媒集团	广东移动		
63. 《南方周末》手机报	2007. 9. 1	JAVA模式	南方周末	中国移动、北京乐视阳光		全国范围内率先采用 JA-VA 模式

（续表）

名称	开办时间	类型	依托媒体	合作伙伴	资费	其他
64.《环球时报》手机报	200.6.1	多媒体信息	环球时报	移动	5元/月	只针对开通手机上网功能的移动用户
65.《北京科技报》手机报	2006.4.10	WAP版	北京科技报社	Cgogo科技公司	免费	国内首份具有独立域名（wap. beikebao. com）
66.《惠州日报》手机报	2006.6.21	彩信版	惠州日报	广州移动惠州分公司、广州鼎讯科技有限公司		
67. 北京娱乐彩信手机报	2007.2.1		北京娱乐信报	北京移动	5元/月	
68.《满洲里报》手机报	2007.5.28		满洲里报社	内蒙古联通及上海洲信公司		
69. 华西手机报		彩信版	华西都市报	四川移动	彩信精华版8元/月、娱乐体育版8元/月、楼市淘宝版4元/月	华西手机报
		WAP版			WAP版6元/月	
70. 石油手机报		短信+在线阅读			基本套餐:880元/年	
71. 法制手机报	2006.9.2	彩信版	eTV《法制周报》、e法网、TOM在线	中国移动	8元/月	中国第一家专业法制手机报

二 中国现有手机报发展模式分析

1. 利润模式

目前,国内一些手机报与北京好易时空公司合作。该公司拥有中国移动全网彩信牌照,这种牌照现在申请非常困难。在这种模式下,中国移动只提供通路,合作主体是传统纸质报纸与好易时空公司,报纸负责项目推广,好易时空负责提供技术平台、远程服务器、编辑平台等。

分成方面,中国移动收取流量费,占四成收入,报纸和好易时空分享剩下的六成收入。在这六成收入中,报纸与好易时空按三七开分享订阅收入,按七三开分享广告收入,但好易时空的保底分成收入是 3 万元。整个手机报容量 50K 为上限,如果广告过多,可以特别加版。并且,国家现在对手机报的广告发布没有相应的政策规定。

手机报目前订阅收费以《中国妇女报》最贵,20 元包月,《中国青年报》等基本上是 15 元包月。现在采取全国模式的各家手机报订户都在 1 万以上。

地方性手机报虽然也可以采取全国模式,但在地区模式下成本更低,更加适合地方性报纸的定位。采取地区模式的手机报中,当地的移动通信服务商也充当了合作的一方,并且由于与当地报业集团存在利益互补关系,手机报的推广和发送成本可以降低很多。

以《浙江日报》手机报为例,浙报手机报的三方合同包括报社、浙江在线和浙江移动,分成是浙报和浙江在线 40%、移动 60%,然后移动再跟凯信分成。浙报手机报 2005 年 7 月 1 日正式推出,免费时有 2 万订户,收费后包月 5 元,目前有 5000 订户。

在地区模式下,报纸付出的成本有广告费、编辑和硬件费用,每年总共不到 100 万元,广告费用所占比例较多。市场推广主要还是靠移动,移动现在的推广方式是群发少量彩信,每次 6 ~ 10 万元。

浙江省第一份手机报《杭州日报》手机报也是如此。2005 年 4 月 1 日前,杭报手机报是免费体验阶段,有 10 万多订户;4 月 1 日至 12 月 31 日是优惠期,有 1 万订户,5 元包月;正式收费要达到 8 元包月。现在还没有广告收入,全靠彩信包月收费,分成是凯信 10%、中国移动和《杭州日报》各 45%。

有人计算,15 万份订阅量的手机报的广告效果,相当于一张发行量 30 万份的报纸,因为手机报的广告到达率是报纸的 2 倍,理想状态下,一张 15 万份订阅量的手机报应该有 6000 ~ 7000 万元的广告收入。为了使广告前景更可观,需要提高普及率。

2. 手机报的赢利模式

从目前国内手机报的实践看,手机报主要通过三种手段实现赢利。一是对彩信定制用户收取包月订阅费,如《中国妇女报》手机版用户,每月的包月费用为 20 元。二是对 WAP 网站浏览用户采取按时间计费的手段,如重庆联通对其手机报用户制定的最低价为 5 元看 40 分钟(600K)。三是借鉴门户网站的赢利方式,通过吸引用户来获取广告。WAP、I – MODE 网站的模式给媒体创造了更加丰富的传媒平台,手机报也变为不只是一张普通的平面媒体,而是一个立体的多种表现方式的传媒总汇。

通过发送彩信的方式发行基本可以与传统纸质媒体赢利模式相通,二者之间的区别是用户在不同的媒介上阅读信息,目前这种每月 5 元、8 元不等的包月订阅费已经被很多用户接受。纸质媒体的赢利除了发行之外就是广告经营,这种模式如何移植到手机报上则是一个很大的问题。手机用户通过访问手机报的 WAP 网站浏览信息,其赢利模式与传统纸媒的方式大不一样,由于访问 WAP 网站,运营模式可以借鉴网络媒体的方式。因此,手机报的赢利模式一方面可以借鉴传统经营模式获得收益,另一方面可以与网络服务商通过流量分成。

目前《中国妇女报》手机版采用用户包月订购的方式销售,每月的费用为 20 元。包月手机报只包括《中国妇女报》的精编版,用户如果想了解版面内新闻的全部内容,还需要单独索取,每条短信的价格目前为 1 元,今后还可能会上涨。这样的收费标准,相对于每发送一条短信息仅 0.1 元,而且接收方免费来说显得有些贵。相对于一般报纸来说,也不算便宜。

3. 运营模式

关于运营模式,手机媒体面临的难题也不小。除了需要来自电信运营商的技术平台的支撑,它还依赖于传统纸媒体的内容和运营方面的支撑。对于运营商来说,手机报作为一项移动增值业务与传统纸媒体有着明显的区别,定位于经济基础好、对资讯高度敏感的阶层;手机与移动运营商现有的增值业务平台不存在技术方面的障碍,只是增加一个新的合作 SP 及利润分成问题;彩信手机的大幅度降价已经使彩屏、上网等功能成为手机的基本配置,因此,手机报的潜在读者数也在不断增加。有了运营商的支撑平台,手机报的发展取决于传统的纸媒体是否对手机报业务也有同样的认可,因为无论在内容还是运营方面都需要巨大的投入。手机报的运营对于传统纸媒体来说,也绝不仅仅是将其原有的内容拿出来,做成纸媒体的"彩信版",而是要针对手机用户推出适合手机阅读的内容。同时,手机报还不能在短期内对传统媒体最看重的发行量和广告收入两大指标有所贡献。随着 3G 的到来,带宽瓶颈的打破,新闻传播形式将会突破现有的形式,手机媒体将会展现其旺盛的生命力。

中国手机报目前主要有两种运营模式。

第一种是全国运营模式,即全国类报刊利用电信、网络公司打造的手机报。比如,中国第一家手机报《中国妇女报·彩信版》即为此类。随后,《中国青年报》、新华通讯社旗下的几乎所有的报纸和杂志等也与"好易时空"牵手,推出了各自的手机报。由于北京好易时空公司拥有中国移动全网彩信牌照,因此,这种由中国移动负责提供技术平台,由报刊负责内容推广的模式一时普遍推开。

第二种是地方运营模式,即地方报刊利用当地的电信公司打造的手机报。比如,2005 年 5 月,由浙报集团、浙江移动通信有限公司和浙江在线联手打造的浙江手机报,成为中国第一份省级手机报,开创了地方手机报模式。2006 年以来,沪上《解放日报》报业集团、文汇新民联合报业集团也先后推出手机报。比如,文汇新民联合报业集团与上海移动、联通通信公司合作,推出了自己的手机报。

三 中国手机报用户特点①

虽然提供手机报业务的企业较多,但由于移动运营商的大力推广,手机报业务在国内取得了很快的进展,用户普及率很高。在所调研的四个城市中,手机报业务的普及率已经达到了39.6%,是手机媒体业务中普及率最高的业务。报告对手机报用户的特征指标进行分析,找到了各个用

---

① 中国互联网络信息中心,"中国手机媒体研究报告",www.cnnic.net.cn. 2009 年 2 月。

户群体的业务使用差异。

1. 年龄

手机报用户中,19～29 岁的用户占到了很大的比例,约占全部用户的 73.6%,由于此年龄段的用户大部分已经开始工作,平时看报纸的时间相对较少,手机报成了他们较好的信息获取渠道。而手机报的发送时间正好是上下班的时间,很好地填补了这部分用户在上下班途中的无聊时间。其次是 30～36 岁的用户,其比例占到了 13.8%。

2. 性别

在手机报的用户中,男性用户比例占到了 53.3%,女性用户比例则为 46.7%,男女用户比例为 141.6∶100,高于我国男女平均比例(116.9∶100),表明男性用户对手机报业务的喜好程度更高。大部分手机报的内容是以时事新闻为主,辅以少量的娱乐新闻,对女性用户的吸引程度较小,这也是造成女性用户更愿意订阅《瑞丽》等时尚类手机报的原因。

3. 学历

在手机报的用户中,高学历的用户比例较大,尤其是本科与大专的用户,其比例分别为 46.5% 和 24.4%,这说明手机报业务对高学历的人群更有吸引力。一方面,这部分人群具备阅读和理解新闻的能力,甚至有能力对关注的新闻提出自己的见解;另一方面,他们积极获取手机报的内容,也是将其作为重要信息渠道为社交活动打下基础。

4. 从业性质

在从业性质的比较上,手机报用户比例最高的为学生,达到了 35.9%。其次是企业和公司的普通工作人员,比例占到了 23.9%。这两个群体与上面分析的年龄结构有一定的对应关系,即 19～29 岁的人群,他们有时间、也有兴趣从手机报获取更及时的外界信息。企业的中层管理人员对手机报的使用比例达到了 12.6%,而高层管理人员的使用比例很低,只有 2.9%。这两部分群体首先所占的人群基数就较低,用户所占总体的比例也不会太高。事实上,这部分用户的相对使用比例都比较高,中层管理人员中,使用手机报的用户比例达到 38.6%,而高层管理人员中的比例则为 41.2%。

5. 地区

手机报业务在各地的使用人数有较小的差异,北京的开展效果很好,

其手机报用户占到总体手机报用户比例的 31.6%,其他城市的这一比例
分别为:广州 26.0%、上海 21.5%、深圳 20.9%。

各地的手机报用户使用率上,北京是比例最高的城市,用户使用比例
为 49.7%,广州、上海、深圳的比例分别为 40.9%、34.1%、33.7%。经过
研究发现,学生是手机报的主要用户,也是比例较高的用户,对各城市的
手机报业务使用有很大的影响,而此处城市的手机报使用比例,与学生的
保有数量正好形成对应关系。北京是大学集中的城市,而深圳的大学数
量则较少。

第 2 节　中国手机报发展策略

一　目前手机报发展中存在的问题

1.产品悖论

手机作为人际交往的基本通信工具,一般意义上回避大众传播公开
性和广泛性。手机报用户可以根据需要订阅新闻,也可以随意取消订阅,
这在某种程度上就是为了满足人们可自主选择信息的心理需求。然而手
机报为人们提供的是大众传播的产品,在它提供的产品中势必会体现出
大众传播的特性。为订阅新闻,手机用户的号码将被传送到无线信息平
台,那么用户的个人隐蔽性会遭到破坏,他一样要被公开地置于大众传播
的网络之下。这样,一旦传播者为搭售新闻而大量发送其他信息,手机报
的订阅者将无法防范。在今后的发展中,如果手机报过分强调其大众传
播的效应,或为达到报纸大众传播的目的,则势必与手机人际沟通私密性
的功能冲突。如果不能协调好大众传播与手机个人通信功能之间的矛
盾,则这一业务的发展必然会陷于两难的尴尬境地。

2.内容同质化

手机报缺乏作为一种新产品所应该具有的独特业务。我们知道新产
品要想在市场上占有自己的营销份额,必须具有其他同类产品所不具备
的独特性和排他性。但目前,手机报没有原创内容,缺乏自己健全的采编
体系和运作管理体系,以及专业的媒体从业人员队伍等。其现有的有关
媒体业务所有运作,包括新闻来源都是依附于传统媒体或者互联网,比如

说现有的手机报大多是把报纸内容直接翻版到用户的手机上。新闻信息资源的同质化,会使手机报失去竞争力。目前在强调"内容为王"的媒介产品竞争时代,内容的同质化无疑将是手机报发展的"死穴"。同样,尽管受众在使用手机报时享受到了一定的便利和自主性,但求异、求新的心态会最终使人们厌倦不能带来新内容的手机报。产品内容的同质化以及无法满足消费者的多种需求将会降低手机报的市场竞争优势。

手机报作为一项移动增值业务,与传统纸媒体有着明显的区别,而该业务的目标用户也与以往纸媒体的受众不同。一般认为,手机报的读者应该是社会中知识水平高、经济基础好、年龄层次在 25～45 岁、对资讯高度敏感的阶层。这些人在出差中或早晨没时间看报纸时,都可以通过手机坐在地铁、汽车里看手机报。

要做手机报绝不是只要有一个平面媒体,就可以办一个手机报,而是需要研究手机用户可能的消费习惯、他们对于价格的承受能力,也要建立和运营商的合作模式,如流量分成。在这个基础上,制作者要按照手机媒体的特色去开发选题,在文章结构、表达方式、语言风格上形成新媒体的风格,同时图片、声音和影像的整合也是手机报制作者需要关注的问题。

目前的手机报其实只是传统纸媒体的"彩信版",并没有自己的采编部,还不能算独立的媒体。

3. 消费人群定位不准

手机报主要针对没有时间买报读报的群体和在紧急状态下找不到报纸而又需要相关信息的人的需要。能够进行手机报消费的人群,须在手机上开通 GPRS 或 CDMA1X 网络。而观看多媒体信息和启用视听功能的手机,则必须具备像彩屏、WAP 浏览器等高端技术功能。在消费者市场上能够购买高档手机的中、高消费人群是具有较强购买力和经济实力的人群,相对于那些低收入的人群,接触和掌握多种信息资源的机会相对要多。那么,在能够占有大量信息资源的前提下,他们还会坚持长期选择手机报吗? 比如,无线上网的手提电脑和手机无线上网功能,会分流走这部分消费人群。能否将这些消费人群锁定,也会影响到手机报的市场基础。

另外,手机媒体的黄金时间段是用户上下班、在公共交通系统中的通勤时间;此时,广告主青睐的购买力强的高端用户往往正在驾驶私家车,而他们恰恰无法使用手机媒体。

4. 技术"瓶颈"

手机报的发展有赖于它所依托的手机技术的提高。目前,中国移动彩信的理论容量为 50K,文字加图片,一般手机数据增值服务供应商规定的文字在 2200 字以内。对于一般新闻稿件以 2200 ~ 2500 字的文字容量,可以一次发送 5 ~ 8 条信息。目前较大的手机屏幕分辨率为 176 × 220 像素,屏幕约在 2 ~ 3 英寸,仅能看清楚足球赛。手机媒体所承载的信息不只是文字,还有视频和音频信息,目前这部分技术已经成熟。十几分钟的动画用 RM 流媒体格式压缩到手机上,需要占有 1M 内存,而绝大多数手机容量为 2M 左右,也就是说手机作为媒体的存储量也刚刚可以满足需求。通常人们习惯于宽屏和浏览式阅读,而对狭窄视觉范围内的频繁翻页阅读不太适应。不过,3G 技术的成熟与应用将解决这一难题。

由于彩信的容量上只有 50K,因此图片不能很精细很清楚,因为图片需要压缩。现在移动可以发 100K 的彩信,但是手机接收不是很好,容易出现错误,影响读者阅读。手机报不像短信和发送图片那样能达到人们的共识。

5. 广告

作为起源于个人通信工具的手机媒体,本能地排斥广告侵袭。手机广告投放形式包括强迫型(即不经用户同意而发送广告)和选择型(由用户自选或同意发送广告)。如果采用强迫型,手机报订阅者为方便自由检索新闻的本意将被大打折扣,其手机的私密空间也会受到侵扰。如果采用选择型接受广告和订阅广告,是否需要支付一定的费用? 同样,与我国传统媒体的广告业务相比,作为刚刚起步的手机媒体广告业务没有工商、税务等主管部门的监督和职业培训等这样相对成熟的配套服务。

此外,建立在短信基础之上的手机报,无法像传统媒体一样将之建成一个新的营销平台,承载大量的广告信息。由于目前手机容量的限制,已开通的彩信手机报的内容大多只有 7000 ~ 10000 字的图文信息,只能包含 20 多条 400 字左右的新闻内容,没有足够的广告空间。

6. 阅读习惯

一条彩信虽然可容纳 50K,但要容纳高清晰度的图片依然是不可能的,在制作时只能对图片进行大幅度压缩。同时,就算是目前最高端的手机,其屏幕大小也无法和一张报纸相提并论。这些,都会在相当程度上影响到读者的阅读快感,进而影响到他们订阅手机报的兴趣。

手机报改变的是信息传递的载体,传递的实质还是信息,那么就不能要求让所有的人都接受,况且有些人的习惯是非常难以改变的。其次,终端用户的使用习惯的培养不是短时期能够养成的,从最早的互联网使用习惯,到现在的短信使用习惯,都可以看出来是需要一个过程的。要让更多的人体验,通过一些宣传、活动使其认知、享受阅读手机报的乐趣,从而养成新的习惯。可以肯定的是,由于"后发效应",这种培养的时间肯定会大大缩短。另外,还可以发挥手机平台的数字化优势和多媒体优势,以形式的不断创新来吸引更多的人使用。比如让手机报的内容可以查询,成为一个随身的资料库。形式上也可以采用文字、图片、Flash、音频相结合,增加活跃的元素,以吸引读者。

在较小的手机屏幕上读报,阅读起来确实不方便。手机的载体限制了它的新闻形式,目前手机报确实是给读者带来了一定的阅读困难。

二 我国政府对手机报的监督管理

对手机报的监督管理,一方面是为了保护手机报原创信息和鼓励内容创新,另一方面则是为了约束手机报,以引导其健康、良性地发展。

我国第一个由地方新闻出版行政部门针对手机报新媒体而出台的地方行政管理规定是贵州省于 2006 年 10 月出台的《贵州省手机报管理暂行办法》(以下简称"《办法》")以及《贵州省手机报质量审读评估标准(试行)》。《办法》明确了申办手机报业务必须经新闻出版总署批准,持有国内统一连续出版物号,领取《报纸出版许可证》的报纸出版单位。申报手机报的单位要向省级新闻出版管理机关提出正式书面申请。省级新闻出版管理机关对申报单位进行资格审核,出具批准手机报设立文件,并颁发《手机报出版业务许可证》。经批准设立的手机报业务,如在三个月内不开展活动的,由登记机关注销登记;如需继续开展业务,须重新申请批准。同时,新闻出版管理机关负责手机报出版的监督管理工作,对手机报业务实行日常指导、监督和管理。

从该《办法》的内容来看,其主要涉及以下几个环节:

其一,《办法》将手机报业务的申请者限定为报纸出版单位,对其他投资者进入该领域竞争形成屏蔽作用;其二,《办法》明确了手机报业务内容部分的管理部门是新闻出版管理机关。

贵州省出台的《办法》只涉及了对报纸媒体单位的监管,而对彩信增值服务商和基础电信运营商的监管,以及报纸媒体单位与彩信增值服务商、基础电信运营商之间的权责、义务如何进行划分,仍有待进一步完善。

但是,贵州省出台的《办法》对手机报业务的申请者限定为报纸出版单位,不利于手机报行业的发展,也不符合新媒体产业发展规律。

目前,我国尚未有全国性的手机报管理办法。

依目前的相关规定,媒体开展包括无线增值服务业务在内的互联网信息服务业务需要得到工业和信息化部的审批许可;内容监管由宣传部门负责;技术支持、平台搭建以及定价等由工业和信息化部进行监管。

手机报的内容管理是手机报管理工作的重点。其中争议较大的是报纸信息在手机媒体传播的著作权问题。时事新闻在移动终端传播不受著作权法保护。现在许多手机用户可以通过移动运营商的网络收看并定制报纸新闻,由于目前我国具有新闻发布权的机构仅限于报纸、广播、电视等传统媒体,而网络和移动运营商等并不具备信息发布权,因此,我们从移动终端设备上所看到的合法的新闻都出自传统媒体之手。根据我国《著作权法》的规定,时事新闻不在著作权保护范围之内,因此移动终端向用户提供报纸发布的时事新闻属于合法行为。但仍需注明出处。根据最高人民法院 2002 年 10 月 12 日公布的《最高人民法院关于审理著作权民事纠纷案件适用法律若干问题的解释》,"传播报道他人采编的时事新闻,应注明出处"。这是司法机关针对实践中大量存在的无序使用时事新闻现象而对著作权法所作的扩大解释。

除了时事新闻,报纸上还有社论、评论员文章、杂文、漫画等其他内容,而这些内容是受著作权法保护的。对于移动运营商这样以赢利为目的的机构,虽然现行《著作权法》中对移动网络传播行为涉及的著作权问题还没有明确的界定,但笔者认为它可以归于信息网络传播权范围之内,参照网站转载的法定许可。根据《最高人民法院关于审理涉及计算机网络著作权纠纷案件适用法律若干问题的解释》的规定:"已在报刊上刊登或者网络上传播的作品,除著作权人声明或者上载该作品的网络服务提供者受著作权人的委托声明不得转载、摘编的以外,网站予以转载、摘编并按有关规定支付报酬、注明出处的,不构成侵权。"这里,移动运营商对报纸上已刊登的内容进行转载,只要不抵触报刊事先的禁止声明,且支付报酬,即被许可。

作为传统媒体的报纸,一旦发现移动运营商在传播本单位采集整理的信息,除了帮助作者合法取得转载报酬之外,署名权、修改权、保护作品完整权是作者的法定权利。而作为编辑整理者的报社,则具有编辑权利,因此运营商也需要注明内容出处。由于手机屏幕小,像素低,为减少字数,一些移动运营商在使用报纸内容时,有的掐头去尾,有的遗漏署名,有的随意修改,这样一来,既有损著作权人权利,也有可能歪曲新闻内容,造成报社信誉度的下降。因此以著作权法为依据,对报社和作者享有的权力进行合理主张,成为移动终端传播报纸信息需要重视的问题。

同时,报社也需要面对一个作者的著作权问题。报社发表作者来稿,只是取得了作品在报纸上一次发表的授权,当报社把作品全部打包给移动运营商,与其签订合作协议时,也需要事先告知作者作品将进入移动网络,在作者未声明反对的情况下,由报社向作者额外支付稿酬。因为这是信息的再次交易,作者有权享有其著作财产权。

除了手机报内容的著作权问题,需要政府监督机构、第三方监督机构等相关部门关注的还有无线广告的发布和手机用户的隐私权冲突的问题,首要原则是无线广告的发布必须尊重和保护个人的隐私权,并且是以征得手机用户同意为前提的。

随着 3G 的大规模商用,有关手机报的政策监管正逐步走上政府的行政日程,手机报产业链各环节的政策监管将日益健全。

三 手机报的未来发展方向

国内目前的手机报的主要做法是将纸媒体的新闻内容,通过无线技术平台的彩信或普通短信发送到用户的手机上,使用户在每天的第一时间通过手机阅读到当天报纸的全部内容。

目前国内的手机报大多数是传统纸质报纸的手机版或彩信版。但是基于短信技术的手机报发展潜力有限。在 3G 手机普及后,手机报读者可以通过手机上网,便捷地浏览网络报纸、门户网站等网络媒体。用户可以定制接受手机报的时间,可以主动检索新闻,以克服彩信接受被动性过强的问题。比如用户只想看姚明的新闻,就可以使用手机主动上网检索。

手机报便利性必将逐步改变读者的传统阅读习惯,成为传统媒体多样化发展的一个趋势。

纸质报纸与手机报将存在竞争关系,但至少现在还不会有直接影响。因为目前手机报的订户大多数是不愿看纸质媒体的人,同时手机报也会给纸媒做宣传。另外,报纸零售客户不固定,如果转成手机报订户,就很可能成为固定读者。

目前的各类形式的手机报只是一个阶段性、过渡性的产物,只是手机报的一种初始形态,绝非最终形态。目前所出现的各类手机报,能在短时间内缓解传统纸媒体面对信息时代所感受到的一些尴尬,但若是仅仅停留于将手机报作为传统纸媒体的延伸,那将是比较短视的行为。

不久的将来可能会推出能够听的报纸。这也是适合特定人群的手机报。有人觉得在手机上看太麻烦,字太小,戴上耳机听听头条要闻就可以了。这也是个延伸,但是是在手机报大的范畴之内。

短信、彩信是 3G 时代之前的技术,目前建立在短信技术之上的手机报其实是一种过渡性产品。

1.3G 网站型是手机报未来发展的技术方向和主流

目前,手机报可以分为两大类型:一种是彩信手机报;另一种是WAP、I－MODE 或 3G 网站类型。第一种类型类似于传统纸媒,就是报纸内容通过电信运营商将新闻以彩信方式发送到手机终端上,用户可以离线观看;第二种类型是手机报订阅用户通过访问手机报的网站,在线浏览信息,类似于上网浏览的方式。目前国内已开通服务的手机报大多采用的是第一种模式;第二种模式需要更多的技术支持,在日本十分盛行。有实用价值和发展潜力的手机报应该是网络报纸的延伸,正与日本 I－MODE 手机报一样。

3G 网站类型是未来的发展方向和主流。真正的手机报应该是建立在 3G 技术基础之上,使得用户可以高速上网获取多媒体新闻信息,真正做到看新闻、听新闻。目前国内广泛采用的彩信模式只是一种过渡模式,彩信的容量十分有限,最多只能传送 100KB 的文件,所以彩信版手机报中有部分新闻是以新闻摘要或是缩编的形式出现的。

在 3G 技术普及之前,国内 WAP 型手机报应该是目前的发展重点。3G 型和 WAP 型手机报在经营模式、业务特色、内容编辑等方面存在很大的相似性；两者最大的差别在于 3G 的信息传播速度要大大高于 WAP，在 3G 技术平台上可以大规模传输多媒体信息。

国内已有不少 WAP 型手机报的尝试。2005 年 12 月 6 日，搜狐正式推出全新版"手机搜狐网"，并牵手中国新闻社、《羊城晚报》、《扬子晚报》等国内 8 省市权威媒体共同举办首届手机新闻图片摄影大赛。用户只需开通 GPRS，然后登录 wap. sohu. com 即可浏览各种免费新闻图片资讯。2006 年 1 月 27 日，《解放日报》报业集团与中国移动、中国联通上海分公司共同启动了 i-news 手机报的 WAP 版。i-news 的 WAP 版，就是解放集团搭建在手机平台上的新闻门户网站。网站的内容由解放集团编辑团队精心挑选构建，用户进入该站点后，就可凭各自的兴趣点击相应内容，获取自己所需要的资讯。

2. 新闻信息服务个性化

手机是人性化的传播工具。很多手机的使用者将手机内化成自己的一部分。手机媒体高度的便携性带来了高度的个性化、私隐性与贴身性，手机是同人们生活黏性极高的"带着体温的媒体"。这就要求手机媒体传播者要按用户的需求提供个性化信息，即真正做到分众传播。

手机报应该按用户需求提供分类新闻信息。目前，手机用户可通过发短信和登录相关网站的方式订阅手机报。根据需要，手机报在每天不同的时段内，为用户提供快速、精练的新闻信息。而传统媒体发布信息面对的是不特定人群，信息不具有专门化。人们在面对海量信息时，必须花费一定时间去选择其所最关注和急需的信息。手机报分类信息的按需提供，使得新闻信息的传播更具有个性化。

目前国内的手机报在新闻信息服务的个性化方面还有不少潜力。手机报经营者可以建立用户信息数据库，并且加强手机报用户动机研究。

手机报用户使用手机报的动机主要有：(1)获取信息，获取信息是手机用户中最普遍、最常见的一种心理需求。(2)消闲娱乐。娱乐是以追求精神享受和放松为目的的一种动机。手机用户通过手机报可以增加见闻、满足好奇心、打发时间、寻求刺激、寻求快乐、放松情绪、消除烦恼和疲劳、释放日常生活带来的种种压力和烦恼。(3)时尚。时尚心理，是一种普遍的心理现象，它存在于许多领域。一些人频繁更换手机并无明确的目标，而只是追求一种时尚，以获得一种心理上的满足。此外，追求便利也是手机用户的动机之一。事实上,手机用户的动机十分复杂,手机用户上网往往是多个动机综合作用的结果。

手机报信息服务还应该实现人性化。主要措施就是普及手机流媒体的应用。所谓手机流媒体,就是通过移动通信网络,手机终端可以接收和使用的音频和视频流。流媒体在手机上的应用使得媒介演化的"人性化趋势"和"补偿性媒介"理论在手机报上得到了充分的体现。互联网和电视最违背人性的方面莫过于对人的活动自由的束缚,只有手机媒体才能彻底把人解放出来,使人可以一边走路一边看电视、读新闻,从另一个角度来说,这也是对互联网和电视最好的补偿。

3. 加强互动性

传统媒体的一大弊端就是缺乏与受众的有效、即时的互动,极大地影响了传播的效果。与传统媒介最大不同的是,手机媒体拥有类似网络媒体所具有的互动性(Interactive)。手机媒体是双向、多向交流的媒体,互动性是手机传播较之传统媒体的一大优越性。作为网络媒体延伸的手机媒体,继承了网络媒体交互性的特点,并且具有网络媒体所不具备的高度便携性。手机受众享有了前所未有的移动性与参与度,成为媒体的一部分。受众由被动变为主动,自由地从媒体中选取所需信息,也可以参与媒体的传播活动。信息的提供者与信息的接收者可以迅速反馈信息,受众与传播者之间可以相互选择与沟通。

手机报的用户可以通过短信等方式实现与手机报编辑的有效互动,不仅可以最快地得到新闻,而且可以得到自己最想获取的新闻。现在国内的手机报基本都开通了新闻短信评论功能,订阅者可将自己的感想意见及时发送到无线报纸平台,传受者之间没有隔膜,实现直接交流互动。

手机传播是一种开放的互动式传播。传统媒体的传播方式在现实中通常是单向的,传播者与受众双方无法随时随地进行双向沟通。而手机传播既可以是单向传播,也可以双向甚至多向传播,手机传播具有很强的交互性。

手机亦是新闻采访的重要工具。博客的兴起是新媒体的一个新特征,加强与用户,尤其是手机博客的沟通与互动,是手机报可以尝试的一个发展方向。

2005 年 7 月,许多伦敦地铁和巴士乘客及路人用具有摄像功能的手机拍摄了伦敦大爆炸的现场，记录下这场自第二次世界大战结束以来伦敦经历的最严重的浩劫。就在伦敦连环爆炸案发生后数秒钟，十几名地铁乘客和被炸巴士附近的路人，在第一时间用手机拍下现场的恐怖画面。

手机媒体在交互性方面也有着传统媒体无法比拟的优势。传统大众传媒的重要特点之一就是传播的单向性很强。这一特点导致受众对媒介信息的反馈大部分是事后的、延时的、缺乏即时性和直接性。手机媒体不仅给用户发送他所需要的新闻信息，更可达到跟踪、新闻线索与材料收集、读者调查、读者评论等多方面的功能。对读者和报社都提供了更多更方便的服务，实现了更广泛、更迅速的互动。

4. 在赢利模式上，从依靠用户订阅收费过渡到依靠广告收费为主

从目前国内手机报的实践看，手机报主要通过三种手段实现赢利。一是对彩信定制用户收取包月订阅费，如《中国妇女报》手机版用户，每月的包月费用为 20 元。二是对 WAP 网站浏览用户采取按时间计费的手段，如重庆联通对其手机报用户制定的最低价为 5 元看 40 分钟（600K）。三是借鉴传统媒体的赢利方式，通过吸引用户来获取广告。WAP、I-MODE 网站的模式给媒体创造了更加丰富的传媒平台，手机报也变为不只是一张普通的平面媒体，而是一个立体的多种表现方式的传媒总汇。

从目前看，由于市场运作手段不成熟，手机报主要采取了依靠收取订阅费的模式来赢利。这样产生的弊端就是由于订阅费高而造成一些有意者望而却步。

彩信、手机报、无线互联网一般采取用户包月订购或者按流量计算等方式销售，每月的费用为 8～20 元不等。如包月的手机报只提供报纸的精华内容，用户如需了解版面内新闻的全部内容，还需要单独上传指令下载，每条短信的价格为 0.5～1 元，这样的收费标准相对于普通报纸并不便宜。

手机报的包月定价在 5～25 元不等，那么全年的价格就在 60～150 元之间，阅读手机报的用户接受的文字量和图片量要比报纸少得多，所付费用却高于报纸。

对于手机视频，目前的通信费按照 GPRS 资费标准收取，可选 20 元 WAP 包月套餐，信息费为每月 10 元，一共每月 30 元；联通的收费采用多种套餐的方式，例如 100 元包 1GB 的流量。与这样的资费标准相对应，有线电视每月只需花费 13 元。这个价格对于大众能接受的标准还有很大的距离。目前能够收看手机视频的 3G 手机价格也比较高,约为 5000元左右。

现在一些手机报开始探索依靠广告赢利的模式,也就是借鉴传统媒体的"双重售卖"模式,这应该是手机报赢利模式的发展方向。

但需要注意的是,必须协调好新闻和广告的空间比例和时间比例,不然会使手机报用户对广告产生排斥。

《浙江日报》手机报在广告设置上将广告分三类:一是企业冠名栏目,挑选某些栏目,如财经、体育、娱乐等,提供给一些公司冠名,但这样的冠名栏目有限。二是大型企业点播,如读者对某行业信息感兴趣,如各大商场节日折扣、各展览馆展览信息、各医院专家门诊情况,可以发送相关企业或行业代码到系统平台,就能收到该企业或行业的最新信息;企业也可以通过彩信平台向其会员发送促销彩信。三是分类服务信息,包括家政服务、商务服务、教育信息、人才招聘,只要用户发送栏目代码到系统平台,就能收到指定的信息。这些虽然充分利用了手机的交互功能,但手机报读者的广度和通信费用都直接限制了手机用户对它的使用。

如果手机报只是建立在彩信技术之上,将无法容纳大量的广告信息。目前国内的手机报无一例外都遭遇到了同样的问题,无法像传统媒体一样将之建立成一个新的营销平台,无法承载大量的广告信息。由于目前容量的限制,已开通的彩信手机报的内容大多只有 7000 ~ 10000 字的图文信息,只能包含 20 多条 400 字左右的新闻内容,没有足够的广告空间。在 3G 普及之后,手机广告可以实现更多的广告创意。例如多媒体视频手机广告、手机游戏广告等容易被用户接受的广告形式,将迅速普及。

5. 在内容上,原创与整合并举

目前运作的手机报,原创内容并不多,大部分只是把报纸内容经过选择、压缩再翻版到手机上。

有人认为,缺乏原创内容,会使手机报失去竞争力。目前在强调"内容为王"的媒介产品竞争时代,内容的同质化无疑将是手机报发展的"瓶颈"。产品内容的同质化以及无法满足消费者的多种需求将会降低手机报的市场竞争优势。

但是笔者认为,类似于门户网站的手机报的新闻信息整合模式,在现阶段依然有其存在的合理性。这是因为:(1)整合模式的整体成本低,在目前手机报赢利状况普遍不是十分理想的情况下,压缩经营成本应该是管理者优先考虑的问题之一。(2)调查表明,手机报的用户与纸质报纸的用户并不重合,即绝大多数阅读手机报的用户并不阅读纸质报纸。内容的同质化的后果并不严重。(3)在手机媒体日益普及的今天,商业性的手机网站正大量涌现,将一改由传统报纸主导手机报发展的现状。但是在目前的新闻传播管理政策与体制下,商业性的手机网站将无法获得新闻采访权,而只能获得新闻编辑权。国内外网络媒体的发展历程表明,新闻信息整合模式具有一定的生命力。新浪、搜狐、网易、雅虎均采用信息整合模式,并非偶然。

显然,在手机报内容编辑上,采取原创与整合并举的原则是符合目前手机媒体发展现实的务实选择。

第5章 手机出版

目前,手机出版最活跃的领域是手机小说,而中国当下的手机出版活动是建立在短信基础之上的。手机出版要获得实质性发展及成熟的商业化应用,只能在 3G 实现大规模商用之后。3G 手机的特点是高速度、多媒体、个性化。它的速度很快,不仅能通话,还可以高速浏览网页、参加视频会议、观赏图片和电影等。目前建立在 2G、2.5G 基础之上的手机出版活动,难以突破信息量小、表现形式单一的技术"瓶颈"。

当前在手机出版发展中还存在一些制约因素。首先是相关体制的制约。手机出版是出版商、作者、电信运营商、用户的多边博弈,手机出版需要一个与之相适应的商业模式,这种模式能有效地平衡多方的利益。

第 1 节 手机出版的概念

一 何谓手机出版

1. 有人将手机出版定义为:是指出版社以移动通信设备为平台,进行图书选题策划、编辑出版、信息发布、宣传营销以及售后服务的新型出版形式。在这里,出版社是内容提供商或文化事件的发起者,而移动通信设备则成为新型传播渠道,它将带给受众信息和广告发布的双重功能。[①]

这种定义借鉴了传统出版的定义,没有概括出手机出版的本质特征,也没有考虑到网络出版与手机出版的关联。

2. 有人将手机出版定义为:"手机出版是指将已加工的数字作品以无

---

① 黄朝琴:"移动出版",《出版参考》,2004 年 7 月下旬刊。

线通信技术为手段按照特定的付费方式向手机用户发布的一种出版形式。"①

但是,这种观点有两点值得商榷之处:

第一,该观点没有看到互联网技术与手机技术相融合的客观现实。

该观点认为:"在出版介质这棵大树上,手机和互联网是两个不同的分支,互联网技术与手机技术二者是相并行的,至于将来二者的技术融合问题,业界人士认为,那至少也是 4G 技术发展以后的事情了,在这之前我们仍然把手机技术和互联网技术区别看待。从技术上来说,手机出版是以无线通信技术为平台,而互联网出版是以互联网技术为平台,二者有完全不同的传输渠道和方式;从网络语言来说,互联网出版一般使用的是 HTML 语言,手机出版语言则主要是 WML 语言(在日本,I – MODE 手机使用的是 CHTML 语言)。"

但是,这种观点与手机媒体最为发达的日本及互联网技术高度发达的美国的客观现实并不相符。互联网技术与手机技术相融合在发达国家已经是现实,而绝对不是 4G 技术发展以后的事情。这种观点引用的所谓"业界人士"的观点只是一家之言。日本的I – MODE技术不过是 2.5G技术,但是就已经实现了互联网技术与手机技术的无缝链接。在美国互联网、有线电视网、移动通信网三网合一进展迅速。至于说,HTML 语言、WML 语言、CHTML 语言的问题,它们都是 SGML 语言的应用,有着共同的起源与特征,在技术上相互转换并不困难。

第二,该观点将"按照特定的付费方式"作为手机出版的特征之一,值得商榷。

根据日本手机出版的发展经验,受众除了以付费方式阅读使用手机出版物外,许多手机出版商是依赖免费或低价提供阅读服务,以提高访问量、点击率,从而获取广告收入。对于很多手机出版商来说,往往是广告收入高于订阅费。

3. 手机出版是网络出版的延伸。笔者认为,所谓手机出版,就是以手机为媒介的出版行为,是网络出版的延伸。随着上网手机的日益普及,手

---

① 郝振省主编:《2005～2006 中国手机出版产业年度报告》,《2005～2006 中国数字出版产业年度报告》,中国书籍出版社,2007 年 3 月。

机正在成为互联网的重要终端设备,手机出版是网络出版的延伸与组成部分。手机与互联网的结合正在使手机媒体成为一个发展潜力巨大的出版平台。

手机出版也只能成为信息海量的网络出版新的组成部分,否则它将面临信息贫乏的难题。全世界手机媒体(包括手机出版)最为发达的国家是日本,其手机出版的技术基础是 I – MODE,这种技术使手机媒体与网络媒体"无缝"连接在一起。成为网络出版的一部分,是手机出版的发展方向与主流。

在此,要特别强调的是,手机短信只是手机媒体在现阶段的一种重要存在形式,但不是全部,也不代表未来的方向。在中国,许多人误以为手机短信(SMS)就是手机媒体,并称手机短信为"第五媒体"。其实,中国的短信量巨大、短信文化发达是由特定的电信管理体制与收费模式造成的。由于短信(包括彩信)的技术落后,信息承载量十分有限、信息形式十分单一,不可能成为手机出版的主流与方向。

二 手机出版的主要形式

迄今国内手机用户超过 7 亿,是所有报纸读者的两倍多;使用手机短信的人已超过使用 E – mail 的人。作为大众化新媒体,手机出版随身性极强,用户群年轻。

从目前的情况来看,用手机出版主要有以下两种类型:

1. 网络型

包括 WAP 型与 I – MODE 型,以及即将成为主流的 3G 型。

WAP 是一项全球性的网络通信协议,通过 WAP 平台可以把 Internet 上的信息和业务引入到移动电话等无线终端,把目前网上 HTML 语言的信息转化成用 WHL 描述的信息,显示在移动电话显示屏上。所谓无线增值业务所包括的手机短信定制、彩铃、彩信的下载以及手机网络游戏都是在 WAP 上实现的。由于具备 WAP 功能的手机已成为大众消费品,越来越多的用户开始通过手机上网获取各种信息。

WAP 技术能让手机与互联网结合起来,为用户带来更大通信空间。报纸 WAP 型的推出,使传统报纸进入无线平台,报纸和 WAP 型可以互相促动、互相补充。

与 WAP 型属于同时代诞生的还有日本的 I – MODE 型，取得了远比 WAP 型更辉煌的业绩。

即将出现手机出版的高级方式——3G 型。它将集手机出版的便携性与网络出版的信息海量性、全球性等特征于一身，使手机出版真正成为交互性、数字化、快捷的、多媒体传播的影子媒体。

2. 短信/彩信型

1992 年，当世界上第一条短信在英国沃达丰的 GSM 网络上通过 PC 向移动电话发送成功时，谁也不会想到，当初这项由电信运营商为解决手机话费过高问题而推出的低廉文本信息服务，竟会在多年后对人们的经济文化甚至政治生活都产生了如此大的影响。手机短信是报纸最基本的无线平台，随着移动通信业务的发展，手机短信业务因价格便宜、形式新颖、方便快捷，日益受到青睐。其内容包括：传统短信新闻定制；短信互动营销；开辟短信互动栏目，如读报有奖、新闻报料、头条新闻定制、读者俱乐部等。

中国目前的手机报主要是基于短信技术，并且与传统媒体结盟。传统媒体凭借长期形成的公信力、受众忠诚度和专业的数据库，能够在内容提供方面发挥自身潜力，向用户发送可信的、专业性和亲和力强的信息。

目前还有一种所谓的 WAP——短信互动型。从技术发展来看，网络型手机出版是主流和方向。

现在的手机相当于迷你型电脑，WAP 相当于手机上的一种无线协议的 IE 浏览器，WAP 和短信相当于我们获取信息的另外一种信道。与传统媒体不同的地方是，它具有即时互动性。短信和 WAP 是个统一的数据库，在内容上可以通过 WAP 和短信两种形式相互宣传和表现，让用户具有更多选择，其应用普及是大势所趋。随着技术的发展，手机短信不只可以发送文本信息，而且可以传送包括图像、声音、数据等形式的信息内容，其信息容量也在快速增大。

手机出版融合了纸媒体的书写和互联网的交互，还包括无线的基本特征：移动、即时。彩信（MMS：多媒体短信服务）的出现，整合视频、图片、声音和文字等多种信息形式，把已有的各种媒体优势集于一身，开创了一种全新阅读方式。

第 2 节　手机出版的发展

一　我国各类型手机出版的发展

现阶段,中国的手机出版基本上采用的是前述的短信版。不过,手机短信出版尚存在许多技术不足,尤其是短信所能携带的信息量十分有限,信息类型十分单一,不足以满足大规模出版的需要。从技术上看,手机短信只是手机媒体在现阶段的一种重要存在形式,但不是全部,也不代表未来的发展方向。

参照传统的出版形式,为了国内相关职能部门管理的方便,我们可以将目前国内手机出版的类型划分为:

1. **手机图书**

此处的图书概念是广义的,包括数字化图书。目前我国的手机图书最多的是手机小说。

手机图书出版形成一个正在腾飞的新行业。单单珠海一地,手机出版物栏目的订户就有 2 万多人,每个月的"定制费"是人民币 8 元,订户每周可以"上机"8 ~ 9 次。据统计,珠海通过手机发送的小说和简讯,每月平均是 400 多万条。在广州、深圳等大都市,很多大学的学生为手机专门供稿。

中国的手机短信文化已经相当发达,几乎所有手机用户都在自己的电话里存着一条或几条朋友发来的精彩短信。有一部自称中国首部手机短信连载小说的作品名为《城外》,作者笔名千夫长。这篇一共 4200 字的小说,被分割为 60 章节、每篇 70 个字,分次发送给手机订户。2004 年 8 月,《城外》的版权已经被电信运营商华友世纪通信公司以 18 万元人民币的价格买断。千夫长介绍说,《城外》的主题是婚外恋,《城外》取名源自钱钟书名著《围城》,探讨的话题是婚外恋,写的是"城外的风景,两个人的故事"。除了通过短信阅读之外,用户可以通过手机短信(SMS)、手机上网(WAP)、手机接听(IVR)等不同方式多角度欣赏《城外》。

中国台湾手机作家黄玄的手机短信小说《距离》也是一部比较著名的手机小说。小说全长 1008 字,每次发表 70 字,分别在海峡两岸发表。《距离》写的是台北的都市快餐爱情。特点是完全以手机发表,内容又与手机有关。

2004 年 11 月 15 日,在上海和北京同时通过彩信首发的《距离》被称为是"中国第一部真正意义上的手机小说",彩信每次能够发送的文字最多可以达到 2 万字。

其实,从世界范围看,通过手机进行新闻出版活动并非中国独创。手机出版,在世界上尚无人对其下定义,笔者认为,随着上网手机的日益普及,手机正在成为互联网的重要终端设备,手机出版是网络出版的延伸与组成部分。

新闻出版总署和工业和信息化部发布《互联网出版管理暂行规定》对网络出版予以定义。按照《互联网出版管理暂行规定》第 5 条的规定,互联网出版,是指互联网信息服务提供者将自己创作或他人创作的作品经过选择和编辑加工,登载在互联网上或者通过互联网发送到用户端,供公众浏览、阅读、使用或者下载的在线传播行为。其作品主要包括已正式出版的图书、报纸、期刊、音像制品、电子出版物等出版物内容或者在其他媒体上公开发表的作品;经过编辑加工的文学、艺术和自然科学、社会科学、工程技术等方面的作品。按照其对互联网出版的解释,"互联网出版"是一种"在线传播行为"。

不过,在下此定义时,没有人考虑到手机出版也是网络出版的组成部分。笔者认为,所谓手机出版,就是以手机为媒介的出版行为,是网络出版的延伸。笔者总结了网络传播、网络出版的优势,即传播与更新速度快、信息量大、内容丰富、全球性和跨文化性、检索便捷、多媒体、超文本、交互性、开放性与自由性、隐蔽性等特征。作为手机出版,除了上述特征外,还具有携带方便、私隐、贴身的特点。

2. 手机杂志/期刊

手机杂志依托于手机终端及手机无线网络技术,结合传统媒体与网络媒体的优势,必将产生强劲的发展势头。在中国,掌富科技(南京)有限公司(< http://www.byread.com/),该公司最先开发出一套多媒体电子阅读软件"百阅视听",成功将传统期刊杂志搬上手机的方寸银屏,实现手机杂志的在线、下载等多种模式阅读。目前,掌富科技公司已经和包括福布斯中文版、哈佛商业评论、信息周刊、enjoyabc 快乐美语、中国文献等多家杂志出版社,以及知名 IT 评论家刘韧、洪波等签署了合作协议,把

传统媒体的内容搬上手机,让更多的人在快节奏的生活中,随时、随地享受文化快餐。

手机阅读文学拥有庞大的用户群,将杂志搬进手机屏幕,其前景是非常广阔的。杂志的图文并茂,既有反映时代的新闻价值,又有文学故事的趣味性。这些特点将使杂志类的读物深受广大读者的喜爱,再结合手机无线网络庞大用户群,阅读成本低廉,手机阅读快速便捷等优势,手机杂志前景确实非常乐观。

在移动阅读领域具有领先地位的移动书城(wap. mbook. cn)已经开通了《女友》、《南方人物周刊》、《周末画报》、《意林》、《故事林》等多家著名杂志,读者可以通过移动书城仅用 1 ~ 2 元甚至免费阅读这些杂志。移动书城还和《读者》杂志合作,将《读者》杂志搬进移动书城,以后《读者》的忠实读者们便可通过手机进入移动书城尽情地享受手机阅读杂志所带来的方便和实惠。

创刊于 1963 年的《故事会》是中国的老牌刊物之一,也是中国期刊界一个长盛不衰的传奇,先后获得两届中国期刊的最高奖——国家期刊奖。《故事会》面向未来无线阅读市场,与资深移动百宝箱内容提供商北京掌讯达成合作,通过中国移动百宝箱评审,顺利上线。目前手机用户只需登录百宝箱——娱乐百宝箱——电子书下载,花上 8 元钱,即可在自己的手机上流畅阅读图文并茂的《故事会》期刊,包括最新与以往期刊,甚至可以读到几十年前的故事会。这种阅读方式不仅可以随时随地进行,而且方便读者查询保存自己喜爱的期刊,价格又低廉,给广大读者提供了不少便利。

像百宝箱提供的《故事会》这样的手机杂志即是所谓的“Java 手机阅读器”,可以支持读者在线阅读和离线阅读两种方式。它是一种把传统纸媒体原封不动地移植到手机上,并且最大限度地保持了杂志的封面、目录和全部内容,完全符合读者阅读习惯的读书新方式。近几年,终端手机市场更新换代速度惊人发展,Java 市场更是以每年数倍增长,手机阅读以其廉价、便利、前卫的特征也在迅速发展。我国许多发行量排名靠前的大型期刊,如《青年文摘》等近期也在向百宝箱发行靠拢。

此外,经济类手机杂志也开始起步,例如《浙江楼市》手机杂志。订阅浙江手机报,拨打电话 12580,或发送短信 88 到 7000330 开通订阅,资费标准为5元/月。《浙江手机报楼市周刊》，由浙江在线编辑出品，每周一期。

据我们统计，目前国内有手机期刊40多家，参见附表。

表5-1 中国国内手机杂志名录

手机期刊名称	媒体	合作运营商	备注
1. 瑞丽手机杂志	瑞丽	深圳掌媒科技有限公司	
2. 男人装手机杂志	男人装	深圳掌媒科技有限公司	
3. 时尚手机杂志	时尚	深圳掌媒科技有限公司	
4. 好主妇手机杂志	好主妇	深圳掌媒科技有限公司	
5. VISION 手机杂志	VISION	深圳掌媒科技有限公司	
6. 中国新闻周刊手机杂志	中国新闻周刊	深圳掌媒科技有限公司	
7. 中国企业家手机杂志	中国企业家	深圳掌媒科技有限公司	
8. 电脑爱好者手机杂志	电脑爱好者	深圳掌媒科技有限公司	
9. 电脑世界手机杂志	电脑世界	深圳掌媒科技有限公司	
10. 高尔夫周刊手机杂志	高尔夫周刊	深圳掌媒科技有限公司	
11. 网球手机杂志	网球	深圳掌媒科技有限公司	
12. 贵足手机杂志	贵足	深圳掌媒科技有限公司	
13. 投资与合作手机杂志	投资与合作	深圳掌媒科技有限公司	
14. 汽车之友手机杂志	汽车之友	深圳掌媒科技有限公司	
15. 凤凰生活手机杂志	凤凰周刊	深圳掌媒科技有限公司	
16. 车王手机杂志	车王	深圳掌媒科技有限公司	
17. 新财经手机杂志	新财经	深圳掌媒科技有限公司	
18. 数码精品世界手机杂志	数码精品世界	深圳掌媒科技有限公司	
19. 华夏地理手机杂志	华夏地理	深圳掌媒科技有限公司	
20. 女报手机杂志	女报	深圳掌媒科技有限公司	
21. 时尚旅游手机杂志	时尚旅游	深圳掌媒科技有限公司	
22. 爱女生手机杂志	爱女生	深圳掌媒科技有限公司	

（续表）

手机期刊名称	媒体	合作运营商	备注
23.风采手机杂志	风采	深圳掌媒科技有限公司	
24.汽车族手机杂志	汽车族	深圳掌媒科技有限公司	
25.奥运通手机杂志	北京奥委会授权	千城掌媒	
26.1258手机杂志		北京掌讯	
27.故事会手机杂志	故事会	北京掌讯	技术：Java 版
28.中国国家地理手机杂志	中国国家地理	北京掌讯	
29.少女手机杂志	少女	北京掌讯	
30.家庭护士手机杂志	家庭护士	北京掌讯	
31.福布斯手机杂志	福布斯中文版	掌富科技（南京）有限公司	技术：百阅视听
32.哈佛商业评论手机杂志	哈佛商业评论	掌富科技（南京）有限公司	
33.双语时代手机杂志	双语时代	掌富科技（南京）有限公司	
34.疯狂英语手机杂志	疯狂英语	掌富科技（南京）有限公司	
35.信息周刊手机杂志	信息周刊	掌富科技（南京）有限公司	
36.enjoyabc 手机杂志	enjoyabc 快乐美语	掌富科技（南京）有限公司	
37.听世界手机杂志	听世界	掌富科技（南京）有限公司	
38.浙江楼市手机杂志	浙江在线		
39.女友手机杂志	女友		
40.意林手机杂志	意林		
41.故事林手机杂志	故事林		
42.南方人物周刊手机杂志	南方人物周刊		

目前中国在手机出版发展中还存在一些制约因素。首先是相关体制

的制约。手机出版是出版商、作者、电信运营商、用户的多边博弈,手机出版需要一个与之相适应的商业模式,这种模式能有效地平衡多方的利益。

中国新闻出版管理体制也面临一些调整。比如,是否应该给网络公司、电信公司、SP 公司出版权? 或至少给予他们网络出版、手机出版的权利?

此外,手机出版也给中国有关出版的教学研究提出了新课题,比如教科书中有关出版的定义和内涵都有必要作出修改。

二 发达国家手机出版的发展

发达国家的手机出版以网站型为主。在日本是 I – MODE 型,在其他发达国家是 WAP 型。

手机小说首先出现在日本。日本总务省统计,日本的文字出版品销售额逐年锐减,但相反,通过手机阅读小说却日益风行。由于手机普及率愈来愈高,不喜欢读书的年轻族群,开始将阅读重心转移到手机上,文字和图案花哨的手机画面渐渐成为不可忽视的创作发表园地。

日本现在有数万个手机小说网站,其中既有大出版社经营的收费网站,也有免费公开的个人网站。由于现代年轻人随时随地把玩着手机,在手机上发表小说也就逐渐流行起来。

日本手机小说通常的经营方式是,以连载的方式,每天传送 1000 ~ 2000 字左右的小说文字(章节)给读者。读者群则以一二十岁的年轻人为主,目前日本手机小说族已达到 200 万人以上。

在日本,有些人气作家借助推出手机小说创造了新的财源。同时,由于手机小说不需要花费印刷成本,也不会有库存压力,还可以从上网人数很快地统计出阅读率,使得新潮社等大出版社也开始积极经营手机小说。

2000 年春天,一个通过"援助交际"赚零用钱的少女阿雪的故事,通过手机在日本高中生之间广为流传,这就是首部手机小说《深爱》。结果,在短短一年内,订阅这部手机小说的手机读者高达 2000 万人次。2003 年 1 月,作者 Yoshi 还自费出版了《深爱》印刷版,单行本也突破百万本,印刷本主要通过手机网上书店出售。《深爱》还拍成了电影,并相继推出了录像带、CD、漫画连载。

目前日本的手机小说是建立在 I – MODE 技术之上的,并且有数万个

I－MODE 手机网站在"销售"新鲜出炉的手机文学作品,每天发送数百部小说供手机用户阅读,包括古典的、最畅销的和专门为手机这种新媒介而写的小说等,林林总总,五花八门。为了应付市场需要,东京、大阪的移动通信公司求贤若渴,雇佣了数以千计的各种文体的写手。下载阅读手机小说是要付费的,作者及经营商就是通过这种方式来赢利。如今日本手机小说读者已有数百万人了。

日本书籍经销商东贩发表 2007 年年度畅销书排行调查结果,十大艺文畅销书中有 5 本是受中学、高中女生欢迎的手机小说,前三名更由手机小说独占鳌头。第一名美嘉的《恋空》改拍成电影也照常卖座,手机小说新人当道的现象给日本出版界带来极大的冲击。①

很多手机出版读者也需要一个适应过程,因为手机屏幕只有名片的一半大,每次只能显示几行文字。但随着液晶显示技术的进步和手机具有的自动页面更新功能,使得手机小说读者逐渐能够乐在其中了。

日本现在流行的手机都可以下载短篇的手机小说,连续显示在屏幕上,让使用者有如身在书店,可以任意浏览。不管你是在家里、办公室或短途火车上,都好像有个缩微数字图书馆存在你的手机里,让你随时随地可以阅读。

图 5－1　一些日本手机小说亦有印刷版发行,图为《深爱》印刷版发布会
（图片来源:web－japan. org）

---

① "手机小说攻占日畅销书榜",http://www. zaobao. com. 2007 年 12 月 5 日。

美国著名出版商蓝登书屋（Random House）已经投资专门制造手机产品的圣迭戈 VOCEL 公司，把蓝登书屋的学能评估测试应试材料、外语学习辅导和电脑游戏指南等书，开发成可以通过手机发送的产品。

不过，手机出版要获得实质性发展及成熟的商业化应用，只能在 3G 实现大规模商用之后。3G 手机的特点是高速度、多媒体、个性化，它的速度很快，不仅能通话，还可以高速浏览网页、参加电视会议、观赏图片和电影等。目前建立在 2G、2.5G 基础之上的手机出版活动，难以突破信息量小、表现形式单一的技术"瓶颈"。

三　手机出版发展中存在的问题

手机作为媒体最大的优势在于便于随身携带。手机出版是一种数字化新型出版形式，作为网络出版的延伸，网络出版的许多特性（包括不足）也延续到手机出版之中。

1. 从技术角度看，手机出版的不足主要有：

（1）虚假与不良信息传播。一些不法分子发布虚假信息，大肆招摇撞骗，各种淫秽信息和虚假信息借手机流传，败坏了社会风气，误导公众，导致社会秩序的混乱。

（2）侵犯个人隐私。彩信（MMS）手机的出现，是因为手机制造商纷纷将竞争焦点集中在手机的功能扩展方面，以及用户要求短信（SMS）以外更多的多媒体互动功能，但这种新型手机除了涉及国防安保和商业机密问题，还可能涉及其他法律问题。彩信手机有其独特功能的设计，把摄像镜头安装在手机的背部，并且还可以被隐藏起来，因此伴装打电话，也能轻而易举地拍下一些机密的东西或侵犯个人隐私。

（3）信息垃圾。目前中国手机用户收到的垃圾短信不计其数。

（4）信息安全。一些手机的黑客针对手机的软件专门设计了一些病毒，对广大的手机用户进行攻击。

（5）手机所固有的技术缺陷：屏幕小，电池不足。

2. 从产业发展的角度看，手机出版在快速发展的同时，自身也存在着一些隐忧。主要表现在：

（1）手机终端限制用户规模的发展。目前，只有支持彩信、WAP 的手机用户才能订阅手机出版、浏览互联网，而这部分用户在所有手机用户中比例并不大。

（2）受众范围狭窄。手机出版的用户集中在公司高级管理人员、企业白领、城市知识分子等。他们属于社会上知识水平高、经济条件好、对新闻信息敏感的中青年人，渴求获得信息却又因生活节奏快而没时间去买报、读报、看电视、上网。相对于四大传统媒体面对的普通大众，他们是小众。受众群体的狭窄在相当程度上限制了手机出版的规模。

（3）内容缺乏创新影响用户体验。手机出版绝不是把传统媒体向手机终端进行简单平移。目前，手机出版没有根据目标读者群而设定的内容，尚缺乏专业的、有针对性的采编体系及运作管理体系和专业的手机媒体从业人员。手机出版目前所有的业务运作，包括作品及新闻来源、内容分类等都是依附于传统纸质媒体或者互联网，大多是把纸质媒体上的内容直接翻版到用户的手机上，这会使手机出版失去竞争力。正如前面提及，手机出版的用户多为城市白领，这部分人对资讯关心的焦点与普通人群有一定区别，他们更关心体育、科技、财经等消息。目前手机出版从业人员还缺乏相应的内容取向策略。

（4）较高的收费阻碍用户的普及。

（5）广告模式限制手机出版赢利。由于手机出版受限于终端容量，已开通的彩信版手机出版的内容大多只有 7000～10000 字的图文信息，只能包含 20 多条 400 字左右的新闻内容，所以手机出版没有足够的空间去承载大量的广告信息，也就无法像传统报纸媒体一样将之建立成一个新的营销平台。

3. 从宏观管理的角度看，对手机出版的管理，有其自身的特点。尤其是与成熟的传统出版管理相比，具有一定的难点。

比之传统出版的管理，手机出版的管理存在"六难"：

一是因新而难，手机出版是新技术下产生的新事物、新产业，而管理、法规难免落后于技术发展；二是手机出版是网络出版的延伸，无地界、国界，确定管辖难、适用法律难；三是手机出版主体的市场准入授权难，其是否适用传统出版的资质标准、怎样确立其资质，都没有现成的依据可循；四是界定手机出版难；五是手机出版涉及新闻出版、互联网、移动通信等多个行业和部门，容易出现政出多门、多头管理。六是寻找政策法规依据难。

手机出版可以依据不同的标准分类,按照其与传统媒体的关系,手机出版可以分为:不依托传统媒体的手机新闻出版,依托传统媒体的手机新闻出版。前者管理难度大,但是代表了产业主流与方向。后者可以比照传统出版的管理模式,管理难度小;但是从互联网发展走过的历程来看,后者受制于已有的管理模式、人员结构、思想观念、资金运作等因素,很难成为新兴产业的主体。

尽管手机出版存在不足之处,然而手机作为新媒体已经实现移动电话媒介身份的突破,正在成为人随身携带的信息系统。手机作为新的传播终端,以高效、便捷、及时、互动的特性,为人们提供更为丰富、更为个性化和实时的信息服务。

手机的特点在于可移动性以及个性化。从手机出版的特点来看,它完全不同于传统出版,而是和网络的传播特性较为接近。其功能是多元合一,比如,通话时手机就是移动电话,发短信时就是文字媒介,用手机上网时就是网络出版。应该说,手机出版是网络出版的延伸。

手机庞大的用户群已经构成了大众传播所必需的、大量的、分散的受众。手机的特点在于随着其功能的日益强大,它正逐渐从一种通信工具向信息平台转型。

4.从微观经营的角度看,手机出版的商业模式决定整个产业的前途。

手机出版赢利模式仍处于探索与培育阶段。目前,手机出版市场的赢利模式主要有三种:收取订阅费模式、在出版物内插入广告收取广告费的模式和收取出版物使用费的模式。

从营收规模来看,目前数字与纸质出版收入规模相差甚远。个人付费市场的发展差异是造成传统与数字出版收入差异巨大的主要原因。在目前的手机出版中,付费阅读仅占第三位,所占比例为10%。由于民众已经习惯于免费午餐,因此消费习惯影响了民众为手机出版付费。要改变目前手机出版收费难的现状,需要提升用户内容购买动因。具体办法包括提供更多优质内容,消除读者与手机出版之间的信息不对称状态等。还需要强化手机出版物的产权保护,强化公民的版权意识,扩大正版和盗版的差异,等等。

目前手机出版较多的通过广告渠道实现营收。运营商采用手机出版内插页广告、企业产品专刊等多种形式,结合多元化和互动性的传播方式,得到了服饰、化妆品、IT 数码、汽车等行业广告主的认可。蒋李鑫表示,广告营收渠道是目前数字出版行业发展较好的渠道,但因人才等方面的限制,广告质量不高,出版物带给消费者的价值亟待增强。广告是手机出版的主要利润来源,但目前很多广告主对手机媒体缺乏认知,在手机广告效果和投放收益无法预知的情况下,广告主对手机阅读平台缺乏足够的热情。同时,对手机在线阅读用户而言,为手机广告产生的流量埋单也将大大降低用户对手机阅读的使用热情。

四　手机出版的发展趋势

手机出版的魅力在于它高度的便携性、互动性,以及带来的增值服务。一方面,手机出版能够给受众提供新闻信息,用户可以按需获取信息;另一方面,手机出版具有的互动性也是其突出的特点。从未来发展看,手机出版的发展趋势之一是大众化,手机出版由少数社会精英的"专利"发展为大众化的媒体;二是手机出版 3G 化、多媒体化、娱乐化等。

根据艾媒咨询(iimedia. cn)机构公布的数据显示,目前通过手机进行文学阅读的中国手机用户已经超过 3000 万。自从 2005 年以来,以年均82% 的速度快速递增,预计到 2009 年底,这个数据将超过 1.4 亿人以上,并且很可能部分代替传统阅读习惯,超越互联网阅读,成为传统出版以外的第二大阅读方式。

手机出版的发展,将带动整个数字出版行业实现新的突破。2007 年我国数字出版产业在电子书、数字报业、数字期刊、博客、播客出版以及手机出版等领域,已然初见成果。

中国出版科学研究所发布的 2007~2008 年中国数字出版产业年度报告显示,2007 年我国数字出版产业的整体收入超过 360 亿元,比 2006年增长 70.15% 。其中互联网期刊和多媒体网络互动期刊收入达 7.6 亿元,电子图书收入达 2 亿元。2007 年国内电子书出版 40 多万种,与 2006年出版 25 万种相比,增长 60% ,截至 2008 年 8 月末,国内电子图书出版量,积累已经到了 50 万种。从收入规模看,2007 年为 2 亿元,同比 2006年 1.5 亿元,增长速度为 33.3% 。

尽管数字出版发展的势头十分强劲。但目前整体上尚不足以对传统出版产业颠覆。2007 年我国传统出版报刊整体收入 990.08 亿元,数字化报刊收入 19.6 亿元，两者相比，后者的收入规模仅占传统报刊的1.98%，也就是不到2%。

手机出版为数字出版提供了跃进的契机。手机出版相较互联网出版更易实现突破的原因在于：

①手机用户远远多于互联网用户。②目前手机阅读率相较互联网阅读率更低，发展潜力和空间更大。③手机功能日渐完善，阅读体验已接近互联网普通读物；此外手机阅读相较电脑阅读有不受时间、空间限制的特点，更为方便快捷。④手机通信已经形成清晰可行的收费模式，这破解了互联网个人付费难的赢利难题。这支持手机出版物的运营商实现合理的利润，从而实现行业良性发展。

3G 牌照发放为手机出版的发展打下了非常好的基础。用户手机终端的升级和无线互联网网速的提升，将有效降低手机出版物的阅读障碍。3G 出现以前，我国的手机上网速度一般只有 10～14kbps（千字节/每秒）；2008 年 3G 开始试运营后，手机上网速度提高到 100kbps 以上。3G 全面商用后一些基于手机的增值服务业务将出现井喷式增长，而手机出版也将顺应形势，呈现快速发展的态势。

第6章 手机电视

手机电视是指以手机为终端设备,传输电视内容的一项技术或应用,是用具有视频支持功能的手机观看电视的业务。

手机电视是近年来全球关注的一个热点。随着移动数据业务的普及、手机性能的提高以及数字电视技术和网络的迅速发展,手机电视已成为无线应用的新热点,被视为 3G 时代最有希望的多媒体业务之一。无论是设备制造等上游供应商,对手机电视业务进行集合与营销的中游运营商,还是最终客户,都对随时随地能欣赏丰富多彩的电视节目的手机业务充满期待。近年来,手机电视在我国的发展十分迅速,特别是 2008 年北京奥运会推动了手机电视的应用。手机电视作为新兴产业,有着广阔的发展前景,蕴藏着丰厚的利润。

第1节 手机电视:直观型、交互性的便携媒体

一 手机电视开辟了一种全新的信息传播渠道

麦克卢汉在《理解媒介——论人的延伸》中提到:媒介是我们感知的延伸。一旦电视业务与手机这种同人们生活黏性极高的"带着体温的媒体"结合,人们就能摆脱沙发的约束,极大地释放自身自由度,随之而来的是随处延伸的、全新的、多维的视听体验。

手机电视开辟了一种全新的、不受时间与空间限制的信息传播渠道,使观众能够通过手机,以最快的速度观看最新的动态信息。手机电视是一种全新的传播方式,具备电视媒体的直观性、广播媒体的便携性、报纸媒体的滞留性以及网络媒体的交互性。它的出现一方面是对信息传播方式的有益补充,另一方面也是对传统电视媒体的挑战。

作为传统媒体的电视,其最大的缺点在于信息滞留性差,不能实时对

节目内容进行选择和保留,这就造成了受众收视上的随意性,不能最大限度地发挥出电视传媒直观的优势,使得所制作的节目有效利用率低。通过手机电视,则可以让播出过的节目在手机网络中保留一定的时间,使对此节目感兴趣的观众可随时点播收看,从而提高节目的利用率,进而扩大节目的影响。其次,节目在通信网络上的传播,可以说是一种全新的传输途径,打破了传统意义上的媒体覆盖范围的概念,只要是能接听手机的地方,就是节目能够覆盖到的地方,最大范围地打破了地理空间的限制。所以说手机电视是对传统传输手段(无线发射、有线电视网传输、卫星直播)强有力的补充及延伸。

对于移动通信运营商、手机增值服务商来说,手机电视是一个具有巨大潜力的市场。对于一个传统的电视台来说,其创收来源基本以在电视剧或栏目中间为客户提供广告投放为主,经济收入单一。而手机电视业务在为电视台带来信息费（收视费）的同时,也为广告客户提供了电视、广播、报纸、互联网之外的另类广告投放途径,从而为电视台拓展出新的经营创收渠道。

有实用价值与市场潜力的手机电视是指以 3G(第三代移动通信)技术为基础的播放方式,它能让人们随时随地打开手机看电视。手机电视正处于飞跃发展的前夜。

与传统电视相比较,手机电视的最大优点是可以随身携带,能实时接收最新的信息。所以,具有突发性且时效性强的新闻节目、特定事件、体育节目的现场直播,都能充分发挥出手机电视的优势和特点。如当有突发性事件发生时,用户不必上网、也不必坐到电视机前,直接利用手中的手机即可了解到电视台最新的相关报道。对于一些球迷来说,再也不用担心错过精彩的电视直播了,到时只需准备好手机电池,时间一到,不论身处何地(只要有手机信号),手机一开,就能收看精彩的球赛了。当人们在美术馆门前等待检票或在机场候机时,他们可以在手机上看电视,打发无聊的等候时间。

手机电视也存在不少缺点,例如显示屏幕小,现有网络提供的连接速度有限,最终显示图像不是非常清晰,手机电视信号不稳定,手机电视比一般的通话更耗电池,电视迷一边开车一边看电视很容易带来安全隐患等。由于网站容量有限,3G 技术仍然无法解决让几百万人同时用手机看电视的难题。其次,移动电视要占用 3G 的网络资源,费用可能会比手机费还高,移动电视能否赢利也是一个难题。

手机电视可以视为数字电视的一种类型。通常所说的数字电视是指电视节目的采集、制作、播出、传输、接收整个过程都采用数字技术。目前,电视节目从采集到接收的全过程中,除了个别环节外已经基本实现了数字化;而手机电视由于无线通信技术的特点,在传输、接收两环节中信号已经进行相应的数字化处理。因此从电视信号的处理上,可以说手机电视属于数字电视的一种。

2007 年全球手机电视市场规模为 8 亿美元,2008 年达到 12 亿美元,比 2007 年增长 50%,预计到 2012 年全球手机电视市场规模将达到 48 亿美元。

二 手机电视实现的技术途径

手机电视业务有以下实现方式:一种是基于移动运营商的蜂窝无线网络,实现流媒体多点传送;另一种是利用数字音讯广播频谱上的数字多媒体广播(DMB),实现多点传送。其中,DMB 技术又分为地面波 DMB 和卫星 DMB,它们与 3G 移动流媒体技术共同构成了手机电视的三大技术。

1. 地面波 DMB

DMB,全称为数字多媒体广播(Digital Multimedia Broadcasting),是在数字音频广播 DAB(Digital Audio Broadcasting)基础上发展起来的。DMB 技术按照传输途径可分为四类:有线传输、地面微波传输、卫星传输和卫星地面混合传输。支持手机业务的传输技术主要是地面波 DMB 和卫星 DMB。

目前业内关注比较多的地面波 DMB 标准是欧洲标准 DVB – H 和韩国标准 T – DMB。

DVB – H 是在家用电视机的微波数字电视播放方式"DVB – T"的基础上,另外添加了手机等信号接收功能的规格。DVB – H 是时分数字多媒体广播的带宽,以脉冲方式发送各频道的数据。一般情况下,除接受所需频道的数据外,其他时间调谐器电路均处于关闭状态,因此,可有效减少耗电。欧美一些国家已经开始了 DVB – H 的测试工作。其中芬兰的手机电视业务已进入商业试运营阶段。2006 年底 2007 年初,芬兰政府制定了规划并颁发了执照，由运营商和手机厂商来共同推出手机电视。

T－DMB 在韩国已经步入商用阶段，韩国将于 2006 年下半年推出面向手机等移动设备的地面数字多媒体广播（T－DMB）服务，2007 年该服务已推广至全国。韩国推出的 T－DMB 服务可使用户在行进过程中，通过手机欣赏清晰的视频节目，而且其声音可以达到剧院效果。但有通信专家指出，在 T－DMB 服务领域，目前仍有大量的技术难题需要解决。首先，韩国政府要为每一个地区都设定一个电视频道，即使政府一一为每个地区设置了 T－DMB 频段，对于那些面积小和人口相对较少的服务区域，政府还必须出面为这些地区的用户找到肯投入巨资、暂不考虑回报的通信公司来提供服务。

2. 卫星 DMB(SDMB)

近年来以日本和韩国企业为首的技术阵营推出了一种基于卫星技术的新型 DMB 业务，简称卫星 DMB 业务。

卫星 DMB 业务是将数字视频或音频信息通过 DMB 卫星进行广播，由移动电话或其他专门的终端实现移动接收的业务。这是一种可以在很宽广的地区，充分满足在移动环境中视听广播电视这一个性化要求的极具竞争力的解决方案。对于移动通信而言，卫星 DMB 业务可作为一项增值业务，移动用户不必增加设备，只需通过具备 DMB 接收芯片的手机即能收听/收看数字广播。

3. 移动通信的 3G 流媒体技术

移动通信的 3G 流媒体技术也能支持移动多媒体功能。流媒体是指视频、声音等数据以实时传输协议承载，并以连续的流的形式从源端向目的端传输，在目的端接收到一定缓存数据后就可以播放出来的多媒体应用。流媒体技术应用到移动网络和终端上，被称为移动流媒体技术。移动运营商所能提供的上网速率将决定移动手机电视业务的发展前景，移动上网速率稳定为 100kbps 或以上时，手机电视业务才能得以顺利开展。

这三种技术的优势劣势分析（如表 6－1）：

表6-1 手机电视实现的技术途径优劣分析表

技术	优势		劣势	
地面波DMB	1.收视费用低 2.对用户的敏感度低 3.传输速度好,质量好 4.不占用无线通信资源 5.对突发及应急事件承受能力强 6.使用方便:在移动终端安装芯片即可	经济,因广电的基站布点已非常广泛,只需稍微扩大即可达业务基本覆盖	1.制作、传输和接收需要制定统一的标准,需多方协调 2.缺乏互动性	1.芯片价格高,成本将转嫁到移动终端 2.覆盖范围有限
卫星DMB		1.观看效果理想 2.覆盖率高 3.传输节目量大、节目画质与音质更佳 4.能与移动网络紧密融合		1.成本高昂 2.空中轨道资源有限 3.存在一定的安全隐患
3G流媒体技术	1.手机硬件平台不需更改 2.互动能力强		1.网络改造成本大 2.收视费用高 3.节目源需第三方支持 4.网络容量影响视频质量,即便是3G时代,仍存在带宽"瓶颈" 5.数据信道速率受限	

三 手机电视节目内容的特性

手机电视作为传统电视业务与手机新媒体业务的融合,具有传统与现代的双重特征。既包含了传统电视业务的基本特征,也包含了移动流媒体业务的典型特征。只有认清这些特征,才能恰如其分地选择内容。下面将详细阐述。

1. 个性化

传统的广播电视和后来的网络电视是手机电视的两大天敌。传统广播电视的特点就是全盘 Push,也就是说,不管节目与观众的相关度如何,也不论观众是否需要,都一味地抛给观众,而观众没有根据需求自由选择节目的权利。后来的网络电视在一定程度上改善了这种被动局面,但是,一方面,我国的网络电视还很不发达,另一方面网络电视也有自己的缺陷——非移动性。当然,移动网络终端可以解决移动性问题,但是在传输效果、便捷性方面都差强人意。这些都为手机电视创造了很大的发展空间。

一切传播要收到成效,都需要受众付出"注意力"。对于手机电视用户来说,不仅需要他们为所供给的内容付出注意力,更需要他们愿意为内容付费。这就需要有既能吸引受众又能使他们愿意为之埋单的精品内容。对于拥有个性化服务功能的媒介来说,内容的个性化与贴近性就显得尤为重要。因为它恰好弥补了广播电视的"非选择性"缺点,而这一点正是手机电视在广播电视早已大行其道的媒介市场上能够异军突起的关键条件。

个性化与贴近性是相辅相成的。个性化以贴近性为基础,贴近性以个性化为特色。所谓个性化,指的是用户能够通过手机电视这一平台,任意满足自己的需求。贴近性指的是手机电视所提供的内容应贴近用户的心理,满足他们的情感需求。它既包含与用户的衣食住行等平常生活息息相关的信息资讯,也包含用户喜闻乐见的感性内容,比如能引起用户心理共鸣的纪录片、电影、电视剧和娱乐节目等。

2. 新鲜性与趣味性

新鲜性与趣味性是手机电视个性化特征在内容方面的重要体现。"新"区别于"旧",区别于"同质",是指新鲜的题材、新鲜的表现手法和表现形式。"趣"指的是使人感到有意思的,能吸引受众眼球的特性,它能带给人赏心悦目、恋恋不舍的心理感受。

3. 大众化与专业性的区隔

手机电视分为广播方式和点播方式两类提供方式。对于广播方式来说,由于手机电视的目标用户分为不同的年龄、不同的性别、不同的职业、不同的受教育程度、不同的兴趣爱好等类型,因此他们对手机电视节目内容的需求类型和接受程度也各有不同,而广播方式的节目提供方式无法对他们进行区别对待,所以就需要在手机电视节目内容的选择方面强调大众化特征,主要选择多数用户喜闻乐见的通俗性节目以供广播所用。

对于点播方式来说,由于具备了个性化服务功能,因而可以制备一些专业化内容,以及对专业领域的内容进行深加工,来满足那些有特殊偏好的用户需求,供其便捷地进行点播下载。比如体育爱好者、音乐爱好者、收藏爱好者,以及那些频繁在外地出差的有金融服务需求的用户等。

4. 短小性与精致性

这主要是针对手机电视的内容形式而言的。由于手机电视用户用于使用该业务的时间一般只有 15~25 分钟,因此如何在这短时间内迅速抓住用户的眼球至关重要。拖沓冗长的内容显然不适于手机电视。因此,手机电视的内容形式要短小、节目要精彩。

据华尔街日报 2007 年 3 月 13 日的报道,手机视频的关键:用户的兴趣只持续 5 分钟。适度是手机视频服务的关键所在。虽然用户或许会花20 分钟上 YouTube 网站搜索一段搞笑视频,但他们在手机上的注意力集中时间却没有那么长。如果用户不能在 5 分钟内找到、下载并观看一段视频,他们就会对此失去兴趣,不会再使用这一服务。

娱乐节目在手机电视业务中将独占鳌头。把娱乐性节目放在首要位置,是与用户以娱乐性作为使用手机电视的主要目标相匹配的。其中,体育、音乐、影视类节目是重中之重。美国对 TUMedia 手机电视用户的一项调查显示,在所有的视频节目中,小笑话高居第一,占了用户总收看时长的 21%,游戏资讯占 10%,新闻与影视节目各占 8%。这说明,以体育、娱乐、音乐、综艺、影视剧为主体的休闲娱乐性节目是手机电视节目内容的主要类别,而美食地图、旅游咨询等生活类、资讯类节目也有不错的发展前景。其形式短小精悍,是精粹性内容,被戏称为"零食内容"。

影视剧在手机电视节目内容中占有非常重要的地位。不同于传统电视,手机电视由于屏幕小、收视时间短,因而其播放的电视剧在形式上不同于传统电视剧。制作和播放专门适用于手机电视的迷你短剧既是对传统影视节目制作理念和方法的创新,也是手机电视的一大卖点。

我国市场已经推出了首部手机电视连续剧《约定》,它是由北京乐视传媒集团投资 300 万人民币拍摄的,讲述的是两个摩托车手爱上了同一个女人的故事。这部爱情文艺剧共 5 集,每集 5 分钟。虽然由于终端原因,难以收看此片,但是从未来的发展趋势来看,这样的电视连续短剧是手机电视内容的重要发展方向。

调查还显示,10 集一部的手机电视短剧集数正好,长度约在 4~5 分钟比较适中,这种长度的节目被戏称为"寂寞杀手"。

新闻资讯将是手机电视业务的重要补充。对重大/即时新闻适时地获取是用户对手机电视的另一重要需求。但是,总体来看,由于手机电视有其自身的缺陷,主要应用于短时间的休闲娱乐和信息获取,因此手机电视的新闻播发只起到一定的信息资讯的作用,在新闻报道上不可能具备较强的广度和深度。而人们要想获取足够的信息,也完全可以依赖传统媒体或者互联网。对试点用户的调查也显示出对新闻方面的需求相对较低。因此,新闻资讯是作为手机电视内容的重要补充来呈现的,而不是主营业务。开播有限而经典的新闻频道或者提供专门的新闻播报栏目都是可取之道。

四 手机电视用户特征[①]

虽然移动运营商一直将手机电视作为 3G 的"撒手锏"应用,早已开始大力推广,但业务在国内取得的进展并不显著,用户普及率不高。在北京、上海、广州、深圳调研的四个发达城市,手机电视业务的普及率只达到了 3.8%,是手机媒体业务中普及率最低的业务,仅次于手机音频广播。

手机电视用户中,19~29 岁的用户占到了很大的比例,约占全部用户的 72.4%,其次是 30~36 岁的用户,其比例占到了 14.9%。说明手机电视同样是年轻人应用,其应用特点与内容等,更适合于有支付能力同时又对新事物充满好奇的年轻人使用。

手机电视的用户中,男性用户比例占到了 74.5%,女性用户比例则为 25.5%,两者比例相当悬殊。男性用户对手机电视有着异常的偏好。

在手机电视的用户中,高学历的用户比例较大,尤其是本科与大专学历的用户,其比例分别为 38.3% 和 29.8%,高中学历的人群使用手机电视的比例也很高,达到了 25.5%。这三种群体的知识水平较高,且属于活泼的群体,对新事物充满了好奇。

从业性质的比较上,手机电视用户比例最高的为学生和企业公司的普通工作人员,比例均为 25.5%。企业的中层管理人员和事业单位的工作人员也对手机电视有较高的使用,比例分别达到了 14.9% 和 10.6%。

手机电视业务在广州的开展效果很好,用户比例占到了 42.6%,其他城市的比例依次为北京、上海和深圳,分别为 21.3%、19.1% 和 17%,相差不大。与移动运营商数据业务发展规律一致,广州是手机电视业务的发展源头,国内领先的手机电视业务提供企业就根植于广州,因为自身业

---

① "中国手机媒体报告:手机电视业务研究",http://www.sina.com.cn.2009 年 2 月 17 日。

务发展良好,与广东的移动运营商也有很好的合作,促进了广州当地手机电视的快速发展。

目前手机电视的用户群定位于商务高端用户和追求时尚一族,这些用户有两大特征。一是受教育程度较高:手机电视的使用,要求用户对互联网知识有相当的了解,同时要对手机的高端应用功能比较熟悉,且在工作生活中对信息资讯有强烈的获取愿望。二是经济条件较好:目前可支持手机电视功能的手机均属高端手机,且每月通信费要保持较高额度,使用者应具备较好的支付能力。国内目前至少有 8000 万高端手机用户,手机电视业务对于这部分人群是很具吸引力的,随着 3G 商用化时代的来临,手机电视业务也逐渐出现新的发展机遇。

用户定制手机电视业务的最主要原因是来自于互联网的宣传,其比例达到了 28.6%,其次是朋友的推荐,比例占到了 25.7%。通过在运营商营业厅设立手机报的广告和短信广告,也对用户有很大的影响。

手机电视用户中,超过 2/3 的用户都是互联网电视直播的忠实观众,他们对于通过不同渠道获取电视节目有很高的需求,互联网电视和手机电视都是他们很好的电视节目收看渠道。因此,基于互联网的广告宣传,对他们产生了最重要的影响。

同样,手机电视和互联网电视有着共同的一个特点,就是信息分享。用户可以在收看节目的同时,向平台上发送自己的观点,与观看同一节目的朋友进行信息互动,这是传统电视所没有的功能(现在很多电视节目开始与 SP 公司合作,提供短信的信息互动,即发送短信到某一号码,即可将信息显示在电视屏幕上)。这部分用户注重分享,朋友介绍的关于手机电视的信息,也必然会得到这些用户的重视。

对于未使用手机电视业务的用户,调查发现影响用户使用手机电视业务的最重要因素是费用问题,有 25% 的用户担心手机电视费用会比较高。不知道如何定制此服务也是影响用户增长的重要原因,比例达到了 24.6%,没有听说过此项业务的用户也达到了 16.5%,这两项说明手机电视业务的推广力度不够,以致用户对业务的了解不够。

手机不支持因素和费用因素的问题的阻碍性并不强,只要手机支持或资费确定,用户的使用意愿依然很高。在手机电视使用率较高的城市广州,手机数据流量的资费在全国来比较的话,基本属于最低的一档。表明数据流量资费对手机电视业务的影响很大。

用户所关注手机电视的内容，最主要的是新闻节目和体育赛事，而手机电视中的新闻更有针对性，成为用户的首选节目也有其理由。

在手机电视的操作便利性方面，只有 6.4% 的用户表示出不方便的观点。对于手机电视的发展来说，这是一个利好消息，手机电视的操作与内容选择方面，经过多年的发展，已经趋于成熟。在内容的快速传输和压缩方面，也都有不少突破。这些都为手机电视快速发展打下了良好的基础。

从内容方面来讲，手机电视发展的最重要因素是图像的处理，图像的大小与取景方式等，都对用户的应用产生了很大的影响，持此观点的用户比例为 32.9%。认为频道数量太少的用户比例为 31.8%，也是非常重要的一种阻碍因素。另外有 21.2% 的用户认为，与传统电视和互联网电视比较，手机电视内容的同质化问题明显。

在手机电视的应用场景中，有 30.2% 的用户选择在工作学习的休息时间观看，而 23.3% 的用户则是事件驱动，即有重要事件发生时，利用手机电视进行了解。在乘坐交通工具时，因为有车载媒体和受到手机信号的影响，使用比例并不算高，约有 19.8%。

调研用户中有超过一半的用户在每天使用手机电视的时间，少于 15 分钟。虽然各省份移动运营商都推出了不同的流量资费套餐，但手机电视对于一般用户来讲，仍然是个奢侈的消费品。另外一个重要因素，来自于手机电视的耗电性，即使是资费允许，普通的手机电池还不能支持长时间的手机电视使用。

虽然非手机电视的用户比例很高，但这些用户中，却不乏互联网电视的爱好者，有 66.5% 的非手机电视用户选择使用互联网来观看电视节目。这说明用户对于电视节目的关注程度很高，主要是手机电视应用不能满足其应用的需求，或对费用等因素存有戒心。

据中国互联网络信息中心（CNNIC）2009 年 2 月 18 日发布的《中国手机上网行为研究报告》显示，用户所关注的手机电视内容，首先是新闻节目和体育赛事，均为 34%；其次是娱乐节目，比例为 27.7%；而教育学习类的内容有 2.1% 的用户关注。在手机电视推广过程中，节目内容的筛选至关重要，它将影响到用户使用手机收看电视的兴趣。

五 手机电影与手机电台

与手机电视有密切关系的还有手机电影与手机电台。

所谓"手机电影"指的是在手机屏幕上观赏的一系列低分辨率的影片,它们可以通过无线上网直接下载到手机,或先下载到计算机里,然后再通过通用串行总线(USB)传送到手机上。手机电影已在中国中产阶级的年轻一族中间流行开来。由于手机电影播放时间较短,因此非常适合人们在搭乘地铁期间或工作间歇小憩时进行观赏。

手机电影已成为中国的一个新兴产业,其巨大的市场潜力引起了众多投资者、手机制造商、电影导演、制作人以及广告客户日益浓厚的兴趣。但业界分析人士表示,就像电视一样,手机电影的出现不会扼杀反而可能会促进传统电影的发展。

2005 年 6 月,谢飞、田壮壮、李少红、顾长卫、贾樟柯、王小帅、黄磊、徐静蕾等老、中、青三代电影人宣布,将拍摄 10 部长度 3～5 分钟的手机电影。7 月,王小帅、贾樟柯、孟京辉等 8 位导演推出手机电影《这一刻》。该片由 8 部独立的影片组成,每部 3 分钟。10 月,由手机拍摄,通过手机播放的《苹果》诞生,制作者北京电影学院的陈廖宇认为这是中国第一部真正的手机电影。12 月,冯小刚推出手机电影《手机,打死也不说》。

2005 年是中国电影诞生 100 周年,中国电影界各路人士赶集手机电影。手机电影如此高人气,预示着一个新的电影时代的开始。

手机电影不会使传统电影黯然失色,屏幕小、影片短,这些使得手机电影不可能与传统电影一争高下。手机电影只能作为娱乐业大蛋糕的一种小补充。就像电视一样,电视没有扼杀传统电影产业,手机电影也不会破坏传统电影的发展。

不仅如此,手机电影很有可能促进传统电影的发展。把电影预告片剪辑成手机版电影,并将其分发给微视网之类的网站,日渐成为中国制作公司的一种常见宣传手段。

例如,为配合《夜宴》在 2006 年 9 月的隆重上映,华谊兄弟太合影视投资有限公司就推出了手机版的《夜宴》。不过,付费问题仍没有得到解决。在不久的将来,手机电影将成为像电视或杂志广告一样的标准广告形式,届时制片公司就必须为播放它们的影片给网站付费。

手机电影对中国电影业发展的促进作用，并不仅止于助卖广告。徐克的《七剑》当年上映时就被剪辑成 21 集，这样的处理让香港的手机用户可以通过自己的手机观看到。中国大陆导演陈果、张元和张艾嘉将联合执导三部曲《西安故事》，在西安手机电影年度盛典上映。

新华网上海频道 2005 年 7 月 11 日消息：由上海文广新闻传媒集团（SMG）研制的"SMG 手机电台"在上海正式开播。这标志着国内首个由传媒机构全程提供集群语音内容支持，并通过无线通信网络实现语音资讯实时或延时互动传播样式的诞生，同时也是国内首次成功采用流媒体格式将广播语音节目系统拓展至新媒体的有益尝试。

SMG 手机电台是融合了当今广播电视技术和通信高新科技的多媒体技术应用，是多领域交叉结合的产物，其传播途径是基于跨媒体互动平台的多向和开放的渠道。SMG 经过广泛的市场调查，并根据手机用户的需求度身定制了近百个服务品种。

目前，SMG 手机电台通过"在线实时收听"、"在线延时重听"和"友情点送"，以及"最新资讯收听预告"和"实时话语点评"等形式，向广大手机用户提供极具个性化的互动增值语音服务。需要服务的本地用户，通过拨打 125901586（移动）和 10157586（联通）等特服号码，就可收听到原在 SMG 11 个频率中播放的新闻、音乐、体育、戏曲和专题联播等众多精彩的广播语音节目，使用户能真正通过手机电台这个语音互动平台，充分享受其特有的多元选择、定制资讯和有效感受互动体验的乐趣。

手机电台还将推出个性化语音资讯点播和点送服务，向甘当"时尚资讯先知"和"互动娱乐先锋"的广大手机用户提供个性化语音资讯点播和点送，以及与时尚节目互动，进行实时话语点评等服务。

手机电台是运用移动通信互动语音技术，通过通信网络对音频信号进行实时采集、压缩、转换和传输，实现音频的实时或延时互动播放的样式。手机电台的实时音频广播、精品栏目回放和主持人互动留言等服务，可以由用户对手机进行语音导航和按键选择等简便方式来实现，并可感受随时随地获取移动电台的互动体验。

第 2 节 手机电视的发展

由于手机媒体具有小巧、携带方便、互动性强的特性，美国、日本等国运营商早在 2003 年就瞄准了手机电视这块诱人的市场，纷纷推出手机电视业务。尽管 3G 时代还没到来，中国移动和中国联通也先后涉水手机电视业务，以引导消费者需求，培养消费者的消费习惯，同时树立品牌形象，为 3G 时代的运营积累经验。

手机电视最初出现于日本，随后是韩国。目前，英国、意大利等国也有大量的手机电视用户。从 2003 年开始，随着移动数据业务的普及，手机性能的提高以及数字电视技术和网络的迅速发展，一些发达国家的主要运营商纷纷推出手机电视业务，引起了人们的广泛关注。据预测，亚洲将是手机电视服务最为普及的地区，其次是美国、欧洲、中东和非洲。

一　日本手机电视的发展

日本是最早提出手机电视概念并付诸实践的国家。

在日本，从 2003 年开始，当地两大移动运营商 NTT DoCoMo 和 KDDI 就分别推出了各自的手机电视服务计划。另一手机电视运营商日本移动广播电视公司 MBCO 自 2004 年 10 月开始了基于卫星的车载电视业务试验，定名为 MobaHO！并计划在 2005 年底推出手机电视业务，手机电视主要使用卫星 2.6G 的 S 频段。

日本已经建立了广播和电信统一的管制机构总务省（MIC），在统一监管机构的管理下，电信运营商进入广播电视领域成为可能。NTT DoCoMo 和 KDDI 等移动运营商通过与日本广播协会（NHK）等机构的合作，已经获得手机电视的经营许可。到 2007 年 3 月底，日本电视手机已经累计售出近 700 万部。2007 财年（2007 年 4 月 ~ 2008 年 3 月）日本电视手机的总出货量预计将达 2000 万部，约占日本国内市场手机总销量的四成左右。NTT DoCoMo 和 KDDI 的 ISDB - T 业务采取以广告形式补贴手机电视业务使用费的发展模式，在手机电视的 EPG（电子节目单）中轮流播放广告。

随着日本各运营商相继推出免费接收数字电视的手机，日本的手机电视业务正迅速普及开来。目前，在运营商、终端设备制造商和广电部门的通力合作下，不仅实现了资源的有效配置，推动手机电视服务稳步发展。手机电视已进入了寻常的用户当中。

手机电视服务已成为日本手机用户必备之功能，也成为运营商推行服务的一大卖点。日本市场之所以能取得这样好的业绩，在于日本手机电视成熟的市场运作。

日本 1SEG（单波段）手机已成为日本三网融合的大势中一个经典案例。自日本手机电视服务正式推出，由于是免费，受到用户的普遍欢迎，用户数量和业务量增长迅速。各运营商紧密配合，相继推出了多款带有 1SEG 功能的终端。据资料统计显示，2007 年 3 月底日本手机市场已累计销售出 700 万部带有 1SEG 功能的终端。到 2008 年 3 月份，1SEG 手机的出货量接近 3000 万，这是一个非常庞大的数字。由此证明，1SEG 终端的销售量呈直线上升的速度来增加。目前，日本各运营商所推出的新终端里，有六成以上的终端带有 1SEG 功能。运营商曾表示，会在今后销售的更多新终端里增加 1SEG 功能，以加快手机电视的普及。

日本移动通信运营商与日本广电部门紧密合作，解决了不少问题。

首先，解决了资源问题。从市场上看，三大移动通信运营商（KDDI、NTT DoCoMo、软银移动）与日本广电部门紧密合作，实现了资源的有效配置。在移动电视节目正式开播之时，日本各地已经有数十万手机终端可以直接接收节目。现在每天有近千万的 1SEG 终端直接接收节目。由于全国统一制式、统一资源分配、统一开播，市场宣传投入得到了最大效果。

其次，解决了技术问题。目前，日本采用的移动电视标准为 ISDB－T，并预留 13 频段中的一个段来进行移动电视广播，从根本上实现了国家的频率资源统筹，也使移动电视节目同地面数字/CATV 拥有对等平台。这意味着广电系统无须额外投入节目制作，使手机电视用户得到一台真正的电视，可谓一举两得。而丰富的内容服务降低了终端用户购买的心理门槛。

再次，解决了分配问题。目前，NTT DoCoMo 已和日本电视网络建立有限责任的合作关系，开发独家节目和服务（双方各投资 50 亿日元）。此前，DoCoMo 还以 200 亿日元，收购了富士电视网络 3% 的股份；KDDI 也与朝日电视结盟，开发针对新服务的商业模式。

日本运营商与终端厂商、电视网络企业之间利益分配机制相当成熟，手机电视带来厂商新的销售额和运营商新的终端用户，为电视网络企业带来更多的广告收入，这样是水到渠成。

手机电视节目提供商也在不断地推出新的内容以满足用户的需求。

这样能吸引更多的用户来收看手机电视,进而推动手机电视的普及。据调查公司对日本单波段手机电视的调查,收看新闻类节目的用户比例高达76%。而一周7天中,有2~3天使用手机电视的用户比例最高,占26%;"几乎每天都用"的人群占其次,约为21%;此外,有一半人是在公共交通设施中收看手机电视。

但是,日本手机电视渐受青睐,运营商缺乏赢利模式。

随着日本3G用户的增加,手机电视逐渐成为一种颇受欢迎的业务。日本各大运营商已经在东京等各大城市推出了这种业务。和面向手机的模拟电视广播不同,现有的手机电视业务具备了非常高的清晰度,在用户移动途中画面效果也不受影响。不过,为了节省耗电,手机电视屏幕还不得不做得比较小。

日本目前拥有9200万手机用户,消费者平均每一年半到两年更换一次手机。目前,收发电子邮件、浏览互联网已经成为普及性的应用。而能否收看电视则成为众多消费者更新手机时关注的一个功能。

不过,日本手机电视业务目前还缺乏赢利模式。稳定的商业模式还没有出现在手机电视业务中。一些业内人士把赚钱的希望寄托在手机电视节目上,比如电视购物,可以让手机用户在观看电视剧的间歇观看购物广告,运营商可以获得佣金。当然,电视广告也是运营商觊觎的一个赢利手段。

二 韩国手机电视市场发展现状及其特点

韩国是最早将手机电视完成商用的国家。日、韩两国市场的发展走在世界前列。总体来看,这两个市场呈现如下特征:

1. 全球唯一采用卫星数字多媒体广播技术的地区

韩国电信运营商SKT与日本移动广播公司于2004年3月共同发射了S-DMB卫星数字多媒体专用卫星,用于车载移动设备、手持PDA、手机等的移动接收,目前已在韩国实现了商用。后来的T-DMB地面数字多媒体广播技术标准也正在该国进行试运营。总之,韩国DMB标准手机电视运营模式引起了全球运营商的普遍关注。而日本目前正在用S-DMB和具有自主知识产权的ISDB-T两个系统分别开展移动广播电视业务。

2. 由单一运营商主导产业链

韩国是由本国最大的移动运营商 SKT 来主要推动手机电视产业进程的。由于韩国移动通信市场正在接近饱和,市场竞争不断加剧,SKT 迫切需要寻找新的业务增长点,而 DMB 被 SKT 看做是下一步需要力推的核心业务。因此,SKT 于 2003 年 12 月发起成立了一家专门运营 DMB 的合资公司 TU Media。SKT 是 TU Media 最大的股东,拥有 28.5% 的股份,在公司中主要负责公司治理与网络建设/运营等。除 SKT 外,TU Media 的股东还包括近 200 家来自终端制造、节目/内容提供与金融领域的公司与机构。

3. 节目内容更加丰富

SK 通信公司下属的 TU 媒体公司初期开设了 9 个卫星数字多媒体广播频道,包括新闻、音乐和电视剧等 3 套电视节目和最新流行歌曲、老歌、爵士乐等 15 个音频节目。而日本除了提供基本的音频、视频频道以外,还增添了特别频道,提供一些增值服务,如较有特色的节目源,在节目播放的同时提供相关信息等,主要针对高端市场。

4. 对手机电视所需要的芯片投入大量研究

韩国对手机电视所需的芯片进行了大量的研究。2004 年 6 月,三星电子开发出用于数字多媒体电视广播的核心芯片,将处理视频的多媒体芯片和收看广播电视节目的芯片合而为一。在此之前,飞利浦半导体也为优化手机电视,正在开发低功耗硅协调器、低功耗频道解码器和低功耗基带解码器等产品。早在 2003 年中旬,索尼和松下分别开发出多种数字电视协调器,而低功耗和小型化已经成为各国芯片厂商攻克手机电视芯片难题的主要目标。

韩国正在大力推动的手机电视业务,是利用卫星和移动网络向公众传送视频和音频节目的数字多媒体广播业务(DMB)。如果该业务付诸实施,用户可以通过移动终端或者车载终端享受通过卫星提供的多种数字多媒体广播服务。

韩国 DMB 业务的主要推动者是 SK 电讯,其积极推进 DMB 业务的原因,主要在于韩国移动通信市场环境的变化。由于韩国移动通信市场正在接近饱和,市场竞争不断加剧,SK 电讯迫切需要寻找新的业务收入来源。

为了建设 DMB 业务系统,SK 电讯于 2004 年 3 月发射了专用卫星,该卫星由 SK 和日本的移动广播公司共同拥有,价值 3.1 亿美元,在美国的佛罗里达州发射升空。SK 投资了 945 亿韩元,占34.66%,剩余的资金由日本的移动广播公司提供。该卫星在赤道上空 35785 公里的地球同步轨道上运行,主要的功能是向移动电话、手持通信设备或者车载设备发射电视节目。

手机电视业务在已经开通 3G 系统的韩国开始崭露头角,韩国第一大移动电讯运营商 SK 电讯甚至为手机用户制作了专门的数码短片电视连续剧《异共》。该剧由韩国 20 名著名电影导演共同制作,每集为 5~8 分钟,一共 20 集,将通过 SK 电讯的"June"服务(类似国内移动的"移动梦网"、联通的"联通无限"业务)供用户收看。June 无线数据服务事实上已经成为 SK 电讯 2004 年经营收入实现持续增长的主要因素。2005年,韩国的 3G 手机用户达到 500 万人,韩国已于 2004 年开通了手机接收电视节目的服务。

2005 年 9 月,LG 公司在欧洲推出了全球首部支持 WCDMA 网络的 3G 卫星电视手机,2006 年世界杯决赛实况转播定制。在中国,LG 手机已推出诸多款如 C950、C960 等高端视频点播系列的 CDMA 手机,用来支持中国联通的"视讯新干线"播放电视节目的服务。

韩国原有的广播法是不允许电信企业通过其移动广播网络传送地面电视内容的,为了推动 DMB 业务的发展,韩国政府对原有广播法进行了修改,从而使得电信企业 SKT 能够经营 DMB 业务。韩国有两种方式的广播网手机电视业务:一是广播电视公司推出的地面 DMB 业务;二是电信公司 SKT 下属的 TU Media 公司运营的卫星 DMB 业务。

三　欧洲手机电视市场发展特点

意大利在欧洲起到了比较早的领先作用,其手机电视服务开始于 2006 年。欧洲最大的手机电视广播商 3Italia 是香港和记黄埔旗下的一个无线运营商,提供 10 个以上的频道可供观看,拥有 80 万客户,是其手机用户总数量的 10%。在瑞士,Swisscom 提供了 20 个频道可供用户观看,每月费用为 13 瑞士法郎(12.5 美元)。3Italia 在 2006 年世界杯开幕前开通 WalkTV 移动电视服务,通过基于 DVB – H 的网络,向用户提供

Rai1、La3live、La3Sport、Canal5 和 SkyTG24 频道,3Italia2006 年年底发展了 50 万手机电视用户。

在瑞士,每天有 4 万人在手机上观看 100 秒的电视新闻。在意大利,100 万人每月支付 19 欧元(29 美元)来收看几个移动电视频道。另外,手机电视在日本与韩国已经流行了三年左右,现在正向其他地区蔓延。尽管还不确定移动电视是否会带来巨大的经济效益,欧洲与美国的移动运营商已经开始投资建立新的广播信号塔、移动设备以及电视节目的推广。

尽管在中国市场很难抵挡住中国移动多媒体广播(CMMB)等的攻势,但这并不妨碍 DVB－H 标准在欧洲取得突破。诺基亚力挺的 DVB－H 已被欧盟确定为欧洲手机电视标准。

在欧盟开放的管制环境下,各国运营商在手机电视的经营许可上基本没有障碍,欧洲也因此成为广播方式手机电视技术试验和商业运营最多的地区。从发展模式来看,欧洲各项广播网手机电视试验和商用基本上采取广播网络公司、广播内容公司、移动网络公司合作的方式进行,其中:广播网络提供商提供手机电视下行信道和内容平台运营,移动运营商提供用户鉴权、计费和交互信息服务,内容提供商提供广播内容;广播网络的建设者既有传统的广播公司,也有移动运营商;由于受到频率资源的限制,移动运营商一般先通过购买电视台或者与电视台合作的方式获得广播频率,随后再自行建设广播网;除了合作运营外,欧洲手机电视的运营还出现了第三方模式,即由批发商把广播网的容量批发给零售商,由零售商向用户提供业务。

移动运营商 Cingular 无线推广 MobiTV(手机电视)业务,用户需要每月支付 10 美元的业务使用费以及实际使用的流量费。Cingular 无线的竞争对手 Verizon 也推出了 VCast(视频点播)服务,按照每月 15 美元向用户收取移动电视业务的使用费。欧洲的英国、意大利等国也有数十万和上百万用户。

2005 年 5 月,著名手机制造商诺基亚在芬兰赫尔辛基市推出一个使用手机收看电视节目的试验计划。诺基亚表示,它和该国最大的广播公司"芬兰广播公司"和领先商业电视频道及主要的移动服务提供商一道推出这种开创先河的试验。测试的 500 名用户除了可以收看芬兰的电视节目外,还可以收看一些国际频道,如 BBC 和 CNN,并可把手机当做收音机使用。

诺基亚说,早在 2004 年它已开始对该系统进行测试。该公司的研究发现,人们喜欢在汽车和公共场合,如咖啡店内收看移动电视。在家里和在工作场所收看移动电视也很平常。参加测试的用户最感兴趣的节目包括新闻、天气预报、运动、时事和娱乐。

英国 O2 公司和 NTL 公司的广播部门于 2005 年春季开始进行英国首次移动电话的多频道电视试验。此次试验使用 9 台发射机,覆盖牛津周围 120 平方公里的范围。将给 O2 公司的客户配备包含有电视接收机的多媒体手机。参加试验者能接收 16 个频道(其节目内容包括音乐、体育、新闻、喜剧、连续剧、纪录片、戏剧、卡通片等)和专门的交互、游戏和购物频道。

此次试验检验消费者对移动电视服务的需求、对专门类型内容的需求和收视习惯,试验将采用用于手持设备的 DVB – H 传输标准,为此推出了一批 DVB – H 兼容设备,包括发射机、数据插入器和测量设备,以便 DVB – H 业务的开发。

由于手机对多媒体接收很不节能,因此 DVB – H 数据要以脉冲串方式发射,而不是连续发射。这种方式在脉冲串之间降低能耗,可节能 90%。就是在乘坐小汽车高速旅行时,也能确保可靠的移动接收。

自 2003 年芬兰开始手机电视试运营以来,欧洲其他国家也陆续进入了试验阶段。到 2005 年,规模已经比较宏大。在终端设备制造商、移动通信运营商的大力推动下,已经在芬兰赫尔辛基、法国巴黎、德国柏林、西班牙马德里和巴塞罗那等地开通了基于 DVB – H 标准的手机电视试验网。综观欧洲市场,有这样几个特点:

1. DVB – H 标准是欧洲手机电视的主流模式

目前,DVB – H 的技术标准已经为欧洲国家普遍接受。在欧洲,英国已经开始了基于 DVB – H 技术标准的手机电视商用测试;芬兰、法国、德国、瑞士、澳大利亚已经完成了基于该标准的运营测试,正在酝酿商用;而意大利、荷兰、瑞典也都开始了 DVB – H 的技术测试。种种迹象表明,DVB – H 地面数字广播标准正在成为欧洲手机电视产业的主流技术标准。

以法国为例,从 2004 年底开始,陆续有三项 DVB – H 标准的移动电视试验展开。首先是从 2004 年 12 月中旬开始,包括法国的 DiBcom(迪康公司)和 TeamCast、诺基亚、T – Systems(德国规模最大的有线电视公司)在内的几大参与者在法国麦茨搭建了实验平台,试验目标是 DVB – H 规范的技术验证,前端设备及其提供者有法国的 Thales(泰雷兹广播与多媒体公司)和 UDcast、德国的罗德与施瓦茨公司以及丹麦的 ProTV Technologies 公司,终端设备提供者是诺基亚和 DiBcom。其次是从 2005 年 9 月中旬至今,由法国国家电视台、法国商业地面无线电视一台 TF1、法国最大的付费电视运营商 CanalGroup、法国国家广播电台、法国国际广播电台、法国移动电信运营商 Orange 和 SFR 共同参与,在法国巴黎搭建了 DVB – H 技术试验网,试验用户约 100 人,为各家参试公司的员工,试验期间用户可以接收到法国地面和卫星广播电视播出的 14 套电视节目和 13 套广播节目,包括 TF1、M6、Eurosport、M6Music、Infosport、LCI、TF6 及 Teletoon。再次,由 CanalGroup 主要组织的,诺基亚和 SFR、Towercast(法国第一家私营发射塔公司)参加的另一项 DVB – H 试验同时在巴黎进行,为期 9 个月,参试用户有 500 人,一半选自 CanalGroup 的地面无线和卫星直播用户群,另一半选自 SFR 的用户群,用户可接收到 13 个电视频道、4 个广播频道和一些交互服务。

2005 年上半年,芬兰地面广播机构 Digita 公司、移动运营商 Elisa 公司、MTV、内容提供商 Nelonen、诺基亚、Sonera 电信和芬兰广播公司联合,在首都赫尔辛基推出了手机电视试运行服务,这项试验从 3 月 8 日启动持续到 6 月 20 日结束。芬兰广播公司(YLE)为手机电视用户提供了多频道节目包,包括芬兰广播公司电视一台和电视二台转播的所有 2005 年赫尔辛基世界田径锦标赛。

继此之后,西班牙工业部也于 2005 年 9 月宣布在马德里和巴塞罗那进行为期 6 个月的 DVB – H 标准的手机电视试验。这项试验由诺基亚、西班牙电话公司等移动通信企业牵头,西班牙电视台、第 3 频道(Antena 3)、西班牙最大的付费电视公司 Sogecable 也将作为内容提供商参与,这项试验持续到 2006 年 2 月,有 500 名移动用户成为首批试用者。另外,英国在 2005 年 9 月也开始了DVB – H标准的手机电视试验。

当然,这其中也有独树一帜的运营试验,这就是法国移动通信运营商 Orange 从 2004 年开始的基于 3G 网络的手机电视业务的商用,同时 DMB 卫星传输标准也在测试中。但种种迹象表明,DVB – H仍将成为主流技术模式。

2. 产业链各环节的良好合作是推进手机电视产业发展的关键因素

产业联盟是欧洲手机电视产业的运营模式,也是该市场的一个重要特征。比如在芬兰,就是由广播内容提供商 MTV、Nelonen、YLE,移动运营商 TeliaSonera 和 Radiolinja,广播网络提供商 Digita,和终端设备供应商诺基亚共同组成的产业联盟。他们依次分别提供电视频道和音频频道,负责用户互动、进行用户管理和计费,负责广播电视网络的建设,以及提供手机终端。在英国,则是由著名的移动通信运营商沃达丰和英国天空广播公司(卫星电视运营商)联手推出的手机电视服务,双方各按 50% 的比例分成。在法国,则是由内容供应商 Canal + 集团、移动运营商 SFR 和广播网络提供商 CanalSat 联合推广手机电视业务。

实践证明,有电信网络运营商、内容提供商、广播电视机构、终端制造商等产业链各环节共同参与的手机电视试验平台推进速度非常之快,在内容业务种类、用户覆盖和网络质量等方面都得到了很好的保障,同时也带动了产业的整体发展,各环节都获益匪浅。

3. 终端制造商在推动产业发展的过程中起到了至关重要的作用

欧洲最大的手机制造企业诺基亚选择了 DVB - H 标准,并在推动其成为欧洲手机电视主流标准的过程中不遗余力。在全球的手机电视市场发展中,著名的终端设备制造商诺基亚是最积极的推动者。以芬兰为起点,诺基亚就不遗余力地在欧洲乃至世界其他各国推广其看好的 DVB - H 标准。在芬兰和法国,诺基亚是最主要的推动力量,致力于 DVB - H 标准的开发和网络的维护,同时诺基亚还与世界其他国家的移动运营商和广播电视企业合作推广 DVB - H 标准,比如诺基亚在新加坡举行的"Nokia Connection 2004"上现场演示了 DVB - H 标准的设备,是诺基亚在太平洋地区的首次 DVB - H 设备演示。

4. 娱乐性节目是内容模式的主要构成部分

在芬兰开展的手机电视业务中,主要提供了 MTV3、YLE TV1/TV2、Nelonen / Channel Four 等新闻、体育、生活方面的十多个数字电视频道;还有 Radio Nova、YLE Radio Peili、YLE Radio Extrem 等音乐节目。据调查显示,有超过 60% 的用户表示满意,10% 左右的用户非常满意。而在英国市场提供的 19 个天空频道中,则以偏娱乐和偏商务为主。另据一项对欧洲手机电视市场的权威调查报告显示,以音乐、体育为主的娱乐性节目普遍受到欢迎。

在芬兰赫尔辛基,诺基亚刚刚推出了一项使用手机收看电视节目的试验计划,参加测试的 500 名用户除了可以收看芬兰的电视节目外,还可以收看一些如 BBC 和 CNN 这样的国际频道,并可以把手机当做收音机使用。诺基亚公司表示,手机电视特别适合那些乘坐公共交通工具的用户,他们可以通过手机电视获知最新新闻。事实表明,最受欢迎的节目是突发性的新闻报道、体育赛事和喜剧及卡通节目。在这个方寸之间的电视屏幕背后,是一个利益交错的产业链条。

由于带宽的限制,基于 2.5G 的移动视频应用种类乏善可陈,质量差强人意,因此 2.5G 对于移动视频便有拔苗助长之嫌,只有宽带移动网络才能保证移动视频业务的质量和实时性,降低业务成本,产生经济效益,所以也唯有 3G 才是移动视频业务的最佳网络承载平台。

业界普遍认为移动视频是目前所能确定的唯一真正的 3G 应用,可以说,移动视频与 3G 的亲密关系形同鱼水。除了韩日,欧洲的一些已经部署 3G 网络的运营商,如 Orange、英国和记电讯等,也推出了各自的移动视频业务,但遗憾的是没有哪个运营商提供 3G 规定的标准带宽速率来支持其移动视频业务。

四 美国手机电视市场发展现状及其特点

像美国这样一个非常沉迷于电视的国家,渴求在手机上看电视是自然的事情。根据 Nielsen Media Research 的数据,约 46% 的美国家庭拥有 3 台以上的电视机。在黄金时间里,美国家庭在电视前消耗的时间平均接近每户每天 2 小时。

目前美国的手机电视业务是通过移动通信网络,利用流媒体的方式来实现的。2003 年 11 月,美国 Idetic 公司推出了 MobiTV 系统。通过这一系统,用户可以用手机收看到 14 家电视频道的节目,包括 ABC 新闻台、CNBC、探索频道和 MSNBC 等。虽然 MobiTV 系统实现了通过手机看电视的目标,但是效果非常不理想。常规电视机每秒钟可以显示 30 帧画面,人的眼睛和大脑不会感觉到其中的停顿,但是 MobiTV 只能每秒钟显示 1~2 帧画面。这一系统已经在运营商 Sprint 的网络上得到了应用,其注册用户可以观看包括三个音乐频道在内的手机电视节目。

2005 年初,美国 IDETIC 公司宣布推出全新手机电视直播服务,并谋求有线电视节目提供商合作,确保内容供给。运营商斯普林特公司的注册用户可以通过自己的手机观看包括三个音乐频道在内的电视节目。在美国 Print 公司推出的 MobiTV(移动电视)服务中,用户可以看到一些主要网络传送的电视节目,以及 MSNBC、探索频道和学习频道的电视节目,但是不够连贯。

2005 年 1 月,美国 Verizon 无线通信公司也推出了付费手机电视项目,收费为每月 15 美元。而 Sprint 公司是第一家推出手机电视服务的运营商。有数十万人在使用 Sprint 手机观看直播新闻、体育节目和其他短片。

而美国最大的手机公司 Cingular 公司推出的手机服务套餐,月租费为 9.99 美元。订户可以通过这个套餐享用 22 个频道的电视节目。Sprint 和 Cingular 的订户都可以通过手机在线观看即时的 CNBC、MSN-BC、澳大利亚广播新闻网以及教育频道的节目。

Verizon 公司推出的手机并不提供即时的电视转播,但是用户可以通过下载,更新财经和体育新闻。十几岁的年轻人可以观看音乐节目和专门为手机制作的访谈节目。

2007 年 3 月,美国第二大手机运营商 Verizon 无线公司在 20 个地区推出了新的手机电视播出服务。Verizon 无线公司是 Verizon 通信公司与沃达丰集团的合资企业,其新的手机电视播出服务每月收费 15 美元,向手机用户提供 8 个频道每天 24 小时的所有电视节目。

2008 年 5 月,拥有 7140 万用户的 AT&T Wireless 在美国开设 AT&T 移动电视。此项服务共提供 10 个电视频道,每月费用为 15 美元。

与欧洲和日韩相比,美国的手机电视业务发展相对滞后。目前美国的手机电视业务主要是通过移动通信网络,利用流媒体的方式来实现。与此同时,DVB – H 标准的手机电视也正在被引入美国。美国手机电视市场的现状及特点是:

1. 同欧亚各国相比,美国手机电视发展进程相对缓慢

这主要是因为同亚欧相比,美国的 3G 进程相对缓慢。虽然美国三大移动运营商都推出了自己的 3G 服务,但是市场反应并不像预期中的那么理想。3G 目前还没有在美国流行起来的原因是由于美国缺乏全国范

围的 3G 网络。目前美国多家运营商都在投入巨资改造网络，一旦这个问题得到解决，那么价格、服务和应用软件将成为 3G 运营的核心问题。3G 技术能够提供更快的数据传输速率，极大地缩短连接和下载时间。

因此，运营商应当先把焦点放在如何推动 3G 的普及方面，例如为用户提供更高质量的视频服务和更快捷的下载服务，同时制定合理的价格。尽管如此，美国在 3G 方面面临的困难仍然较大，因此相对于欧洲和日韩等 3G 发达国家，美国还需要加快速度。

2. 各大运营商多足鼎立

2003 年美国第三大移动运营商 Sprint PCS 公司率先在美国推出手机电视业务，至今已有数十万用户通过其手机观看直播新闻、体育节目和其他短片。目前，其用户都可以通过手机在线观看即时的美国财经资讯电视台（CNBC）、美国有线新闻频道（MSNBC）、澳大利亚广播新闻网以及教育频道的节目。2005 年初，Verizon 无线公司也推出了 Vcast 手机视频服务，用户可以下载音乐或是观看电视短片。2005 年 2 月初，美国最大的移动电话公司 Cingular 推出了月租费为 9.99 美元的手机电视服务套餐，用户可以观看 22 个频道的电视节目。第四大运营商 T – Mobile 美国公司则在 2007 年推出这一服务。目前，Sprint 和 Cingular 的用户都可以通过手机在线观看即时的 CNBC、MSNBC、澳大利亚广播新闻网以及教育频道的节目。

3. 美国高通公司力推 Media FLO 商用网络

目前，美国高通公司正在着手建设单独的手机电视传送试验网络——Mediacast 网络，利用 FLO 技术来为用户提供手机电视业务。Mediacast 网络就是利用 Media FLO（Forward Link Only）技术，在 700MHz 频段上提供手机电视业务的。

从目前的包括手机电视在内的移动多媒体广播业务发展情况来看，其业务质量并不尽如人意，图像质量和流畅性等都有很大欠缺。为了解决现有移动网络尤其是在 CDMA 网络上提供手机电视业务时存在的问题，高通公司推出了其端到端的移动电视解决方案 MediaFlo，并同时推出了可以支持此系统的芯片。

为了推动各大运营商使用 FLO 技术，高通公司建立了 Mediacast 网络。目前高通公司已经投入了 8 亿美元建立自己的广播网络，免费提供给移动运营商,使得这些运营商在不支出网络建设成本和运行成本的情况下,向用户提供移动交互式多媒体业务。其次,高通还拥有全美范围可使用的 6MHz 频段资源。再次,内容资源也由高通来协商,初期规划为 20 个频道,包括美国 CNN、ESPN 和 CourtTV。移动运营商只需将现有的移动用户移植到 Media – FLO 上即可。该业务开展计划于 2006 年 5 月 1 日试商用,2006 年 10 月商用。

4. 冠城国际公司推动 DVB – H 在美国的发展

除了 Media FLO,一些公司也考虑在美国采用数字广播电视技术的方式提供手机电视业务,其中最主要的是英国的广播电视运营商——冠城国际公司。美国现有的微波数字广播采用的是 ATSC 规范,而 ATSC 无法进行移动接收。为了解决这个问题,美国联邦通信委员会(FCC)开放了 1670 ~ 1675MHz 的 5MHz 频带,以提供面向移动终端的多媒体服务。冠城国际获得了该频带的使用授权,所以在提供此类手机电视业务方面取得了主动。冠城国际公司已在美国宾夕法尼亚州的匹兹堡建成 DVB – H 试验设施,并在 2005 年在全美构筑广播电视网络。

五 中国手机电视起步并不晚,但是发展不畅

中国手机电视业务于 2003 年博鳌亚洲论坛期间首次在国内推出。2003 年 10 月 30 日博鳌亚洲论坛开幕前期,海南广播电视台电视新闻综合频道、公共频道开始反复播放"海南广播电视台掌上频道(手机电视)"宣传片。在博鳌亚洲论坛期间,手机电视项目通过移动、联通两家手机网络,总共向用户发送了由海南台电视新闻中心制作的将近 70 条博鳌亚洲论坛相关视频新闻。系统显示,短短三天时间里,全国各地共有 3 万人次使用了这项全新的电视服务。手机电视业务运转一个多月时间,开设了"相约博鳌"、"53 届世界小姐总决赛"、"2003 ~ 2004 英超联赛"、"T 台秀场"四个栏目。其中有将近 70 条与博鳌亚洲论坛相关的专题、报道,60 条"世界小姐"跟踪报道,3 场完整的英超联赛,7 期 T 台秀场节目,累计向手机用户提供超过 600 分钟的视频节目。海南移动公司在项目中直接采取了芬兰一家软件公司开发的 Oplayer 软件。Oplayer 软件能让使用 Symbian 操作系统的 GSM 手机在 2.5G GPRS 网络上实现全屏幕视频播放功能。

2004 年 3 月以来，我国的两大移动运营商——中国移动和中国联通先后推出了基于蜂窝移动网络的手机电视业务。

2005 年 1 月 1 日，由上海文广新闻传媒集团和上海移动合作的手机电视"梦视界"试播，该服务提供 6 套直播电视节目及 VOD 点播。

从 2004 年起，中国联通和中国移动先后推出了基于蜂窝移动网络的手机电视业务试验。2004 年 3 月底，广州移动组建专网提速 GPRS，批量购机降低门槛，率先使手机电视商用。5 月，该业务作为中国移动的数据业务品牌"银色干线"的时尚业务正式推出。同月，中国联通也发布了一项名为"视讯新干线"的手机视频服务，并与国内 12 个电视频道达成协议，包括中央电视台新闻台、央视 4 套、央视 9 套以及凤凰资讯台等。

在 2005 年 1 月 1 日，上海移动推出了免费试用手机电视的业务。紧接着，手机电视业务在湖北开通，成为继广东、上海后第三个开通手机电视业务的省市。而四川移动、苏州移动等各省市的电信部门也纷纷介入电视手机业务。

国内第一张"手机电视"运营牌照的拥有者是上海文广新闻传媒集团，其手机电视主要是基于中国移动或中国联通 2.5G 代移动通信网络的一种流媒体的影音直播、点播业务。2005 年 6 月的上海电视节，其旗下"东方龙"公司投资的《白骨精外传》正式开机。该剧是中国第一部用高清摄像机拍摄的手机时尚剧。2005 年 5 月，中国移动和上海文广新闻传媒集团签署了战略合作协议，协定共同推出"手机电视"流媒体业务。根据国家有关规定，从事网络电视、手机电视等信息手机传播视听节目业务，应取得国家广播电影电视总局的批准。而就在不久前，上海文广新闻传媒集团刚刚获得了国家广播电影电视总局发放的第一张经营网络电视和手机电视的牌照。因此，此次合作被看做是中国移动突破政策限制的重要步骤。

2005 年 9 月，中国移动开通全网手机电视业务，截至 2005 年 11 月，其用户仅有 15 万。2005 年 11 月，山东移动与山东广电推出"广视无限"。

2005 年 5 月，中国互联网服务和移动增值服务提供商腾讯公司宣布在其门户网站 QQ. COM 和国内的手机网络系统上推出《探索频道》（Discovery Channel）的媒体内容。腾讯将为中国市场上不断增长的手机用户群提供《探索频道》的内容。Discovery 是腾讯重要的内容提供商之一,其内容的品质和广泛性都是世界领先的。腾讯庞大的用户群对这种有教育性、和社会相关并且与众不同的媒体内容有很大需求。腾讯的 1.35 亿活跃用户可以通过订购彩信,每天欣赏《探索频道》由天文、旅游到动物等各领域内的深入内容。包月用户可以在网上或通过手机接收这些内容。手机用户还可以在该服务平台下载 100 多种以动物声音制作的手机铃声,比如狮子的吼声,手机铃声库还在不断扩大。同时,手机用户还可以下载《探索频道》的手机屏幕图片。《探索频道》的母公司 Discovery 传播公司是全球领先的纪实媒体和娱乐公司,擅长制作科学、技术、自然历史和动物等领域的媒体节目。

目前,国内手机电视形成了中国广电、中国移动、中国联通三足鼎立的发展态势。

(1)中国广电。上海文广传媒集团(SMG)于 2005 年 5 月获得了国内第一张 IPTV、手机电视、网络电视全业务运营牌照。从 2005 年 1 月 1 日起,SMG 和上海移动将招募 500 名有条件的上海移动用户免费试用手机电视业务,为今后 3G 时代手机电视业务的正式推广提供重要的商业模式参考依据。2006 年 9 月 28 日开始,上海文广和中国移动合作手机电视业务,并正式开通了国内第一个面向全国用户的手机电视平台——"梦视界",标志着中国手机电视业务从"测试级"升级到"运营级"。

2005 年 6 月,国家广电总局批准广东省南方传媒集团在广东省境内试验手机电视。2006 年 5 月 17 日,广东省采用 DMB 技术的数字多媒体"天声"手机电视将正式开播。先期开通的城市包括广州、佛山、中山、东莞、深圳、珠海等 6 个城市,收费模式确定为包月制,约为 30 元。

中央电视台在 2006 年,正式获得了国家广电总局颁发的 IPTV、手机电视、网络电视全业务运营牌照。2006 年 12 月 11 日,中央电视台联手中国移动、中国联通两大移动通信运营商签约,启动 CCTV 手机电视业务,CCTV 电视节目将通过移动网络传输方式向大众传播,并提供直播、点播、下载等个性服务。

(2)中国移动。2004 年 3 月底,中国移动在广州向全球通 GPRS 用户提供了手机电视业务。5 月,又作为移动的数据业务品牌"银色干线"的时尚业务正式推出。同时,广州移动还向西门子、索爱等厂家集中采购了数千台电视手机,大力拓展市场。

(3)中国联通。中国联通大力进军手机电视业务,把手机电视定为增值业务的工作重点之一。2004 年 4 月,推出了基于 CDMA 1X 网络的"视讯新干线"手机电视业务新品牌,已和 12 个电视频道达成了协议。联通手机电视业务依托于 CDMA 1X 网络,用户用支持流媒体的手机,通过手机无线下载一个流媒体播放软件,设立一个缓冲区就能在线看电视。2004 年 12 月,天津联通开通了基于 CDMA 手机的掌上电视(GOGOTV),用户可以通过手机终端看到周星驰《功夫》的 10 个拆分电影片段。

重庆广电集团已经获得国家广电总局开播手机电视的许可证,重庆广电集团表示年内将正式开通手机电视业务。而早在 2004 年,重庆就进行了手机电视试播,用户能收看到 8 个频道的节目,其中有 6 个是重庆电视台的频道,2 个是手机电视技术开发商提供的电视剧和韩剧频道;2005年,重庆联通手机电视业务平台也进入试运行阶段,但由于许可证问题,一度制约了手机电视的发展。在与手机电视紧密相关的 3G 技术领域,重庆更是走在全国前列,已把 3G 项目列为"十一五"重大项目中的一个,总投资为 34.5 亿元。重庆邮电大学投资 1.8 亿元,研发 3G 手机芯片和软件设计,目前最新样机已经下线。而在 2007 年初,重庆将有近 200 名用户进行 3G 手机模拟测试,这些都为重庆市发展手机电视提供了较好的基础。

CCTV 于 2006 年 12 月 11 日与中国移动、中国联通联手启动了手机电视业务。中国国际广播电台(CRI)和中央人民广播电台先后开通了手机电视,并结合自身实际,积极占领手机电视新平台。

从总体上看,我国的手机电视市场规模尚未形成,产业链合作模式仍在不断探索,各项政策也并不十分明朗,尚处于市场导入期。

中国台湾地区也出现了 3G 热潮及手机电视业务,台湾三大电信公司竞相推出各种不同的内容吸引用户,供用户选择的影视内容也越来越多样化。除了台湾首创的 3G 手机连续剧《天使我爱你》,用户还能在手机荧幕上观赏电影预告片、娱乐新闻、新传媒的经典连续剧、梁家班的谐剧及新传媒艺人郑秀珍制作的资讯节目等。无论是哪一种影视内容,手机节目和电视节目的最大不同是,播出时间非常短,每个短片大约只有 1~3 分钟。如何在这么短的时间抓住观众的注意力,是 3G 手机内容制作难度最高的地方之一。手机影视内容受到时间的限制，所以比一般电视节目更需要精简。以《天使我爱你》为例，一集只有 3 分钟，比电视连续剧短许多。除了时间的局限，3G 手机的特征自然也对影视内容的制作起着一定的影响。手机荧幕小，拍摄时必须做出适当的调整，不能依照电视剧的模式制作手机影视内容。一般电视剧不需要太多特写镜头，但手机荧幕小，多拍特写，用户才能把演员看清楚。相对来说，镜头内就不能摄入太多的背景。拍摄手机影视内容应尽量采取简单的取镜方式，太复杂或转换太快的镜头都不适合在小荧幕上播出。调整镜头的距离时，速度如果太快，手机荧幕上的画面会跟着模糊。

中国手机电视起步并不晚，但是受到各种因素的制约，发展不快。手机电视技术特点的移动化与交互化手机电视对于所采用的技术有其特定的要求，总的来说应具备移动化与交互化两大基本特点，要求实现无缝透明的网络切换、漫游以及宽带与节电等技术要求。手机电视业务具有比普通电视更广泛的影响力，它可以把各种信息以更快的速度传到特定的人群中。手机电视业务将会获得快速发展，并会形成相当大的市场规模，其发展前景非常可观。手机电视前景可观，市场培养将是关键。3G 商用化将推进移动数据业务向多媒体方向发展，手机电视作为 3G 的主打业务之一，已受到利益各方的重视。手机作为新的传播终端，其高效、便携、及时、互动等特性，使人们随时随地可以发布、接收、处理和加工信息，公众互动参与型的文化消费样式正借助数字化交流空间的崛起而发展起来。

第 3 节　手机电视的未来之路不平坦

一　各国手机电视"撞上冰山"

2006 年以来，全球手机电视业频传"坏消息"。

2006 年 12 月 31 日，迪斯尼公司正式关闭为移动电话用户提供的"ESPN 手机电视频道"。该频道曾是迪斯尼移动虚拟网络的重要项目，于 2006 年 2 月启动，总投资约 1.5 亿美元。

在前期市场推广中，迪斯尼称 ESPN Mobile Cellphone，是世界上"最伟大的一项革命"。但是，正式运营仅半年多时间，ESPN 就不得不宣布结束手机电视业务。主要原因有三：

其一，收入未达预期。尽管 ESPN 家喻户晓，但手机电视频道只有几万个订户。

其二，运营成本过高。手机广告营销费远高于网站、电视和广播。此外，手机电视频道启动时，恰好是美国电信系统从 2G 到 3G 升级改造，增加了间接成本。这些费用最终分摊到用户头上，价格和服务均不具有竞争力。

其三，消费者反应平淡。据调查，在 1000 个用户中，75% 的人表示对手机电视没有兴趣。

2005 年初，韩国 SK 电信控股的 TU Media 及 KTF 电信，分别推出卫星 DMB 移动电视服务，在全国实现 95% 的覆盖率，传输内容包括 39 个频道。同年 12 月，韩国国家电视台、私营汉城电视台及其他四家电视机构，获准经营地面手机电视业务，播出 26 套视音频及数据服务节目。

2006 年 10 月，韩国广播委员会和广播广告公社（KOBACO）发布资料显示，地面 DMB 运营商亏损达 1158 亿韩元（约合 1.23 亿美元）。而卫星 DMB 业务亏损额更大，高达 4 亿美元。

韩国卫星及地面 DMB 项目亏损，表面上看是电信和广电两大阵营间矛盾及有关广告政策造成之局面，但实际上和美国一样，也是因为市场需求不足。韩广播委曾将 2006 年广告收入预测为 527 亿韩元，而实际收入却不到 11 亿韩元，预测与现实之间居然相差近 50 倍！

ESPN 移动频道在宣布退出市场时，十分诚恳地给几万用户发出了退款公开信；而韩国的 DMB 运营商们显然被政府官员和设备供应商要弄了一把。在网上看到韩国人写的报道称："一些国家派人来韩考察 DMB，对其技术的先进性印象深刻，但回国后一分析，发觉该技术难以赢利，就都放弃了"。

2007 年初韩国手机电视业务运营继续巨亏，尽管其声称的用户群已相当庞大，DMB 移动电视服务却年亏损 3 亿多美元；而美国 ESPN 移动电视开业仅 10 个月，就以亏损 1.5 亿美元结束。

2007 年初，英国电信宣布停止名为 Movio 的手机电视服务。自 2006 年初高调推出相关业务以来，仅广告费就花了 250 万欧元，但全英 4500

万手机用户中,仅 1 万多人申请,渗透率低到业务无法维持。

韩国人的电视娱乐需求异常旺盛,热门电视剧收视率高得惊人,经常超过 60%(是中国大陆的 4 倍),以至于在全球率先推出移动电视后,很快就发展了 600 万"用户",而韩国总人口还不到 5000 万。

尽管如此,其 DMB 技术投入运营后还是遭遇市场的严峻考验。收费的卫星 DMB 业务在发展到 120 万用户后就停滞不前,与 250 万户的盈亏平衡点相距甚远。免费地面 DMB 同样举步维艰,唯一收入是广告,但广告价值不及开路电视的 3%,即便全体韩国人都成"用户",手机电视运营也会因成本过高而入不敷出。

估计韩国的手机电视市场培育期会长达 5 年以上,盈亏平衡前累计亏损额将达 12～15 亿美元。

韩国手机电视业务定位不清,造成市场混乱。韩国卫星 DMB 由于定制节目少(新媒体初创期普遍难题),一些潜在用户流向免费阵营。而免费阵营由于收益差,运营积极性受挫,不仅节目质量低下,也造成信号覆盖不足等问题,用户满意度下降,表面上"用户"数不少,真正观看的却不太多(不少人只是买了带视频功能的手机而已),运营方被迫压缩投资,陷入恶性循环。

英国电信打造的 Movio,则与欧盟各成员国的 DVB－H 标准不兼容,以至业务乏人问津。费用偏高也是一大难题,手机上的节目和家里电视机上的没区别,而收看时间往往只有几分钟,付费理由的确很难成立。此外,用户体验"像看一个超小的、模糊的幻灯片,还夹杂着不小的噪音",且在不同的环境下信号质量没有保障。

再看美国。2006 年初迪斯尼推出基于通信网的"ESPN 手机电视频道",但市场却不买账。该业务只吸引了 3 万个超级体育迷,与原计划发展 24 万户的目标相去甚远。

美韩手机电视双双遭遇危机,无疑给其他国家的业者敲响了警钟。

近年来,中国的上海文广集团、南方传媒集团、北京电视台等,都获得了手机电视试验牌照,其他未经许可的省市则被禁止开通。与此同时,广电总局又推荐了 STIMI 的手机电视行业标准。这就引出几个需要考虑的问题,同行应吸取教训:

(1)手机电视的内容提供商将面临与迪斯尼类似的困扰。现阶段运营手机电视节目绝非易事,像 ESPN 这样世界知名的体育频道都被迫出场,更何况中国的参与者。

内容的匮乏与行业壁垒,成为制约中国手机电视业务的两大"瓶颈"。未来四五年内,中国的手机电视运营商都难以赢利。

(2)手机电视服务的定位及成本也不容忽视。正积极部署手机电视的美国高通公司,计划以 MediaFLO 技术在全美布网。高通以手机电视为"奢侈品",故它布的是室外网,总投资预算为 8 亿美元;而中国"准国标"的 STIMI 技术体系所需投资高达 160 亿人民币,比美国高通高出 12 亿美元。

这就不能不使人对其投资主体的落实、平台的运营、竞争力的表现、市场前景及投资回报等表示担忧。标准是国力的体现,但标准的制定者也要密切关注其市场化运营的成败,二者不应脱节。

(3)中国现有的几张 DMB 区域平面网和 STIMI 全国立体网之间的关系将如何处理? 它们和 3G 移动网之间又将如何竞争、合作与"竞合"?

作为新生的媒体形态,手机电视确有其诱人的前景。2006 年 12 月中旬,就在 ESPN 移动即将结业之时,维亚康姆公司(Viacom Inc.)旗下的 MTV 电视频道开始了一项名为"MTVN"的手机娱乐业务,为手机用户提供视频内容;美国高通也将在今年第一季度内与全美最大的通信公司 Verizon,联合推出手机电视服务;未来,ESPN 也许会在有效控制成本后卷土重来。

中国的手机电视业者,在正式开展相关业务前应充分评估各种风险,并预设风险控制的手段。手机电视运营难度相当大,不存在速胜的可能。

与上述各国不同,日本业界成熟的市场理念,移动运营商、终端设备商和广电部门通力合作,推动了手机电视服务在市场培养期的稳步发展。

日本资源配置的高效率体现在六个方面:一是频率资源的科学规划。移动数字电视标准 ISDB – T 预留了 13 频段中的一个段进行移动电视广播,实现了国家频率资源的统筹,也使移动电视节目与地面数字/CATV 拥有对等平台。二是设备的"零投入"。手机电视发射装置和国家地面数字广播一致,节省了大多数前端设备投资。三是节目的"零投入"。四是收视的免费。由于"对等播放",收看手机电视无需付费,降低了用户购买终端的心理门槛。五是全国统一制式、统一资源分配、统一开播,市场推广效果最大化。开播半年终端就已售 160 万台,占手机用户总数的近 2%。六是广电与电信的密切协作。日本移动通信运营商和终端是紧密结合的(通过向厂家定制),广电部门只能通过与运营商合作才能使对应终端到达市场。

水到渠成的手机电视业务,已成为日本三网融合的经典案例。当然,时下消费者多认为手机电视服务只是"有趣",而非"必要",视频节目需求在各项手机应用中排在前 8 位之外,说明即使 3G 概念普及的发达国家,手机电视的用户需求和支付意愿,都还是比较低的。

日本先以低成本启动业务,再逐步放开收费和内容限制,既促成用户基数的快速积累,也给内容制作集成留下了足够空间,将来可生产定制节目,开展数据及互动业务,使行业渐入佳境。韩国能在短时间内发展数百万用户,也与其先期的市场培育、观念普及密切相关,其庞大的 3G 用户群的存在,为移动电视提供了需求基础。

反观中国,手机电视所面临的困难比日韩等国大得多:一是消费者对移动多媒体尚处于认知阶段;二是中高端人群收看电视兴趣远低于韩国,"想看的买不起、买得起的不想看";三是民众习惯免费电视服务,很难让他们为手机电视付费。这些将使手机电视市场培育期更加漫长,估计将长达七八年。因此,资源共享低成本启动、把握节奏循序渐进(如地面广播先于卫星广播等),应成为发展手机电视基本思路,否则,其发展过程将很难令人满意。

目前,中国既有京沪穗的 DMB 试点,也有正在奥运城市部署的行业标准 CMMB,还有刚出台的国家地面数字电视标准 DTMB。因此,科学规划各项技术标准与市场组合十分重要,策略上应以国标为主、以免费为主,资源共享,严格限制在经济发达区域试点,并进行充分的市场测试。

二　中国手机电视发展中现存的问题分析

尽管手机电视的发展前景非常看好,但是,目前我国手机电视业务仍处于起步阶段。受制于技术标准、政策、商业模式、终端等因素,手机电视业存在着许多不确定性。

目前我国手机电视传输画面质量及成本是很大的推广障碍,而且资费过于昂贵。广州移动已推出 20 元的手机 WAP 上网包月套餐,虽然不限流量,但是下载 WAP 网站上的内容则可能会另外收费,具体的资费标准是由手机数据增值服务供应商来指定的。彩图或动画下载一般 2 ~ 3 元,假如看一场足球赛需要 100 多元,那显然是一般观众难以承受的。从另一个角度来看,手机播放电视节目的成本与现有的电视播放节目的成本不成比例,手机媒体留给广告的空间也相对较小,商业模式并不明显,所以淘金者能否从中挖掘到属于自己的金矿,还需要一段时间的观察。

1. 政策问题

我国广电业与电信业之间行业分割,政策规定不能互相进入。但是,手机电视涉及两方的共同地带,广电部门拥有节目资源,而移动终端则掌握在移动运营商的用户手里。电信对手机电视持积极态度,只需有《跨地区增值电信业务经营许可证》即可。但在广电总局方面,手机电视被视为与网络电视相似,采取相同的管理办法,《信息手机传播视听节目许可证》是网络电视与手机电视业务的"准生证"。

2004 年 10 月 11 日国家广电总局颁布生效的《互联网等信息网络传播视听节目管理办法》(国家广播电影电视总局令第 39 号),其中第一章第 2 条规定:"本办法适用于以互联网协议(IP)作为主要技术形态,以计算机、电视机、手机等各类电子设备为接收终端,通过移动通信网、固定通信网、微波通信网、有线电视网、卫星或其他城域网、广域网、局域网等信息网络,从事开办、播放(含点播、转播、直播)、集成、传输、下载视听节目服务等活动。"而第二章第 6 条规定:"从事信息网络传播视听节目业务,应取得《信息网络传播视听节目许可证》,《信息网络传播视听节目许可证》由广电总局按照信息网络传播视听节目的业务类别、接收终端、传输网络等项目分类核发。"国家广电总局还发布通知(《广电总局落实中办、国办〈关于进一步加强互联网管理工作的意见〉实施细则》),对于网络电视和手机电视节目传输的监管正逐步加强。

因此,无论是广电运营商还是移动通信运营商,要想把电视的内容移植到手机终端,都必须持有广电总局颁发的牌照。至今只有上海文广新闻传媒集团在 2005 年 5 月获得中国第一张手机电视的牌照。部分地区小规模试验和商用手机电视,都是无牌照允许的,手机电视业务推广受到极大限制。2005 年初,重庆联通推广手机电视业务的媒体广告就曾"触礁",被市广电局叫停。这些电信运营商以增值业务的名义开展视频业务,而广电对没有牌照的各地公司做手机电视业务也是"睁一只眼,闭一只眼"。可以说,手机电视一直是在政策的灰色地带徘徊。只有在政策层面实现广电部门与电信部门的合作,才能给手机电视业务以强大的推动力。如今,"三网合一"已被提升到宏观经济政策层面,据报道这一精神还会写入第一部《电信法》,得到法律保障。届时,手机电视相关政策也必然明朗化。

2. 商业模式

手机电视产业仍处于商业模式摸索、产业环节构建阶段。

我国手机电视产业链构建尚未完善。所谓的产业价值链指的是以某项核心价值或技术为基础,以提供能满足消费者某种需要的效用系统为目的,具有相互衔接关系的资源的优化配置与组合。手机电视的商业价值链相当复杂:在手机电视产业价值链中,内容提供商是源头,他们把所制作的内容分发给业务提供商,然后由业务提供商将节目打包、集成,制作成适合各种网络标准的文件,分发到广播电视网络运营商、卫星网络运营商和移动网络运营商那里,分别以不同的技术,将内容最终传到用户的手机终端上。

手机电视与传统的移动增值服务有很大差异。传统移动增值服务中,运营商占据主导地位,对服务的营销和计费等方面的控制力度也很强。而手机电视产业链中,广电部门手中有手机电视运营牌照和手机电视节目版权,在整个产业链中具有更多的话语权,因而手机电视的利益分配机制也可能相应重构。运营商独自创生并独占绝大部分市场价值的模式被颠覆,运营商虽然仍然可以获得大部分的市场价值回报,但相当大部分的利益被分配给内容开发商等环节。

电信运营商的优势在于自身明晰的现代企业管理架构,以及丰富的技术和运营经验,但是行业政策方面,电信运营商开展手机电视业务不具备优势,会受到广电管理部门的牵制,并且广电部门具有内容优势。目前较好的解决方案是广电和电信系统合作,只有双方紧密合作,优势互补,才能共同把手机电视的蛋糕做大。

除了运营商和内容提供商的协调发展,要拓展手机电视业务市场,终端厂商的积极配合也是必需的。2005 年 6 月 11 日,多普达和上海文广新闻传媒集团在上海签署了一份战略合作协议。从多普达的手机上可直接收看 SMG 旗下东方龙移动信息公司集成的所有电视节目。这是一次手机终端厂商与内容提供商的合作；此外，手机终端厂商也与运营商展开了合作；2004年，广州移动向西门子、索爱等终端厂商集中采购数千台"电视手机"，联通也开始向三星采购。而以手机分销起家的西泊尔，以LGC950一款手机的包销切入手机视频业，初步搭建起了运营商、手机终端商和SP的合作。

未来手机电视产业分工将更为细化，产业链上下游的相互依存程度也将更高。手机电视的产业链环节各方，包括移动运营商、终端设备商等，需要尽快加强产业链合作与协调，建立健全产业环节间的合作机制以及搭建合作平台，通过互补性合作促进手机电视的发展。

3. 赢利模式存在疑问

目前即使是在手机电视业务发展比较领先的国家，其赢利模式也存在着较大的疑问，可以说国内现在做手机电视的还没有几家是赚钱的。

韩国是全球最早推出手机电视服务的国家，虽然从2005年至今，已经拥有了超过700万的用户，而且到2010年，用户有望增加至2400万（韩国全国人口近半数），但运营商无一盈利，2006年全行业亏损高达3亿美元。美国和欧洲的情况更不乐观，不仅不赚钱，连"人气"都没有，用户数量远远低于预期，和巨额的投入就更不成正比了。

传统的电视产业的收入具有二重性——电视观众的收视费和广告收入，其中绝大部分电视台是靠广告收入赢利。也就是说，电视台把广告时段出售给广告客户，即把观众收看时间卖给广告商从而获得经济回报即广告收入。传统电视属于"一对多"的大众传播媒介，很多时候，观众是免费或以较低的收视费观看电视节目，因而对广告的容忍程度也较高。但是手机是一种私人性较强的媒体，在手机电视上播放广告，是否会对观众造成"时间掠夺"效应，即消耗大量的观众不自愿消耗的时间，导致观众的反感？但是，如果不在手机电视上播放广告，就必须以较高的收视费来进行补偿，观众所节省的时间实际上是以货币支出的方式来替代的。

对于不同的手机电视观众，是愿意少付收视费多接触广告，还是愿意多支付收视费少接触广告，可能会有不同的偏好，因此可以据此延伸出两种不同的手机电视赢利模式。

事务繁忙、消费能力强、对手机电视价格敏感度低的手机终端用户可能不希望过多地受到手机广告的影响，因而可以按照信息流量向这部分受众收取较高的手机电视费用,然后在运营商和广电部门之间进行分成。

但是,对广告主来说手机电视广告又是非常好的广告发布平台,这是由于手机电视广告针对性强,到达率高,有利于精确营销,并且具有互动性。根据业内机构所作的调查结果显示,未来十年手机购物将超越网络购物。手机已成为现代人日常通信的主要工具,手机电视广告将把消费者的购物平台渐渐带向移动化、个性化,手机的互动性使得从手机电视广告到达用户——用户产生购物欲望——具体的购物行为完全可以在极短的时间内完成,方便、简单、快捷。广告收入是手机电视产业的一大块奶酪。为了推动手机电视广告业的繁荣,运营商可以给愿意接受广告的用户适当的资费优惠以刺激业务增长。

只是依赖广告与收视费来赢利,远远不能充分显示手机电视的优势。产业链各方还要开发用户深层次的需求,提高业务创新能力,提高服务附加值,使手机电视的赢利向效益型、创新型增长模式转变。

4.价格昂贵

手机电视昂贵的业务资费也把大部分潜在用户挡在门外。手机的基本功能是语音通信,用手机看电视暂时还只是一项附加功能,因此,手机电视的需求弹性比较大。一旦价格过高,需求量将大大降低。降低成本,确立低廉的资费体系是手机电视面临的一大问题。

目前,中国手机电视业务资费采用的是数据流量费加内容服务费的模式。手机用户使用手机电视业务的第一笔费用是手机上网的流量费用。当前不考虑资费套餐的因素,如果用"视讯新干线"看 1 个小时的电视节目,流量费就要 200 多元。第二笔费用则要付给节目内容提供商,具体收费标准难以一概而论。仅从流量费来看,手机看电视的代价极其昂贵,已大大超出普通用户的承受能力。让运营商为难的是,如果采用包月的方式,资费太高用户根本不会接受,资费太低运营商又承受不了网络带来的压力,因此如何制定合理的资费模式将是运营商直接面临的难题。但有一个方向是肯定的,那就是手机电视业务的资费模式应该是多样化的,而不应该是单一的。

包月制是针对经常使用手机电视看新闻和日常视频的用户。而对于一些版权比较敏感的特定节目,可以针对其收看者采用计次制的收费方式。只有资费降下来,手机电视才有可能在用户中站稳脚跟,因而制定适宜的资费标准,并针对不同的细分市场设计不同的补贴和资费捆绑优惠组合策略是手机电视的当务之急。

目前能接收流媒体的手机大多售价在 3000 元以上,高于普通的手机价格;另外资费昂贵,用 GPRS 收看手机电视,1 秒钟耗费 3KB 流量,按照 0.03 元/Kb 的标准,1 小时要花掉 324 元。这使很多人不得不考虑,这样看电视是否值得。

手机电视业务对终端的要求较高,必须具有操作系统和视频功能,手机用户如果想使用手机电视业务就必须更换终端。但目前市场上支持手机电视业务的手机类型还不多,主要是能够支持视频、音频文件在线播放的手机,平均价格都在 4000 元左右,远远超出了大众手机用户更换终端时可接受的价位。同时,终端还面临着待机时间短和屏幕小的问题。

针对终端价格高的问题,运营商应该加大手机定制的力度,通过规模采购,最大限度地降低终端成本,同时可继续推广积分换终端的销售方式。硬件厂商应该加大研发力度,提高手机电池的待机时间,设计出大屏幕的终端。

5. 用户认知度较低

据一项调查表明,移动用户对手机电视业务的认知率只有18.1%,大大低于目前发展比较快的一些增值业务的认知率,比如铃声下载达到 67.2%、图片下载达到 57.8%、收发彩信达到 48.4%。因此,手机电视业务的发展会受到用户对业务认知的制约。但是在所有移动增值业务中,用户兴趣度最高的业务比例是 14.4%,而对手机电视业务的兴趣也达到 10.4%,这说明用户对手机电视业务的兴趣还是比较大的。

手机用户在成为某项新业务的忠实用户之前,一般都会经历 5 个步骤。从认知到认可、从认可到愿意使用、从愿意使用到成为用户、从成为用户再到依赖此项业务。认知乃是 5 个环节之首,也是至关重要的一个环节。如果用户对手机电视业务没有认知,就谈不上认可和使用。所以,手机电视运营者应该多渠道、多方式地宣传手机电视业务,尽最大可能提高用户对手机电视业务的认知度,最大限度地扩大手机电视业务的潜在用户规模。

6. 技术尚存"瓶颈"

在 3G 发展的初级阶段,终端问题是关键因素,终端普及率的上升将对手机电视业务具有决定性作用。终端用户多了,捆绑销售的手机电视等数据业务就具有规模效应。

但是视频手机的一些缺陷却成为制约手机用户发展的"瓶颈":

(1)种类缺乏。目前具有视频功能的手机机型较少,不能满足消费者个性化的需求。

(2)价格昂贵。支持视频服务的手机终端不仅需要语音芯片,而且需要有处理视频的芯片,这使得手机价格不菲。

(3)电池使用时间短。现在的手机待机时间一般都在 3 天到一周,如果收看电视节目,可能会使手机电池的使用减少到不足 8 小时,在某些情况下可能减少到不足 4 小时。待机时间短不但让用户看手机电视时不能尽兴,而且手机电池耗尽,无法发挥最基本的通信功能,会降低用户的购买视频手机的欲望。

(4)视频手机的尺寸、显示屏的尺寸和显示质量也是值得注意的问题。现在的手机待机时间一般都在 3 天到一周,如果收看电视节目,估计用户还没过瘾手机就没电了。在这种情况下,移动视频的移动特性和优势是无法体现的。由于手机的屏幕较小,与电视相比,通过手机收看电视的视觉效果显然要差得多。

为发展手机电视,终端厂商正积极研究新一代的电池技术。由于接受视频节目十分耗电,使得手机待机时间不尽如人意。日前,日本 NTT DoCoMo 等公司都表示,正在开发新型燃料电池,使得待机时间不再成为手机电视的"瓶颈"。

手机电视不仅要挑战传统电视的播放模式,还要保证能够与传统电视相媲美的收视效果,才能大量地吸引已经习惯了传统电视播放效果的用户。手机电视的播放效果与网络的传输速率紧密相关。目前,中国移动运营商主要是通过 2.5G 或 2.75G 网络传输技术来传输手机电视节目,由于当前移动通信网络的传输速率仅在数十 kbps 左右,因而手机电视业务不论是声音还是图像效果,均无法与普通电视相提并论,手机电视更像是"手机幻灯"。如果使用手机电视业务的用户数量上升,网络障碍将更加明显。

就各地试运营的情形来看,中国移动和中国联通运营商目前主要是通过 2.5G 或 2.75G 网络传输技术来播放手机电视节目,移动采用了通用无线分组业务（GPRS）技术，该技术平均速率在 40kbps 左右，而联通通过 CDMA1X 开展手机电视传输试验，平均速度在 100～150kbps 左右。现在除内置播放器的电视手机以外，其他手机都须下载安装流媒体播放器，才能收看电视。但现在用户无论使用哪种手机，图像播放帧率都不高，一般在 12 帧/秒左右，这样的帧率比起普通电视节目的 24 帧/秒来还有不小差距，难以达到电视实时传输的平滑效果，从而大大降低了用户使用的满意度。据上海新生代市场研究有限公司调查，因网络质量差而引起手机电视观看效果不佳，是造成上海地区手机电视试用用户与该业务不贴近的主要原因。而即便是这种收视效果，也是在用户数量较少的情况下取得的，如果用户数量快速上升，并发用户增多，那么就算使用 3G 网络也难以满足用户对传输效果的期望。

在 3G 尚未商用的情况下，移动运营商的网络不论是速率还是带宽都无法真正满足手机电视业务的发展要求。此种情况下，移动运营商就必须考虑究竟要把手机电视业务作为 3G 预热业务来发展，还是作为现金流业务来发展，因为网络传输速率跟不上业务发展要求的话，将会打击用户使用手机电视业务的热情。

7. 内容创新性有待提高

手机电视困难较大的是内容。有丰富的视频内容才能使手机电视具有特色吸引力，特别是在手机电视的发展初期，更要控制内容质量，注重品牌培养。

手机电视与普通电视最大的不同在于手机电视的屏幕太小，手机电视节目必须要适应这种移动性的应用，同样播放一场球赛，用户不可能愿意在手机电视小小的屏幕上看 90 分钟，而精彩进球画面和比赛结果做成的剪辑就更适合手机电视。因此，这就需要为手机电视制作特定的节目内容，而不是全盘复制现有的广播电视节目。我国目前手机电视的内容很多是直接移植传统电视台的节目。以中国联通的视讯新干线为例，它提供给手机的新闻节目是凤凰卫视资讯台、央视 1 台、央视网络电视 5 台等，体育频道里是央视体育 5 台、南京体育台等。视讯新干线少有专门针对手机电视制作的节目。

如果手机电视的内容和传统电视内容相差无几，仅仅是用手机的"新瓶"装电视的"旧酒"，人们还不如看大屏幕电视来得舒服。美国咨询机构 Deloitte 甚至预测，只是简单地将传统电视内容移植到手机屏幕，是没有充分理解手机的使用方式、手机使用的社会内涵及移动设备的局限性的表现。

在内容个性化方面走在前头的是上海文广新闻传媒集团旗下的东方龙信息有限责任公司，2005 年 2 月，东方龙制作播出了手机电视第一部短剧《新年新事》；6 月，它投资的国内首部手机互动情景剧《白骨精外传》正式开机，为城市中的"白领、骨干、精英"定做，每一集只有 5 分钟；用户可直接参与电视剧情的进展，通过手机 WAP 站点，用户一边看电视一边可以玩短信游戏，还可以发表实时评论，对剧情进行预测。此外，北京乐视传媒也在推出其手机电视连续剧《约定》。这部现代爱情剧共 5 集，每集 5 分钟。

要丰富手机电视的内容，亟需更多具有创新性的内容提供商加入到此行列，不断发掘终端用户对用手机看视频的潜在需求。除了视频内容，娱乐游戏等因素也值得重视。从未来的发展趋势看，娱乐活动将获得更多手机用户的青睐。在一些发达国家，这一趋势已经得到体现，即无线娱乐业务的增长率开始高于语音业务的增长率。手机电视的内容提供商要重视用户对娱乐价值的诉求，利用手机电视的互动性，把一些娱乐因素融入手机电视的内容中。

手机电视业务的发展还需要解决好知识产权方面的问题。例如，为凸显 535 型手机强大的视频功能，多普达在 535 型手机的主页面上设置了中央电视台网站央视国际的链接，结果多普达被央视公众公司一纸诉状告上法庭。为了丰富手机电视业务的内容，运营商应该制定合理的分成模式，充分把电视制片商、电影制片商、MTV 制片商吸引到合作阵营之中。还应该最大限度地调动 SP 的积极性，鼓励他们开发手机电视业务内容。

第 4 节　中国手机电视标准选择的背后

在全球手机电视播放标准领域有三大标准：

第一种，单独基于移动通信网络的技术标准，这种技术标准是采用流媒体技术在移动通信网络上运行，中国移动和中国联通所推行的基于

GPRS 以及 CDMA 的手机电视业务即是采用这种方式。

第二种,采用卫星传播的方式来接收电视信号的 DMB－T（Digital Multimedia Broadcasting for Terrestrial）标准,这种方式在韩国比较流行,三星已经推出了支持这种标准的手机。

第三种,就是 DVB－H（Digital Video Broadcasting Handheld）,是欧洲的数字电视标准组织（DVB）对地面数字广播网络向便携/手持终端提供多媒体业务所制定的手机电视播放标准传输标准,这种标准融入了数字电视和移动电话技术,只需要在手机里安装微波数字电视接收模块,就可以通过地面广电系统的无线电视基站接收电视信号实现收看。

中国虽然起步较晚,但也推出了一些相关标准,比如 CMMB 技术标准就是英文 China Mobile Multimedia Broadcasting（中国移动多媒体广播）的简称。它是中国自主研发的第一套面向手机、PDA、MP3、MP4、数码相机、笔记本电脑多种移动终端的系统,利用 S 波段卫星信号实现"天地"一体覆盖、全国漫游、支持 25 套电视节目和 30 套广播节目,是国家广电总局颁布的手机电视行业标准。

从技术上看,手机电视不管采用哪种标准,对于手机制造商来说都可以实现,手机电视标准对于手机制造商来说不存在技术门槛。相对电信运营商来说,手机终端制造商的议价能力较弱,而手机电视技术上的壁垒较小,这就让电信运营商有了更多选择。

一　两大标准之争羁绊中国手机电视的发展

目前,国内手机电视标准主要有两种:广电版的 CMMB 和电信版的 TMMB。2008 年 6 月 24 日,TMMB 标准正式被认定为我国手机电视/移动多媒体国家标准。与 TD 版的手机电视不同,广电版的手机电视是利用数字广播电视技术,通过卫星来传播的,其收看效果不受带宽的限制。

CMMB 标准是国内自主研发的第一套面向手机、PDA、MP3、数码相机、笔记本电脑等多种移动终端的系统。国家广电总局在 2006 年正式颁布 CMMB 标准为移动广播多媒体业务行业标准。CMMB 的技术优点在于只要用户的手机具有 CMMB 模块,就可以不通过手机 GSM,也不通过 GPRS 流量,直接通过无线广播观看手机电视。

TMMB 标准于 2004 年在当时信产部推动下开始研发,TMMB 能全面兼容国际多媒体广播标准 DMB 和国际上两大手机电视标准 DAB – IP 和 TDMB。2008 年,TMMB 标准在我国手机电视"国标"评选中胜出,成为国家推荐标准。TMMB 技术优点是有可能使覆盖欧洲、亚洲、加拿大和澳大利亚的 DAB 继已实现全球漫游的 GSM 手机之后,成为另一个具有全球漫游服务功能的系统。在 TMMB 标准下,手机电视采用 GPRS、CDMA 或者 3G 的 TD – SCDMA 等数据传输方式,可以将电视节目内容压缩打包发送,通过手机在线观看。

目前,我国手机电视标准之争仍在延续,羁绊手机电视发展。但是,2009 年出现了转机。2009 年初,根据工业与信息化部电信研究院泰尔实验室发布的消息:为了推动自有 3G 标准 TD 的市场化应用,工信部将仅允许 TD + CMMB 手机进行入网检测,其他通信制式与 CMMB 的组合,如 GSM + CMMB 和 CDMA + CMMB,将不会进行入网检测,换而言之,除 TD 外的具备 CMMB 功能的手机,将不会获得官方认可的入网许可证。

TD 与 CMMB 终端的融合开启了电信和广电融合之门。

TD 与 CMMB 的结合,是各自所代表的行业在面临向用户提供业务时,充分发挥己方优势,借助对方弥补自身不足,携手满足用户需求的一种理性选择。

通过 TD + CMMB 的组合,让兼具移动通信功能和移动电视功能的两个终端合而为一,初步实现了电信业务和广电业务在移动终端融合,为下一步电信和广电的融合提供了条件。

TD + CMMB 终端的出现,也为电信和广电共同规划未来的移动业务,以及建立共同的业务管理平台提供了条件,进一步推进了电信和广电的融合。

从这个意义上说,TD + CMMB 手机终端开启了电信和广电融合之门。

在目前 TD + CMMB 的终端解决方案中,采用的是 TD 芯片组与 CMMB 芯片组各自独立的解决方案。这并非是 TD + CMMB 厂商有意为之,而是因为目前市场上并没有 TD 与 CMMB 的融合解决方案。直接的后果就是由于 TD 和 CMMB 各自使用独立的基带和控制 IC,两者之间仅仅通过功能总线接口连接,这造成 TD + CMMB 终端成本高昂,终端高耗电大以及系统协同管理上的困难。

从这个意义上讲,目前的 TD + CMMB 还不能算是严格意义上的融合终端,只能算作是 TD 和 CMMB 两种功能的组合。因此,研发真正意义下的融合型终端,是当前增进用户体验、推进双网融合的重点。

但是,电信和广电的融合仍需有很长的路要走,真正的融合是终端及网络的全面融合。虽然移动视频业务和移动视频手机终端的出现,为电信运营商和广电运营商的合作提供了难得的契机,为我们盼望已久的电信网和广电网的融合带来了希望,但我们也要清醒地认识到,目前距离真正的电信网和广电网融合,还有很长的路要走。

二 3G 移动时代电信和广电互有所需,合作是双赢之道

固网时代的电信运营商和广电运营商,在各自的领域都占据了绝对的优势:电信运营商建成了覆盖全国的语音和数据通信网络,并成为互联网信息资源的主传输通道;广电运营商建成了覆盖全国的有线电视网络,并牢牢掌握了视频内容的采集和发布权。

在森严的政策壁垒下,电信运营商要向其用户提供视频内容服务,必须获得广电的内容授权;而广电网络要向客户提供语音和互联网服务,则必须取得宽带出口权或者与电信网络互通。

固网既得利益格局下的电信和广电,因在各自领域占据了垄断地位,使得双方都埋头于自家的"一亩三分地",业务即便有交叉,双方也少合作,矛盾和冲突频繁。反观国外,电信网和广电网的融合已基本实现,在国外并不存在国内意义下严格电信运营商和广电运营商的区隔;但在国内受制于行业分割和利益分配,电信和广电的融合一直未有大的动静。

电信运营商的 IPTV 业务一直处于地下状态,IPTV 用户井喷盛况远未到来;而广电进军互联网业务,也遭到了电信运营商的抵制。

随着固网语音业务和广电有线电视用户市场的逐步饱和,电信运营商和广电运营商都面临着全业务转型和寻找新的利润增长点。通信产业上马3G业务和广电移动电视的开播,为电信和广电实质性的合作,打开了一道新大门;移动信息、移动通信为两网的合作、电信网和广电网的融合,提供了一个契机。

首先,两大行业运营商都面临原有业务滞涨,面向全业务转型的压力,对"杀手级"业务的渴求,是双方合作的内因。

一直以来,电信运营商以提供语音通信和互联网接入服务为其主要收入来源。但随着 VoIP、P2P、Skype 等新兴互联网技术的出现和广泛应用,电信运营商的语音收入不断降低,导致电信运营商有沦为互联网"通道商"的趋势。反观广电运营商,虽然在大力推行有线数字化战略下颇有成效,但城市用户的逐渐饱和是不争的事实,鉴于巨额的有线双向网络改造费用以及改造后的有线增值业务发展前景,广电迫切希望寻求一种新的业务模式,切合广播电视承担的喉舌宣传任务,并拉动广播影视新业务发展。

3G 时代,以经营语音业务为主的传统电信运营商,面临着转变为"信息服务商"的压力;而广电也背负着向"移动人群"随时随地提供广播电视服务的重任。通信运营商对"视频"业务的迫切需求,和广电运营商对"移动"业务的热衷,使得这两大行业运营商在向移动客户提供业务服务时,出现了内容和形式上的互补性交叉,双方目标客户的高度重叠,新业务形式上的互补互助,使得两大行业运营商有了彼此合作的强烈需求。

其次,电信和广电在向用户提供移动视频服务时,各自服务手段的不足,成为促成双方合作的推手。

频谱资源的不足和内容资源的匮乏,是电信行业在满足用户移动视频业务过程中的最大制约因素。广电所拥有的 470～798MHz 的 u 波段载频,不仅在无线传播特性上大大优于目前电信运营商所掌握的 3G 频段;更在频谱资源的成本上占有巨大的优势;而电信运营商所拥有的可靠的上行链路,为广电运营商的交互式视频服务和视频点播服务提供了必要的条件。丰富的下行频谱资源是广电向移动用户提供服务的优势,但上行手段的缺乏是广电为用户提供个性化服务的最大短板。

从这个角度来看,电信和广电运营商在提供移动视频服务时,各自的不足是促成双方合作的直接动力。而 TD + CMMB 两个中国自有知识产权的结合,便成为电信和广电相互需要的推手。

合作是融合的前提,在终端和业务逐步走向融合的情况下,电信网络和广电网络的网络融合也是可以期待的事情。尽管在这中间可能仍存在种种波折甚至挫折,但国外运营商的实践已经用事实告诉我们:在业务和终端逐步走向融合的情况下,电信网和广电网的最终融合是市场竞争的必然选择。

手机电视作为跨两个行业的业务，虽然融合中存在很多难点，但是由于移动产业和广播产业的融合可以为消费者提供真正意义上的低成本、高质量的手机电视，所以其理想的商业模式应该是一种合作共赢、各自发挥优势的模式，移动产业和广播产业的融合是未来手机电视的发展趋势。

TD 标准手机电视的特点是利用流媒体视频播放技术，通过 TD 标准的 3G 移动通信网络向手机点对点提供电视广播等服务。其特点是可以向用户提供个性化服务，并且可以开展点播业务，用户可以凭借自身喜好进行节目的点播。

CMMB 是利用数字广播电视技术，通过地面或卫星广播电视覆盖网向手机等接收终端，点对面提供广播电视节目。两种方式的手机电视各有侧重，所聚焦的市场和人群也有所差异，长期共存是有可能的。

实际上，CMMB 所覆盖的受众主要集中于中低端用户群。他们使用 CMMB 手机电视功能的目的就是通过手机来观看电视节目，从而获得简单的文化生活。这个群体对节目清晰度以及节目的片源都没有太高的要求，需求主要停留在"有和无"的层次。而 TD 标准的手机电视已经不仅能够满足电视信号覆盖的问题，还能够满足中高端用户群体对手机电视内容点播服务的需求。

用 CMMB 观看电视节目，价格便宜，不走流量。而如果需要互动，或者收看在传统电视节目里没有的短视频电视节目，则可以通过 TD 制式的流媒体方式来观看。

实际上，TD 是我们国家自主知识产权的第三代移动通信技术标准，CMMB 也是我国拥有自主知识产权的广播电视标准，两个标准相互支持，共同发展壮大，对我国的民族产业和国民经济发展有着重要意义，也是各界最希望看到的双赢结果。

第7章　移动博客

2005 年的岁末,一种象征着草根文化的新兴事物正在吸引着人们的眼球,那就是移动博客。所谓移动博客,就是在手机上使用博客。用户通过安装在自己手机中的移动博客插件 MRabo 与 blogcn 的用户 ID 及密码进行绑定后,便可随时随地通过手机查看和发表日志,上传手机图片,与好友在线聊天,查看相册、音乐以及建立通信录等。在一大批 Web2.0 模式的博客网站不断涌现之际,移动博客这一新生事物也逐渐崭露头角。国内已经出现了 FZONE、掌上博客、魅力网络等一批提供移动博客服务的新型网站。使博客真正具有了手机功能:用手机 WAP 阅读博客网志,用手机彩信发布网志,用手机 WAP 对网志发表评论,用手机 WAP 管理和维护自己的网志,诸如建删改分类,删改网志,设置网志发布状态(公开、朋友可见和私密),管理自己的图片库,好友管理等,博客的基本功能都可以通过 WAP 实现了。

通过高效、廉价的信息技术或设备迅速集结一大批具有相同爱好的人,这被虚拟社会研究专家霍华德·莱因戈德称为"聪明暴民"(Smart Mobs)。在他的著作《聪明暴民:下一代社会革命》里,霍华德指出:独立记者并不比整整一大群业余创作者重要。所以,通过手机来实现的未来博客,或许不会再像现在的媒体那样,由一帮小心翼翼的编辑,小心翼翼地制作着一部部小心翼翼的出版物。它会以一种奇特的组织方法出现:一个个独特的标题,被你手机通信簿里的人推荐着;越重要的新闻,做推荐标志的人自然就越多。到那时,新闻创作与信息消费,主体都会是"聪明暴民"。博客们想在网上张贴他们的想法与经历,肯定不只是想用文本,同时也会用图片和多媒体等形式。其实,在手持终端上打字太困难了,移动博客可能更适合向声音发展。

移动博客作为一种新兴的事物,尤其是它能给移动运营商带来巨大的流量,在未来将会在移动数据增值业务中占据一个比较显著的地位。

　　移动博客的应用会使每一个手机使用者都会成为信息的受众和信息的发布者。这将颠覆整个信息传播的模式：从以权威的信息发布为中心，到以个人的信息发布为中心从而颠覆整个传播秩序。手机博客的使用越发显示出手机作为一种新兴媒体的魅力。手机越来越会成为一种媒体，成为人们随身的信息终端。未来每个人都有可能成为媒体记者。

　　如何确保信息的安全，如何确保信息传播不会造成社会信息的混乱，如何确保病毒之类的东西不通过手机博客传播，将会给政府监管部门带来难题，这不仅涉及工业和信息化部，而且涉及广电部和公安部。因此，在技术上、产业政策上甚至是政治上，都还有很多问题需要解决。在未解决好这些问题前，手机博客的发展充满了不确定性，应该慎重。

　　结合了手机的博客，可以使任何人在任何时间和任何地点都可以通过手机上网玩博客，而拍照手机又拓宽了网志的内涵和外延，使博客们可以通过照片语言来表达自己的情感、观点或者关注。

　　手机能随时随地上网的功能让更多的人可以成为博客了。而成为什么样的博客就取决于每个博客自己了。换个角度说：手机博客其实就是你自己的自我媒体，在不违法的前提下，把自己包装成什么都可以。旅游、会议、展览、生活和工作、出差旅途中、演出现场、选美比赛、突发事件、事故或重大活动现场、体育赛事、记者采访、追星、商品广告、宠物、个人生活百态、社会生活百态、特殊群体生活百态、股民百态、校园生活、海外留学生活、民俗风情、纪念照、各种自然现象、上下班途中、假日生活、聚会情景、购物情景、感人情景、运动休闲情景、娱乐情景、餐饮情景、工作情景、汽车、游戏、建筑与房子、装修装饰、公益活动、古董器物、植物花卉景观、户外广告、夜景、城市景观、灵感遐想记录、触景生情杂感、热点评论互动等，可以是专注于某一领域或某一项，也可以是涉足自己可及的不同领域。用户可以把手机博客经营成一个大众性的，也可以是朋友圈的，还可以是完全私密的，就像自己的日记。国外有不少博客网站已经成为广告商们青睐的广告载体而从中获得经济收益，以补偿博客们在经营自我媒体的开销。

　　博客文化其实是草根文化，意味着我们不能从非常专业的角度去审视博客的作品。无论是文字、照片还是声音，博客的语言大多数看起来是杂乱无章的，星星点点的，可能就是一个字两个词而已，每天的视角不同，每天的重点不同,每天的心情和想法不同,甚至每个时刻都有着截然相反的情绪。正是这样的特点,才让人们称其为草根文化。面对这种文化,要抱着包容的态度。手机博客每时每刻都在引导人们观察、记录、思考、交流和沟通。

第1节　手机博客的特性

手机博客是手机和互联网博客相结合的产物,在互联网博客业务日渐兴起之时,面向手机用户的移动博客也开始崭露头角。Google在2004年5月推出可用手机邮件更新网志信息的移动博客(Mobile Blog),7月,国内首家手机博客网站万蝶移动博客(wap. pdx. cn)上线。随后数十家移动博客网站相继问世,并派生出手机拍客等很多博客形式。

一　手机博客的技术特征

从现有的技术来看,手机博客的主要实现条件分为两种:MOBLOG模式和WAP模式。两种模式不太一样。MOBLOG是通过彩信来发送BLOG的,以图片为主。WAP主要有两种,一种是通过WAP访问博客网站,手机此时类似于掌上电脑,只是使用了无线网络,可以进行插入图片等各种操作;另一种是访问WAP网站的博客,主要是从手机上访问博客网站,基本上不能添加图片。

后来还有一些Kjava的手机博客程序,比如中国博客网(BLOGCN)推出的移动博客插件MRabo,可以和用户ID和密码进行绑定后,随时随地地通过手机进行网站内的各种博客操作。但是,这种程序需要安装,虽然功能比较多,却比较麻烦,也人为地添加了一些用户门槛,使用的人并不是很多。

目前使用得比较多的是MOBLOG,MOBLOG这个单词是由"Mobile"和"Weblog"两个词复合而来,即利用移动便携设备(比如手机或PDA)将内容发布在网络上的一种形式,这正是一种基于可以从移动设备发布信息的技术。最早的手机博客产生于日本,这里也是世界上第一部拍照手机(内置摄像头的手机)被广泛应用于商业的地方。MOBLOG的核心思想就是"一张照片可以告诉我们无数的事情"。通过发布照片,通过移动博客们向阅读者展示的视角,阅读者可以真实地体验事件发生的时间场所和过程,文字通常并没有图片那样的表现效果。MOBLOG 在人们拥有照相手机并能利用自己的账户方便使用网络上传照片的时候,越来越广地被人所熟知并使用。

WAP(Wireless Application Protocol)是由爱立信(Ericsson)、诺基亚(Nokia)、摩托罗拉(Motorola)等通信业巨头在 1997 年成立的无线应用协议论坛(WAP Forum)中制定的,可以把网络上的信息传送到移动电话上,用户可以通过 WAP Gateway 直接访问一般的网页。

万蝶博客上线之初,正是结合当时国内日益红火的 WAP 应用,不仅提供网站博客(www.pdx.cn)服务,同时开发出 WAP 版本。用户可以通过手机 WAP 阅读博客、发布网志、对网志发表评论、管理和维护自己的网志,诸如建删改分类,删改网志,设置网志发布状态(公开、朋友可见和私密)等,已经把博客的基本功能都在 WAP 上实现了。

北京万蝶网络科技 CEO 项方伟在访谈中介绍了万蝶网的 8 种发布方式,包括短信、彩信、彩 E,手机邮件、电脑邮件、手机 WAP 上传多媒体、电脑 Web 网上发布、手机 WAP 网上发布。短信方式只要发送到一个特定的短信代码,彩信发送到一个指定的邮箱地址,手机 WAP 上网可以直接在线编辑。上传到 WAP 上的内容会自动和 WEB 上内容同步,用户可以任意选择自己方便的发布方式。这里,强调了一个互联网和手机的双栖发布模式,更能够发挥手机博客随时随地的便利性。

从主流的使用来看,MOBLOG 和 WAP 各有各的好处,MOBLOG 只能发布博客,不能浏览,但发布图片比较方便。WAP 方便浏览,发送图片比较困难。

MOBLOG 实际上就是将一个有图片文字的彩信发送到一个地址上,通用的做法是发送到一个 E-mail 地址上,国内有些做法是发送到一个服务号码上。服务器接收到这个彩信后经过处理发布到用户的博客上。为什么通常是发送到 E-mail 地址上呢? 因为 E-mail 地址是最通用的,不受服务商、国家限制,服务号码受服务提供商限制,而且还需要花钱申请。

对于用户来说,也出现了一定的费用问题,发彩信是要钱的。同时 E-mail本身是一个不稳定的服务,可能延时或者丢失,通过这种模式进行的博客网站本身并不是特别稳定。

二 手机博客的优势

因为并没有什么技术难度,目前国内的博客网站基本都已经开通了移动博客。但是,在普及上还存在着一定的问题,主要是由于彩信及WAP 费用相对较高,不过喜欢手机博客的人就会非常喜欢,主要原因在于比较方便。

1. 便携性

手机具有高度的便携性,已经成为人们日常生活的一部分。北京大学新闻与传播学院的陈刚教授认为,手机有着任何媒体无可比拟的优点,它是唯一一种"带着体温的媒体"。

当这样的媒介为博客使用时,人们发现,可以边走路边写博客了。对于工作生活比较繁忙的用户来说,平时不一定有时间写长篇的博客,现在他们可以在上下班或者有三五分钟空闲的时候,随时写上两句,手机的便携性也使得信息的送达率达到最大化。

2. 实时性

由于可以贴身携带,手机是一种移动性很强的媒介,手机博客的最大特点就在于实时、方便,特别是对于一些突发事件。人们在大街上看到什么,拍下来,马上就能发到网上。按照网站博客的模式,还需要把数码相机的照片传输到电脑,然后再发。

手机使用的便捷性和传播的即时性,无疑大大提高了手机博客发布的实时性。

3. 互动性

手机传播本身就是开放的互动式传播,传播者和受众之间,可以单向、双向甚至多向沟通。无线互联网和手机的结合更保证和提升了传播终端用户的互动性,无线互联网是以手机为媒体终端建立的无线网络,随身性极强,相对于有线互联网络来说,它在使用上更加方便,信息传播更加及时。

"交流"是手机天生的优势,在手机博客社区中,有很大一部分人群,以"沟通"为目的。与电脑相比,因此移动博客的内容多体现为手机拍摄的图片,这恰好凸显了移动博客在交流方面的价值,同时,相较于互联网上的即时通信工具，这种沟通可以在一个更可靠的平台被记录下来，易于内容的积累，便于进一步开发。

4. 多媒体

从 2002 年开始，国外很多狂热的博客爱好者开始不满足于文本形式的网络日志，想到了利用自己的相机拍下身边景物把图片上传到网络进行交流。拍照手机的问世，更为他们提供了另一种拍照和传输照片的方式，即利用拍照手机拍摄图片发送到相应的邮箱，利用网络日志中自带的 Mail – to – post（邮件自动发送表）和处理邮件附件功能，将这些照片自动粘贴到自己的网络日志中。

2005 年，已经有 75% 的摄像头被装置在手机上。随着 3G 时代的到来，手机可以借助文字、图片、图像、声音等任何一种方式来进行传播活动。有了 3G 的传输速度保证，手机技术的不断发展，从原先简单的文字图片，到现在的音频视频，以及结合无线网络的实时语音影像，现在已经都成为可能。在各个手机博客提供网站，手机博客的用户人群也在不断上升。

各种形式的互补和替代，让手机博客发布有了一个更广阔的平台。

5. 用户量

手机博客发展的一个很大优势在于它庞大的用户量。

相对于计算机来说，手机的用户准入度更低，作为一个日常应用型工具，它并没有设置什么技术门槛。比如日本的 I – MODE 手机，每部手机都会设置一个"I – MODE"键，用户只需一按，就可以开启菜单，任意浏览想浏览的页面。对于新手或者不喜欢反复步骤的人来说，这实在是个好东西，它已经不像那些高高在上的设备一样，还要先学习复杂的操作系统。对于手机来说，它的用户潜力是无穷大的，机器越来越便宜、信息越来越多、传输越来越快，手机呈现出大众化、平民化趋势。

结合到零门槛的博客应用，最多用户的最大生产力被发挥出来，手机是比计算机更"草根"的博客平台。

三 手机博客的"瓶颈"

对于手机博客来说，手机终端有着它本身的独特优势，同时也是其"瓶颈"所在。手机输入法是其无法和电脑相比的劣势，手机作为一个便携式终端,并不便于输入文字。一个字一个字地通过手机敲上去,对用户的耐心是一个极大的考验,使用手机经营的博客,篇幅一般都比较短小,难以形成深度交流。

同时,国内目前无线互联网络的传输速率,在传送稍大一些的文件时,往往把用户磨得兴趣全无。

费用问题在目前来看,也是制约手机博客发展的一个障碍。在中国,活跃的手机上网用户有一大部分是学生身份,对他们来说,彩信和 WAP 的费用是一笔不小的支出,即使是普通用户,习惯互联网免费晚餐的群体也很难认可收费模式。在韩国取得了极大成功,但在中国却不温不火的赛我网,在无线方面的发展就遇到了"瓶颈"。在韩国,"移动赛我"占据了赛我网 30% ~ 40% 的收入来源,韩国用户非常习惯于付费的手机上传下载,与朋友交流;但是在中国,即使是用彩信更新移动个人空间也会嫌贵,赛我网所推出的 9 元包月的"移动赛我"服务发展得就并不理想。同时,移动网络这一新兴产业的政策仍不明朗,也给市场发展带来一定困难。

手机,作为博客的发布媒介,是对用户在空间和时间上的解放,同时,也带来了一定的物理性缺陷。手机作为一个便携语音工具,在文字编辑方面有着先天的不足,在信息的采写速度上,远远不能和电脑相比。手机功能的设置还比较复杂,很多手机终端还不具备相关功能,手机的资料管理、显示能力、存储空间都远远不能满足已经习惯了互联网的网民的需求。现有的无线互联网络传输速度也远远不能和有线网络相比,即时可以传送图片、摄像,又有多少用户愿意慢慢地等待其上传。

手机博客要发展,要依赖于 3G 的大规模商用化,在 3G 手机高速度、多媒体、个性化的发展趋势下,手机博客才能突破信息量小,表现形式单一的技术限制。

随着手机多媒体功能的增强,其拍摄功能带来的各种负面隐患就一直让人们担忧。拍照手机的偷拍问题一直是一个引起大家争议的话题,随着彩信业务和手机博客的发展,用户隐蔽拍摄的图片可以立刻点对点甚至点对面地传播开来,出现了不少用户有意或者无意侵犯他人隐私权、肖像权和名誉权的情况,负面事件屡屡发生。

2005 年出现在韩国的"狗屎女"事件甚至引起了"网络杀人"的讨论。

事情原委大致是韩国一女子带着自己的宠物狗坐地铁的时候，宠物狗留下了排泄物，当周围的乘客要求她清除时，她反而对劝导的乘客进行辱骂，最后下车一走了之。立刻，有人用手机拍下照片并传到了网络上，给该女子起名"狗屎女"，成为韩国各大社区和博客的热门话题。最终，甚至连该女子的姓名、家庭地址等私人信息都被公布在网上，同时她的父母亲人全部被牵扯在内。这一事件引发了道德监督和个人隐私的广泛讨论。

人们开始疑问，摄像手机、互联网络这两种科技结合在一起的时候，它究竟可以产生多大的威力？"狗屎女事件"不仅在韩国上下引起激烈争论，还漂洋过海到了美国，成为美国博客的热门话题。许多人将手机和互联网络变成一种"武器"，一种在战场上攻击敌人的武器。类似事件只是冰山一角，利用手机先进功能或互联网络恶意中伤、诽谤、诬告他人，以及进行不正当行为的大有人在。

随着拍照手机的普及，越来越多的不法之徒利用手机进行不道德地偷拍，互联网上经常流传着通过手机偷拍的劲爆图片，一些国家已经意识到这一问题的严重性，也开始限制这种"隐蔽照相机"的使用范围。

当用户可以更方便地把内容发布在网络上的时候，对于行为后果考虑的时间也相应地缩短，用户更容易在现场环境中做出偏激举动。

同时，用户不论选择何种方式用手机更新博客，必然面临着资费问题。不论是 MOBLOG 的彩信费用，还是 WAP 的 GPRS 流量费用，对于习惯了免费有线互联网的用户来说，都是一笔额外的开支。

其次，虽然手机博客发布形式已经给了用户多样选择，真正连接手机和互联网的互动形式却少之又少，诸如移动增值服务之类更多的是单向地利用互联网查询选择功能实现手机订阅。大量服务提供商并不能提供既能突出手机随身信息终端的优势，又能兼顾互联网优势的服务。而对于手机博客提供商来说，运营商又是他们业务发展的衣食父母，而运营商的政策却往往让整个产业陷入困局。有人认为无线互联网产业是老鼠，运营商是猫。对于手机博客服务提供商来说，大量的精力并不能完全放在用户服务上。

博客作为一个个人出版平台，其与生俱来的自由特性也使得把关人缺失，难免会有一些个人化的情绪充斥在网络空间。在个人的内容传播上,博客具有相当大的便利性,尤其是内容上传到网络以后,会产生一定的影响力,那么,作为写作博客的用户来说,也应该承担一定的义务。因为被学生在私人博客上指名道姓地辱骂,南京大学教授陈堂发将总部设在杭州的中国博客网告上法庭,由此引发"中国博客第一案"。

手机博客的发布环节更加迅速便捷,必然存在着管理真空,更需要合理的法律规范、引导,保障其健康发展。

第 2 节　手机博客新闻

一　博客新闻的可能

在博客日渐普及的情况下,其在实务上的发展也相当迅速,零门槛的特质使得使用者更容易在网络上书写与交流,大大丰富了网络的内容,网络的传播速度和社会化网络的应用使得其可能成为一座个人的新闻平台。博客的兴起带来"我即媒体(We the Media)"的实现,将网络对于传统媒体的冲击推向更多元的境界,如果受众善用了这些工具,可以将永无止境的想法,转变成意想不到的新闻业形式,拥有丰富信息的个体可以利用网络参与各种新闻中的对话,他们将转变成新闻的积极使用者,而不只是消费者。

关于博客作为一种新媒体对传统媒体的影响,基本观点有二:一种观点认为它自媒体的本质决定了其不可取代传统大众媒体和新闻组织。它所能做的,是给传统大众媒体提供有价值的补充,并且促使其进行积极的变革。另一种观点认为博客有望成为公众的网络信息代言人,成为监督职业新闻界的第五种权利。

博客作为一种个人性质的应用,情感娱乐休闲方面是主要应用,片面强调博客的新闻力量是不客观的,在中国的博客圈子,一直以来出现的博客新闻都还只是个别现象,并没有形成一定的稳定性和持续性,和博客原生地美国不同,中国真正在舆论上起着举足轻重地位的博客几乎还没有,中国的博客空间更多充斥着自娱自乐的心情日记。但是,现有的一部分博客已经在进行着个人媒体的实践,随着博客数量的不断增多,必定会在某一个点上带来质的变化,博客传播方式的出现本身也在一定程度上颠覆了我们传统上对于"记者"和"新闻"概念的定义。

二　新闻实践中的手机博客

对新闻现场和真相的追逐是媒体诞生以来的终极目标。

手机博客的应用会使得每一个手机使用者成为信息的受众和信息的发布者，手机会越来越成为一种媒体，而每个使用者都有可能成为媒体记者。

2005 年 7 月 7 日 8 点 49 分，伦敦的地铁和公交车发生了连环爆炸案。全世界第一张新闻图片，是由一位普通的英国市民亚当·斯塔西用手机拍下的，当时他正在发生爆炸的地铁里，用手机拍下当时的场景，传给自己的朋友阿尔菲·丹恩，后者将照片发布在了自己经营的博客上。这些照片不仅被博客的读者浏览，还被美联社、BBC 和英国卫报等媒体采用。与此同时，众多的现场照片，目击者的叙述以及悼念的帖子出现在众多的博客网上，抢在传统媒体之先进行新闻报道，随后又不断跟踪报道。

2007 年 4 月 16 日发生的美国弗吉尼亚的校园枪击案，博客、拍照手机成为第一手新闻来源。枪击案发生之后，一个名为 icantread01 的博客写手在自己的博客上贴出了女友遭到枪击并受伤的情节。随后，加拿大广播公司、美国全国公用无线电台以及 MTV 新闻网的记者都在他博客的评论区留言，试图联系上他。媒体对博客的兴趣表明，其影响力越来越大。网络写手们在博客或个人网站贴出自己的经历，这些经历不仅成为新闻的主要来源，也是记者们了解事件详情的主要渠道。《网络新闻业评论》杂志的编辑 Robert Niles 表示，网络的发展使得新闻业中间人的角色消失，现场目击者能够直接、迅速地将自己的经历与全球网民分享。记者则需要追踪目击者，获取更详细的信息。越来越多的人拥有拍照手机，新闻来源的表现形式由此更加丰富，美国有线新闻网（CNN）在此次报道中引用了学生拍到的视频，其中能够清楚地听到枪击声。

博客，已经成为众多新闻来源的第一触发点。博客让每个人都可以把自己的生命经验和观点以及对社会的长期观察和短期目击，写成文章、拍成照片、做成网站，与全世界的人分享、对话、串联。这不仅开创了一个"人人都是记者"的时代，也带来了媒体改革和民主深化的新希望。

而公民新闻的一条重要路径，就是"新闻目击"。当越来越多的人开始写博客,就代表了有越来越多的人在各个角落、各个时刻记录着这个世界,这是一个比大众媒体触角更广的网络。越来越多博客出现的时候,正是多源新闻求证的过程,新闻的广度、深度和速度在这个过程中不断得到提高。

这个过程中,手机的即时采写和博客的即时编发,给了目击者成为信息发布者参与到大众传播过程的机会。一个突发事件的持续时间,往往只有几分钟甚至几秒钟。除非记者正好在场,否则使用直升机也很难赶赴现场。一般来说,对突发事件的报道往往采取现场还原的手段,依靠记者对现场亲历者的追踪和相关事件负责人的采访构筑事件的全貌。

在"伦敦地铁爆炸案"中,手机起了至关重要的作用。手机的摄影摄像功能使得每一个握着它的普通人,有了采集信息的力量,而随着手机的普及,我们相信,在每一个新闻事件的现场,都有可能有这样的"记者"在场。几秒钟的时间,现场照片就可以传送出去了。这里,斯塔西还需要将照片传给朋友,由朋友发布到博客上,手机和博客还属于一个依次作业的阶段,还是点对点的传输。现在的技术已经完全可以省略这个中介,手机和博客已经完全在技术平台上融合,手机现场拍摄的图片影像可以立刻通过手机博客发布在网络上,实现点对面的大众传播,这种情况下,事件通过目击加上数字化传输,以一种现场直播的形式进行着。

三　手机博客新闻的特点

手机博客自诞生之日起,其便携的移动终端特性就决定了它可以在突发新闻领域大展拳脚。它可以使在现场的任何拥有手机的博客个人,随时随地地发出亲见的新闻现场。在媒介融合的背景下,手机不仅成为了职业记者强大而有力的武器,而且无数手机博客的存在,让这种公民新闻的模式达到稳定化,从而在群集的意义上具备一定的媒体特性。可以说,手机博客既可以在突发新闻现场展现其实时便捷的优势,也可以在手机用户参与的基础上把博客新闻推进到一个新的发展空间。

1. 一种蜂窝状的传播模式

目前主流通信服务如 GSM 等提供商都采用的蜂窝网络,就是把移动电话的服务区分为一个个正六边形的子区,每个子区设一个基站,形成一个个好似蜂窝状的网络。由基站发射的微波始终跟踪着手机,当用户从一区域过渡到另一区域时,手机自动进行切换。也就是说,手机始终在基站的"监视"之中。为了能够使用最少的信号基站并能全面覆盖地面,基站是以蜂窝状的六边形方式排列的,所以手机的学名叫"蜂窝式移动通信系统终端设备"。

从微观的角度来看,每一个用户的手机博客作为博客世界(Blogsphere)一个有机的组成部分,构建了信息传播的蜂窝模型。蜂巢的分群化使得传播话语的存在更稳固,类似无线通信,在这个蜂窝信号笼罩的信息场里即使一个节点出现了问题,下一个"基地台"也会接手传送讯号。这样的话语传播渠道的发散性,也是革命性的。每一个节点都可以完成话语传递的使命,使得个体传播的延续性得到保证。

对于一个新闻事件来说,不管从哪个角度,都可能有这样一个节点存在。一个个体手机博客的传播能力很可能是小众的甚至是孤单的,但是,当它成为整个传播环境的节点的时候,它的信息会以最快的速度和最大的可能传递出去。从仿生学原理出发,这种模型具有极佳的稳固性,同时是一个成长与扩张完美结合的结构。它可以共同分担抵挡外来压力,又可以联合出击、和睦相处。以任意一个中心博客为基础扩散(去中心化的博客社区,每一个个体都可以成为这样一个中心,这种泛中心的扩散会给每个节点带来无法想象的力量),通过无线网络和互联网的超链接形成紧密结合而又最省料的"蜂巢",以优化的方式形成一个话语场,在团体的扩散力量下个体的话语表达可以无限扩大。

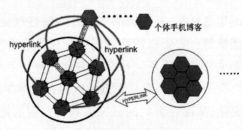

图7-1 博客文本建构图

这是一个博客文本建构的微观图,一个个手机博客的信息正是在这样的链接中以一种蜂巢的模式呈一种开放状态。需要强调的是在网络人际交往层面,博客世界远未达到蜂窝状的稳定,但是内容在不断链接中可以达成这种理想模式。这种力量依靠的是无数分布广泛的手机博客,而不是一部手机。

2. 双栖平台中的新闻聚合筛选

现在的手机博客平台,基本上采取和互联网平台双栖互生的状态,互联网成为手机博客信息进行大众化传播的舞台,大量博客散落在社会的各个角落,开拓了新闻报道的信源,完全可以弥补大众媒体采访网络的疏漏。在这样的建构中,博客本身涵盖的各项技术,在新闻聚合方面发挥了很好的作用。手机博客让用户更好地参与到新闻制作和生产流程,成为真正意义上的公民记者,也使得"参与式新闻"在实务上成为现实。"参与式新闻"是美国新闻界近两年刚提出的一个新名词。在英文中"Participatory"的含义是"提供参与的机会的、供人分享的",这里是指普通公众可以借助现代网络技术主动地加入到传播活动中。

足够多的个体信息的加入,会在网络媒体环境下实现信息的更新、充实,再经过足够多的个体筛选,其应用会显现出一种自组织的特性。人们在前所未有的信息平台上获取最大可能接触所需信息的信道与机会,而且这样的通道将是极富个人化的;从整体看来,信息资源更为平均分布与到达。有一个很形象化的说法叫层滤,如果我们把网络中大量信息的汇集比喻成沙砾与金粒混合的东西,那么逐步地筛选金粒的过程就是我们最终提炼与保留最有价值与最直接信息的过程。

足够多的手机博客用户,也会达到新闻多源求证的要求,比如有持肯定意见的博客存在,也必然有持反对意见的博客出现,这样互相激荡的过程,呈现给读者事件的多方面观点,给了读者在事实收集基础上自己判断的机会。在这个过程中,不同用户之间的评论(comment)会在内容观点上对文章进行修正,反馈(trackback)会带来文章内容的延展阅读,而书签(tag)、网摘等手段的应用,也使得信息聚合成为可能,也使得公民编辑的作用得到最大限度的发挥,无数个体博客充当的把关人,正在用群集的力量把信息筛选出来。

3. 手机博客的信任建构

和网络博客相比,手机博客更加固定。

手机作为一个个人化极强的工具,个人的人际沟通网络是这个工具的附加成本,与网络 ID 相比,手机号码更具有真实性。

和网络 ID 相比,手机号码的替换成本相对高了一些,全球通手机号必须携带机主身份证到指定营业厅办理销号，即使动感地带等无需身份认证的号码，用户使用时积累在号码上的联系网络，也是他放弃时必须考虑的。从用户本身来说，使用手机时的责任感相对更强。

而在手机博客频繁发挥力量的现场嵌入式报道中，信息发布者和事件的实时接触，利用手机的多媒体功能，成为公众名副其实的眼睛与耳朵，从源头上来看，手机发布的消息要比网络上的言论更加可靠。

对于博客，构筑其新闻影响力的一个决定性因素，就是其建立的信赖要素。博客主要的信任机制，正是在不同个体博客的交流中建立的，这种活动和我们日常生活中累积的和其他人的信任关系类似。手机博客的信任更加直接，通过手机与手机之间的用户连接，可以更加了解信任，而不被信任的自然淘汰。这样的建立过程可以超越固定时间和空间的限制，其扩张可能性非常大。

所以，一个用户对于某篇博客信息的信任，往往来自于对这个博客主人的信任，这样的信任往往又来自于之前和这个博客的互动联系，还有其他用户的链接建构。从这点来看，不论是从信息发布者还是从信息接收者，手机博客的信息可靠程度都是最高的。

第8章 手机广告

手机媒体是天然的商业化媒体,实现盈利是生存与发展的基础。手机媒体要发展,首先要选择恰当的赢利模式。

目前,手机媒体的赢利模式主要有以下几种:

(1)手机广告模式。

(2)信息服务收费模式。收取通话费、信息流量费、信息阅读费、短信收费服务、增值服务费。这种模式目前的主要表现形式是手机短信模式。

(3)挖掘手机媒体新应用,特别是增值服务、移动商务与手机游戏,获取经济效益。

当然,手机媒体经营者可以将以上赢利模式相结合。

在以上模式中,手机短信模式最为成熟,同时发展潜力也最小。短信在中国盛行的初始原因在于中国特殊的电信收费制度。手机短信只是第五媒体的雏形,是手机媒体在现阶段的一种重要存在形式。

在手机短信的各种增值服务中,短信聊天和游戏是最受手机用户欢迎的服务项目,其次是笑话、幽默等娱乐信息,再次是新闻、财经等信息和手机图片铃声下载,而多媒体短信和互动游戏正在成为强劲的增长点。

广告永远是媒体的重要收入来源,手机媒体亦然。

手机媒体的发展正在复制着十年前网络媒体的发展道路。模仿网络媒体的门户网站模式,现在出现了许多 WAP 手机门户网站,其特点是让用户免费阅读信息与使用服务,借以扩大访问量,通过手机广告获得收益。

手机广告,或称为移动广告、手机媒体广告、手机无线广告,是基于手机媒体所提供的商业广告。

商业广告已经渗透到人们生活的各个角落里。在这种形势下,手机媒体异军突起,凭借其可随时随地传递信息的优势,以庞大的用户群作为支撑,迅速成为一种新兴的广告媒介,已经具备了在中国巨大的广告市场上分一杯羹的实力。

伴随经济的高速增长,中国广告市场的蛋糕越做越大。中国广告业已成为世界第五大广告市场,2006 年底广告业营业额突破 1800 亿元。在进入 21 世纪以来,中国的广告业一直保持两位数的增长速度。

中国广告业发展较快,但发展不平衡的问题也十分突出。北京、上海、广东三地的广告经营额约占全国广告营业额的一半。广告营业额排前十名的省份的广告经营总额约占全国广告营业额的 90%。

根据美国 eMarketer 发布的全球手机广告数据发现:2007 年全球手机广告市场规模为 27.0 亿美元,2008 年全球手机广告市场规模达到 45.9 亿美元,同比增长 70%,至 2012 年,全球手机广告市场规模将达到 191.5 亿美元,同比增长 25.6%。[①]

易观国际 2009 年 1 月发布的分析报告预计,2010 年中国手机广告市场规模将达到 12.77 亿元。

第 1 节　手机广告是网络广告的一种特殊类型

手机广告实质上是网络广告的一种特殊类型。网络广告是指利用计算机网络作为载体,通过图文或多媒体方式,发布的赢利性商业广告,是在网络上发布的有偿信息传播。网络广告具有传播范围广、交互性强、针对性强、受众数量可准确统计、实时、灵活、成本低和强烈的感官性,需要依附于有价值的信息和服务载体等特点。

网络广告发轫于 1994 年的美国。当年 10 月 14 日,美国著名的 Wired 杂志推出了网络版的 Hotwired(www.hotwired.com),其主页上开始有 AT&T 等 14 个客户的旗帜广告(Banner)。这是广告史上里程碑式的一个标志。

从此之后,网络广告逐渐成为网络上的热点,世界网络广告发展可谓突飞猛进。目前网络广告的市场正在以惊人的速度增长,网络广告发挥的效用越来越重要。

---

① "2008 年全球手机广告市场规模将达到 45.9 亿美元",www.iresearch.com.cn.

美国互联网广告署的调查结果显示,美国互联网广告收入增长迅猛,客户投放方向日益向少数几个大型商业网站集中。2006 年美国互联网广告营收增长 34%,增加至 168 亿美元。2006 年美国网络广告收入前四位分别为 Google、Yahoo!、AOL 和 MSN,占美国网络广告收入的比例分别为 25%、18.3%、7.5% 和 6.7%。

美国市场调查机构国际数据公司 2008 年 2 月 11 日发布的《2007~2011 美国互联网广告预测与分析》报告显示,2007 年美国互联网广告总开支达 255 亿美元,比 2006 年增长 27%。到 2011 年,美国互联网广告市场规模将从 2006 年的 169 亿美元猛增至 313 亿美元。

2008 年虽然危机四起,但是美国网络广告还是增长了 18%。[1]

美国市场研究公司 IDC 于 2010 年 3 月 21 日发布的报告显示,2009 年第四季度全美网络广告开支同比增长 4.5%,达到 74 亿美元,为一年来首次季度增长。2009 年第 4 季度全球网络广告开支同比增长 7.6%,达到 167 亿美元。然而全年数据却与 2008 年基本持平,为 601 亿美元。[2]

在欧洲,英国网络广告发展速度最快,搜索引擎广告为欧洲网络广告主要形式,欧洲网络广告市场的广告主主要为 IT 类和通信类企业。

日本的网络广告发展十分迅速,有不少可资借鉴之处。如:日本电通公司将网络广告与网络游戏相结合,使网民在游戏中接受广告信息;电通还将电视广告数字化,通过宽带网传播。日本电通强调网络广告要有创意。这些广告取得的实际效果远比国内一些网站将按钮广告、旗帜广告、弹出广告等网络广告形式充斥网页的做法要好得多。

日本网络广告具有受到其传统市场营销方式的影响的特征。网络广告与电视广告以及电台广告呈现融合趋势。日本的网络广告 2004 年总收益已经超过电台,比上年度增加 53%,总收入升涨到 1814 亿日元。

目前,日本电视广告收入每年为 20436 亿日元左右。按照日本网络广告目前的收入,虽距离电视还有一大段距离,但是属于电视媒体享有广告收入的黄金时代行将结束。

日本电通公司 2009 年 2 月 23 日公布的调查显示,在金融危机引发

---

① 匡文波:《网络传播学概论》,高等教育出版社,2009 年第 3 版。
② 腾讯科技,IDC:去年第四季度网络广告支出首次出现增长,http://tech.qq.com/a/20100320/000067.htm.

全球经济减速的情况下，各大企业纷纷削减成本控制广告支出，2008 年日本总体广告支出出现 5 年来首次下滑。2008 年日本企业的广告支出为 6.69 万亿日元，比前年减少 4.7%。其中在 21 个行业中，有 18 个行业的广告支出都有所下滑，特别是金融保险、通信、汽车等主要产业。

从媒体类别来看，企业在报纸和杂志广告方面的支出下滑最为明显，分别减少 12.5% 和 11.1%，均创下自 1947 年电通公司开始这项调查以来的最大跌幅，电视广告和广播广告支出也分别下滑 4.4% 和 7.3%，四大传统媒体广告所占份额首次跌破 50%。而另一方面，企业的网络广告支出则增长 16.3%，总额达到 6983 亿日元，市场份额首次超过一成。[①]

日本最大广告商电通公司 2010 年 2 月 22 日公布的"2009 年日本广告额"调查显示，日本 2009 年网络广告额比 2008 年增加 1.2%，达 7069 亿日元（约合人民币 529 亿元），而报纸的广告额减少 18.6%，为 6739 亿日元，这是 1947 年开始该调查以来，日本网络广告额首次超过报纸。

网络广告中，面向手机的广告以及和面向电脑的关键词检索连动广告起到了牵引作用。这次调查结果显示的数据印证了相继超过杂志、报纸，仅次于电视的网络广告的急速发展。

日本 2009 年的广告总额减少 11.5%，为 59222 亿日元，连续两年递减，而且下降幅度之大创历史新高。这与企业因经济状况低迷而控制宣传成本有直接关系。杂志、电台、报纸、电视四大媒体的广告额都减少了 10% 以上，其中电视减少 10.2%，为 17139 亿日元。[②]

我国的网络广告起步较晚，中国的第一个商业性的网络广告出现在 1997 年 3 月，传播网站是 Chinabyte，广告主是 Intel，广告表现形式为 468×60 像素的动画旗帜广告。Intel 和 IBM 是国内最早在互联网上投放广告的广告主。中国网络广告一直到 1998 年初才稍具规模，1998 年中国 520 亿元广告收入总额中，网络广告仅占 2000 万元左右。据统计，1999 年，中国的网络广告经营额已经接近 1 亿元人民币，比 1998 年翻了将近 5 番。

2002 年中国广告营业额达到了 903 亿元，网络广告只有约 5 亿元，占

① 腾讯科技，IDC：去年第四季度网络广告支出首次出现增长，http://tech.qq.com/a/20100320/000067.htm.

② 日本去年广告额网络首次超报纸，www.cyol.net. 2010 年 2 月 23 日。

总额的 0.55%。2003 年上半年,SARS 给网络广告带来了更大的发展机遇。

2003 年中国网络广告市场达到了 10.8 亿人民币,比 2002 年的 4.9 亿翻了一番还要多。

2004 年中国的不含搜索引擎的网络广告市场已经从 2003 年的 10.8 亿元增长到 19 亿元,市场增长率达 75.9%,整个网络广告市场保持在高速增长的状态。到 2004 年中国互联网广告激增至 19 亿元。

2005 年中国的网络广告市场(不含搜索引擎)已经从 2004 年的 17.7 亿元增长到 31.3 亿元,市场增长率达 77%,整个网络广告市场继续保持高速增长的状态。2005 年网络广告市场(不含搜索引擎)占中国整体广告市场的比例已经达到 2.3%,较 2004 年增长了 0.9%。

2006 年中国的网络广告规模已经成长到 49.8 亿元,比 2002 年成长了 10 倍。作为新兴产业,网络广告可谓发展迅猛。

2008 年 1 月 21 日,互联网数据中心发布的《Netguide 2008 中国网络广告市场调查研究报告》显示:2007 年中国网络广告整体市场规模增长至 76.8 亿元人民币。

2009 年 2 月 26 日,易观国际发布《中国互联网广告市场年度综合报告 2009》数据显示,中国互联网广告运营商市场规模 2008 年达到 118.1 亿元,较 2007 年增长 67.4%。易观国际发布的《中国互联网广告市场趋势预测 2008～2011》认为,2009 年中国互联网广告投放总额将达到 275 亿元,较 2008 年增长 37%。其中,网络广告运营商市场规模将达到 163 亿元。

2008 年全年,搜索引擎媒体广告营收规模突破 50 亿元,位居各网络媒体平台首位;综合门户高速增长近 60%,广告营收达到 47.4 亿元;视频网站网络广告营收规模达到 5.7 亿元。全球最大中文搜索引擎公司百度财报显示,2008 全年百度营业收入为 31.983 亿元人民币,与 2007 年相比大幅增长 83.3%;2008 年百度的营业利润约为 10.967 亿元人民币,与 2007 年相比增长 100.4%。[①]

2007 年全球手机广告市场规模为 27.0 亿美元。2008 年全球手机广

---

① 　日本去年广告额网络首次超报纸,www.cyol.net.2010 年 2 月 23 日。

告市场规模达到45.9亿美元。①

根据艾瑞咨询发布的《2009～2010年中国网络广告行业发展报告》数据显示:2009年中国网络广告市场先抑后扬,全年市场规模达207.3亿元,同比增长21.9%。艾瑞咨询预计2010年中国网络广告市场规模将加速增长,预计突破300亿元。②

此外,腾讯2009年总营收36.9亿元,同比增长75.85%。百度2009年财报显示,其全年总收入接近44.5亿元人民币,同比增长39.2%。

一 手机广告的概念

1.什么是手机广告

手机广告在目前还属于起步阶段,对于"手机广告"这一称谓尚未有统一的确切的说法。手机广告、无线广告、无线互联网广告、移动广告、手机媒体广告、无线网络广告等等说法常会出现在各类媒体中,但都是指向一个概念。关于手机广告的界定,目前业界和学界并无定论。有人认为,手机广告是指基于手机的媒介特性,以文字、图片、特殊图片(优惠券、二维码)、视频、电话号码、手机外呼等作为传播形式,以各种业务为传播载体,包括:短消息、WAP、语音等,向手机终端用户传递广告信息。也有人认为,手机广告就是以手机为平台,利用手机传播、发布的广告。它应是一种独立的新型广告类型,与网络广告、报纸广告等有着较大的区别和不同。

笔者认为手机广告是基于手机媒体所提供的商业广告,实质上是网络广告的一种新类型。

2.手机广告的类型

手机广告从不同角度和标准划分会有不同类型。笔者从宽泛宏观的角度,认为手机广告大致可以分为7种类型:一是PUSH类广告。即将分众后的广告信息"推送"到用户面前。二是WAP站点类广告。这种广告与互联网广告类似,主要投放在通信服务公司的WAP站点(如中国移动

---

① "2008年全球手机广告市场规模将达到45.9亿美元",www.iresearch.com.cn.

② 艾瑞咨询:2009年中国网络广告市场规模达207亿,2010年将破300亿,http://news.iresearch.cn/viewpoints/110342.shtml.

的"移动梦网"、中国联通的"互动视界")以及其他独立 WAP 站点。三是语音类广告。这种广告将广告主的语音类信息通过运营商的语音通道,传递到终端用户手机上。包括:IVR、炫铃、客服通道、铃音等形式。四是终端嵌入类广告。这种广告以屏幕保护、壁纸、开关机画面、视频、铃声等方式将广告信息嵌入到新出产的手机里。五是游戏类广告。这种广告将手机广告内容内置在手机游戏里面。六是搜索类广告。这种广告与互联网的搜索广告类似,包括关键词购买或者竞价排名模式等形式。如谷歌就利用手机平台的特点进行了创新,利用手机搜索直接可以拨打电话。七是小区广播类广告。这种广告以手机的小区广播功能为基础,向进入特定区域的用户发送信息,如到达新的省区、商场、机场等。目前 PUSH 类和 WAP 类广告发展已经非常成熟,开始应用于各种商业营销活动中,并取得了显著的广告效果。

二 手机广告的特点

手机广告作为一种全新的广告形式,与当今电视、广播、报纸、杂志等媒体的广告相比,具有以下优点:

1. 移动性

客户随身携带的移动性。移动性是手机广告独一无二的优势,手机已经日益成为人们沟通交流的必备工具,手机一般都会随身携带,可以随时随地接受广告信息,了解最新商业资讯。

2. 手机广告可以实现准确定位

手机用户在注册使用某一运营商网络时都会留下较为详尽的个人信息,同时利用移动网络技术完全可以跟踪分析客户的日常行为特征,而手机用户的业务使用情况也会在 BOSS(电信业务运营支持系统)系统中有详细的记录,这为向客户发送有针对性的、精确的广告信息提供了依据。

3. 互动性

强互动性是手机媒体最大的优势,它不同于传统媒体的信息单向传播,而是信息互动传播,用户可以获取他们认为有用的信息,厂商也可以随时得到宝贵的用户反馈信息。

手机广告可以做到一对一的发布以及一对一的信息回馈。互动性强是手机媒体的最大优势,它不同于传统媒体的信息单向传播,而是信息互动传播,用户可以获取他们认为有用的信息,厂商也可以随时得到宝贵的用户反馈信息。这种优势使手机广告可以与电子商务紧密结合,马上完成一个交易的过程。消费者接收到手机广告信息后,可以通过电话、短信或网站向广告商作出进一步的回应,甚至可以直接触发交易。另外,消费者也可以通过短信将该广告信息转发给其他消费者。这是对广告商产品的一种口碑传播。

4. 传播迅捷、范围广

手机广告的传播范围广泛,只要有手机信号的地方,就能接收到手机广告,这是传统媒体所无法达到的。手机广告还能做到在恰当的时间、恰当的地点,传达给受众恰当的信息,使广告的有效性大大增强。在 3G 时代,以无线通信技术为基础,移动通信运营商完全可以根据手机媒体定位性的特点,向特定时空位置上的用户提供广告信息。当你在某家商店附近时,手机会接到一条广告,提示你这家商店正在进行促销活动,而且这项促销活动刚好是你感兴趣的,所以你便会在第一时间出现在这家商店的柜台前。

手机终端不仅可以接收广告内容,还可以将广告内容向周围转发。传统的广告只能通过消费者口口相传,才能达到消费者自发传播的效果,且传播过程中难免会存在信息失真。借助于先进的通信手段,消费者可以将手机广告转发给其他潜在客户,有利于广告内容在潜在消费者中的准确迅速传播。

5. 受众数量可准确统计

手机广告效果具有可监控性。手机广告效果监控性体现在客户通过WAP(无线应用协议)、GPRS(通用分组无线业务)等网络平台阅读广告信息时,都会留下信息记录,这有利于监控阅读该广告的客户数量以及信息抵达率等。由此作为向广告主收取费用的数据参考,也有利于广告主及时调整。

而利用传统媒体做广告,很难准确地知道有多少人接收到广告信息。以报纸为例,虽然报纸的读者是可以统计的,但是刊登在报纸上的广告有多少人阅读过却只能估计推测而不能精确统计。至于电视、广播和路牌等广告的受众人数就更难估计。利用先进的信息技术,广告客户还可以通过手机媒体即时获得数据、报告,做到即时效果监测。

6. 形式多样,多媒体广告日益增多

手机广告的表现形式包括文字、图像、视频、音频、动画等,它们可以根据广告创意需要进行任意的组合创作,从而有助于最大限度地调动各种艺术表现手段,制作出形式多样、生动活泼、能够激发消费者购买欲望的广告。

7. 针对性强,信息抵达率高

手机的"终端即人"效应为广告信息的针对性发布、广告受众的精细化识别和广告需求的定制化消费创造了极其有利的条件。由于手机与消费者个体的自然捆绑,广告商可以选择性地向目标消费者实现有效推送,消费者也可以通过定制个性化信息到手机实现所见即所需。

户外广告可能没人看,电视广告的时效性太强容易错过,报刊的广告专版又容易被大多数不感兴趣的消费者干脆略过。而手机广告信息在网络和终端正常的情况下可以直接到达每一个个体用户,而且存储—转发机制的消息服务和浏览类服务对时效性要求不强,进一步确保了这种高送达率的延续。

手机广告的最大亮点在于把移动电话和广告结合起来,形成客户、商家和运营商三方受益的局面。一方面,广告公司和商家通过移动通信网络发布广告信息,等于把握了本地具有消费能力的客户,针对性强,信息抵达率高,是一种有效的经营方式和促销手段;另一方面,对于移动公司来说,移动广告业务使网络承载的业务量大为增加,可获得丰厚的业务收入。

手机广告也有其不足。手机作为个人用品,许多手机用户本能地排斥手机广告。中国目前的手机广告的载体主要是短信。其不足在于传输信息量少。短信字数的限制使文字广告难以传输更多的信息而失去应有的效果,可视屏幕小限制了图片和视频广告的精确表达和创意诉求。二是无法达到多次感知。与其他广告的多次重复性相比,手机短信广告如果以消息形式发送,一般只有一次。用户一旦不感兴趣删除掉,就无法达到多次感知、加深客户印象的效果。

三　手机广告制作的一般要求

手机媒体传播的广告,其形式与内容要与手机的物理特征相适应。

目前在手机媒体上投放的广告依然以短信形式为主，类型单一、内容也比较简单。但随着3G技术的成熟与普及，手机广告从形式到内容都将变得空前丰富。手机媒体完全可以打破现有呆板的形象，手机广告也将形成以多媒体广告为主的多种广告形式。3秒、5秒、10秒的多媒体广告会相继出现，彩铃广告、游戏广告、WAP广告也会得到发展。届时的手机广告会将视、听、触觉的冲击融合在一起，在最大程度上刺激、调动人的各个感觉器官共同参与到广告中。这显然对信息的大量传播是有利的。

手机作为一种媒介终端，其自身也存在着一些限制性因素，比如：手机在屏幕大小、一次性显示信息的数量、供电时间、存储容量等方面的不足等。因此，无论是广告的创作还是广告的发布都应该充分考虑这些劣势，使多媒体内容的手机广告能最大限度地适应这些限制。例如：每条手机广告的信息量不宜过大，文字数量不宜过多，并且要醒目、直接表达广告诉求，让用户第一眼就能理解广告所要传达的商品/服务信息；图片或视频信息也要鲜明，并且要有较高的分辨率，让用户容易识别图像中的信息。由于手机在供电时间上的限制，要求每条广告持续的时间不宜过长，尤其是多媒体类型的手机广告，其播放视频与音频信息时都会耗费大量电能，所以每条多媒体广告在播放时间上都不应该太长。在播放时长方面对多媒体广告的进一步限制，使得未来的多媒体广告最好能直接表达广告诉求，这就要求多媒体广告的画面要足够引人入胜，在短短几秒钟内就能够吸引住用户；同时，广告音效也要足够震撼。由于手机在存储容量方面的限制，使得手机广告占用的内存空间不宜过大，这就要求多媒体广告在制作过程中就应该选择占用空间小但效果仍很好的播放格式。具体讲，应从以下几个方面加以注意：

一是字体制作：在日常使用习惯中，用户与手机的小屏幕之间是有一定距离的，所以手机上的视频文字应该采用相对粗大的字体。同样适合采用与背景色彩对比度高的颜色，这样可以给用户更明晰和舒适的感受，以及更强烈的印象。

二是比例设置：各类手机屏幕分辨率不尽相同，总的来说在广告制作上应该迁就当时主流分辨率，如320×240等。屏幕比例也一样，如4：3，其余部分可以补黑。

三是长度把握：很多文章都提及了手机视频广告长度应该控制得比

较短,最好在 30 秒以内,充分做到"短而精",在最短的时间内,尽快把最能突出产品理念的画面表现出来,把最重要的信息传达给用户。

四是格式运用:手机广告的视频格式取决于格式的支持度和应用度,比如 AVI、3GP、real 系等,FLV 可能在手机上也会大行其道。

五是文件大小:对视频文件的压缩必不可少,大小当然是在保证质量的情况下越小越好,不过考虑到一些手机的处理速度,也不必过分压缩,这样解压播放过程中会更加流畅。

六是形式选择:类电视广告可能不会马上普及到手机上,中间应该有一个和动画视频交织的过渡期,制作手机广告的后期处理过程中可以多用抽象的矢量图画来替代一帧帧的位图。从用户体验的角度来说帧数没必要压缩得太低,保证主流手机顺畅即可。

四 手机广告发展的制约因素

手机广告产业链包括手机用户、手机广告主、通信网络运营商、手机广告提供商、手机广告制作发布商等环节,每个环节出现的问题都可能制约手机广告业务的大规模发展。

1.手机用户对手机广告信任度低

手机广告的初期形式是以短信进行信息发布和促销,这种短信带有极大的强迫特征,让消费者整天生活在"信生活"中。再加上一些小的 WAP 网站发布一些不良广告,损害了手机广告的整体形象,以至于很多用户对手机广告的认知只停留在诸如垃圾短信、虚假广告层面。我国通信市场发展中的不规范现象已经在消费者心目中产生了阴影。许多用户觉得手机短信广告是骚扰。广告无孔不入、用户个人信息外泄,也容易导致手机用户产生心理焦虑。用户反感引起信任危机。

2.广告主对投放效果心存疑虑

用户对手机广告信息的反感导致对手机广告商的信任度也比较低。反过来,这又无疑影响了广告主的投放热情。广告主们一方面担心现有的手机广告观众太少,投资会化为泡沫;另一方面担心如果操作不当,不但要耗费金钱,还可能伤害到自己的品牌形象。此外,广告主还担心由于手机广告的相关技术和应用还没有得到验证,其广告效果的评估也还没有形成一套规范,因此,很难衡量手机广告的效果和价值。以上种种疑虑导致广告主们对投放手机广告认知度不高。运营商:缺乏对手机广告的关注,与持观望态度的广告主类似,牢牢把握手机媒体控制权的运营商在手机广告的运作上表现得也相当低调,并没有在手机产业链上发挥应有的作用。据调查,80%的企业更愿意同运营商或者是运营商授权的广告经营单位合作开展手机广告业务,而其中65%的企业明确表示运营商所掌握的用户信息资料是他们选择投放手机广告、选择与运营商合作的主要原因。实际上直到2006年,中国移动和中国联通才先后宣布涉足手机广告业务,但其业务范围与开展规模更多让人感到的是雷声大雨点小,运营商的缺乏关注是手机广告发展缓慢的重要原因。

3. 手机广告形式表现单一

广告主希望的是可以根据广告诉求、广告内容和目标受众的不同特征选择合适的广告表现形式,以达到合适的广告投放效果。受技术与移动通信收费体制限制,目前国内的手机广告主要是短信广告,其表现形式比较单一,主要以文字表达和简单的图片形式为主,文字内容直白,诉求过于明显,无法吸引手机用户阅读,这就严重制约了广告的投放效果。随着3G时代的到来,受众期待看到的不仅仅是言简意赅的文字型广告、亲切近人的音频型广告、间接直观的图片型广告,还要有张力十足的视频广告、用户高度参与其中的互动式手机广告。

4. 技术与终端障碍

对于手机广告而言,技术也是一个障碍,有的用户会担心广告占有了手机的内存而回避。手机广告很大程度上依赖于3G的带宽和多媒体手机的硬件支持。在3G普及之前,这些广告应如何运作是个难题。手机广告对消费者终端的要求颇高,比如屏幕是否支持OTA、彩信、移动电视、LBS服务等。毕竟我国现在高端手机用户的数量非常有限,而且是否会接受手机广告也有待考究。在3G广泛使用之前,手机媒体广告的市场空间都将是个未知数。

5. 缺乏成熟的商业模式

当前运营商、广告代理商和SP等产业链参与者的不同组合构成了多种商业模式,其可行性和盈利前景都有待时间验证。市场需要一段时间进行摸索和实践。

资费偏高。手机广告的资费分两种:一种是看广告不收信息费,但收取流量费;另一种是看广告送话费,每月送话费的额度封顶。前一种资费方式因用户要向移动运营商支付流量费,不符合大众免费看广告的消费习惯。而对后一种广告资费方式的实际效果还有待进一步观察。

手机广告产业链未完善。手机广告产业链包括手机广告主、通信网络运营商、手机广告提供商、手机广告制作发布、销售和终端用户等,整个产业链利益归属不一,需要进行整合。一个良性的产业生态应该将是产业链的各端都能得到各自的利益,这样的产业链最终也将有利于消费者。产业链中总会有上下游的分工,有的产业上游对下游拥有更大的控制力,有的则相反,下游控制上游。但这并不是说,拥有控制力的<u>企业</u>可以随意侵害其他企业的利益,皮之不存,毛将焉附?倘若英特尔不去保护 PC 制造商和零配件厂商的利益,只想着最大化自己的利益,就不可能建立一个庞大的 PC 产业。手机广告产业链也应借鉴这种经验。

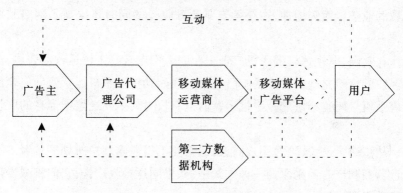

图 8-1 手机广告产业相关产业链

6. 手机广告市场亟需规范

监管部门应尽快制定一套全国通用的标准,使得不同形态、不同提供商之间的广告能够互相兼容,促进广告内容市场的发展;另外也迫切需要建立一套完善的审查机制,肃清虚假、欺诈的手机广告。从广告主层面来看,贴近受众生活,关心他们所关心的事情也会赢得受众的信任。手机广告本地化策略,例如开通本城门户 WAP 网页,为市民提供手机地图导航服务,为手机用户发送天气预报,以及折扣信息网的手机延伸服务等,是受到消费者欢迎的。目前国内的钱库网,城市折扣在线等折扣信息网已经尝试开展了基于二维码技术的手机优惠券发布业务。简单快捷的使用方法,实用方便的广告内容吸引了很多人,成为颇受欢迎的手机广告新类型。未来应值得进一步推广放大。

第2节　起步阶段的手机广告

一　发达国家在手机广告领域的尝试

手机广告的亮点在于把移动电话和广告结合起来,形成客户、商家和运营商三方受益的局面。一方面,手机是一种新型媒体,广告公司和商家通过移动通信网络发布广告信息,等于把握了本地具有消费能力的客户,广告效果好,针对性强,信息的抵达率可达100%,是一种行之有效的经营方式和促销手段;另一方面,对于移动公司来说,移动广告业务使网络承载的业务量大为增加,在获得丰厚业务收入的同时还提高了网络利用率。

在美国,电视风格的手机广告正在向人们走来。手机运营商表示,流失客户的风险是他们对广告有所保留的强烈动机。手机运营商向广告商出售手机号码是非法的。手机运营商也有权力封杀发送垃圾信息的广告主。

从法律上来说,除非用户同意,运营商不得泄露用户所处的位置。手机运营商和广告商采取的一种方案是,如果同意接收广告,它们将减少用户的手机费。

对手机视频广告的另一个限制性因素是手机技术。尽管许多手机都能够使用浏览器上网和显示一些内容,但只有极少数手机能够播放视频内容。

目前,手机广告还只是处于起步阶段。但这种情况会很快得到改变,手机广告中将出现更复杂的图形和视频。当用户使用手机上的 Web 浏览器软件访问一些网站时,广告商就会向用户的手机上发送短信。有的营销活动建议用户用手机向广告主发送短信,获得促销优惠。

微软从 2005 年 9 月开始向企业客户发送手机广告,当用户在手机上浏览一些网页时,就会显示 Microsoft Office 的标志。2005 年夏季,万事达向在手机上搜索餐馆信息的用户发送短信,使他们有机会在附近的餐馆赢得免费大餐。

由市场营销及技术咨询公司 The Management Network Group 在 2005年 5 月 26 日发布的调查显示：手机用户喜欢通过手机接收到视频和声音文件。2005 年，该公司在 3 月通过网上调查方式搜集了年龄在 13～34 岁的用户回复，这些年轻的消费者是使用手机最频繁的用户。被调查者超过一半将手机视为首要联系电话，12% 的人甚至家里都没安装固定电话。调查发现，37% 的手机用户都对接收宽带多媒体内容感兴趣，年龄段在 13～24 岁的人群中这一比例上升到 40%，可见年轻人对手机这一新媒体的多媒体内容更感兴趣。至于具体的无线内容项目，该项调查结果为：喜欢音乐下载的占 34%，喜欢视频短片和多媒体 3D 游戏的各占 21%。

该调查进一步发现，18 岁以上的用户中约有 1/4 的人称，如果当前服务提供商没有移动媒体内容服务，他们就会转向使用其他运营商的服务，由此看来，针对年轻的手机用户提供相应的内容服务具有广阔的前景。对于免费接收带广告的内容与付费接收不带广告的内容两种选择中，消费者还是倾向于免费，宁可内容中夹带广告。只有 1/5 的消费者愿意付费以免去广告。这一结果对广告客户来说无疑是一个好消息。尤其是，分析家称通过传统媒体打动 13～34 岁的男性消费者越来越难，对他们的需求捉摸不定，但是通过移动平台广告接触这些年轻男性是一个极好的方式。

2006 年 3 月，Verizon Wireless 和 Sprint Nextel 对在手机上显示短视频广告进行试验。

2006 年 5 月 31 日，维珍美国移动公司（Virgin Mobile USA）推出了一项新式服务，如果维珍的用户在手机上收看打出的广告内容并做出反馈，那么他们将享受到一定时长的免费通话服务。

时下手机制造商们正在将如网页浏览器和视频播放器等越来越多的新内容添加到手机产品上，而移动服务供应商们也希望在语音服务之外还能获取到更多的收入，因此，这种可以让商家们在手机上做广告的新式服务也就应运而生。

维珍是第一批推出此类服务的供应商之一。维珍用户每月将可通过手机免费拨打累计时长达 75 分钟的电话，但要求他们也必须在手机上收看相同时长的广告，并以发送文本短信的方式对广告内容进行回复。

这项服务主要是针对那些不太富裕的年轻人推出的。预计该项业务收入中的65%将来自30岁以下的青少年。他同时称，目前谈论这项业务是否会受到大众的欢迎还为时尚早。此外，Handler也拒绝透露维珍与其首位客户百事可乐公司在广告业务方面的合作细节。Forrester Research的分析师Charles Golvin表示，由于手机具备传送视频的功能，因此在手机上运作广告业务对无线供应商的发展具有相当重要的意义。不过他同时称，由于现在手机话费的价格已经降到了一个比较低的程度，因此目前还无法确定是否会有足够多的用户对这项新式服务产生兴趣。

2006年8月，雅虎和go2目录系统也达成了协议，将在该网站页面上悬挂雅虎的列表广告。go2目录系统是由Verizon无线、SprintNextel和Cingular无线几家公司合办的商业电话簿在线网站。当SprintNextel、Verizon与Cingular无线公司的用户使用go2搜寻当地的餐厅或电影院时，雅虎赞助的广告将出现在搜寻结果名单内。

2006年底，美国的ESPN向手机用户发送维萨Visa信用卡、耐克、希尔顿旅馆等厂商的短视频广告。其他已经在试水或全面采用集视频、标语广告、全屏图像于一身的手机广告的厂商包括美国运通、微软、百事可乐等。

有人预计会出现许多新的集文本、视频、基于位置的信息于一身的新广告格式。美国的运营商已经采用了由手机营销协会开发的一套自愿的行为守则，只能向同意接收广告的用户发送广告。Ovum的电信产业分析师罗杰表示，美国2005年手机广告市场的规模只有4500万美元，到2009年时这一市场将扩大到12.6亿美元。

Google公司发现手机搜索流量在过去两年中增长了5倍，Google对手机广告领域的投资获得回报充满信心。目前每天花费两个小时使用手机下载应用的Android和iPhone用户比例为25%，这预示着出现在应用中的广告将为Google提供巨大商机。Google目前正在测试带遴选应用功能的应用广告系统，其中包括餐饮查找Urbanspoon和用户购买及闲聊音乐的Shazam。

Google还试图收购广告公司AdMob，但该交易目前面临美国联邦贸易委员会（FTC）的审查（编注：已完成收购）。

Google认为手机广告的价值将超过PC。在普通手机主导手机市场时,每次点击费用远低于桌面系统,但随着智能手机的普及,每次点击费用显著提高。

Google 预计手机搜索量将占总搜索量的一大部分,手机搜索量的增长速度远高于计算机搜索量。可以断定,手机搜索量所占比例将愈来愈高。

苹果通过 iPhone 改变了手机行业。目前有迹象表明,苹果将采取措施推动手机广告行业的变革。

从理论上说,广告还能够更个性化。人们对手机广告兴趣日渐增长的原因之一是手机广告相对较高的点击率。手机广告的点击率为 4%,而互联网广告的这一数字只有 1%。手机广告点击率较高的原因可以归结为能够根据时间和手机类型等因素更好地针对特定的用户。

在欧洲,法国电信旗下的 Orange 以及香港和记黄埔集团旗下的和记 3G 英国公司最近几个月开始接受手机广告。目前收入位居全球移动通信业之首的英国企业沃达丰正测试不同的商业模式,只要用户愿意接收广告和广告信息服务,就能获得免费的电视服务。和记 3G 英国公司开展手机广告和赞助业务也有约一年之久了。迄今,包括阿迪达斯、苹果电脑等在内的诸多知名公司都同该公司签订了手机广告方面的合约。

日本的手机广告与网络广告发展十分迅速,有不少可资借鉴之处。如:日本电通公司将网络广告与网络游戏相结合,使网民在游戏中接受广告信息;电通还将电视广告数字化,通过宽带网传播。日本电通强调网络广告要有创意。这些广告取得的实际效果远比国内一些网站将按钮广告、旗帜广告、弹出广告等网络广告形式充斥网页的做法要好得多。日本网络广告具有受到其传统市场营销方式的影响大的特征。网络广告与电视广告以及电台广告呈现融合趋势。

日本每年手机广告收入已经超过 100 亿日元。手机广告的优势在于用户无论何时何地都可以随身携带、使用频率高,是高便利性的媒体;当场可以网上确认与收发 E-mail;手机广告回应率高,是高效的媒体;手机的高度普及使得手机成为互动型的大众媒体,也是实时的个人信息交流媒体;可以吸引非 PC 用户的网民;对于出门在外的用户,还可将用户吸引至各商店企业,起到沟通与促销的作用。

日本手机广告不仅可以用于信息内容服务(如提供新闻、音乐、游戏),使用户获得最新最有价值的信息,还可用于商品促销、广告宣传,以及市场调查与顾客管理,并且有与其他媒体联动的优势。

日本手机是单向收费的,用户无须为手机广告增加经济负担。手机广告形式多样,如通过手机送虚拟优惠券、有奖应征。手机广告可以分为旗帜型(图片型)广告、邮件型广告、网站型广告等。I–MODE广告具体做法有:在适当的时机发送手机电子邮件,吸引顾客;通过网络游戏吸引用户;在网络游戏中打出企业标志 LOGO 等等。

根据 Nikkei Advertising Research Institute(NARI)发布数据发现,2008年手机图片广告和横幅广告成为日本手机广告主的首选形式,比例达到58%,其次为手机邮件广告,占比为43%。此外,30%的手机广告主分别选取手机博客广告和手机文本广告形式。目前手机已经成为日本广告主产品促销的新兴媒体,手机广告在使广告受众更为精准的同时,其手机图片广告和手机横幅广告给消费者带来的直观感受有效增强了广告主投放手机广告的黏性。①

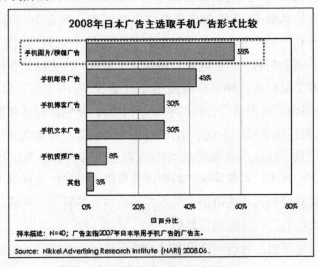

图 8 – 2　日本手机广告被选取的形式

日本手机社区 DeNA 首席运营官 Isao Moriyasu 在出席 2009 年 5 月全球移动互联网大会时表示,日本手机广告市场 2007、2008 年成长率超过50%,2008 年手机广告市场达到 9 亿美元规模。Isao Moriyasu 预计

①　“2008 年日本手机广告主偏好手机图片和横幅广告”,www.iresearch.com.cn.

2009～2011 年这三年之内,日本手机广告市场规模将达到 25 亿美元。

二　中国试水手机广告

在当前中国,手机媒体广告的模式大致可以分为以下几类。一是短信群发模式。这是手机广告的初级模式,其非许可性和强迫性引起了广大手机用户的抵触和反感,这是必将没落的一种手机广告模式。二是定点广告模式。国内最早的无线广告专业提供商采用的大多是这种模式。具体的广告投放方式有两种:点告和直告。三是手机搜索广告模式。无线互联网的内容呈增加趋势,而海量信息和小手机显示屏的强烈反差让手机搜索的价值进一步凸显。手机搜索根据用户的数据资料,通过个性化分析、社区化分析、大众行为分析和关联性分析,帮助用户形成专属于自己的个性化信息搜索门户,随时随地以更集中的信息内容呈现方式为用户提供便利,目前手机搜索还处在初期阶段。四是终端嵌入模式。广告商将厂商的广告以图片、屏保、铃声和游戏等形式植入某品牌部分新出厂的手机里,并将部分广告收入分给手机厂商。这种模式的特点是强制性观看广告,其最大的问题是广告更新频率低,并且能嵌入的手机数量和品牌都有限。由于经营模式众多,业界对于采取何种模式尚无准确说法,因此手机广告陷入了"经营的迷局"。

由于对手机广告市场存在良好预期,中国市场出现了众多"想吃螃蟹"的人,这就包括以独创的商业模式、独特的"分众"性、生动性及"强制"性赢得了业界高度认同的分众传媒,继注资数千万美元推动户外电视广告网络的发展之后,手机视频广告也已投入运营并拟成为分众传媒全新的增长点。"我们会与有牌照、技术和经验的 SP 合作,利用新技术进入以互联网和无线等为特点的一切广告媒体平台,广告形式包括短信、彩信和视频等。"分众传媒掌门人江南春表示,"新分众的手机广告收入除了来自广告主外,用户也将以定制等形式为这些广告埋单"。他还表示,未来的分众传媒不可避免地冲击并占据手机视频广告市场,因为只有这样才可以覆盖一切用户在户外的生活方式,构成完整的新分众户外生活圈媒体群。

广告是媒体生存的基础,媒体与广告总是联系在一起,尤其当用户通过媒体获取免费信息时,必然以伴随着广告为交换,不仅传统媒体如此,互联网媒体也是如此,现在,新兴的手机媒体也出现了同样的特征。据 2005 年 6 月新竞争力网络营销管理顾问公司的一项调查显示,手机用户与网络媒体用户一样,为了免费获取自己需要的信息,可以忍受插入一定的广告内容。对于手机免费接收带广告的内容与付费接收不带广告的内容两种选择中,消费者还是倾向于免费,宁可内容中夹带广告。只有 1/5 的消费者愿意付费以免去广告。

自 2003 年 Cgogo 成立之初,就创建了一套基于"向用户免费开放,与企业广泛合作"的内容具体、切实可行的移动搜索商业模式。经过 4 年的发展,Cgogo 通过建立线下渠道体系,发展运营商合作关系,拓展手机厂商搜索产业链联盟等方法,使移动搜索引擎服务以最大的覆盖率接触到终端用户。

随着移动搜索产业链的不断成熟,基于移动搜索平台无线广告、手机实名等网络营销类服务,将为移动搜索产业带来非常可观的收益。目前,除移动搜索广告外,Cgogo 通过向用户提供免费的地图黄页、商品折扣、优惠促销等与生活息息相关的信息,采用竞价排名的方式向提供信息的厂家收取一定的费用,已经取得收益。

2006 年,国内最大的移动搜索引擎公司,Cgogo 与京瓷(Kyocera)、波导等手机厂商在移动搜索广告方面展开合作。此次 Cgogo 与京瓷、波导在移动搜索广告方面的合作,主要体现在手机端的 wap. cgogo. com 移动搜索门户网站中,每个关键词搜索结果页面内提供京瓷或波导产品的广告图片,并链接到企业的 WAP 网站或相关产品推广页面。

与互联网搜索引擎赢利模式,移动搜索因传播介质(手机)的限制,无法完全将互联网搜索赢利模式照搬到移动搜索中。选择并建立一条行之有效,且适用于移动搜索引擎发展的良性赢利模式,是移动搜索引擎产业初创者首要考虑的问题。

2006 年 3 月 21 日,中国分众传媒以 1500 万美元现金及价值达 1500 万美元的普通股完成对北京凯威点告技术有限公司的全盘收购,凯威点告作为一家手机定向广告服务商,收购后的新公司更名为"北京分众无线传媒有限公司"。而在同一天,飞拓无限科技有限公司也宣布与中国移动建立全面合作伙伴关系,并与中国移动数据业务运营支撑中心联手推出手机互动广告平台。飞拓无限负责整个平台的销售和市场推广。这一举措标志着国内手机广告平台正式启动。5 月,上海聚君技术公司与上海联通和上海移动分别签署协议,联手在上海推广基于 MMS、WAP 平台手机广告。6 月,整合后的凯威变身为北京分众无线传媒技术有限公司,并开始运营,推出点告(通过多个无线互联网站将客户的广告精确地投放到其目标消费者手机上的定点广告投放模式)与直告(手机直投广告的简称,是建立在手机用户许可的前提下的,将广告直接投放到用户手机上的广告投放模式)业务。7 月 12 日,中国联通在北京启动其手机广告业务的商用计划,推出四款手机广告产品——PUSH 类、WAP 类、语音类以及置入类产品。同时,中国联通授权其全资子公司——联通新时讯,成立专门的广告公司,进行手机广告的招商、制作和发布。

2007 年 3 月 8 日,艾瑞公司发布分析报告称,以手机为主要载体的无线广告业务在中国经历了短时间发展后,2007 年将迎来 7 亿人民币的无线广告市场,直逼网络广告。包括 3G 门户、空中网、新浪网在内的手机门户网站也将面对更加激烈的市场竞争。

单纯依赖手机 WAP 网站,无线广告的传播率将大打折扣。当手机变为一种媒体后,数据量会骤然猛增。在此情形下,用户将丧失对信息和媒体内容的阅读能力,无线广告价值也将随之流失。另外,如果企业把广告与用户通常使用的移动搜索引擎相结合,那么无线广告的价值就能够较为完整地保留。2006 年中国无线互联网搜索用户规模为 2800 万。

随着 3G 网络在中国的开展,移动运营商对移动数据业务的重视、智能手机终端的以及无线上网用户的稳步增长,2010 年中国手机广告市场规模预计将达到 12.77 亿元,手机搜索用户将突破 1 亿大关。

三 手机广告,巨大市场孕育新金矿

随着互联网、宽带通信、移动技术的加速融合,其技术交汇的某些环节无疑将会产生崭新的商业模式。日前,以广典传媒为代表的国内新媒体就提出了要基于互动传媒业态(DIM)打造中国最大的手机广告平台。新业态下的手机广告虽然存在用户是否接受、3G 能否普及、技术障碍能否解决等诸多变数,但由于具有用户活跃度高、几乎 100% 的阅读率、精确地找到目标受众等诸多优势,其前景看好。

一份来自 Informa Telecoms & Media 市场调研公司的报告显示,全球手机广告收入将于 2011 年达到 113.5 亿美元，而 2006 年的手机广告收入为 8.71 亿美元。短期内，手机广告收入的绝大部分将来源于文本短信和多媒体短信服务，但是到 2011 年，短信类广告在总收入中所占份额将降至 24%，丧失的份额由手机电视类广告以及 WAP 类广告获得。其中，标语式、搜索式等 WAP 类广告收入将达到 31.3 亿美元，手机电视类广告收入将达 43.7 亿美元，为总收入的 38%。

目前，手机电视类广告已经取得了初步成功。例如，丰田汽车就在美国推出了一项类似游戏的手机电视广告：在某个手机的特定频道里，用户可进行持续两分钟的赛车游戏。用户普遍把该广告看做游戏内容，在一个月的时间内，参与游戏的用户数就达到了 15 万。与此同时，美国虚拟网络运营商 VirginMobile 也启动了一项活动计划：用户只要收看移动广告，就可获得数分钟免费移动电视、电影的收看时间。相比传统广播电视，手机电视服务的优势在于，手机用户会比电视用户更有耐心看完广告并被广告影响。例如，手机用户在收看完某品牌比萨的广告之后，就顺便打了一个订购电话，省却了再寻找手机或其他通话工具的环节，这恰巧表明了手机广告所具有的天然的载体优势。

我国是无线互联网广告最大的市场，手机作为随身携带的媒体的优势是其他媒体无法企及的，运营商强大的数据信息分析与处理有利于广告的精准投放，这些因素都让广告主对手机无线广告的未来充满了信心。我国无线广告虽然目前还没有形成规模，但我们相信，在这样一个庞大的新媒体市场中，同样存在着巨大的广告价值，它必然走上和互联网广告一样的道路，只是更多商业模式还有待于我们去探索。

第 3 节　手机广告的未来发展

一　手机广告的现有模式分析

手机广告具有个性化、互动性、情境性、高效性等不同于传统广告的新特点。一般而言，手机广告价值链中有广告主、广告公司、媒体所有者、移动运营商和消费者。广告主是价值链中的发起端，也是最重要的一环；媒体所有者在价值链中位居第二位，它拥有经过授权的移动号码数据库；

移动运营商则控制了传输渠道,通过不断创新的移动新技术沟通整个价值链;价值链的末端是消费者,他们的价值取向和消费偏好决定了手机广告的未来发展方向。到目前为止,中国的手机广告市场主要出现了以下几种商业模式。

1. 移动运营商的代理模式

目前国内主流移动运营商基本都采用这种模式:移动商机还将不断增长。

2. 面临困境的用户相对被动接受的 SP 模式

凯威点告公司在 2006 年 3 月被分众传媒收购,成立的新公司叫北京分众无线传媒有限公司,该公司是一家短信群发公司,强制推送广告信息给广大客户。目前该公司拥有大量 WAP 手机用户使用 WAP 的信息记录,公司可以通过无线互联网将广告精确投放到某个具体的用户手机上。以前凯威点告公司掌握了 7000 多万个用户手机号码的相关信息,几乎囊括了中国所有的 WAP 用户,每日可以向 1200 万 WAP 用户发送广告,占有这一市场近 80% 的份额。它的 WAPPUSH 广告模式酷似原来的群发短信,即对用户有强制性,因此目前这种方式已经受到运营商的严格监管,未来的发展前景不容乐观。

2008 年,分众无线因被央视"3·15"晚会爆出制造大量垃圾短信、损坏消费者权益而陷入困境。受此事件影响,分众股价从最高 66.30 美元一路下跌至 26 美元左右,接近历史最低点。分众无线因此也面临被解散和重组命运。因此,该模式面临困境。

3. 日渐流行的终端嵌入模式

除了绑定上游运营商外,很多手机广告商正在积极地向产业链下游的手机终端厂商渗透。广州的摩拜美迪公司就将广告元素直接置入手机终端,从而投放给广大手机用户。该公司多采用买断的方式,在每种品牌的每部手机里投放 3~4 个广告,并将 1/3 的广告收入分给手机厂商。目前,摩拜美迪已经将广告以图片、屏保、铃声和游戏等形式置入了国内每年出产的 3000 多万台彩屏手机里,并通过在手机终端内置软件的办法对广告进行及时更新(当用户使用 GPRS 时,软件便会自动更新内置在手机里的广告内容,同时软件包含的积分管理系统可以统计和激励使用广告的手机用户)。

4. WAP 网站免费发送模式

手机广告还采用一种利用 WAP 网站免费发送移动广告的模式。它们以手机门户网站的形式，用免费的内容吸引用户访问，然后利用流量做类似目前互联网广告的手机广告。由于中国移动出台了禁止 SP 在非梦网平台上做广告的规定，独立 WAP 网站开始使用免费 WAP 门户进行赢利。从用户交互性上讲，与互联网平台相比，手机是实现互动营销的最佳平台，因此，手机门户网站的广告投放具有一定的吸引力。最近，国内流量最大的免费 WAP 网站 3G 门户网宣布已经获得了明基的广告投放，并称有可能在下一步和联想达成广告合作，开展手机广告的运营。虽然带宽和手机终端的限制使得手机广告不可能在广告的形式、视觉效果上与互联网广告竞争，但却可以通过深度互动为广告主提供更多的附加价值。

5. WAP 互动模式

WAP 互动模式其实是一种深度梯次手机广告模式。复杂产品需要向受众传递不同层次的信息，且不同层次信息传递的先后次序也极大地影响信息传达的效率。WAP 互动模式是利用手机媒体与受众一对一沟通的特性，加上 WAP 技术强大的处理能力，将复杂产品不同层次的信息按合理的次序传递给受众，从而提高广告效率。具体操作如下：

向受众数据库发送第一次直告，以有奖答题或游戏的形式传递"品牌信息"，凡参与活动的受众可以认为是受过"品牌教育"的受众，构成第二次直告宣传的目标受众数据库；向该数据库发送第二次直告，以有奖答题或游戏的形式传递"产品信息"，凡参与活动的受众可以认为是受过"产品教育"的受众，构成第三次直告宣传的目标受众数据库，这些受众可以视为企业产品的潜在客户；向他们发送第三次直告传递"产品促销信息"，从而促使潜在客户转化为企业产品的现实用户。

6. 直告模式

直告是手机直投广告的简称，是广告主直接推送到目标客户手机上的广告。通过不同的手机用户授权方式又可以分为：独立直告、会员直告、区域直告等几种细分广告模式。独立直告和会员直告都是在用户许可的前提下，以手机用户数据库为基础，将广告信息直接发送到潜在用户手机上，实现精准投放。区域直告是以移动定位为基础的一种直告方式，向特定区域范围内（比如商场内）的用户直接发送手机广告信息。用户进入该特定区域,如商场、超市等,系统识别其身份并向其发送手机广告。区域直告最大的特点是受众目的性强,广告有针对性。

因为进入特定区域如卖场的用户带有很强的目的性,此时用户的注意力集中在特定事物上,因此这时向其发送特定类型的广告,受众更容易接受并更加关注,而且广告效果可以立即转化为现场购买,即刻实现广告最终目的。由于 WAP 技术的强力支持,无论哪种直告模式,都可以脱离呆板的短信文字介绍变身为丰富多彩的图片、语音、WAP、Push 等手机广告形式。

7. 移动搜索广告

作为互联网搜索技术与移动通信技术相结合的产物,移动搜索技术日渐成熟,随之产生的一种新的广告形式——移动搜索广告将成为无线网络时代最具潜力的广告模式之一。

8. 无线位置定位广告

无线位置定位广告是利用无线网络的定位功能,及时根据定位用户的地理位置,为其主动提供服务的一种广告模式。无线位置定位广告充分发挥了手机媒体的优势,特别适合移动中的人们的需要,更加体贴,更加人性化。例如,当你身处异乡,对周围的地理环境都不是很了解,那么在午餐的时间,你的手机就可能跳出一条信息,向你传递附近几家餐厅的特色菜肴及打折信息等。

是否能在恰当的时间、准确的地点满足人们的需要,这也是未来手机广告发展的方向及制胜的关键。

虽然以上几种手机广告业务的商业模式目前还没有全面盈利的案例,手机广告和互联网广告相比也还存在技术标准不统一等问题,但鉴于美国 WAA 已经颁布了无线广告标准,国内形成统一的标准是可以预期的,手机广告也有可能像互联网广告那样得到较大发展。

二 手机广告的发展趋势

进入 3G 时代后,我国手机广告产业将在市场发展、广告实现方式和商业模式三个方面呈现以下趋势。

1. 手机的媒体化催化手机广告产业化

3G 时代的到来将加快手机媒体化的进程。手机是一种新媒体,它将加速电信业与媒体业的融合。2006 年 6 月，中国移动与凤凰卫视签署战略联盟协议，在内容开发和推广等方面展开合作，同时中国移动收购了新闻集团旗下星空传媒所持 19.9% 的凤凰卫视股权，提前对手机媒体化进行布局。未来手机电视、位置服务、移动搜索等业务是 3G 时代的核心应用，这些业务与服务内容，将给手机广告带来视听方式和传播模式上的革命。从这个意义上说，3G 时代的手机已不再仅仅是一种通信工具，更有可能成为传播文本、视听、娱乐等多媒体信息的互动性传播工具。手机完成向第五媒体的转变，对手机广告乃至整个广告市场的产业链、商业模式等完善都有着巨大推动作用。

2. 网络融合带来传统媒体广告与手机广告的结合

电信、电视、计算机三网融合是未来电信行业发展趋势。尽管在 3G 时代，网络上可能还达不到完全统一，但在内容制作、服务提供、与目标用户群定位上的一致性仍然可以表明，电信网正在并且已经为未来的三网融合做好准备。网络融合的先兆首先是业务的结合，除了被普遍认为将成为三网融合突破口的 IPTV，手机广告是最有可能在 3G 时代完成与跨网传统行业广告结合的业务之一，其主要表现为传统媒体广告在产业链和商业模式上对手机广告的影响和渗透。如传统互联网广告与无线互联网广告的表现形式和计费方式的一致，手机报、手机杂志与传统平面内容制作和广告运作的统一，传统电视、广播广告向手机电视广告的延伸，移动搜索等互联网业务成功进入手机后所带来的相同广告模式，定制类手机广告信息服务和传统直邮广告在数据库营销上的相似。在 3G 时代，新业务的兴起将把传统媒体广告的优势集结在小小的手机屏幕之中，形成最具有融合性和整合性的手机广告。

3. 广告与信息服务相结合的趋势

分众、定向、及时、互动是手机广告相比传统媒体广告的优势所在，在 3G 时代，这些优势将会得到更充分的发挥，手机广告甚至可能颠覆传统广告的定义。在美国广告协会的定义中，广告是指面向大众，付费用的宣传，其主要目的在于告知、说服和创造消费者需求。而通过手机发布广告，借助手机的即时性、随身性、个人性和私密性等特点，广告信息变为具有针对性的服务信息，给接收者带去亲切的提醒、提供友善的参谋以及便利的整体解决办法。试想出现以下的情况：我们在进入商业区时接收到已提前定制的最新商品信息;用餐时间使用位置服务可以看到当前周围餐馆的预订和折扣情况;刚下长途火车就收到亲切的问候短信,以及酒店预订、车票查询订购的服务信息,如果需要,通过手机支付就能完成整个预订和购买过程。在这些情景中,手机广告的性质悄然发生改变,消费把这类信息当做服务信息而欣然接受,而手机广告也逐渐进入以客户为中心的移动营销阶段。

4. 定制方式逐渐取代群发、Push 方式

日本和韩国是手机广告业务开展较好的国家,纵观其手机广告发展历程,我们发现除了广告资费低、广告内容与增值业务充分结合这两个特点,尊重用户的选择也是其手机广告成功的关键因素,表现在操作上则是尽量减少未告知情况下的群发和主动 Push 型广告,取而代之的是引导用户定制类型广告和提前知晓的补偿类型的广告,通过提前告知和定制渠道,运营商也可以进一步了解到愿意接收手机广告的用户的兴趣爱好信息、接收广告时间和频次,一方面将终端用户对手机广告的排斥控制在最低,另一方面也为提供准确的广告内容提供了依据。进入 3G 时代,用户接受程度取代技术成为制约手机广告业务大规模开展的主要瓶颈。用户越来越无法忍受简单冒昧的 Push 类手机广告形式,而粗放的广告投放方式也不能满足广告主的投放需求。主动定制、补偿定制取代简单群发将成为手机广告的主要发展方向。

5. 数据库不断完善,数据库营销成为手机广告核心竞争力

运营商合理开发和利用自身庞大的用户信息数据库,将是 3G 时代手机广告产业乃至整个移动营销发展的重要动力。不同于传统行业的数据库营销,运营商充分挖掘自身用户信息,一方面,不仅能更好地维系客户关系和推广旗下的产品、服务,另一方面,借助庞大的用户数、高效的信息收集方式以及便利的终端渠道优势,运营商甚至可以考虑向外部企业提供数据库营销服务,为企业提供从营销决策、内容制作、信息送达直到营销效果评测的一整套移动营销解决方案。要做到这一点,运营商需要对现有数据库进行改进和完善,建立专门的终端用户商机管理平台,努力提高数据分析范围、深度,对用户信息进行深度分析,并根据分析结果向其投放适当的商业信息内容,与企业合作为用户提供必要的商业信息服务。如果方式得当,不仅不会使用户反感,还有可能因体贴的信息服务使

用户满意度提高，从而提高用户对移动业务的黏着度和满意度。

6. 3G 时代多媒体特征，使手机广告表现力极大加强

进入 3G 时代，手机终端已经不再仅仅只是传统的移动通信工具，各种智能手机的兴起，预示着未来手机将成为集通信、互联网应用、娱乐等功能于一身的多媒体掌上终端。更大、更清晰的屏幕、更长久的电池续航能力、更快速的数据传输能力使各种业务的实现成为可能的同时，也将极大提高 3G 时代手机广告的表现能力。广告主可以根据广告诉求、广告内容和目标受众的不同特征选择合适的广告表现形式，以达到最佳的广告投放效果。不管是言简意赅的文字型广告、亲切近人的音频型广告、简洁直观的图片型广告、张力十足的视频类广告或者是用户高度参与其中的互动式手机广告，均可以在进入 3G 时代的手机广告中得到实现。

7. 置入类手机广告将大行其道

置入类广告在传统广告中已有一定应用，如信用卡账单背面的商品信息、软文广告、赞助性质的冠名等，这一类型广告的优点在于可以形成长期、潜移默化的宣传效果，且不会遭致用户潜意识上的抵制。这一特征可以帮助手机广告更好地突破用户因个人空间被侵入而产生的抵触情绪。进入 3G 时代，置入类手机广告主要有两种表现形式，一种是终端置入型，通过 SIM 卡、RFID 芯片、手机硬件功能改造、客户端软件嵌入等方式实现。韩国 SK 电信成功推出的"Nate Ad MoA"业务正是这一类型手机广告的代表，广告可以通过手机待机画面、无线互联网连接画面、关机画面、开关机画面等七个方式来呈现。另外，广告内容还可以自动联网更新。另一种置入方式是内容置入，包括手机游戏、手机电视、手机搜索等 3G 时代会有较大规模发展的业务和内容均有可能成为未来手机广告的置入目标。

8. 以手机广告引发的闭环销售将成为现实

一般认为，手机广告的发展将会经历三个主要阶段：以广告 Push 为代表的信息单向传播阶段；以广告定制和信息互动为主的商业信息沟通阶段；以电子商务为载体，以交易实现为最终目标的移动营销服务阶段。在 3G 时代，随着技术、应用和手机广告产业链的不断成熟，人们只通过手机就可以完成信息流、资金流、物流三流的统一。以手机广告到达为开始，用户登录无线电子商务门户进一步获取更详细产品信息，确定购买意

向后借助手机支付功能在线支付,并通过定位服务引导物流配送,最后使用手机来确认交易完成。实现随时随地完成商品的整个购买过程。而手机广告产业也将发展成为横跨通信、IT、贸易、金融、物流行业的庞大产业。

9. 广告收费方式将发生变革

广告业流传着这样一句经典名言:"我知道有一半的广告费浪费了,但我不知道浪费的部分在哪儿。"可见广告企业对于广告从来都是又爱又恨,爱的是其带来销售额的显著提高,恨的是更多的广告投入往往石沉大海,无迹可寻。从 CPM(千人成本)到 CPT(按时段计费)、CPC(按点击量计费),一直到 CPA(按效果计费),传统广告计费方式的演进从另一个侧面说明了广告主在努力提高广告投入准确性方面所作的努力。按实际由广告所引发的销售来计算广告费用是广告主的梦想,但由于受到监测手段、数据准确性等因素限制,这种理想化的广告收费模式至今仍停留在概念阶段。而进入 3G 时代的手机广告则很有可能将这种 CPA 收费方式变为现实。在手机广告形成闭环销售的情况下,从用户接收到广告信息开始直到交易最终完成,运营商和广告服务提供商对于用户提交的每一个申请均有记录,并以此判断所投放的广告是否真正对产品的销售产生了直接影响。对于确实产生实际销售的手机广告,广告运营商将根据协议向广告主收取销售额固定比例的广告费用,作为交换,对于那些没有起到形成直接销售的手机广告,企业只需要按数量、流量或者时间等向运营商支付基本的通信费用。

10. 运营商将成为手机广告产业链的领导者

与广告主、广告公司对手机媒体的热烈追捧不同,牢牢把握手机媒体控制权的运营商在手机广告的运作上表现得相当低调。直到 2006 年,中国移动和中国联通才先后宣布涉足手机广告业务,但其业务范围与开展规模更多让人感到只是雷声大雨点小,运营商缺乏关注也是手机广告发展较为缓慢的原因之一。百纳电信咨询认为政策限制、商业模式不明确、产业链未成形是导致运营商举棋不定的主要原因。但站在整个产业的角度来思考,移动运营商将极有可能成为未来手机广告产业链的主导者。首先,与固网运营商只能对基础接入服务与市场认证进行管理,而对附加增值应用和内容监管无能为力不同,移动运营商有能力做到对无线互联网的全面管理,拥有主导移动营销产业链的能力。其次,通过手机广告切入移动营销市场,符合移动运营商向综合信息服务提供商转型的战略目标。最后,手机广告尚处于襁褓之中,需要强力的行业领导者来引导整个产业健康稳步地向前发展。

三　中国手机广告的发展对策

手机广告毕竟是一个新生事物,尽管国内手机广告领域当前面临一些问题,但只要分析形势,研究对策,共同培育,其发展前景十分看好。

1. 建立品牌信任,改变手机用户对手机广告的"刻板印象"

与传统广告和互联网广告相比,手机广告所处的移动产业链更为复杂,市场还仅仅处于理想阶段,把盈利模式搁置一边,彻底扭转最终用户对手机广告的信任危机,才是手机广告商首先要做的。手机广告商应该花大精力树立自己的品牌形象,想方设法打动手机用户,使他们感到,手机广告并不那么招人烦,也许它还是你所需要的,甚至喜欢的、有价值的资讯。手机广告绝不是垃圾短信,垃圾短信是国家要治理的,手机广告则是为用户发布商业信息,同时也提供给用户需要的信息。广告商如果能做到在正确的时间、正确的地点把广告推送给正确的人,手机用户的反感程度肯定会大为削弱。同时,还要教会用户轻易识别垃圾广告而不至于上当受骗。还有重要的一点就是,要保证那些选择接收广告而希望在话费上有所优惠的用户,收到的广告全部都是与运营商达成合作关系的广告企业通过统一平台发布的,而不是一些其他渠道的企业通过短信群发方式发来的。手机运营商必须尽早解决治理垃圾广告与对手机广告进行有效标识的问题,这两个问题的解决与否将直接关系手机广告的前途命运。

2. 加强手机广告市场的培育与开发

与电视、报纸、网络等媒体广告相比,手机广告只是处在起步阶段,所以,让消费者与广告商透彻了解手机广告的特性和价值,吸引更多的企业参与手机营销是一项要做的基础性工作。培育市场也是教育市场的过程。第一,媒体群的概念、手机媒体的概念、品牌形象的观念等都是在市场拓展中必须向潜在客户灌输的基本知识。第二,网络与手机的融合为手机广告开辟了一片新天地。针对不同人群对手机和网络信息需求采取不同的市场细分策略,多头并进,可以促进手机广告的市场发展。第三,广告商需要再次引导广告主完成新的认知转变,即从第四媒体到第五媒体(手机)的跃升。尽管这个过程会比互联网广告短得多,但仍然需要广告商花费大量精力投入其中。

3. 加快手机广告标准化建设

作为一种新兴的广告形式,手机广告将来如何发展,很大程度上将取决于其衡量标准的开发能力。但目前还没有形成公认的手机广告标准。我国手机广告业才刚刚起步,借鉴国外一些相对成熟的做法,初步建立一套自己的统一标准,是国内发展手机广告的关键。这套标准应包括手机广告产品的标准、应用标准和技术标准及广告有效性的衡量标准。例如美国 WAA 已经颁布了手机广告标准,包括设备、格式和尺寸等,而在国内尚未形成统一的标准。这就会由于用户手机类型多种多样,导致很多视频广告格式和用户手机不匹配,造成广告不能顺利打开,影响用户对广告信息的阅读体验。企业投放手机广告并不是一个单纯的广告发布过程,而是针对营销目标,从媒体组合选择、策划广告创意、精准筛选受众到界定表现形式的一个系列过程,是需要手机广告提供商的标准化专业服务的。

4. 立法与行业自律并重,边发展边规范

市场经济是法治经济,要让一种经济活动规范发展,必须要有法律的保障。比如,垃圾广告的治理、手机广告的实施等,都应有专门的手机广告机构提出行业总的指导性政策、规范,特别是行业自律的措施,或者出台全国性的立法、地方性的手机广告的管理方法。法制的逐步完善能为行业的发展营造良好的外部环境。然而,法律终究不能解决所有矛盾,诸如如何保护手机用户隐私权之类的问题最终要依靠业界的合作与协同,比如手机用户的信息安全保密问题。手机广告要使用到客户的基本信息,如手机号码、客户姓名、性别等,以及客户的行为信息,如月话费开支、消费偏好等,这些数据对于分析客户的消费行为非常重要,同时,这些信息一旦外泄将可能产生非常严重的后果,因此,运营商在利用好这些信息的同时必须保证客户信息的安全。二者都应以促进这一新领域的健康发展为宗旨,在有关法律、法规和行规不断建立和健全的同时,边发展边规范。

5. 注重技术和收费业务模式的创新

我国互联网和移动通信基础设施的落后是手机广告制作水平不高的重要制约因素。3G 业务的实现,上网速度的提升为丰富手机广告的表现形式提供了一个更广阔的平台。我国手机广告业应多多吸收国外的先进技术与运作经验,从制作和营销两方面提高水平,加快与国际接轨。比如,业界正在探索的"闪告"就是一新技术。"闪告"就是在较小流量的前提下,将影音冲击和文案说服(3G)相配合闪出极富冲击力的多媒体广告。丰富了网民的手机上网体验,更有效地传播了广告主的营销信息,同时配合手机平台将广告与窄告相结合的全民分众特点,以及 7 ×24 全天候营销的优势,将彻底颠覆手机广告有限效果论。同时,还应加强数据业务收费模式的研究和创新。目前,运营商都对手机用户使用数据业务进行收费,特别是按照流量进行收费的方式普遍存在,用户通过移动终端访问 WAP 网站或在线游戏时所接收的广告,如果含有视频及声音等媒体形式,则会占据较大的数据流量,如对此进行收费,必将打击客户使用手机广告的积极性。运营商要改变思路,顺应消费者需求,探索新的收费业务模式,让相关资费降下来,广告业务量和广告效果才能提升上去。

第9章 移动增值服务

移动增值业务是移动运营商在移动基本业务(话音业务)的基础上,针对不同的用户群和市场需求开通的可供用户选择使用的业务。移动增值业务,通俗一点讲就是建立在移动通信网络基础上的,除了语音以外的那些数据服务。主要增值业务有:短信、手机银行、手机证券、手机邮箱、彩信、无线音乐、手机游戏等。

移动增值业务是市场细分的结果,它充分挖掘了移动网络的潜力,满足了用户的多种需求,因此在市场上取得了巨大的成功。如预付费业务(神州行、如意通),短消息增值业务(移动梦网、联通彩信)都有着众多的用户,已成为运营商的主要品牌。移动增值业务已成为移动运营商价值链最重要的组成部分,市场前景广阔,需求极大。中国移动增值业务市场将以每年超过30%的速度增长。

根据 iResearch 艾瑞咨询公司 2009 年 6 月 24 日发布的《2008~2009年中国移动增值行业发展报告》预测,2009 年中国移动增值服务市场规模达 1500 亿元。①

在 3G 的大趋势下,中国移动增值业务本身正向着以下几个方面演进:产业链日趋完善,分工越来越明确;市场在不断细化,市场需求越来越大且越来越明朗;相关的产业政策和监管法规正在制定完善当中;移动增值电信业务本身对宽带化、个性化、交互性和适应性的要求不断提高;各种通信技术的不断创新和成熟为移动增值电信业务提供了可靠的保证。

无线音乐进一步发展。随着彩铃市场的持续发展,将会带动以音乐为代表的娱乐行业与移动通信行业的进一步联合发展,并从语音增值扩展到数据增值的领域。随着网络带宽的增加以及费用的合理化,用户将很有可能开始更多地在移动过程中从网上下载音乐和视频。

---

① "2008~2009 年中国移动增值行业发展报告",www.iresearch.com.cn.

手机游戏产业链开始繁荣。这一行将启动的市场将可能带来另一个盛大公司的诞生,从而刺激该产业链中从游戏开发商到游戏运营商的各个环节全力参与。尽管手机游戏在中国目前是一项新兴业务,但是必将受到年轻人的追捧并为手机游戏服务供应商所推广。

第 1 节　手机游戏

一　手机游戏的概念与类型

所谓手机游戏就是可以在手机上进行的游戏。随着科技的发展,现在手机的功能也越来越多,越来越强大。而手机游戏也远远超过初期"俄罗斯方块"、"贪吃蛇"之类画面简陋、规则简单的游戏,进而发展到了可以和掌上游戏机媲美,具有很强的娱乐性和交互性的复杂形态。

手机游戏可以根据游戏本身的不同,分成文字类游戏和图形类游戏两种。

文字类游戏是以文字交换为游戏形式的游戏。这种游戏一般都是通过玩家按照游戏本身发给用户的手机的提示来回复相应信息进行的游戏。例如,目前很知名的短信游戏"虚拟宠物"就是典型的文字类游戏。在游戏中,游戏服务商会给您一些短信提示,比如服务商可能会给你发送如下短信"您的宠物饥饿度:70,饥渴度:20,疲劳度:20,喂食请回复内容为数字'1'的信息,喂水请回复内容为数字'2'的信息,休息请回复数字'3'……"等等,那么,您回复数字"1"之后,游戏会给您回一个信息"您的宠物已经喂食完毕,您的宠物的饥饿度变为20",如此类推,您便可以通过手机短信的方法来进行游戏了。

文字类手机游戏主要分为短信游戏与 WAP 游戏两种。

短信游戏:就好像"虚拟宠物"那样。短信游戏是玩家和游戏服务商通过短信中的文字内容来交流,达到进行游戏的目的的一种文字游戏。

由于短信游戏的整个游戏过程都是通过文字来表达,造成短信游戏的娱乐性较差。但是短信游戏却是兼容性最好的手机游戏之一。

WAP 游戏:1999 年以后出厂的每台手机几乎都有一个无线应用协议(WAP)浏览器。WAP 本质上是一个静态浏览载体,非常像一个简化的

Web,是为移动电话小型特征和低带宽而专门优化的。要玩 WAP 游戏的话,可以进入游戏供应商的 URL(通常通过移动运营商门户网站的一个链接),下载并浏览一个或多个页面,选择一个菜单或者输入文字,提交数据到服务器,然后浏览更多的页面。WAP(1.x)版本使用独特的标记语言 WML,允许用户下载多个页面,即卡片组。新版本的 WAP(2.x)使用 XHTML 的一个子集,一次传递一个页面并且允许更好的控制显示格式。两种版本的 WAP 都提供一个比短信 SMS 更友好的界面,而且更加便宜,只根据使用时间付费而不是根据信息数。但是它是一个静态的浏览载体,手机本身几乎不需要做任何处理过程,并且所有游戏必须通过网络,所有的操作都是在远程服务器上执行的。手机将继续带有 WAP 浏览器,而且开发者可能发现 WAP 有利于传送比游戏应用程序提供的更详细的帮助信息或者规则,因为大部分的游戏仍然受有限的内存制约。然而,WAP 没能达到高使用率的目标(在欧洲和北美洲,只有 6% 的手机使用 WAP),而且移动运营商和游戏开发者正在远离 WAP 技术。

综观文字类游戏,其都有着一个共同的特点,即游戏是通过文字描述来进行的。游戏过程中,需要玩家进行过多的想象,使得游戏相对比较单调。虽然目前已经有了彩信等特殊服务可以让这类游戏更加人性化,但是其本质依然无法改变。而且,对于文字类游戏来说,其不低的价格门槛依旧是制约其发展的一大"瓶颈"。

图形类手机游戏更接近我们常说的"电视游戏",玩家通过动画的形式来发展情节进行游戏。由于游戏采用了更为直观且更为精美的画面直接表现,因此图形类游戏的游戏性和代入感往往较文字类游戏高,因而广受欢迎。图形类手机游戏主要包括嵌入式游戏、KJava 游戏、BREW 游戏、UNI – Java 游戏。

嵌入式游戏:嵌入式游戏是一种将游戏程序预先固化在手机的芯片中的游戏。由于这种游戏的所有数据都是预先固化在手机芯片中的,因此这种游戏无法进行任何修改。例如诺基亚早期手机中的"贪吃蛇 1、2"就是嵌入式游戏的典型例子。

KJava 游戏:Java 2 Micro Edition (J2ME,即 KJava)是一种针对移动电话和 PDA 这样的小型设备的 Java 语言。大部分的手机厂商都迫切希望 Java 手机推广应用。尽管 J2ME 与台式机中的 Java 相比还是有很大的限制,但是它已经极大地提高了移动电话支持游戏的能力,并且有比短信SMS 或 WAP 更好控制的界面,允许使用子图形动画,可以通过无线网络连接到远程服务器。J2ME 不是手机上配置的唯一的解释语言,但是它是一个许多厂商支持的行业标准。

二　国外手机游戏市场发展现状

市场调研公司 SNL Kagan 2010 年 2 月 1 日发布的一项最新研究报告显示,2009 年手机游戏发行商在美国市场上实现的营收接近 5.4 亿美元,2006 年的营收为 3.82 亿美元,年增长率达 12%。

在日本,手机媒体、手机游戏市场领先于欧美国家。手机网游成为运营商赢利的重要业务之一,并且在日本已经出现了仅仅依靠广告赢利就能给用户免费提供高品质手机网游的手机网站。

从业界现状来看,市场的中坚力量主要集中在以下几类厂商:其一是传统和新锐的游戏开发商,市场最活跃的角色,大致分为欧美和日韩两大流派。例如苏格兰的 Digital Bridges、英国的 Sci Entertainment、美国的 JAMDAT、THQ、日本的 Sony – Ericsson、Sega、韩国的 ZIO。其二是近水楼台先得月的手机制造业巨头,如今年宣布成立流动通信论坛(MGI),旨在共同制定用于无线游戏的网络服务器操作规范的 Motorola、Nokia 和 Siemens。其三是老牌和新兴移动电信运营商,如日本的 NTT DoCoMo 公司、英国的 Orange 公司、美国的 AT & T、Qualcomm、Unplugged、Cingular。其四是电子产业的骄子,如美国的英特尔 Intel 与韩国的 LG。而根据英国市场研究机构 Analysys Ltd. 的一份研究报告,未来五年手机游戏将在欧洲市场取得爆发性成长。

手机游戏正风靡美国。手机游戏正越来越被游戏迷以及从不玩游戏机和电脑游戏的人们所青睐。美国的无线公司正在竞相推出能够无线下载的游戏来满足这种需求,以便在市场日渐饱和的语音业务之外开辟一片新天地。

手机游戏是为数不多的各个客户群普遍增长的无线数据服务业务之一。女性占手机游戏人群的一半,游戏玩家的平均年龄也高于游戏机和电脑游戏玩家。

随着手机游戏越来越受欢迎,其价格也不断攀升。手机公司对下载一个游戏平均收费 5 美元左右,许多以前免费的游戏现在也开始收费了。部分运营商对热门游戏每月收费 2～3 美元。

由于手机屏幕和键盘的尺寸较小,绝大多数手机游戏都比较简单。尽管简单,但手机游戏对部分用户而言却具有非同寻常的魅力。许多玩家玩游戏的初衷是为了消磨时间,或消除烦躁。不管动机如何,手机游戏玩家是订户中一个较富有的群体。手机游戏玩家不见得就是游戏机游戏的玩家。手机游戏继续增长的关键是简捷。

根据英国市场研究机构 Analysys Ltd. 的一份研究报告,未来 5 年手机游戏将在欧洲市场取得爆发性成长。预计 2008 年欧洲手机游戏市场规模将增长到 30 亿欧元的规模。

2005 年 9 月 27 日美国手机游戏发行商 I－play 对欧美手机游戏用户进行了调查研究,发现欧美手机用户在玩手机游戏方面存在很多不同。

I－play 公司在美国、英国、意大利、西班牙和德国总计调查了 2500 名手机用户,发现 45% 的美国人玩手机游戏以获胜为目标,相比之下只有 17% 的欧洲人看重游戏的输赢。有 31% 的美国用户会向朋友们推荐好玩的手机游戏,而只有 13% 的欧洲用户会这么做。

美国手机游戏玩家玩手机游戏的时间也相对较长,其中有 33% 的人玩一次游戏的时间会超过 20 分钟,欧洲玩家一次玩那么长时间的只占到 21%。美国玩家玩游戏的频率也比较高,其中有 8% 的人每周会玩 10 次以上,而欧洲玩家中这样做的只有 3%。

欧洲手机游戏玩家对手机内置的和下载的游戏认可度相似,但是与 29% 的美国用户每周下载两个以上手机游戏相比,欧洲用户只有 24% 的人这么做。美国人比较喜欢休闲放松的游戏,而欧洲人更喜欢动作游戏。

关于游戏来源的问题,有 25% 的美国人和 17% 的欧洲人表示是朋友的推荐,而 26% 的美国人和 13% 的欧洲人说如果有人教,他们会下载更多的手机游戏。有 30% 的美国人表示是通过手机上网功能发现新手机游戏,只有 18% 的欧洲人这样表示。

尽管美国人和欧洲人在玩手机游戏方面有很多的不同,但是调查结果中最重要的一点是 58% 的美国用户和 46% 的欧洲用户表示如果游戏操作简便,他们就会下载更多的新游戏,因为放松是玩手机游戏的主要目的。

三　中国手机游戏市场规模

目前与中国移动合作的手机游戏内容服务商大约有 300 多家，已初具规模的大约有 15 家；另据联通有关人士透露，与他们合作的普通内容服务商一个月进账有几百万元，而较大的内容服务商如门户网站每月收入可达上千万元。当然，在国内目前的手机无线游戏的产业环境下，内容服务商似乎还不是主角，移动运营商占据了整个价值链的枢纽地位。对于移动运营商而言，由于手机无线游戏价值链上游的众多小规模游戏开发商一般处于"弱势"地位，价值链下游不存在销售渠道分享销售额，因此，其利润空间非常巨大。同时，手机无线游戏对移动运营商的无线数据业务也起到了很大的拉动作用。中国移动于 2001 年 8 月就推出的GPRS，由于当时缺乏真正的实用价值，一直被市场冷落。而现在，用户在下载和使用手机无线游戏时产生的巨大流量给 GPRS 带来了生机。随着竞争的激烈，前 20 名的 SP 将产生分化，门户网站将独立成为一大阵营，他们将继续向铃声、图片、信息和社区收费等较有优势的项目前进，而在游戏聊天方面又将分化为两类：一类是拥有特殊资源的，像 QQ；另外一类是主营游戏的 SP，像美通、灵通、讯龙等等。

手机游戏产业横跨电信、互联网、计算机、软件、消费电子等诸多领域，已经在相当多的产业中形成了巨大的渗透力。

手机游戏作为一项巨大的产业，已经形成，3G 是手机游戏的一个重要契机。手机游戏产业生态链主要由游戏内容开发商、电信运营商、游戏运营商及用户共同组成。

2005 年中国手机游戏市场规模达到 9.5 亿元，2006 年为 14.1 亿元，增长率为 48.4%。随着市场规模的扩大，用户规模也随之上扬。iResearch 艾瑞市场咨询公司通过对手机移动增值服务市场以及手机游戏市场的研究分析，2005 年中国的手机游戏的付费用户有 1400 万，2006 年达到 1800 万，增长率为 28.6%。受到未来 3G 产业的投入商用所影响及手机游戏软硬件市场的成熟，未来三年该市场将在规范发展的同时稳定增长。2008 年手机游戏产业将达到 30.9 亿元，付费用户规模达到 3200 万人。

2007 年，中国网络游戏市场销售收入大幅增长，总额超过人民币 100

亿元。中国网络游戏用户数已达4017万,其中付费网络游戏用户达2236万。[①]

2008 年,中国网络游戏用户数达到 4936 万,比 2007 年增加了22.9%。预计 2013 年中国网络游戏用户数将达到 9453 万,2008 年到 2013 年的年复合增长率为 13.9%。数据显示,在此期间网络游戏用户增长速度将高于互联网用户增长速度。

2008 年,中国付费网络游戏用户达到 3042 万,比 2007 年增加了36%。预计 2013 年中国付费网络游戏用户数将达到 5946 万,2008 年到 2013 年的年复合增长率为 14.3%,数据显示,在此期间付费网络游戏用户增长速度将高于网络游戏用户增长速度。

2008 年,中国网络游戏市场实际销售收入为 183.8 亿元人民币,比2007 年增长了 76.6%。预计 2013 年中国网络游戏市场实际销售收入将达到 397.6 亿元人民币,2008 年到 2013 年的年复合增长率为 16.7%。

2008 年,中国自主研发的民族网络游戏市场实际销售收入达 110.1亿元人民币,比 2007 年增长了 60.0%,占中国网络游戏市场实际销售收入的 59.9% 。[②]

2008 年,中国手机市场增长速度保持了 40.3% 的高增长率,市场规模达到 12.1 亿元。手机游戏的用户数保持了高速增长,达到 1.36 亿人,相比 2007 年增长了 52.1%,超过中国手机用户的 20%。

在 3G 市场的推动下,手机游戏服务商业模式逐渐清晰,产业链分工与合作更趋细化。到 2011 年,市场规模将从 12.1 亿元增长到 40.3 亿元,3 年年均增长率达到 49.3%。[③]

四 手机游戏产业链及收费模式

手机游戏产业链的构成主要包括移动运营商、CP(游戏开发商)、SP(游戏发行商)、游戏平台开发商、终端制造商、游戏分销商以及用户组成。手机游戏从开发到为用户提供服务,需要产业链上各方的参与。

---

① "中国去年网络游戏市场收入逾人民币 100 亿元",http://www.zaobao.com. 2008 - 01 - 16.
② "中国网络游戏产业逆势成长",新华网,2009 年 3 月 24 日。
③ 中国手机游戏爆发增长,《经理人》,2010 年 1 月 7 日。

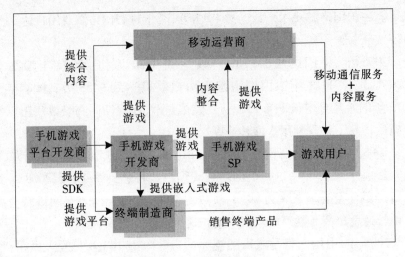

图 9-1　手机游戏产业链

　　游戏平台开发商基于 J2ME(Java2 Micro Edition)、BREW 等技术平台向移动运营商、手机游戏开发商、终端制造商提供移动游戏平台或 SDK (Software Developer Kit),手机游戏开发商自主开发手机游戏提供给移动游戏提供商或移动运营商,也可将开发的游戏直接嵌入到终端制造商制造的终端中。移动运营商及其门户网站、手机游戏发行商 SP 向客户提供游戏服务,包含各项移动通信服务和内容服务。在产业链上的各主体中,移动运营商占据主导的地位,而 CP、SP 的地位相对较弱,用户和渠道的地位最弱。

　　目前来看,手机游戏的收费模式主要包含两类。一类是单机下载的收费模式,通过下载不同的游戏收取一定的费用。这类游戏中也包含免费的游戏,用户在试用一段时间以后可以选择购买也可以选择不购买,相比较于下载收费,这种方式给用户提供了一个选择的机会。另一类是联网游戏的收费模式。它又可分为几种模式,一种是包月,用户每月支付一定的游戏费用可以获得持续的服务提供。这种模式在日本和韩国比较普及。另外一种是下载收费,与单机下载的收费模式有点类似。下载客户端的游戏,需要支付一定的费用。还有一种模式,游戏本身是免费的,但用户为了能够获得更为丰富的游戏体验,需要在游戏进行过程中支付一定的费用购买商品、用品、增值服务、服装、道具等。这种模式主要来自于目前许多 PC 联网游戏的收费模式。

这两种收费模式都是通过向用户收取网络流量费和业务信息费来实现的。移动运营商可以与游戏发行商 SP 合作分成从游戏中实现业务收入。近期又出现了新的模式。国内著名的游戏公司盛大网络旗下的数位红软件应用技术有限公司,联合英特尔和摩托罗拉推出了"Game – V"移动游戏网络平台,它绕过了运营商的计费平台,直接向移动游戏用户收取费用。

五　手机游戏的用户分析

基于庞大的用户规模和市场需求,手机游戏市场已经吸引了非常多的厂商加入,虽然目前手机游戏市场的收入主要来自于短信等文字游戏,但未来图形化的手机游戏才是市场的统治者。目前手机游戏市场中,电信运营商的支持力度、手机游戏的推广渠道以及对于用户来说仍然过高的费用都将是市场急需面对或解决的问题。

从用户角度来看,年轻用户仍是国内手机游戏的主流用户,用户付费意愿较低。手机游戏的主流用户主要是 18～30 岁的年轻用户,90% 以上的手机游戏适用人群是男性,用户整体偏好互动、简单的游戏,约 50% 的用户在等待与短暂休息时玩手机游戏。用户付费意愿较低,单机游戏有效用户的 ARPU 值仅为 2～4 元。

在使用手机游戏服务的支出上总共有 77.5% 的网民每月支出为 20 元以下,其中月支出在 10 元以下的比例是最高的。而在月支出 20 元以上的网民为总样本的 22.5%。其主要原因是目前手机游戏服务市场仍处于市场的发展期,很多网民仍是处于好奇尝试的心态。在中国娱乐游戏市场的主要消费群体大多为年轻人,收入水平不高。目前手机游戏产品的目标用户与手机终端用户存在矛盾,喜欢玩游戏的用户终端产品消费能力弱;终端支持游戏功能的用户对游戏的接受度和使用率不高。

网民最喜欢手机游戏的种类,益智类比率最高,比率为 43.3%;其次依次为动作类、战略类、模拟类、射击类,其他的比例仅为 1.1%。在手机游戏产品方面,厂商应注重提升游戏产品的质量,将分析用户需求、偏好以及如何吸引用户接受并喜欢玩手机游戏、同时如何保持手机游戏产品的黏性作为产品开发的重点。

网民最喜欢的手机游戏中,贪吃蛇占的比率最高,为 27.4%;其次是提箱子,比率为 22.7% 。喜欢五子连珠的网民比率为17.3% ;喜欢黑白棋和弹球的网民比率一样,都为 13.4% 。

不同城市类型网民玩一款手机的时间,二级城市的时间最短,即手机游戏更换的速度最快;中心城市和一级城市的网民更换手机游戏的时间相当(见图6-9)。

目前网民对手机游戏的不满意之处最主要集中在收费的透明性、下载游戏可玩性、价格、传输的质量几个方面。对目前市场上一些不规范的操作,例如收费不透明、陷阱较多是最让网民不满意之处,比例为32.7% ;对当前的手机游戏的价位,17.4% 的网民认为偏高;由于国内手机游戏市场正处于成长期,21.3% 的网民认为下载的手机游戏不够好玩,同时 11.8% 的网民认为用手机玩游戏不方便;15.2% 的网民认为手机游戏的传输速度过慢。

中国的手机游戏才刚刚起步,虽然在市场规模与基础条件上都还不足以与日本、韩国市场相抗衡,但是凭借着中国庞大的人口市场,广泛培养基础用户,改善市场环境,提高技术内容,这将能大力度地挖掘出中国的手机游戏市场蕴藏着的巨大潜力。

在手机游戏产业的现阶段,手机游戏产品的开发和推广与手机终端的普及率有很大关系,手机游戏产品要考虑兼容不同的手机终端产品,因此,手机游戏厂商和手机终端厂商的关联合作非常重要。中国手机游戏市场的格局竞争将非常激烈。

目前中国手机游戏市场的积极因素是,全国手机用户数量远超过互联网用户数量,另外随着手机产品更新换代,将使用户的手机对手机游戏的支持更好,用户使用手机游戏会更方便,架起了用户与游戏的桥梁。凭借着手机可以随身携带、随时使用的特点,加之游戏作为休闲产品的特性,在培养用户的使用习惯上方便许多。

六 中国手机游戏发展中存在的问题

尽管前景诱人,但是国内手机游戏行业发展的问题也十分突出,成为制约行业进一步发展的主要"瓶颈"。

1. 手机作为游戏载体本身的不足

手机作为游戏载体,存在屏幕小、颜色和声音支持有限、高等待时间、应用程序大小限制等问题。

目前手机游戏平台不统一。因为一部手机不能同时支持两个操作平台，所以开发不同平台的手机终端对手机厂商的压力比较大。中国移动支持的游戏基于 JAVA 平台，中国联通支持的游戏基于 BREW 平台。平台的不同，影响到手机游戏的互通性和适用性，对用户来说也不便利。

网络服务水平亟待提高。手机网络游戏的用户最头疼的是网速不能满足要求。信号盲点是手机网络游戏亟待解决的问题。以目前的情况来看，地铁及一些建筑物中没有信号的现象经常出现。更重要的是，现在的移动网络承载大量用户同时在线游戏的能力有限，当在线用户达到一定数量就会不堪重负，这是手机网络游戏的"软肋"。

2. 版权问题制约健康发展

手机游戏同样是盗版商的觊觎对象。盗版手机游戏网站横行，夺取了本该属于手机游戏开发商和服务商的利润。

3. 游戏质量亟待提高

大多数 SP 急功近利，花重金大量购买韩国的 JAVA 游戏。为了降低成本，一些企业简单模仿国外的产品，花较少的人力物力，研发出的游戏有粗制滥造之嫌。而这些游戏没有经过严格的筛选就进入发行领域，大大降低了用户对手机游戏的整体评价。

游戏同质化，缺乏创意。手机游戏的研发本来是一个需要投入高端人才的过程，但是目前存在大批的小作坊式研发团队，靠抄袭别人的创意和设计，经过简单包装就作为新产品进行推广，形成了不良的市场环境。

游戏内容缺乏手机特色。手机网络游戏多数产品陷入了 PC 网游的模式，照搬 PC 网游，直接移植到手机中，导致针对手机这一独特的操作平台和手机游戏玩家这一群体，游戏的互动性和体验性不足。而且，更有部分产品同质化严重，内容单一，陷入"打怪升级"的怪圈。

七　把握机遇的发展对策

手机游戏的发展必须突破 PC 游戏模式的限制。手机游戏应当针对手机这一不同的操作平台和独特的用户体验来进行考虑。手机游戏企业在面临竞争的同时必须加强新产品的研发和推广，不能陷入同质化的恶性竞争当中。

对策一:从用户基本特点入手设计产品和服务

目前,手机游戏的用户的主要特点是"低龄、学生为主、男性为主、低收入为主",因此,在进行游戏产品的设计和开发时,必须要以此为基础。

增加产品趣味性。从产品设计来说,必须满足低龄用户的产品需求。

降低使用游戏的成本。用户收入较低甚至没有收入的特点使得免费游戏将得到用户的喜爱。无论是单机游戏还是网络游戏,用户均倾向于"免费尝试",即首先试玩游戏之后再进行后续的付费。同时,在采纳"包月"等形式的同时,可以因地制宜降低上网的资费。

加强运营商平台对游戏的推广力度。目前,运营商平台还是用户进入移动互联网、使用手机游戏的第一入口,因此,运营商加强对移动互联网入口平台的控制,以及在此基础上进行游戏的宣传推广效果依然十分明显。

PC 互联网、非官方的 WAP 网站是手机游戏推广的有力补充,游戏服务商可以自主进行推广,以扩大游戏的用户群体。报纸、杂志、电视等传统媒体对游戏推广的效果不太明显,形象宣传较产品宣传效果更好。

加强口碑营销增强用户接受度。用户间的交流和推荐是用户最为接受的推广方式,游戏服务商可以通过游戏竞技比赛等方式来增进用户对游戏的了解,同时也对一些新游戏进行宣传和推广。由于互联网仍然是用户接受信息的主要渠道,游戏服务商可以在互联网站和论坛上开设讨论区,便于用户之间的交流,同时提升用户对游戏产品的认知度和接受度。

对策二:精品是运营商和服务商发展的必然趋势

手机游戏的进入门槛低、产品质量参差不齐,企业鱼龙混杂,投身于手机游戏的企业在产品开发时必须坚持精品路线。否则用户体验的不断恶化只会导致手机游戏行业的整体沉没。

针对用户游戏偏好,提升游戏产品品质。精准细分用户,把握目标人群,为合适的用户提供合适的游戏。

针对用户对游戏画面、题材等反映内容品质的需求越来越高,运营商必须注重游戏品质,对手机游戏产品进行有效筛选,适时推出动作感应游戏、摄像头游戏、触摸游戏、声控游戏等时尚新游戏,增加来自用户的评测,主动引导手机游戏产业的良性发展。

　　针对用户在玩手机游戏时的社会性需求,运营商可以大力推广趣味性、互动性较强,附带 SNS 网站、IM 功能的手机社区游戏,实现用户在单机游戏、手机互联、手机与互联网连接等游戏状态之间自由切换,逐步形成庞大的手机游戏用户网络。

　　针对用户常在周末、等待、路途中等情况下玩手机游戏,运营商应该主要推广娱乐性强、易于操作、耗时短或分阶段的手机游戏,强化游戏的"随时随地性"。随时即随时开启,随时退出,耗时要短;随地即从手机用户地理位置信息上出发,开发关联的游戏产品,比如和商场合作开发出商场寻宝的游戏,和机场合作开发定制的 Push 游戏,或者基于地理位置信息开发交友类游戏等。

　　针对男性用户居多的特点,运营商可以先行推广动作类、武侠类游戏,在市场进一步成熟后再后续推出国外较受欢迎的社区类、益智类和探秘类游戏。

　　针对用户越来越注重游戏品牌和知名度的情况,运营商应努力推广主打游戏中的个别人物形象,使其被消费者熟知,从而增加用户的下载、购买概率。

　　对策三:提高终端性能,增强终端适配性

　　涉足终端定制,弥补手机缺位。以终端定制方式涉足终端环节,积极引导终端厂商研发突出手机游戏特性的高性能终端或手机游戏机,加强终端和业务的配合。如提升手机性能、改善终端与业务平台间的配合质量、降低使用新游戏门槛、提供最适合的业务、加入近距离通信技术方便朋友间一起游戏等,从根本上解决终端缺位制约业务发展的问题。

　　改进终端呈现方式,实现游戏有序管理。改进手机游戏在终端的呈现方式,改变以往手机游戏在下载目录中的零散保存、无序管理的状态,实现游戏列表主动推送更新、游戏归类管理、个性化信息设置保存以及玩家交流等功能,方便手机游戏玩家管理和选择。

第 2 节　手机动漫

　　长期以来,动漫产品的传播渠道主要是电影、电视、杂志和书籍,然而,随着通信和互联网技术的不断发展,网络动漫异军突起。近几年来,移动通信网络从2.5G加速向3G演进,Flash动漫被成功移植到移动通信领域。这样就产生了一个新名词——"手机动漫"。

2009年日本国内手机动漫的市场规模达到了900亿日元,约合人民币60亿元,手机动漫已经成为其动漫产业的重要组成部分,有近80%的漫画作品可通过手机直接发布,手机动漫用户数更是已经占到日本国内手机用户总数的30%以上。[①]

一 手机动漫在中国的发展

所谓手机动漫,就是采用交互式矢量图形技术制作多媒体动画内容,并通过移动互联网提供下载、播放、转发等功能的一种服务。手机动漫业务涵盖的种类有以下几种:Flash、闪客杂志、Flash音乐和游戏产品、Flash手机动画短片、Flash动画MTV、小品、相声等,还包括基于其他技术的手机动画以及手机动漫广告、动漫彩信、动漫屏保和其他漫画图片。

2003年7月,日本电信商通过北京空中丝路移动技术公司将手机动漫带到了中国市场。同年11月,中国移动手机动漫业务在"2003中国国际通讯设备展"上正式露面,手机动漫市场正式启动。2004年9月30日,中国移动通过《手机动漫终端规范》的评审,为手机动漫业务的全网开通扫除了最后的障碍。2005年4月19日,中国移动数据部发布"手机动漫业务征集方法",明确了第一批手机动漫新业务电报和评审的诸项流程,要求具有全网资质的SP在4月20日前完成手机动漫新业务的申请提交。同年12月1日,采用数码超智终端播放器技术和运营平台的中国移动手机动漫业务全网正式开通计费,这个被视为动漫Flash的手机版本被放在了"移动梦网"——"铃图随意当"菜单之下。

二 手机媒体为动漫发展提供新契机

手机动漫有着庞大的用户群,中国手机用户已超过7亿。手机动漫业务目前的目标用户主要是年龄在18~35岁之间的成人用户群,占手机动漫注册用户数的95%。这一群体包括学生、时尚青年和白领等。此群

---

① 手机动漫让各国同步起跑有望成"超日赶美"突破口,天山网,www. tianshannet. com. 2010年2月8日。

体使用手机动漫业务的主要动机是追求时尚、娱乐。随着今后 3G 的发展和手机的进一步普及,35 岁以上的用户群体也是手机动漫的潜在客户,这与传统动漫产业主要以儿童和青少年为主要用户群完全不同。

作为新的媒体形式,手机成为动漫传播的新途径之一。首先,手机是可以 24 小时伴随使用的,即便是笔记本电脑也不如其携带方便;其次,手机具有短小、快速的传播特性,加之屏幕较小、手机内存限制传输文件的容量,导致它不适合播放长片、大片,因此,控制在几分钟或十几分钟内的手机动漫,通过手机传播和观看具有良好的可行性;再次,手机动漫的传播者可能是专业的或业余的,受众也可以是传播者,因此,它给予动漫爱好者的舞台会更加宽广。例如在电影院里,一部 90 分钟的电影投资巨大、制作艰辛,业余作者往往很难实现自己的理想。而手机动漫不同,只要我们有感想,就可以通过手机动漫的方式编创出来,就像我们编写短信一样,编完还可以发送给朋友。从这个意义上来说,手机动漫更像平民动漫,对于工作繁忙、生活节奏快的人,手机动漫也是一种很好的娱乐方式。

目前全球动漫产业的产值在 2000~5000 亿美元之间。在日本,动漫产业是第二大支柱产业,中国香港的动漫市场也以 46 亿港元的年营业收入超过电影产业。在美国、韩国、英国等动漫强国,动漫产业在国民生产总值中都占有非常重要的地位。与世界动漫产业的繁荣相比,更让人忧心忡忡的是中国接近 90% 的动漫市场正被国外动漫产品侵占。

在传统动漫产业面临困境、试图突破重围的时候,手机动漫市场却是另一派景象。易观国际的调查数据显示,目前我国手机动漫市场的年增长率达 500%,我国手机用户已达到 7.5 亿,其中 30% 愿意通过手机看动漫,预计 2010 年全年,中国手机动漫市场规模将达到 6.24 亿元。手机动漫产业发展前景巨大,爆发力和带动力不容小觑。文化部已将其视为动漫产业的前锋,期望它成为我国动漫产业发展新的增长点和提升我国动漫产业国际竞争力的突破口。

三　手机动漫的发展对策

目前移动运营商开放手机动漫(动画和动漫图片)的业务平台主要为 WAP、Java、BREW、彩信等。中国移动推出的手机动漫业务挂在 WAP 移动业务之下,但它和传统的彩信、铃声业务有质的区别。彩信只是几张图片的合成播放,而手机动漫却是一个完整的 Flash,在应用上如一个 MV 片断,用户可以选取其中任意一帧作为手机待机图片,同时将音乐设为铃声。可以说手机动漫涵盖了所有的 WAP 业务。

中国联通推出的手机动漫方式为:用户需要在具有 WAP、BREW 和 Java、流媒体功能的 CDMA 手机上下载安装相应的软件,点击"炫"键进入互动视界、神奇宝典、视讯新干线等动漫专区,就可以在线欣赏、下载、播放和转发各种动漫,玩手机在线游戏,还可以把自己的动漫作品上传到手机上。

从目前手机动漫业务运营情况来看,手机和动漫二者的结合对于双方来说,都是大有益处的,但是在结合点上也出现了诸多问题,尤其是在手机终端、宽带网络、动漫内容、业务运营、用户认知以及政策等方面都存在着问题。

手机动漫业务对终端的要求较高,手机必须具有支持 Flash 动画和视频彩屏功能。但目前市场上支持手机动漫业务的手机类型还不多,而且价格相对较昂贵。移动终端的内存容量通常也比较有限,预留给应用程序的动态分配的内存在 1~4MB 左右,因此并不能很好地支持多媒体图像以及应用的处理。从国外 3G 的发展情况来看,终端的问题在多媒体增值业务发展过程中非常关键。不过,随着 3G 时代的来临,终端问题自然会迎刃而解。

目前手机动漫产品类别主要有动漫彩信、待机动漫图片、动漫 MTV、动漫短片等形式,其中动漫短片类的内容非常少。不仅如此,国内动漫产品质量偏低,产品稀少,主题单一。同时,SP 规模较小,产品线单一,综合实力不强。动漫产业是"内容为王"的产业,而移动多媒体增值业务更是要求"内容为王",如果没有内容,就失去了业务发展的源泉。只有优先解决了内容的问题,才能促进手机动漫业务尽快发展。

手机动漫的商业模式不清晰,主要是引进新技术后在产业合作模式、盈利模式的创新上,如何区别于现有的服务模式。是在现有的模式上进行增值和扩展,还是重新建立新的业务规范,是目前阻碍整体产业发展的关键问题。问题集中体现在:对于手机动漫业务的合作流程、产业链协作、盈利模式和资费模式经验不足;对于如何认识和发挥产业链中各关键环节的业务资源和业务优势、如何定位手机动漫服务领域今后的业务方向和业务项目,表现得较为茫然。

手机动漫产品的市场推广主要由 SP 来做,而 SP 的推广力度非常弱,采用的方式主要以 SP 的门户网站广告为主。运营商对手机动漫的推广更不足。提高用户对产品的认知度和业务市场推广的问题,应该由运营商推动产业链中的各方一起解决。

在中国,移动运营商对内容不够重视。在手机动漫产业链中,移动运营商是主导者,占据优势地位,其对市场投入的多少,直接关系到产业的发展速度。目前来看,移动运营商对手机动漫内容的重视程度不够,没有意识到动画产品与彩信、彩铃的质的区别,动画的创意难度、制作难度都比彩铃、彩信要大很多,应该给内容提供商更多的支持和收益,同时移动运营商对内容缺乏足够的市场推动投入,没有采取有效措施鼓励优质内容生产,提高手机动漫内容原创性,致使手机动漫内容吸引力不强。

内容提供商分成比例低,缺乏诱惑力。2006 年 12 月之前,内容提供商的分成比例仅为 40%。2007 年以来,分成比例虽然得到了一些调整,但和国外同行相比,比例依然较低。分成比例层层剥离、严重失调,大大抑制了内容提供商的生存。大部分中小内容提供商、内容提供商原创作者存在温饱问题。CP 分成比例过低直接影响到其开展业务的积极性,众多的 CP 处于观望之中,公司化运作的 CP 介入也不多。即使网络完善终端普及,以此种运营分成比例,也无法发展手机动漫服务。

发展手机动漫的核心政策问题是对手机动漫内容的版权保护问题。动漫产品的核心是动漫原创创意的知识产权(版权),如果动漫的创意版权不能被有效保护,手机动漫产业链就失去了存在的意义。目前解决数字内容在移动网络中运营的版权管理的关键技术是 DRM,但需要相关政策的支持才能促使各个环节一起将该技术引入并普及开来,才能真正从技术上解决动漫内容的版权保护问题。

手机动漫成为传播广告的新方式。传统的大众媒体传播广告的范围比较宽泛,对受众的覆盖率和影响力往往不够理想,即使是相比同样作为新媒体的互联网,以手机传播广告,其一对一的传播命中率和有效率也要高得多。而且,手机动漫传播广告比起以简单的文字短信、彩信传播广告形式更新、内容更丰富、效果更好。

手机动漫广告如此多的优势必将吸引广告商的投资,投资会拉动手机动漫广告的生产,大量的手机动漫广告发送到手机用户终端上,会提高用户对手机动漫的认知度,同时也会在一定程度上解决运营模式和内容匮乏等方面的问题。

作为一种新的媒体模式,业界对于手机动漫市场有理由抱以乐观的市场预期:在拥有基数庞大的潜在用户群体、国家政策扶持、以中国移动、联通为代表的运营商强力开拓、手机终端内存容量的不断扩大等等利好因素的刺激下,手机动漫业务正在处于上升期,具有较好的成长性。目前来看,基于 WIVG 技术终端播放器、后端服务平台的使用、独具特色手机动漫剧的问世、中国移动手机动漫原创大赛如火如荼地进行以及相关业务收入的崭露头角,都在一定程度上体现了手机动漫产业链的初步形成。伴随着手机动漫业务的推广,将有望加速传统动漫产业与手机新媒体的融合,形成新的动漫产业价值链,甚至在即将到来的 3G 时代成为继短信后新的业务增长级。

近年来,国家大力扶持动漫产业,出台了一系列鼓励政策,也投入了巨额资金,但从目前的动漫市场状况来看,成效并不显著。动漫产业的发展,根本上需要市场的大力助推。目前,手机媒体与传统动漫产业相结合这一模式无疑给发展动漫产业带来了新的思路。以手机为载体传播动漫,使得手机通信增值服务和传统动漫产业都拥有了新的市场前景。

第 3 节　手机音乐

一　手机音乐引领移动娱乐潮流

手机音乐,又叫移动音乐、无线音乐,就是通过移动通信网络下载音乐并在手机上播放的一类服务。移动音乐包括手机铃声、彩铃和手机音乐。手机铃声和彩铃已是大多数人比较熟悉的移动增值业务,而手机音乐和铃声、彩铃一起同属移动音乐业务,是新兴业务,在 3G 时代将拥有较大市场。手机音乐是指用户通过手机内置播放软件播放完整音乐文件的一种业务。手机铃声、手机彩铃和手机音乐等 3 个业务的发展具有继承性关系。

手机铃声最早出现在日本,后来经过日本和韩国电信运营商、服务提供商和手机厂商的大力推广,目前已经在全球范围内成为一种非常流行的增值服务。手机铃声市场的迅速成长为唱片公司增加了新的利润增长点。据统计,目前全球手机铃声销售额几乎占全球音乐市场的 1/10。据英国《经济学家》报道,在西方许多国家,铃声音乐销售额已经超过音乐单曲光盘。

手机铃声已经从早期的单音制式,经历了 4 和弦、8 和弦、16 和弦、24 和弦、32 和弦、40 和弦发展到如今 64 和弦和 72 和弦,甚至还有 128 和弦,出现了 MIDI、SMAF、RTTTL、WAV、WMA、ARM、STY 等多种铃声格式。如今原音铃声和 MP3 铃声在高端手机已经实现,这意味着音乐播放与手机铃声在技术上实现了融合。

随着这一前景的展现,手机铃声市场兴起版权之争,其实质是音乐制作人在向 SP 和手机制造商争夺新兴的手机音乐市场的主导权。

版权之争的结果是,SP 为避免版权纠纷,必须与唱片公司(即音乐制作人)合作,并支付巨额的版权费用。在利润分配方面,国内 SP 在手机铃声下载业务上与唱片公司的分成比例均在4: 6的范围之内,也就是说唱片公司至少占有 60% ~70% 的铃声下载利润。

这就确定了唱片公司在移动音乐产业中的决定性地位。唱片公司成为最主要的 CP,负责音乐的提供,并协调与乐曲的版权所有者的利益分配。SP 是 CP 与手机铃声用户之间的桥梁和纽带,其职责是将 CP 提供的内容更好地传递给手机用户(相当于音乐作品的销售商)。电信运营商提供平台,通过合作促进业务开展。手机制造商不断改进手机的性能,以支持更多铃声与音乐。

二 发达国家手机音乐的发展

在全球的手机增值服务中,手机音乐是重要服务之一。根据英国研究机构 Junipe rResea rch 的调查报告显示,2004 年全球手机音乐产业的整体产值达到 36 亿美元,占整体移动娱乐市场的 35% ,2009 年达到 93 亿美元的规模,全球超过 1000 亿元人民币的市场规模。

TNS 的调查结果显示,约有 19% 的手机用户通过手机来欣赏音乐,在同样的调查中,透过 MP3Player 使用音乐服务的用户比例则为 10% 。

Ipsos Insight 公司 2005 年 8 月发布的一份调查结果显示,美国提供铃声和视频短片下载的手机服务正在蓬勃发展。调查发现,美国将近23%的手机用户——大约3千万人——都向他们的手机下载过铃声,而一年前这一比例为5%。

该调查发现,铃声购买与在线音乐购买存在几个不同的地方。该调研公司说,与基于电脑的音乐下载不同,铃声下载服务对年龄较大的用户更有吸引力。其次,较通过苹果电脑公司的 iTunes 音乐下载服务,人们更愿意为铃声下载付更高的费用。此外,78%的手机用户付费下载铃声,而据报道只有50%的电脑用户为下载歌曲付费。

该调查还指出,6%的手机用户已向他们的移动电话上下载过完整的歌曲,尽管这种服务还未普及。此外还有一小部分用户也正在尝试下载视频短片和音乐视频。

更多年轻的美国人开始或已经向他们的手机下载炫铃。在12~24岁年龄段中,下载炫铃的人数已经占了一半,其中12~17岁美国的年轻人下载炫铃占52%,18~24岁年龄段下载炫铃占49%。年长的美国人也正在试验使用炫铃,这些人中,25~34岁美国人使用炫铃占30%,35~54岁年龄段中使用炫铃的比例占17%,55岁或年龄更大的美国人中,则只有5%向他们的手机下载炫铃。

美国的数字音乐下载发展十分迅速,其中包括付费的基于 PC 的音乐下载和相当规模的便携式 MP3 播放器下载。目前全球手机用户中也出现了音乐下载热潮,音乐行业声称,它们正在关注这种音乐分销方式,认为这是另一种新的收入增长的机遇。业界需要强调炫铃实用性和个性化需求的结合,向手机用户提供他们特别喜爱的或非常流行的炫铃。向手机下载炫铃目前正处于萌芽时期,这种增长很可能将继续呈强劲势头。

三 手机音乐在中国深受欢迎

2005年,中国手机铃声市场规模达到28亿元,手机音乐有望成为3G时代第一个高速发展的增值业务,由于市场需求的刺激,加上多方巨头的产业链合作,从2006年伊始,手机音乐就呈现出高速的发展趋势。

2005年,网络歌手杨臣刚的《老鼠爱大米》创下中国移动彩铃月下载量600万次的纪录。2005年,彩铃、铃声、IVR 等形式的手机音乐在中国全面爆发,成为引领移动娱乐潮流的先锋。手机音乐的爆发引起音乐、电信、传媒业各方人士的无限期待。2005 年 5 月，中国移动和 MTV 全球音乐网合作推出无线音乐排行榜，11 月，SP 华友收购传统唱片公司飞乐，而手机厂商也纷纷开始在手机里面内置网上音乐商店。中国移动已经从铃声和彩铃业务的火爆看到未来无线音乐市场巨大的商机，正从内容和终端两方面着手，以取得这一新兴市场的先机。

2005 年被称为手机音乐元年，但早在 2004 年中国移动就已经为它的到来做着积极的准备。2004 年 5 月，中国移动与香港英皇娱乐有限公司及杭州联梦娱乐软件有限公司合作，共同打造手机图铃下载业务——"英皇盛世"，中国移动着手从唱片公司直接获取铃声音乐资源。

2005 年 4 月，由 A8 音乐网牵手，中国移动与维亚康姆公司旗下的 MTV 全球音乐电视台签署阶段性合作协议，共同开启中国无线音乐市场。5 月初，中国移动推出移动梦网音乐频道，并推出针对彩铃业务、以用户对音乐定制、下载量为依据的"中国无线音乐排行榜"。该榜单的发布成为无线音乐服务和唱片业发展的里程碑式事件。

据手机音乐在欧洲、日本和韩国等地区的发展状况来看，手机音乐是随着 3G 的出现而发展起来，并逐渐成为该时代的杀手级业务。

2006 年中国无线音乐保持快速增长态势。DRM（数字版权）管理、音乐产业链的蜕变、运营商的新模式、SP 的整合成为 2006 年中国无线音乐市场 4 大看点，也为 2007 年中国无线音乐发展奠定了基础。

2006 年随着用户对于彩铃、IVR（交互式语音响应）、互联网音乐接受度的提升，无线音乐市场规模进一步扩大。中国移动推行的"中央音乐基地建设"、"彩铃唱作先锋大赛"、"音乐新贵族"对于用户使用彩铃业务起到了持续刺激作用，用户使用彩铃的积极性大大提高。2006 年中国移动彩铃普及率达到 32.6%，在全球通和动感地带品牌用户群中，渗透率更高。"联通丽音"用户受到中国移动用户影响，普及率也大大提高。

2006 年无线音乐提供商挥舞着版权大旗向 SP 四处开刀。北京源泉公司正式起诉中华网、华友世纪、华动飞天以及奥创科技 4 家 SP。因认为自己网站上需付费下载的网络歌曲被雅虎中国网站链接并提供了免费下载服务，娱乐基地网站将雅虎中国和 3721 告上法庭，索赔 500 万元。导致这种现象产生有多方面原因：一是大量 SP 受到利益驱动，使用技术性手段非法获取音乐，二是 SP 版权意识薄弱，无意识地使用了音乐作品，三是大量小型 SP 无力支付高额版权费用，只好铤而走险。

要解决这些问题，必须从源头上和技术上双管齐下。在今天 P2P 交换音乐档案已经成为一股无法阻挡的潮流时，传统音乐唱片业者固守旧有方式，以相对不便保存、欣赏、传送并且没有较大自主选择余地的 CD 方式集成一组音乐搭售给消费者，还仍旧抱有获取高额利润回报的心理预期，已经成为不可能。只有积极顺应潮流，与 SP 合作共同解决 DRM 问题。

当然也可以从模式上控制 DRM 侵权行为，比如 APPLE 的数字音乐只能在 I-POD 上播放，通过将音乐和播放器捆绑来阻止侵权行为发生，但是这种做法比较保守，容易对产业发展起到阻碍作用。目前中国移动等移动运营商也意识到了问题的严重性，从 2006 年起，将会建立严格音乐版权管理办法，来监督 SP 无线音乐版权问题。

无线音乐市场容量放大，让产业链的各方都想尽可能多地攫取产业利润。无论是运营商、SP 还是终端厂商都进行了一些革命性行为，目的是尽可能抢占市场制高点，提升行业进入门槛，避免竞争加剧而导致利润被摊薄。

中国移动成立了 M. Music 无线音乐俱乐部，为客户提供一个全新音乐体验平台，一站式音乐消费及娱乐服务，包括音乐下载、音乐共享、音乐传播、音乐交流等。中国移动出现了无线音乐首发，将中国移动通信网络打造成最大的音乐分销渠道，目前已经实现了超级女声歌曲、陈好、刘德华等歌手的音乐首发。中国移动直接和 CP(内容提供商)签约，逐步迫使 SP(接入服务提供商)退出了无线音乐产业链。中国移动和中国联通均已经和世界上四大唱片公司和本土唱片公司签约，直接购买彩铃。2006 年下半年中国移动还实行彩铃竞价购买机制，直接将 SP 抛在一边。

2006 年随着手机终端市场价格竞争的激烈，具备强大音乐功能的手机价格不断下降，为音乐业务的推广奠定了扎实基础。音乐手机在整体手机总销售量的比重不断提升，到 2006 年底，音乐手机能占到手机总量 15% 以上。

音乐手机的普及不仅刺激了音乐业务的提升，而且也给 SP 提供了另外一条途径进入音乐市场。SP 可以通过与厂商的合作，直接将 WAP(供手机浏览的网站)网址内置到手机终端上从而提升用户使用业务量。

瑞士信贷第一波士顿的一份研究报告指出,预计到 2010 年中国手机铃声服务收入将达到 170 亿元,2015 年达到 300 亿元。目前中国手机铃声消费量是其 GDP 比重的 0.6%,发达国家为0.14%。不过报告指出,盗版问题、庞大的手机用户群和手机升级换代迅速等因素仍将推动其强劲增长。

CNNIC 2009 年 2 月发布的《中国手机上网行为研究报告》显示,手机音乐保持着较高的应用率。而手机电视、手机博客等也越来越受手机网民青睐,活跃用户数达 250 万。这一调查结果与移动互联网的主体用户紧密相关,统计数据显示,80 后群体由于对新事物有新鲜感,是移动互联网的主体用户,占手机网民总数的70.8%。①

根据艾瑞咨询发布的《2009~2010 年中国数字音乐行业发展报告》显示,2009 年中国数字音乐市场规模达到 17.9 亿元,同比增长 8.2%,与2008 年相比增速略有下降;2009 年后,中国数字音乐市场将持续平缓增长态势,2011 年整个市场规模将达到 21.5 亿元。②

第 4 节 移动商务

移动商务是指对通过移动通信网络进行数据传输,利用手机、PDA、移动 PC 等移动终端开展各种商务活动的一种新型商务模式。移动商务是与商务活动参与主体最贴近的一类商务活动模式,其商务活动中以应用移动通信技术使用移动终端为特性。

移动增值业务分类方式有很多种,基于移动通信的应用层面,将移动增值商务应用服务分为沟通、信息、娱乐和交易应用四大领域。艾瑞市场咨询按照最终用户的类型对移动商务应用从两个角度——企业移动商务和个人移动商务——来进行细分研究,本报告将重点对国内的移动商务个人应用和新兴移动商务业务模式进行研究。

移动商务借助手机、个人数字助理(PDA)或笔记本电脑等移动通信

---

① 手机动漫让各国同步起跑有望成"超日赶美"突破口,天山网,www. tianshannet. com. 2010 年 2 月 8 日。

② 艾瑞咨询:中国数字音乐市场调整中平稳增长,2009 年营收规模 17.9 亿元。http:// news. iresearch. cn/viewpoints/103073. shtml.

设备,通过无线通信技术进行网上商务活动,使移动通信网和因特网有机结合,突破了互联网的局限,更加直接地进行信息互动,使用户高效及时把握市场动态和动向。从用户角度来看,移动商务是指通过连接公共和专用网络,使用移动终端来实现各种活动,包括娱乐、交易、沟通、信息等。目前移动商务主要是在娱乐或短信群发层面等的商务活动,个体消费者去购买一些娱乐信息内容,包括图片、铃声、游戏、赛事成绩等等。按照最终用户的类型,移动商务又分为企业移动商务和个人移动商务,移动商务就是给消费者更多便捷的商业体验。对于个人用户来说,移动商务是通过个人移动终端使用增值业务进行个人商务活动。

一　移动商务的特点

移动商务是传统互联网商务活动在移动领域的延伸和发展,充分运用其移动性消除了时间和地域的限制,为商务活动的实现提供便捷,使随时随地的信息传输和商业交易成为可能。移动商务的主要业务特点体现在以下四方面:

1. 服务对象的"移动性"。需要移动商务提供服务的人一般都处于移动之中。仅仅把移动商务理解为移动的电子商务是片面的,因为移动的不仅仅是移动终端,而更应该看到的是人和服务的移动。

2. 服务要求的"即时性"。移动商务的客户一般要求马上得到所需信息。

3. 服务终端的"私人性"。由于移动终端一般都属于个人使用,不会是公用的,为移动商务带来了独特的优势,因此发展与私人身份认证相结合的业务是一个很有前途的方向。

4. 服务方式的"方便性"。由于移动终端,尤其是手机按键的限制,移动商务的服务要求操作简便,响应时间短。

二　移动商务服务模式

移动商务是利用移动互联网技术通过手机、个人数字助理(PDA)和笔记本电脑等移动终端进行商务活动。移动商务应用服务模式从用户角度来细分,可分为个人应用和企业级应用,该报告重点对移动商务个人层面的应用进行深入研究,2006 年中国移动商务领域个人应用业务的几大热点:移动电邮、移动支付、移动股市等。

1. 移动电邮

移动电邮业务是用户通过手持终端在任何时间、任何地点通过便携式设备即可收发电子邮件。移动电邮业务是一项利用 Push 技术将 Mail 直接可以如同短信一样推送到终端(手机)上的服务。这样一来,用户就不用频繁上网登录邮箱查看邮件,为用户节省了大量的时间。Push Mail 能够加入安全密码,使企业用户在移动办公方面得到安全保障,而且移动电邮所能承载的内容也比较多。

2. 移动支付

移动支付是通过手机终端实现电子货币与移动通信业务的结合,一项跨行业的服务。手机支付丰富了银行服务内涵,使人们不仅可以在固定场所享受银行服务,更可以在旅游、出差中高效便利地处理各种金融理财业务。手机支付服务不仅方便了银行为用户提供服务,还有效利用了无线通信资源。同时,利用国内无线移动通信的技术和覆盖范围等方面的优势,可以更广泛地为所有投资者提供专业服务,为银行业务发展提供更广阔空间。

3. 移动股市

移动股市服务通过手机服务使您可以随时随地通过手机查询价格和股市行情,还可以运用进行股票交易。移动股市提供中文菜单界面,只需滚动选择,就能完成多项操作,具体股市服务有:行情查询、到价提示、股票交易、交易信息等。

三　全球移动商务的发展概况

伴随着 3G 时代的到来,互联网和移动通信服务发展趋于交融,移动通信技术的不断更新也将推动全球移动商务应用市场的快速发展。欧洲、日本的移动商务处于世界领先的地位,面对用户的需求,移动商务服务内容也越来越呈现多样化,全球移动商务市场运营商竞争也越来越激烈。

欧洲掌握着移动商务和移动互联网的最新技术。欧洲移动商务企业在将服务推向市场时,在技术研发和标准制定上花费了巨大的精力。欧洲用户对服务内容最为关注的是气候和交通信息。由于欧洲的许多国家中,有大量的公司职员的工作地点和住址之间的路程比较远,对于上下班的交通和一天的天气情况很关注。

日本注重移动商务的业务种类及服务内容开发。通过研究发现,日本整体移动商务应用的业务种类可以概括为娱乐、生活信息、交易信息以及数据库等几个方面。研究数据显示,娱乐内容是日本移动商务业务中最主要的业务形式,占据整体业务内容的55%,其次,信息类占20%,交易占15%,数据库占10%。

日本移动商务应用业务主要定位于青年人群。研究发现,从移动商务用户年龄结构的分布上,可以发现日本该类业务的市场基础主要集中在20~40岁之间,10岁左右的用户是最大的潜在客户群。NTT DoCoMo公司注重开发基于青少年的移动商务应用的服务内容,而该类用户一般都热衷于娱乐内容。

我国发展移动商务应用业务实际上具有与日本相同的甚至更好的市场基础和市场环境,但是我国却没有出现像I–MODE那样的神话。

2005年以来中国移动商务应用需求激增。以短信为基础应用,移动商务市场开始出现井喷现象。

四 移动支付是移动商务的重点

从2002年开始,移动支付成为中国移动增值业务中的一个亮点。2002年5月,中国移动开始在浙江、上海、广东、福建等地进行小额支付试点带动了相关兴趣方,尤其是以中国银联为主的金融机构对该业务给予极大关注。2003年起各地移动通信公司纷纷推出相应的移动支付业务,北京移动通信公司推出名为"手机钱包"的手机支付业务,上海推出出租车上的银行移动POS机。中国联通在大力推动CDMA业务的同时,也对移动支付业务寄予了厚望,与中国银联签订了战略伙伴关系协议。2002年5月中国联通在江苏无锡正式推出"小额支付移动解决方案"试验系统。移动支付有着时间、地点、方式上不受限制的优势,已经逐渐被人们接受,拥有了广泛的用户基础。

国外移动运营商早已推出手机小额支付服务。在英国的赫尔市,爱立信公司开发的手机支付服务允许汽车驾驶员使用手机支付停车费。

在芬兰南部城市科特卡,顾客通过芬兰的"移动支付系统",使用手机支付货款简单易行,顾客只需通过研制这一系统的公司开一个"移动户头",即可通过手机将有关付款数额和付款时间的文字信息发送到商家的户头上履行付款手续。

瑞典的 Paybox 公司,在德国、瑞典、奥地利和西班牙等几个国家成功推出了手机支付系统。

在澳大利亚,悉尼消费者可用手机拨号买饮料;在瑞典,手机用户可在自动售货机上买汽水;在日本,观众可以通过手机预订电影票;在诺基亚总部,雇员可用手机付账喝咖啡……

移动支付作为一种崭新的支付方式,具有方便、快捷、安全、低廉等优点,将会有非常大的商业前景,而且将会引领移动电子商务和无线金融的发展。手机付费是移动电子商务发展的一种趋势,它包括手机小额支付和手机钱包两大内容。手机钱包就像银行卡,可以满足大额支付,它是中国移动近期的主打数据业务品牌,通过把用户银行账户和手机号码进行绑定,用户就可以通过短信息、语音、GPRS 等多种方式对自己的银行账户进行操作,实现查询、转账、缴费、消费等功能,并可以通过短信等方式得到交易结果通知和账户变化通知。

在发达国家,随着手机语音业务收入的下滑,移动运营商将目光瞄向了手机钱包业务。产业界对手机钱包业务激发的兴趣促使软件厂商创造出不同的技术,如 C – SAM 公司的技术允许消费者通过手机菜单进行浏览、交易。该公司正在和花旗银行、Sprint 以及其他商家协商,试图向这些公司许可授权这一技术。该公司的技术试图简化消费者通过手机进行的交易过程。友善用户界面是手机钱包业务获得成功的关键。Visa 公司在日本测试其手机钱包业务时,其复杂的操作让消费者兴趣全无。业内人士称,尽管还需要数年的时间,手机钱包业务才会让消费者有得心应手的感觉,就像其正在使用的钱包一样,但是有一点很明确,移动电子商务的革新正在来临。

五 证券业务红火

火热的股市让移动运营商迫不及待地也想分一杯羹。目前,中国联通在深圳和上海两地同时宣布,将与国内 80 家券商牵手,推出国内首个专业化移动证券交易平台，全面升级"掌上股市"手机炒股业务。

掌上股市是中国联通基于 CDMA1X 网络高速数据传输通道，在用户手机上实现股票行情显示及实时交易功能的一项增值业务。目前已有短信、WAP 和 BREW 三个平台的产品，每天有超过 10 万的用户在使用该项服务。据悉，升级后的"掌上股市"将证券分析软件和三款 PDA 商务手机捆绑在一起，支持超过 80 家券商的 1500 多家营业部的在线交易。

联通此次推出的升级版掌上股市，主攻的是高端市场，针对新用户推出 528 元和 588 元两款资费套餐。

看好手机炒股的不只联通一家。中国移动上海公司近日连续在本市多家媒体上投放广告，高调推出手机炒股"免费体验"活动。该活动承诺凡在移动营业厅购买指定型号手机的用户，可以在 3 个月的时间内，免费体验使用证券分析软件及每月 20 兆的 GPRS 流量。

来自上海移动和上海联通的信息显示，受股市财富效应的影响，两家运营商与移动证券相关的业务量都较上月有 30% ~ 50% 的增幅，而灵活便捷的手机炒股业务更是受到了股民的青睐。

由于有 CDMA1X 网络高速数据传输的优势，上海联通此前推出的"E 本万利"和"随身大户室"一直很有竞争力。其中 E 本万利是联通牵手证券公司及电脑公司共同推出的移动证券业务，用户在证券公司开户并签署相关协议后，即可获赠笔记本电脑 1 台，以及联通无线上网套餐和证券资讯专家理财软件。用户可以通过这套系统进行实时查询、交易。而随身大户室则是联通与证券公司共推的基于 CDMA 手机的股票行情、大势分析、专业咨询和网上股票交易业务，在股民中也有相当口碑。

和联通力推随身大户室不同，上海移动目前与移动证券相关的服务主要集中在证券短信点播上，目前的业务量保持在每天 200 万次的历史高点，比原先增长近 5 成；与此同时，JAVA 类的手机证券交易业务也得到了大幅度的提升，目前移动正在与部分券商探讨推出交易提醒等新业务。

随着 3G 的普遍应用，7 亿多手机用户将成为电子商务的潜在客户。3G 时代，宽带传输、手持终端、终端数据表现形式等技术会获得进一步发展，移动商务将会有明显的变化，丰富而先进的技术应用将开创前所未有的新商业模式。由于 3G 牌照的发放和运营商的重组，一个更加开放的竞争格局逐步形成，这将大大促进中国移动商务的发展。

第 5 节　移动搜索:蕴涵着金矿

移动搜索是利用移动终端(手机)搜索 WAP 站点,或者用短信搜索引擎系统通过移动通信网络与互联网的对接,将包含用户所需信息的互联网中的网页内容转换为移动终端所能接收的信息,并针对移动用户的需求特点提供个性化服务的搜索方式。

从 2004 年 10 月开始,Google 和雅虎等互联网搜索巨头就开始将目光投向移动搜索领域。Google 的用户只需要发送一条短信便可以搜索想要查询的信息,可以将搜索结果保存到手机桌面上,也可以通过点击网页上的图标来查看。国内的百度紧随其后,2004 年 11 月 1 日,百度宣布推出用于智能手机的搜索功能。很快搜狐、新浪都推出了手机版的门户网站,搜索自然是主要功能之一。早期的移动搜索业务主要基于短信平台,这是由于当时移动网络的传输速度慢、短信平台的表现能力弱,而且当时的搜索引擎技术不太适合移动领域使用。移动搜索业务经历了两年的市场培育期。

随着 2006 年上半年 3G 网络在全球的快速发展、WAP2.0 技术在手机中得到普及,以及搜索引擎公司对互联网搜索技术的移动化改造取得了巨大的进步,移动搜索业务又一次成为业界普遍关注的增值业务。

一　新的检索领域

2006 年世界各大移动通信运营商、手机制造终端商、网络信息检索巨头竞相进入移动搜索领域。2006 年 5 月 18 日,日本第二大电信公司 KDDI 公司表示已与 Google 公司达成合作协议,根据该协议,从 7 月开始,KDDI 公司的"EZweb"将内置 Google 公司的网络搜索服务。具体来说,就是在 EZweb 的菜单画面上设置搜索对话框,当搜索某关键词时,同时显示 EZweb 内容和互联网内容的搜索结果。例如,在电视上听到一首乐曲,立刻用手机搜索曲名并付费下载之类的用途。与面向 PC 的搜索服务相同,这项服务也将显示与搜索关键词相关的文字广告。这将成为 Google 的新利润点。两公司将分工实施这项服务,Google 提供搜索引擎,使用 KDDI 的服务器显示搜索结果。Google 将开发名为"Transcoder"的内容转换工具,将适合手机画面尺寸的搜索结果发送给 KDDI 的服务器。

2006 年 2 月,英国 Vodafone 与搜索巨头 Google 签署合作协议,为其 3G 服务"Vodlafone live!"开发搜索新功能。

除了移动运营商外,手机厂商也在积极与搜索引擎公司合作,2006 年 6 月 1 日,Nokia 公司表示进一步扩展了 Mobile Search 软件的通达力。该软件是 Nokia 公司为其 N 系列多媒体手机和其他基于 S60 操作系统的手机设计的一款免费下载软件。该软件需要与移动运营商的无线互联网配合使用,该软件的功能相当于将全球各地的本地搜索引擎汇集到一个软件下,然后根据用户的所在地自动选择适用的本地搜索引擎。当用户到达一个新的国家或地区时,打开移动搜索软件,它将发现本地搜索供应商已自动更改为当地著名的搜索引擎。例如,当用户来到中国后,该软件的搜索引擎会自动变成 Baidu.com,而用户到了美国后,可供选择的搜索引擎又会变成 Yahoo! 和 Google 等。使用该软件的 Nokia 手机用户还可以查询特殊的移动内容,如墙纸、铃音、图像和移动站点。此外,也可以直接查找新闻、天气预报、星座、游戏,以及大量其他内容。在 2006 年第一个季度,Nokia 出售的 S60 操作系统的手机中已经内置了该免费软件,早先的 S60 操作系统的手机可以到 Nokia 的网站上下载该软件并安装到自己的手机当中。

在 2008 年北京奥运会期间,移动搜索更是得到了广泛的应用。在移动搜索服务提供商易查在线提供的"易查·最受关注的奥运明星"排行榜中,仅刘翔一人的搜索频次就高达 200 多万,高居榜首,因伤退赛当天,单日搜索量更是翻倍激增,达 25 万次。

艾瑞发布的《2008 年中国移动搜索行业发展报告》显示,2008 年中国的移动搜索用户已突破 1 亿。未来几年中国移动搜索市场将呈现稳步增长态势,预计 2011 年中国移动搜索市场用户规模将达到 31200 万人。

目前,移动搜索的重点主要集中在娱乐类信息的搜索方面。由于目前使用手机搜索的用户主要以青少年、大学生和打工族为主,而他们对娱乐性的内容更为感兴趣,所以娱乐信息目前还是手机搜索的主要内容。未来随着手机上网的普及,移动搜索的便捷性、目的性和准确性将吸引越来越多不同年龄、不同层次、不同需求的各类人群。①

二　移动搜索的类型

移动搜索主要有 WAP 和短信两种主要搜索类型。

1. WAP 搜索站点模式

通过移动终端搜索 WAP 站点的模式和 Internet 搜索的盈利模式很相似,毕竟用户主要访问的 WAP 站点大多是免费的,所以移动搜索引擎一般也是免费的,因此,移动搜索可以和 Google、百度一样,以广告及竞价排名等方式赢利。不过,目前的移动搜索市场尚未成熟,由于 WAP 站点的数量有限,规模较小,内容不够丰富。在用移动终端上网时自然会产生流量费,这对用户端的感受来说,与固定互联是不同的。固网的上网费用对于用户来说影响不大,已经有相当多用户把家中的包月上网费作为一种习惯性支出;而当前移动终端上网的成本还较高,使用户们在使用移动终端上网时都很谨慎。

2. 手机短信搜索引擎模式

手机短信搜索引擎系统的服务商通过每月向用户收取固定的使用费的方式来开展业务。移动搜索服务商首先要成为移运运营商的 SP,再将搜索服务作为移动通信平台上的一项增值服务来运作才可能推广这项业务。因此,移动搜索的付费与否或者如何收取费用,需要提供搜索业务的 SP 和运营商共同协商。

Google 2004 年就推出了短信搜索服务,Google 移动搜索适合于手机,涵盖的功能十分丰富——从网页、图片、移动互联网搜索、地图搜索到方便易用的 Gmail,Google 移动搜索都能实现。但是,Google 在欧美、日本等地区开通已久的短信搜索服务,还未推出相应的中文版本。

移动搜索的业务系统结构与互联网搜索有所不同,下图是其业务系统结构。

---

① "2008 年中国移动搜索行业发展报告",www.iresearch.com.cn.

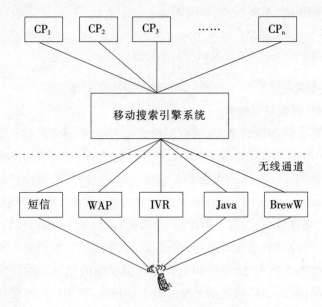

图 9-2　移动搜索业务系统结构

　　手机搜索将是一项非常有"钱景"的业务。目前大多数网民都在使用各种搜索网站,有问题上网搜已经成为一种生活习惯,但是在身边没有电脑和网络,以及电脑处于关机状态时,通过一直开机的手机连接网络进行搜索将是一个便捷的选择。

　　中国的网民数量近4亿,而移动用户数量已经超过7亿,加上移动搜索使用的便捷性,移动搜索市场的潜力是巨大的,尽管移动搜索刚刚起步,但是我们可以预见,伴随着移动搜索业务的引入、成长以及成熟,移动搜索业务的市场规模将不逊色于固定互联网的搜索引擎。

三　移动搜索的特点

　　移动搜索有不少优势,主要表现在:

　　1. 移动搜索使用便捷。相对互联网搜索,移动搜索无需上网设备,只需一部随身携带的手机就可以免费搜索需要的信息,可以满足突发、紧急、特殊查询的需求,能够为用户尤其是商旅人士提供一个快速有用的答案而不用他们花太多时间去搜索。

　　2. 移动搜索目标用户群广泛。移动终端的普及率远远超过电脑。中国的网民近 4 亿,手机用户已超过 7 亿,移动搜索拥有更广泛的用户群体。目前,已经有越来越多的用户开始使用小显示屏手机访问网络站点,据调查,中国手机用户中 WAP 用户已超过 1 亿。

3. 移动搜索效率更高。移动搜索加入人工智能技术,剔除 Flash、广告、垃圾链接,有效地减少了用户繁琐翻页的麻烦。

4. 移动搜索为用户量体裁衣,提供个性化服务移动搜索通过特有的技术(如手机挖宝网使用的网络爬虫和中文模糊搜索技术)将互联网上分散的信息聚合在手机 WAP 平台,根据用户的性格、地理位置、行为方式、兴趣爱好的不同提供分类信息搜索服务以满足不同的用户需求,并能实现适时在线更新,其搜索的内容和过程具有更强的人性化色彩。

但是,移动搜索业务也存在一些劣势:①用户消费习惯尚需培养人们对移动搜索还比较陌生,很多人仅仅把手机当做一种语音通信的工具,用户消费习惯的培养还需要一定过程;②移动搜索业务在中国的发展短时间内还将面临着网络速度慢,终端屏幕小、操作不便等实际困难,这些在一定程度上会影响用户对移动搜索的情感和偏好。

表 9-1　移动搜索与互联网搜索的比较

分类	互联网搜索	移动搜索
搜索方式	目录检索、关键词检索	关键词检索、自然语言检索
搜索需求	准确性、海量性、快速性	准确性、便捷性、个性化
搜索渠道	搜索引擎、搜索门户、搜索栏、浏览器地址栏	WAP 搜索引擎、短信
搜索内容	网站、信息、图片、MP3、地图、论坛等	WAP 站点及内容、移动增值服务信息
搜索终端	计算机	手机
搜索限制	存在网络接入限制	无
搜索目的	搜索需要的内容或站点	搜索需要的内容、定制需要的信息
搜索费用	免费	流量费、服务定制费、部分搜索服务需要单独付费

我们可以通过 Google SMS 企业搜索服务来深刻领会移动搜索的

特点。

Google SMS 企业搜索服务举例:

图 9 - 3　移动搜索案例

Google Local enables you to search the entire web for just the stores and businesses in a specific neighborhood. Get the name, address and phone number of a business near you or in any zip code across the US.

To get business listings:

Enter what you want to find. You can search for either a specific business (Pizza Hut) or a general service (pizza).

Make sure to include both a city and state, or a zip code with your search terms.

If you want to make sure you get Google Local results, put a period between the business name and the location ("pizza. 10013" or "pottery barn. Boston ma").

Google 短信企业搜索的方式:

第 1 步:移动用户编辑"关键字 + 邮编",发送到短信服务号;

第 2 步:Google 直接发送与该关键字匹配的,在此邮编范围内的 2 ~ 3 条相关企业信息至移动用户。

Google 推出的短信搜索服务主要是以关键字检索方式为主,通过以邮编为途径的本地化搜索方式和每次不超过 3 条的推荐结果,以提高检索的准确性,同时避免传统关键字搜索过多搜索结果造成的检索不便。

四　移动搜索在国外的发展

2004 年 10 月，著名的 Google 将搜索带入了手机中，用户只需要发送一条短信便可以搜索想要查询的信息，可以将搜索结果保存到手机桌面上，也可以通过点击网页上的图标来查看。

手机搜索引擎是一种面向无线网络的手机短信搜索引擎系统，为互联网用户和手机用户提供搜索短信业务。手机用户只要通过编辑短信，发出一个关键字到手机搜索引擎服务号码，就可以搜索到需要的信息。而且，每个手机用户可以在搜索引擎上发布自己的信息，然后被其他手机用户搜索到。例如一位居住在芝加哥的美国人在手机上输入"Mcdonald"后发过去，十几秒钟后 Google 会反馈当地麦当劳的电话、地址并介绍几款特色套餐。

与互联网搜索引擎相比，基于移动通信网络的手机搜索有以下几个优势：一是搜索成本较低。它无需上网设备，只需一台普通手机即可，而且搜索信息是免费的。二是自由度更大，用户能随时随地搜索，不受互联网网络限制。三是效率更高，搜索到的信息针对性更强，个性化服务更到位。四是时效性强，采用短信方式可以及时互动沟通。

现在各种各样的特色搜索网站让手机变得几乎无所不能。喜欢购物的美国人通常会使用 Synfonic 和 Smarter 的短信搜索服务，这两家网站主要提供商品的寻价和比价。比如用户向网站发送一条"800 美元的裙子"，会反馈过来许多这个价位的不同品牌产品供用户挑选。许多人常用免费短信叫快餐，使用附送的优惠券要比直接向餐厅叫外卖合算，而且还可以省去电话费或网费。

手机搜索功能也给手机运营商提供了新的市场机遇。比起 Google 等传统的网络搜索引擎，手机搜索最大的优势在于用户可以直接获得简明扼要的查询结果，而不是大量的网页链接。当然手机搜索也有它的劣势，通常互联网搜索引擎都是免费的，而手机搜索目前则是一种基于短信的付费服务。为了保证传送给用户的咨询结果不超过短信 160 字符长度的限制，手机搜索雇用了专门的人员对基于计算机的搜索结果进行整理，之后再发送给用户。手机搜索可以从每条查询中获得资费的 65%，而另外的 35% 则被运营商抽取。

Google SMS 得到了美国"六大"无线运营商的支持，他们是：AT&T、Cingular、Nextel、Sprint PCS、T – Mobile 和 Verizon Wireless。在这项服务中，通信运营商将从每则短信中收取 0.05 美元到 0.1 美元，而 Google 则不收取任何费用。

Google 还试图把自己的地方搜索技术应用于无线领域。比如，当用户站在十字路口时就可以得知最近的咖啡馆的位置。这种搜索方式还能够根据结果给出当地的邮政编码。Google 还计划根据个人爱好返回搜索结果。另外，Google 也可以开发图片搜索功能，当前其图片数据库已经容纳了数量可观的在线图片资源。有分析家建议在手机搜索中加入语音搜索功能，这将有效地帮助手机用户满足各种需求。

美国在部署短信业务 SMS 方面落后于世界上的其他一些地区。美国人对待短信的态度也不同。这与美国移动电话企业为消费者提供的资费方案有关。美国移动电话企业给消费者很长的免费通话时间，而对短信等其他数据业务则额外收费。

尽管在欧洲和亚洲利用手机上网已经非常流行，但美国手机用户更喜欢通过有线连接方式上网。手机产业对于搜索服务提供商而言仍然意味着一些挑战，更重要的是，美国手机用户不愿意使用手机上网。随着手机性能的逐步提高，用户用手机上网的热情在日益高涨，新的手机搜索服务将成为市场新的高速增长点。

在美国，对 Google 的依赖度极高的人不在少数。这些人很大程度上将成为移动搜索的潜在用户。目前，由于 Google 尚未对这项业务收费，人们一定会乐意尝试这种方便快捷而又经济的搜索方式，因为其代价只是普通的短信费用。这不仅激增了用户的业务量，甚至有很多从未使用短信服务的用户都可能开始尝试使用这项功能。

虽然 Google 已经推出了手机上网方式，但是由于移动网络传输数据的速度比有线网络慢得多，所以效果不是很好。现在 Google 正在加强这方面的工作，不断改进手机浏览返回信息的方式。目前公司已经开发了易于在手机上浏览的网页格式，并正利用比较购物服务 Froogle 无线进行测试。在计算机的浏览窗口中，Froogle 为用户返回的是产品的详细信息，包括产品图片、产品名称、价格及在线零售商的不同报价等，通过手机，Froogle 将只能为用户返回产品名称、价格及卖方信息，没有图片信息。

2006 年 1 月，Google 宣布将面向美国手机用户推出个性化版本的 Google 主页，适用于新推出的大多数手机。

通过 Google 手机用户个性化主页，用户可以在手机上进行网络搜索，查看 Gmail 电子邮件、浏览新闻标题等。雅虎、微软、AOL 和 InfoSpace 等公司都在努力将计算机上的信息服务扩展到手机上。

手机是随身携带的设备，它可以看做是用户个性的延伸。将信息服务扩展到手机至关重要。为了适应手机的小屏幕以及手机网络相对较慢的连接速度，Google 对各种信息服务做了专门优化。Google 手机用户个性化主页的推出，有助于促进移动 Web 用户人数的增长。访问信息所需点击次数越少，用户越有可能使用手机访问信息服务。

用户在计算机上创建一个个性化 Google 主页之后，就可以通过移动设备上的浏览器访问 www.google.com。用户只需点击"个性化主页"链接，然后输入 Google 账号即可。用户下一次访问 Google.com 时，将可以自动登录。Google 去年面向计算机用户推出了个性化主页，如果用户还没有注册个性化主页，使用手机服务之前需要首先在计算机上访问 www.google.com/ig。

从技术角度上讲，Google 个性化主页适用于所有的支持 XHTML 的手机。过去几年美国市场上销售的所有手机都支持 XHTML。Google 还将同移动运营商以及无线设备厂商合作，在手机启动时加入 Google 服务的直接链接。目前，T－Mobile 已经在德国将 Google 主页作为开机画面，取代了自己的主页。摩托罗拉也同 Google 达成协议，将在今年推出的新型手机中安装 Google 服务。

图 9－4　Google 搜索界面　　　图 9－5　Google 搜索案例

五 中国移动搜索发展存在的问题

从世界范围来看，移动搜索刚刚起步、困难不少，在中国存在的问题更多。除了检索技术问题外，还主要存在以下难题：

1. 盈利模式的不成熟

盈利模式问题也是手机搜索市场面临的一道难题。据悉，目前国内各大手机搜索公司还找不到一个科学合理的盈利模式。在当前手机搜索市场还不成熟的情况下，大部分商家基本都是免费提供服务以培育市场，因此未来手机搜索很可能出现目前互联网搜索同样的收费难题。如果手机搜索通过广告发布及竞价排名等方式获利，但基于目前手机搜索接受度不高的现状，这种沿用传统互联网搜索的盈利模式并不现实。在世界上较成熟的移动搜索市场中，移动搜索服务提供商的收入主要是用户的信息费用和企业广告竞价的费用。在当前中国，由于还处于市场培育期，移动搜索企业对用户一般都采取免费获取信息的策略，用户只需向运营商交纳制定增值业务的费用。这样就使得移动搜索服务提供商还处于"烧钱"状态。因此，手机搜索的"掘金之旅"很可能还有很长的路要走。

此外，手机搜索打破了互联网在空间上的限制，实现了随时随地对信息查询的需求，它的实用性和可操作性是不言而喻的。目前传统互联网搜索引擎市场规模已超过 70 亿美元。但是，手机搜索业务刚刚起步，市场规模非常有限。艾瑞公司估算，中国 2006 年手机搜索市场总收入还不到 2 亿元。

2. 移动搜索产业链尚不完善

移动搜索的产业链包括移动运营商、手持设备制造商、移动搜索服务商、移动搜索内容提供商、搜索技术提供商、移动搜索渠道商以及移动搜索应用机构（付费企业）以及移动搜索用户。目前中国移动搜索正处于市场培育期，移动搜索产业链正在形成，还需进一步培育，各家企业正纷纷布局，整合上下游资源。

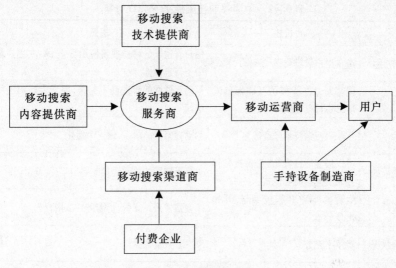

图 9-6　移动搜索产业链

　　移动搜索用户是整个产业链的归属点,没有了用户,这条产业链就失去了生命;移动搜索技术提供商和内容提供商是移动搜索服务商的坚强支撑;移动搜索服务商是产业链的中心环节,只有移动搜索服务商提供了让用户认可的服务才能够留住用户;移动搜索渠道商在移动搜索的产业链中是运营商与付费企业之间沟通的桥梁;而移动运营商和手持设备制造商起着"传输通道"的作用。只有产业链中的各个环节协同努力才能打造完善的移动搜索产业链结构。

　　移动搜索的利润分成上,移动搜索服务提供商显然处于弱势。由于利润分成问题的存在,使得移动服务提供商处于被动地位,不能有效地发挥在产业链中所起到的作用。此外,运营商对于服务提供商的支持力度不够,没有更好地调动服务提供商的积极性,从而带动整个产业链的腾飞。在移动搜索的产业发展问题上,我们还可以借助 SWOT 分析法对其产业链、发展环境及竞争对手等问题进行分析。

表 9 - 2　中国移动搜索业务 SWTO 分析

	长处	短处
人口/用户	潜在用户数量众多	用户普遍缺乏移动搜索使用习惯,WAP 用户集中于特定群体
政策/法规	国家大力支持移动互联网的发展,运营商态度非常积极	移动互联网的管理尚不完善,缺乏专门的法律法规
技术	互联网搜索技术已经成熟	移动搜索产品单一,缺乏个性化
商业模式	可以借鉴广告发布、竞价排名等互联网成熟商业模式	仍缺乏明确的盈利模式
产业链	运营商/SP/CP 积极参与,开始出现分工	产业链发展不完善,仍需进一步培育
竞争状况	竞争不充分	SP/CP 数量太少
	机会	**威胁**
人口/用户	熟悉互联网搜索,通过培养使用习惯,可以较快扩展市场	用户体验要求较高,而忠诚度较低
政策/法规	政策环境宽松	易引发无序竞争,恶性竞争
技术	3G 将打破移动互联网的带宽瓶颈	如何将互联网成熟经验移植到移动互联网,起到产品的替代作用
商业模式	新的商业模式创生机会	短期内难以盈利
产业链	各个环节缺乏领导者和优势厂商	运营商/SP/CP 忠诚度不高,容易转行至其他增值业务
竞争状况	进入门槛较低	已经存在较大的竞争对手

3. 移动搜索产品内容单一,信息量不够

国内 WAP 站点虽然在数量上不断地增多,但很多 WAP 站点规模小、内容同质化严重,还不能很好地满足用户的多元化需求。

真正的移动搜索是针对用户需求的搜索,由于国内移动搜索刚刚起步,市场上存在的移动搜索服务提供商还不多,还没有形成一个竞争的局面。与互联网相比,移动搜索资源极度匮乏,而且多以下载铃声、图片为主;同时,本地搜索也不发达,用户还不能向互联网一样方便快捷地搜索

到自己所需的信息。

4. 移动终端技术和无线网络宽带技术还不完善

用户在用手机进行搜索时,首先接触的就是移动终端——手机,目前手机屏幕的狭小以及智能化的缺乏必然会给用户带来许多不便,这就有可能降低用户进行移动搜索的积极性,同样,无线网络宽带技术还未普及,没有在用户心中形成一个完整的概念,这对于用户规模的发展有很大的制约性。

六 移动搜索的发展趋势

尽管存在不少难题,作为新生事物的移动搜索依然存在巨大的发展前景。我们认为目前的移动搜索从市场和技术两方面都有很大的发展空间,未来的发展方向主要有:

1. 与互联网内容结合起来

WAP 内容的丰富程度远远比不上互联网,为了提高搜索结果的相关性和有效性,有很多搜索引擎提供商开始尝试搜索互联网内容,再转换为手机上能够显示的格式。我们认为将来的移动互联网和互联网将会融合到一起,因此移动搜索也会与互联网内容结合起来。

2. 数据分析和行为分析技术将进一步完善

互联网搜索引擎巨头,如 Google、Yahoo!、百度等,都在其互联网搜索服务中提供搜索的数据分析和行为分析工具。这样的服务可以使广告主更有针对性地投放广告,我们认为在移动搜索中,也会出现类似的分析系统,并且会逐步完善。

3. 与手机的应用紧密结合

除了具备互联网搜索功能,移动搜索也会有自己的特色,如呼叫搜索,例如搜索到某个餐馆,只需点击即可拨通电话;再比如本地搜索与地图、导航业务结合起来,等等。

4. 更加个性化

Google 在互联网搜索中推出了 iGoogle 服务,提供个性化的信息服务,包括个性化搜索、个性化门户等等。这样做可以增加用户黏滞度,从偶然发生的搜索行为到与用户建立长期的服务关系,这样也有利于搜索引擎更加了解用户的特征和行为,是提供个性化广告的基础。我们认为这个趋势会拓展到移动搜索领域。

5.移动搜索产品呈现差异化竞争特点,细分市场开始出现

正是由于移动搜索市场有巨大的商机,中国移动、诺基亚及 Google 等知名公司纷纷介入移动搜索市场,因此,移动搜索市场形成了一个充分竞争的格局。不仅合作形式多种多样,而且搜索技术进行了多方探索。由于进入市场各方的着眼点和切入点不同,有利于搜索市场的细分。一些移动搜索的专业搜索引擎,如音乐搜索、图片搜索、新闻搜索、本地搜索、垂直搜索等特色搜索服务开始出现,对推动移动搜索市场的发展起到了重要的作用。

6.相关政策的出台,将改变市场的竞争格局

随着中国推出 3G(第三代移动通信网络),工业和信息化部将会在中国移动和中国联通之外发放多张移动运营牌照。这将会使运营商的垄断地位逐步减弱。届时很可能会出现移动搜索中的几家领头羊企业分别依托不同的移动运营商,而一些中小移动搜索公司在某些细分领域寻找发展空间的局面。

中国的网民数量近 4 亿,而移动用户数量已经超过 7 亿,加上移动搜索使用的便捷性,移动搜索市场的潜力巨大。3G 时代的来临为移动搜索业务的发展带来了契机。3G 不仅带来高速度,对手机的屏幕、按键都会大有改观。中国移动搜索市场,受用户需要的牵引及 3G 的推动,无疑会拓展一个无法估量的发展空间。

第 6 节　移动条码识别业务

一　什么是手机二维码

手机二维码是二维码的一种,是用特定的几何图形按一定规律在平面(二维方向)上分布的黑白相间的矩形方阵记录数据符号信息的新一代条码技术。用户通过手机摄像头对二维码图形进行扫描即可以进入相关网页进行手机上网。手机二维码具有信息量大、纠错能力强、识读速度快、全方位识读等优点,可以印刷在报纸、杂志、广告、图书、产品、包装以及个人名片等多种载体上。

　　二维码实际上是一个跨媒体的通道,任何人、任何东西都可以让它说话,只要上面有一个二维码,不管是报纸、杂志、户外、液晶媒体都可以通过二维码来跟人互动,进到网站里获取更多的信息。二维码与手机的结合能够为我们带来什么? 我们在任何时间、任何地点,通过任何媒介获取任何内容,这就是我们对二维码的理念,它是一个沟通的通道,用二维码来链接移动消费。

二　中国移动条码识别业务

　　中国移动条码识别业务是中国移动推出的手机上网码,它与普通的二维码的区别在于它由一个二维码矩阵图形和一个二维码号以及下方的说明文字构成。用户通过手机摄像头对二维码图形进行扫描,或输入二维码号即可以进入相关网页进行手机上网。手机上网是指通过手机进行网站的访问,术语称作 WAP 浏览。

　　目前在中国实现应用的唯一手机二维码就是中国移动条码识别业务,它主要是面向中国移动的终端用户,用户在使用手机对特定的条码进行识别后,能快捷方便地访问条码所对应的网页内容,为中国移动手机上网用户提供一个便捷的上网通道。中国移动条码识别业务将成为手机上网普遍应用的快捷网址,与梦网菜单、搜索引擎一起成为移动上网业务的三大入口之一,强力支持中国移动的数据业务、手机媒体业务以及手机商务。

　　中国移动条码识别业务在给广大中国移动用户一个崭新的手机上网方式的同时,也为商家构筑了自己的 WAP 平台,为其他媒体提供了一个与用户随时随地沟通的方式。商家或媒体可以在购买中国移动条码识别业务后,利用中国移动所提供的 WAP 模板搭建自己的 WAP 网站,用户对相应的中国移动条码识别业务进行扫描后即可获取到更为生动而丰富的内容。

三　二维码的功能和应用

　　手机二维码识别技术从它的诞生,到蹒跚学步,到不断成长,已被全球各国通信增值业务领域商家看好,他们如获至宝地向广大移动通信用户推广,并从中获取到丰厚的收益。究竟它有什么样的魔力? 能为我们带来什么?

1. 二维码在韩国

走在韩国首都最热闹的明洞购物街上,会看到不少人正拿着照相手机,将镜头对准街上的户外海报,或商家门口的二维条码。别以为他们是在拍照,其实,他们是用手机来快速读取广告看板上的最新产品资讯和店家提供的折扣券。以往受限于平面广告空间的缺点,提供的资讯量有限,结合了条码后,资讯将变得更加鲜活立体。在韩国有许多游戏厂商和内容提供者,每天都会在报纸上刊出不同服务的二维条码,为的就是让消费者更快捷地找到使用的内容。目前铃声和游戏下载已成为最热门的读码服务,其中铃声还有高达40% ~50% 的定制转化率。

(1)二维码商务应用:电视邮购购物,订票系统,游戏点数补充。通过二维码即时购买商品,或通过二维码在线书店浏览预览然后进行即时购买或以后实地购买。二维码内放置音乐会或影院节目单,用户可预订。通过扫描二维码发送订票请求或消费请求和支付款项。

(2)二维码信息传播:个人资料,商品更详细资料,各式折扣券,市场调研营销活动。通过二维码中放置有关食品和饮料的营养信息,供用户参考是否适合本人食用。通过在大型的户外广告、促销人员服装和装饰品、文身图案等上面印刷二维码供人们扫描了解产品信息,达到厂商宣传推广的目的。二维码还可包含详细的商品信息、消费者评价,可供用户参考后直接至商店实地购买。用户通过二维码可留下自己对该商品的评价,供其他消费者参考。比如,对着户外海报上的二维码轻轻一扫,既可上网一探广告中的商品服务,又可利用二维码上网下载商品兑换券,或可到路边的摊位兑换面膜。

(3)娱乐内容应用:图片、铃声下载,游戏下载,音乐影音下载。内容提供商们通过将内容植入二维码,使用户更方便快捷地获得他们的服务。通过二维码连接手机,可进行流行音乐视听。应用领域广泛分布于广告、购物、铃声、桌布、交友、市场调查、游戏、活动、来电铃声、影片、新闻等。

(4)二维码公共服务应用:图书馆选位。韩国 SOOKMYUNG 女子大学图书馆采用二维码手机读码服务,图书馆里有台机器是提供学生利用个人专属条码进行座位选择服务。点选好荧幕上的座位之后,开启手机中的个人条码,对准选位机上的镜头,利用选位机上的镜头轻轻一扫,就可确定想要的座位。结束扫描条码选位服务后,机器会列印一张确认座位的纸卡,再次利用手机中的个人条码,对准图书馆入口管制机上的镜头,扫描后即可进入。

2. 二维码在日本

日本到 2005 年第三季度已经有二维码用户约 3000 万,认知率达到 97%,使用率也达到 73% 之多。

(1)在日本几乎所有报刊都有二维码,基于二维码的出版物层出不穷,其中最主要的应用是引导手机上网与平面内容和广告互动。无论是报刊、图书、电视还是小小的商务名片都可以应用二维码互动,日本用户可以利用手机的相机镜头读取各类二维码记载的详细信息,直接拨打电话、发邮件和上网。

(2)二维码在产品物流、商铺优惠及资格核实方面也有应用,通过扫描商品包装或店铺海报等上面的二维码,用户可以了解产品的具体生产信息、厂家相关其他产品以及店铺经营资格、优惠政策等,甚至可以通过条码与商家互动包括订购等。

(3)日本应用二维码创造出一系列形式新颖的礼物。例如配有二维码的贺卡,收卡人扫码可以获得小礼物或者听到发卡人的语音祝贺等;表面做成二维码图案的巧克力和寿司,收到礼物的人在吃之前先扫码获得其他的惊喜。

然而二维码在日本为开放式应用,用户可自行灌制内容并生成二维条码,这就会存在难以监管条码内容的问题,完全开放式二维码应用亦有其美中不足。

3. 二维码在欧洲

在德国,Gavitec 移动数码公司作为比较资深的条码应用公司主导手机二维码应用市场。该公司成立于 1997 年,致力于移动市场营销、移动广告、移动票务、移动证券的条码识别系统,也开发手机内置应用系统,并主要面向企业客户。该公司在 2D code 方面主要采用 DM(Datamatrix)码制。应用已经从扫描海报、产品、杂志上可获得最新信息,到用户下载火车时刻表、订票或直接连接相关网站;扫描名片上信息,并保存至移动通讯录中;连锁店、快餐店优惠政策;物流管理等方面。

4. 二维码在美国

在美国运用移动通信设备扫描条码的研发及推广公司 SCANBUY，基于为手机和其他移动设备开发以传统 Bar code 为基础的识别和处理功能。该公司通过低成本的 CMOS 研发程序，把个人数码拍照设备，转化成为移动扫描设备。

四　中国移动条码识别业务的应用

中国移动条码识别上网应用是由中国移动推出的一种通过手机扫描二维码实现手机上网的一种数据服务业务。条码识别上网的应用突破了以往需要输入网址的上网方式，具有使用方便、上网快捷等优点。手机用户通过扫描二维码或输入二维码下面的号码即可上网，随时下载图文、音乐、视频、获取优惠券、参与抽奖、了解企业产品信息等。

二维码可以印刷在报纸、杂志、广告、图书、包装以及个人名片上及任何有需要承载信息的地方。同时还提供各种公共信息如天气预报、电子地图查询定位、手机阅读等多种服务。随着 3G 的到来，未来中国移动条码识别业务还可以对视频、网上购物、网上支付等提供方便的入口。这种方式为用户使用手机上网提供了极大便利，省去了记忆和输入较长地址的麻烦，并相对节省了上网的时间和费用。

中国移动条码识别业务的功能主要有：

1. 上网功能，连接到目标网页

如果您正在阅读的报纸、杂志、图书、宣传品、产品包装、名片、户外广告、液晶屏、网页等出现了二维码，您可以用手机摄像头扫描该码，直接到达该广告产品的 WAP 站点或者该部分阅读内容的相关 WAP 页面，并可进入网站进行互动，看更多内容、图片、动画、视频、手机游戏、手机娱乐，下载优惠券、预订服务，试听下载音乐甚至卡拉 OK。

2. 短信/电话/邮件功能

在各种报刊杂志、图书、宣传品、网站等上面的二维码内置了电话、邮箱等，可以通过照相手机扫描二维码，进入手机相关功能编写短信或直接接通电话。如电视广播节目的热线电话、语音服务等，还可以通过扫描二维码发送手机贺卡、温馨祝福、点歌音频等给要分享的人。

3. 名片信息功能

如果您手中的名片上出现了二维码,可直接用手机摄像头扫描该码,名片信息就会显示在您的手机屏幕上,然后通过直接点击,保存至本地名片夹。

4. 定位导航功能

通过扫描书刊报纸或宣传品上的导航二维码,可将目的地位置导航地图显示在手机上,帮您更轻松地寻找陌生地点;或者通过扫描路牌等交通设施上的二维码,将本地位置导航地图显示在手机上,帮您确定自己目前位置和附近各类场所的方位。

5. 资讯浏览收藏功能

用手机扫码来快速读取广告看板上的最新产品资讯和下载店家提供的折扣券。

五 中国移动条码识别业务的用途

1. 建立移动商铺,把生意做到顾客的手机上

不同的消费者有着不同的使用习惯,中国移动有着2.8亿的手机用户,将为企业带来新的客源,谁也不能忽视这庞大的消费群体。在手机上建一个带着顾客体温的移动分店,只要很少的投入,不用增加场地,不用增加雇员,甚至不用额外进货,让企业吸引新客户,留住老客户!

2. 顾客可以随时随地进入企业的移动商铺

对于顾客而言,无论是从公众的报纸、杂志、灯箱、路牌、墙体等广告上,还是从企业印刷宣传单、促销券、产品说明上,只要对着中国移动条码识别业务"咔嚓"一拍,就能随时随地地浏览企业的专卖店,了解产品和服务信息,甚至直接下订单,从此不再受任何时间和空间的限制。

对于企业而言,谁离顾客最近,谁就更容易得到顾客的关注;谁能与顾客保持沟通,谁就能获得顾客更多的订单。谁离顾客最近?谁能与顾客保持沟通?不是你的销售,也不是你的客服,而是客户的手机,是客户手机上,您24小时提供服务的移动分店。

3. 增加广告内容,监控广告效果

企业做广告和推广,总是受到版面或空间的限制,不能放很多内容。但有了手机,只要用拇指印大小的地方,就能放任意多的文字、图片,甚至

清晰的声音和视频，从而使企业达到增加广告内容的目的，节约了广告的成本。

企业用传统方式做广告，比如登报纸，或发传单，虽然知道有一半广告费浪费了，但不知道是哪一半被浪费了。企业在互联网上做广告，无法知道电脑的另一端，是一个人还是一条狗。中国移动条码识别业务是基于手机媒体的服务，可以精确地跟踪和分析每一个媒体、每一个访问者的记录，包括访问者手机机型、话费类型、访问时间、地点、访问方式以及访问总量等，为企业选择最优媒体、最优广告位、最优投放时段做出精确参考，帮助企业把钱花到刀刃上。

第 10 章　手机媒体引发的问题

　　手机本是移动通信工具,但现在日益成为大众媒体,迅速地改变着中国社会的传播格局,重塑着人们传播信息的习惯。它促进社会的传播和互动,带给人们从来没有过的传递信息的便捷和自由。作为新生事物的手机媒体,有着比其他媒体相对的优越性;但它在发展过程中难免存在不足,产生许多不容忽视的负面影响。尤其是,无限丰富多样的信息被不加控制地传播,易造成信息传播的污染,导致传播生态环境的恶化。手机媒体目前存在的缺陷主要有以下几类:

　　首先是虚假与不良信息传播,以及信息垃圾泛滥。

　　一些不法分子发布虚假信息,大肆招摇撞骗,各种淫秽信息和流言蜚语借手机流传,败坏了社会风气,误导公众,导致社会秩序的混乱。凤凰卫视 2003 年 2 月 14 日消息:据香港《文汇报》报道,珠海市公安局通信监察处抓到两名通过发送移动电话短信息,散布大米、食盐将面临紧缺等谣言,造成市场严重混乱、紧张的违法分子。此案件是一起有预谋、有组织的破坏行动,造成的市场恐慌影响极坏。

　　现时最让普通大众切齿的是所谓"欺诈型"的短信,其纯属一种空对空的诈骗犯罪。从目前投诉情况看,手机"中奖"诈骗是最严重的,上当受骗的人最多。犯罪分子常利用假身份、假姓名、假单位开银行账户骗取金钱入户,而且多为跨省市作案、外来人员作案。他们还常常利用广州、上海、深圳、北京等经济发达地区的便利,以假公司的名义行骗,增强受骗人的信任度。事实上,作案人员往往不在这些地方,而是在异地发短信息,之后通过联网的银行提款机,异地取钱。在短短几天里,连续汇入同一银行账户多笔小额资金,得手后,作案人员便立即关闭手机,提取现金,逃之夭夭,被害人再也无法找到他们。

　　新华网 2003 年 3 月 2 日消息:武汉市公安局经侦处日前破获了一起利用国际互联网进行非法传销的案件,抓获主要犯罪嫌疑人吕萍、伍莉华等人。这是武汉市破获的第一起网络传销案,涉案金额高达 135 万元,涉案人员 1000 余人。

新华社 2007 年 4 月 24 日报道,山东一名青年农民朱光恩用手机拨通铁道部电话,冒充逃犯恶意编造虚假恐怖资讯,遭公安部门逮捕,并被判处有期徒刑两年。2006 年 12 月 19 日上午和中午,朱光恩两次向铁道部部长办公室打电话,声称自己是一名逃犯,要把 K50 次火车轰上天。铁道部公安局获报后,锁定恐怖资讯源来自山东省临沂市,并派出一百多名警力展开侦破工作。当天午夜 11 时左右,济南铁路公安处民警赶到临沂市平邑县一村庄内,将正趴在床头看电视的犯罪分子朱光恩逮捕。

中国透过手机行骗的案件越来越猖獗,这类案件已蔓延至广州、深圳及北京、上海、江西等地,被骗金额从几千元到数万元不等,最大案被骗金额达 370 万元。手机诈骗集团常用"猜猜我是谁?"开头,引诱接手机的人上钩,然后行骗。这类诈骗案自 2006 年下半年在广东出现以来,有越来越泛滥的趋势。警方指出,诈骗集团主要行骗对象有两类:一类是公司的董事长、总经理或政府部门的高阶官员;一类是随机拨打的号码或吉祥数的号码,如 888、666、168 等。为进行犯罪,诈骗集团会充分准备,收集受害人资料,还会对诈骗过程进行排练。手机诈骗集团分工明确,一般以 3~5 人为一个小组,专人负责打电话,专人负责诈骗账号管理,专人负责现金提取。诈骗数额多在 3000~30000 元之间,普遍采用异地作案、异地诈骗、异地跨行取款。

其次是侵犯个人隐私。照相日益普遍,一些手机有其独特功能的设计,把摄像镜头安装在手机的背部,并且还可以被隐藏起来,因此伴装打电话,也能轻而易举地拍下一些机密东西或侵犯个人隐私。

再次是信息安全。一些手机的黑客针对手机的软件专门设计了一些病毒,对广大的手机用户进行攻击。用户使用手机收简讯或上网时要留意一些不明信件,对有乱码出现的信息千万不要打开,要马上删掉。有些病毒利用了手机芯片程序中的漏洞,用简讯的形式插发病毒代码,从而造成破坏。而其他曾经出现过的手机病毒,能使手机自动关机、死机等,甚至破坏内部芯片;部分出现过的手机病毒甚至还可使手机自动报警,将机内个人地址簿自动转发等。

第 1 节　手机信息传播中的问题分析

一　手机短信息传播中的违法问题

新媒体的出现在带给人们生活便利的同时,也引发出新的问题。媒介只是工具,犯罪分子也可使用其来危害社会。如何趋利避害,需要我们根据新情况及时制定相关法律、法规、政策进行规范。同时,参与到新媒介中的各方运营者也要积极参与维护正常的社会公共秩序。在增值业务市场相对滞后的监管和巨大的利润诱惑下,不良信息、订购陷阱、价格欺诈、垃圾短信等违法、违规现象层出不穷,损害了 ISP(即互联网服务供应商)、ICP(即互联网内容供应商)行业的整体形象。迅速治理各种乱象,有利于整个手机媒体的长远健康发展。对于大众而言,也要提高媒介素养,不断提高使用新媒介的能力,合理、有效地利用新媒介获取信息,避免为其所惑、所害。

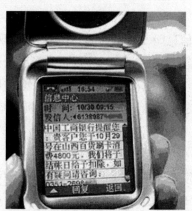

图 10 - 1　不良短信危害凸显(图片来源:www.315.gov.cn)

手机短信,目前在中国经济贸易往来、联络感情、提供便捷服务等方面发挥着日益重要的作用。与此同时,短信也成了一些网络内容提供商攫取非法利益的工具,他们在短信业务中频动"手脚",使这些服务成为手机用户防不胜防的陷阱。

手机违法短信治理的重点是民众接触多、影响大、反应强烈的违法发送手机短信的行为,具体包括:假冒银行名义发送手机短信进行诈骗,散布色情、赌博、暴力、恐怖内容，非法销售枪支、爆炸物、走私车、毒品、假钞，发布假中奖、假婚介、假招聘或者引诱、介绍他人卖淫嫖娼等。

伴随手机数量高速增长的是各类违法手机短信的泛滥。手机短信违法犯罪活动有以下几个特征：

发送手机违法短信的作案人多为团伙，团伙内部分工严密，有的购买手机、购买手机号，有的开设银行账号，有的群发手机短信，有的专门从ATM机提款，得手后立即隐藏，具有很强的隐蔽性。

发送手机违法短信的数量巨大。越来越多的作案对象使用短信群发器和群发软件等专用工具，能够在短时间内向大量的用户号段发送违法信息，一次发出成千成万个信息，总有上当的用户。

发送手机违法短信息的活动多使用异地手机号码，而且发送短信、开设银行账户、取款，这几个环节通常不在一地实施。

手机违法短信息的内容越来越具有诱惑力，使人抗拒不了，更有甚者冒充银行和公安机关，利用群众对银行和公安机关的信任进行诈骗，具有很强的欺骗性。

另外，利用手机信息贩卖非法商品，介绍卖淫的现象也比较普遍。

手机用户不要轻信虚假信息；不要因贪小利而受违法短信的诱惑；不要拨打短信中的陌生电话；不要泄露个人信息，特别是银行卡信息；不要将资金转入陌生的账户。以下是几个典型的手机短信陷阱。

陷阱一：发短信返话费原来是诱饵。

2005年4月，不少人收到一条自称是联通和移动公司发的短信，信息原文这样写道："移动和中国联通合作为祝贺2004年短信费突破50亿，您把此消息转发10户，您的户上将加上99元话费，我在家刚试过是真的，快转，后查话费。"于是，何女士抱着试试看的心态给10个朋友转发了这条消息，结果，稍后查询话费时才发现这是个骗局，非但没有返回话费，短信费也照样被扣。

对于此类以免费"晚餐"为诱饵的信息陷阱，消费者应提高警惕，以免陷于既上当受骗又投诉无门的尴尬境地。

陷阱二：未订短信费用被扣。

某通信公司无缘无故扣了方女士两个月共计90元的代收信息费。方女士夫妇年过五旬，儿子在外地读大学，他们从来不上网，也不发送短信息,更未订购过什么短信息。方女士打电话去询问,服务员说是从网上下载铃声的短信息收费,通信公司只是代收。她很纳闷:"什么服务都没有享受过,代收信息费到底扣的是什么钱?"

一旦发现自己的手机费用无端出现增加额,一定要向运营商查询(例如:中国移动拨打 10086、中国联通拨打 10001)。由运营商责成 SP(网络服务提供商)退赔或双倍返还消费者被扣费用。

陷阱三:友情短信藏"黑洞",一旦回复便定制。

2005 年春节前夕,有人连续收到陌生的手机短信,信息说:"春节长假到了,我们交个朋友,一起去游玩?"开始没有理会,但该短信接二连三发来,有人忍不住,就回复了一条:"你是谁?"随后几天,类似短信不断骚扰他。而且随后去营业厅缴纳手机费,结果被告知,这两条回复的短信收费高达 16 元。营业厅服务员解释说,这种短信一般是由恶意网站发出的,不管机主回复了什么内容,就默认该手机号码在其网站注册了,而其收费标准谁也不清楚。

这类信息陷阱属欺诈行为。消费者发现被骗后,由于难以追查责任人以及诉讼成本过高,其利益赔付往往被迫搁置。谨慎回复成为避免被骗的首要条件。

陷阱四:短信服务被取消,服务费用难退订。

王先生曾定制过某网站的新闻短信服务。后来单位统一配置了 CDMA 手机,王先生就到北京移动营业厅办理了停机保号业务,暂时不使用自己的 GSM 手机了,同时他向这个网站申请取消新闻短信包月服务。但王先生被告知:该项服务当月不能取消,只能等下个月再说。可到了第二个月,王先生已经停机保号的手机仍被收取了短信包月费用。他与网站联系,网站称:没有收到北京移动关于该用户停机的通知。如发生退订时推诿,首先考虑同运营商的投诉咨询机构沟通,在没有结果的情况下,可考虑向消费者协会投诉或提起诉讼。

二　手机垃圾消息

据瑞士圣加伦大学、国际电信联盟联合进行的一项研究显示,在 2004 年,超过 80% 的欧洲手机用户至少收到过一条短信形式的垃圾消息。

调查结果还表明,在所有受访者中,83%的人都认为,在未来1~2年内,垃圾消息将成为困扰他们的一个严重问题。

尽管在短信的流行性方面美国远落后于欧洲,但目前在北美地区使用的手机中,至少有75%的手机支持短信技术。调查表明,至少10%的美国手机用户曾经收到过垃圾消息。随着垃圾消息发送者尝试不同的方法,垃圾消息的趋势也将是此起彼伏的。

此外,手机号过于易记,容易引来更多的垃圾信息与骚扰。现在很多人都想申请吉利而且容易记忆的手机号码,其实号码过于易记也会带来不少烦扰。

黑龙江省黑河市一名男子疑因手机号码易记,两年来共接听到一万多个来自世界各地的骚扰电话。由于骚扰次数太多,他准备把次数申报吉尼斯世界纪录。

这名被电话骚扰的男子于2002年申请了两个手机号码,一部是13845678900,另一部是13845678910。自使用那天起,每部手机每日至少接到20个骚扰电话。来电者中,既有来自黑龙江本省,也有来自广东、福建、中国香港、中国台湾等地,还有来自俄罗斯、越南等国家。这些致电者多数是出于好奇,想知道到底有没有这样的号码才拨打的。

该男子2003年4月购买了一种软件,记录并复制每天的来电号码。从那时起的两年多时间里,他共接到来自世界各地的骚扰电话一万多个。他无奈地说,自己可能是世界上接到最多骚扰电话的人。

2006年11月21日,中国互联网协会的一份调查报告显示,我国手机用户平均每周收到8条垃圾短信。在通过对全国4721份问卷调查汇总分析后,报告说,用户每周收到垃圾短信的数量集中在5条以内的占多数,约占42.7%,每周收到5~10条垃圾短信的用户占34.95%,收到垃圾短信达10~20条的用户占14.19%,另外6.25%的用户每周收到多达40条以上的垃圾短信。根据数据分析,我国的手机用户平均每周收到8.29条垃圾短信。

调查数据还显示,在近3个月内用户收到的垃圾短信类型中,以商品广告、服务类的短信类型较多,占到77.7%,其中以代办车牌以及各种证件的居多,占40.9%;其次是欺诈类的短信占54.2%,这已成为危害社会治安秩序的一大公害;骚扰无聊的黄色垃圾信息占47.83%。

三   负面短信造成信息污染和不良社会效应

数以亿计的短信,创造了可观的经济效益,但从其产生的社会效果看,却并不全是积极的、正面的,相反,不计其数的负面短信引起程度不一的负面效应,按其产生的后果,可以分为如下几类:

以讹传讹类新闻短信:这类短信的来源一般是新闻网站或门户网站新闻中心、新闻频道。那些向这些网站定制新闻资讯的手机用户首先收到网站发出的信息,他们再把虚假新闻以短信形式发送到亲朋好友那里,一圈一圈地传播开去。因传播这类新闻的信息源具有一定的权威性,故一旦这类虚假新闻被传播开去,其影响力相当广泛。

违法乱纪类短信:这类短信主要由违法犯罪分子借助网上群发短信软件发送,主要用来欺诈、勒索钱财,如将一些恭贺用户在某某活动中获奖之类的信息随机发送到用户那里,让用户按其要求将钱财寄送后领奖,乘机骗取钱财;或者用来制假售假,如向用户兜售各种假文凭假证件;或者利用短信隐蔽、安全、到达及时准确的特性,进行卖淫嫖娼活动,诱人上钩。

破坏社会安定团结类短信:这类短信主要由别有用心的传播者发送,用来误导、煽动受众,引起恐慌、仇恨、敌视等负面影响。

病毒类短信:在互联网病毒满天飞的时候,波澜不惊的手机媒体也潜伏着危机。

垃圾类短信:除了上述具有明显危害性的短信外,现在的大量商业性广告也以短信和彩信形式侵入手机媒体,成为手机用户删不完、除不尽的垃圾信息。虽然它们不会直接造成用户的物质损失或精神伤害,但却强占了用户手机空间,浪费了用户的时间和精力,因而也属于产生负面作用的短信。

此外,借助于手机网络传播的黄色信息来势凶猛。例如,马来西亚全国商业罪案调查组从 2005 年 6 月起,出动约 500 名执法人员到各地展开大规模取缔行动,以对付用手机下载色情短片、简讯和铃声者。6 名男子因涉嫌下载色情短片并输入手机被控,成为马来西亚这类案件的首批被告。

四 手机传播带来的通信安全问题

手机通信的安全问题一向为人们所关注，国家保密技术检查中心明确指出：手机通信不保密。

据该中心介绍，国内使用的 GSM 手机没有信号加密功能，使用一台 GSM 手机接收机可以接收附近几个基站范围内的 GSM 手机的通话内容。最近几年国内又出现了 CDMA 手机通信的安全问题，国家保密技术检查中心明确指出：手机通信不保密。

移动通信网，尽管 CDMA 移动通信网采用了码分多址技术，有人认为是当前移动通信中最保密的网络系统，其实在 CDMA 移动通信网应用的同时，相应的 CDMA 接收机也随之诞生，接收机接收到的通话内容，声音质量不比手机差。

另外，由于移动通信网使用的终端设备是手机，它由硬件和软件组成，有些境外公司通过改变手机中软件或硬件，使其成为具有窃听、窃照功能的设备，其外观和普通手机一样，不影响正常通信功能。有些经改造过的手机，即使用户按了关机键，屏幕上显示的字符消失的情况下也能被对方激活，在不响铃的情况下接通电话，窃听该手机四周的声音。其次，手机操作系统存在一些后门，一些具有上网功能的手机，通过网络也会感染手机病毒和被植入窃听程序，出现非法窃听和远程控制功能。

《中华人民共和国保守国家秘密法》第 25 条规定：在有线、无线通信中传递国家秘密，必须采取保密措施。当前我们使用的 GSM 和 CDMA 手机没有保密措施，不能用于传递国家秘密。

为了防止手机泄密，中央保密委员会专门作出规定，严禁使用手机谈论国家秘密和不得将手机带入涉及国家秘密会议的场所，因特殊原因带入会场的手机应取出电池，还明确提出了涉密单位的领导和重要岗位的工作人员不得使用他人赠与的手机。

所有的手机都有一个唯一的序列号，当你键入 ＊ ＃ 0 6 ＃ 时，你手机的屏幕上就会出现一个 15 位的数字，这个数字就是你手机的序列号。请把此号码记录下来，并保存好，当你的手机被盗后，你可以将此号码提供给你的服务商，他能将你丢失的手机锁住，即使别人将你原有的 SIM 卡换掉，此手机也不能使用。

社会上有些自称是某公司工程师的人，专门往别人的手机上打电话，声称他们在对手机进行检查，为了配合检查，对方必须按#90 或 09#或其他号码。如果您接到此类电话，请不要按任何号码并且立即结束通话。这是一家骗子公司的欺诈伎俩。如果您按照他们的指示按#90 或 09#键，他们就可以获得您的 SIM 卡卡号并利用其肆无忌惮地打电话，给您带来巨大的经济损失。

五　手机传播带来的国家安全问题

在俄罗斯的车臣战争期间，俄空军利用电子侦察手段发现了当时车臣分裂主义头子杜达耶夫的踪迹，并轻而易举地将其消灭。

1996 年 4 月 22 日凌晨 4:00，俄罗斯空军用 A - 50 预警机截获了杜达耶夫与他人的手机通信，并在全球定位系统的帮助下，准确地测出了杜达耶夫所在位置的坐标。几分钟之后，俄罗斯空军"苏 - 25"攻击机在距目标 40 公里的地方发射了两枚"DAB - 1200"反辐射导弹，导弹循着电磁波方向击中了杜达耶夫正在通话的小楼，将其炸得血肉横飞。

2002 年 3 月，恐怖主义头子本·拉登的得力助手、"基地"组织的二号人物阿布·祖巴耶达赫也是因为使用手机暴露了藏身之地而落网。

因此，手机通信是一个开放的电子通信系统，只要有相应的接收设备，就能够截获任何时间、任何地点、任何人的通话信息。

在台湾地区盛行一种手机监听器，只需在一般的手机里植入具有监听功能的晶片，一拨电话就可以启动监听功能。

即使在待机状态，手机也与通信网络保持不间断的信号交换，此时产生的电磁波谱很容易利用侦查监视技术发现、识别、侦察和跟踪目标，并对目标进行定位，从中获得有价值的情报。

目前，我国市面上的移动电话芯片基本是进口产品，其中一些手机具有隐藏通话功能：可以在不响铃，也无任何显示的情况下由待机状态转变为通话状态，从而将周围的声音发射出去；也可通过简单的电信暗码，遥控打开处于待机状态手机的话筒，窃听话筒有效范围内的任何谈话。

即使关闭手机，持有特殊仪器的专家仍可遥控打开手机的话筒，实施监听。因此，使用者只要将手机放在身边，就毫无保密可言。在手机制造过程中就在芯片中植入接收和发送功能，这种手机即使关机，但只要有电池,机内的接收装置就能将话音信息接收到,并可随时发送出去。通过地球同步卫星上的中继站,将信息传递到某处地面处理系统。作为用户,在必要时应将手机中的电池取出,彻底断绝手机的电源,或将手机放在远离谈话场所的地方,避免被窃听。

在一些发达国家的情报部门,军方和重要政府部门,都禁止在办公场所使用移动电话,即使是关闭的手机也不允许带入。

美国国家安全局1971年开始建立的一个代号为"梯队系统"的电子监听监测网络系统,整个系统动用了120颗卫星,在美国和英国设置了两个数据中心。该系统全天候监控,一旦出现与数据库中关键词相关的信息,系统便会自动记录并分析,再交工作人员进行深入分析。

据称,全世界95%的通信都要经过这一系统高速计算机的"过滤",全部电话、文传、电子邮件都会被它截获。

利用侦察卫星获取情报一直是美国常用的手段。美国自从1962年5月发射了世界第一颗电子侦察卫星,至今已发展了四代这种卫星,第四代电子侦察卫星"水星"不但能侦听到低功率手机的通信信号,还会收集导弹试验时的遥测遥控信号及雷达信号等非通信信号。目前,美国正在研制第五代电子侦察卫星"入侵者"。

有关资料表明,即使我国与外国的电话通信通过我们自己发射的卫星来传送,美国也可以依赖日本北部三泽航空基地进行窃听。

此外,恐怖分子制造手机引爆炸弹的例子也时有发生。

2004年3月11日,马德里发生连环恐怖爆炸案,造成200多人死亡,1000多人受伤,成为西班牙有史以来伤亡最惨重的爆炸案。经查实,恐怖分子使用的就是手机炸弹。

将手机改造成炸弹引爆器其实并不复杂,所需要的器材在很多电子商店里都能买到。整套系统除手机外,只需要炸药、导线、一块电池、一个开关和一个引爆装置。当恐怖分子在某个具体时间用另一部手机或固定电话给手机炸弹打电话时,手机铃声或振动所引起的电流激活炸弹电路,爆炸装置就会被引爆。稍微先进一点的手机还可以改造成一个定时器,届时它就会延时自动引爆。

我国是手机用户最多的国家,如果对手机的双刃剑效应没有充分的认识,那么国防信息、经济信息和科技信息的安全将存在严重隐患。

第 2 节　手机功能多样化引发的侵犯隐私权问题

一　手机功能多样化，拍摄录音等功能让人担忧

当前影响和争议最大的是可拍照手机的偷拍问题。彩信业务催生了有拍照功能的手机，持有此类手机的用户几乎能够随时随地隐蔽地拍摄，而且可以马上将所拍摄的图像随意发送到其他的彩信手机或互联网上。于是出现了不少用户用手机有意或无意侵犯隐私权、肖像权、名誉权或当做间谍器材偷拍国家、企业的机密等事件，负面事件屡屡出现。如今许多网站贴图区里都充斥着用手机偷拍的图片，成为网站吸引眼球增加浏览的一大法宝。有报道称，某高校一女孩有一阵总感觉怪怪的，走在路上被人盯着看，且在背后窃窃私语。有一次她去学校附近网吧上网，网吧老板诧异地说她真像网站贴图区里一个女孩。她赶忙登录上去点击图像一看，几乎当场昏倒，图上显示的分明是她在宿舍只穿着内裤走动的情景。随着手机制造商降价促销，可拍照手机成了各大零售商的热门产品，如果不加规范的话，将会引起更为严重的问题。

手机功能多样化，拍摄功能让人担忧。录音功能更是恐怖，以前偷录人家谈话，还得用录音机，再小巧也会让人觉察，用手机则对方不疑有他，许多人忽略了它的录音功能，双方通话，只要按几个钮就能录下谈话。日常闲聊，也能用手机神不知鬼不觉地录下他人的诽谤性或政治不正确言论。第三代手机时代，甚至连表情影像也能收录。

使用别人送你的手机可得留神，有些手机是改装了的，另一方可以远程遥控开启你的手机，中国台湾一些情侣就用这类手机来探听另一半的行踪。商业上也能利用这类手机探知情报。手机等掌上器材越是先进，功能越多，妙处越多，所含的隐私也越多，小心看管，方为上策。

这种负面效果是在许多夫妻看了冯小刚的贺岁片《手机》引爆的。很多夫妻都将电影《手机》里的戏剧化情景带入自己的日常生活中，引发了夫妻之间的信任危机。妻子们吸取教训开始对自己老公的手机严加看管和监督检查，从翻看日常短信到对可疑来电追踪。而一旦发现蛛丝马迹，便追根究底，让老公们坦白从宽、抗拒从严，多年情侣为之反目，中年

夫妇产生摩擦,媒体刊登或播出了不少这样的故事。据《每日新报》报道,一对夫妻看完《手机》后,妻子非要查看丈夫的手机,丈夫不肯,妻子上前去抢,丈夫大怒,拿起手机将妻子砸昏……

对可拍照手机侵犯隐私权或窃取机密的控制,实际上是针对有关传播者自律和他律的问题。侵犯隐私权并不是拍照手机的错,而是使用者的错。因此,应该对使用者在他律上进行有效限制和约束。在日本,健身房、全国性政府机关等场合不允许使用可拍照手机;在英国,健身中心和脱衣舞厅的顾客不能携带可拍照手机入内;在意大利,政府已经作出规定,限制可拍照手机在健身中心等很多场合的使用;在澳洲,政治家们正在游说通过一项禁止把可拍照手机带入校园的新法案;中东的很多国家都在准备立法限制这种手机的使用。而在美国,由于频频出现摄像手机曝光隐私之事,最近,芝加哥市专门就限制使用可拍照手机进行了投票表决。结果,方方面面已达成共识:在公共浴池和淋浴间,未征得当事人允许,禁止对其进行拍照,对违反规定的人处以罚款。我国可以参照相关国家的经验,及时出台相关规定。

不仅公众人物的隐私受到手机侵害,普通人也感受到了它的威胁。据统计,全世界大约有上亿部可拍照手机,其中大部分在欧洲和亚洲。可拍照手机的快速普及,使它们同针孔相机以及针孔摄影机一样,对人类社会的隐私权构成了极大冲击。在拥挤的公共汽车上、购物中心的试衣间和游泳池的更衣室等一些公共场所,个人的隐私权屡屡被侵害。如今,网上流行着很多在公共场合偷拍的图片。拍摄地点遍及健身房、餐馆、街道甚至是卫生间。一些国家已意识到这一问题的严重性,正在限制这种"隐蔽照相机"的使用范围。

二　各国纷纷立法严禁手机偷拍

近几年来,各国因遭偷拍而使他人隐私权受到侵害的事件时有发生。特别是拍照手机的普及使偷拍变成了一件更加容易的事情,偷拍地点也从之前的浴室、卧室延伸到健身中心、饭馆之类的公共场所。

拍照手机还有可能成为窃取商业秘密的工具。由于拍照手机具有很强的隐蔽性,公司的重要图纸、样品,很可能在几秒钟之内就被偷拍、传输出去。商场内禁止拍照几乎已成为零售业不成文的行规,但面对拍照手机,这一行规已显得无能为力。

一项调查显示,全球可拍照手机的销售量已经占到手机销售总量的25%,约为1.5亿部。在中国内地市场,绝大部分厂商将八成以上的市场计划"押宝"在拍照手机上。

手机厂家为增加卖点,在手机拍照技术上互相攀比,一方面手机拍照技术日渐完善,另一方面也为偷拍提供了更大的便利:首先是摄像头的隐蔽性越来越强。摄像头已由最初设计在手机背面改为设计在翻盖上,进而设计在转轴上;其次,市场调查显示,消费者对高清晰的拍照手机兴趣颇浓,生产者便在高清拍照手机上大做文章。手机照相的像素单位从以前的几千发展到几万、数十万,已有部分厂家推出百万像素的拍照手机。

对可拍照手机等高科技产品,目前国家还没有具体的管理规定。有人认为,科技本身就是一把双刃剑。个人在享受科技成果的同时,不能对社会利益和他人利益造成损害。在有些人利用科学技术损害社会和他人利益的情况下,国家的法律法规要及时调整。

偷拍者侵权或者违法犯罪行为的查获和取证很困难,建议对拍照手机的使用范围加以必要的限制。在有些场所,拍照手机应当视同照相机、摄像机,因此禁止拍照的地方都应该禁止使用拍照手机。

目前使用拍照手机者多为年轻人,偷拍他人隐私的毕竟是少数。有人认为,在一些场所禁用拍照手机,对公民权利限制太严厉。拍照手机的一项关键功能就是通信。如果在未禁止通信的场所禁止使用拍照手机,有侵害自由通信权的嫌疑。专家认为,拍照手机的出现是科技和社会文明的一大进步。我们的社会允许并鼓励科技进步,但它并不应当表现为法律监督和制约作用的减弱。

针对越来越多的不法之徒利用手机等电子产品的拍照功能进行偷拍,一些国家和地区的立法机构开始介入:

韩国可拍照手机在拍照时必须发出声音提示。

日本政府制定规范,禁止在公共浴室、更衣室、健身房、全国性政府机关等偷拍高发地点使用拍照手机。

英国健身房等场所的顾客不能携带可拍照手机入内。

澳大利亚政治家们正在游说通过一项禁止把可拍照手机带入校园的新法案。

美国芝加哥市规定在公共浴池和淋浴间,未征得当事人允许,禁止对其进行拍照。芝加哥市议会提议,对违反规定的人处以 5 ~ 500 美元的罚款。

2004 年 9 月 21 日和 12 月 7 日,美国参众两院分别通过的一项法案宣布,任何使用拍摄、录像设备在公共场所偷拍他人"暴露"照片的行为是违法行为,当事人不但可能被处以高额罚款,情节严重者还有可能被判入狱。根据法案规定,任何未经许可在公共场合对"裸体"或者"仅以内衣示人"的人进行摄像和拍照的行为均属违法行为。当事人依据情节的严重程度可能被处以超过 10 万美元的罚金、1 年的监禁,或者同时处以上述两项处罚。但这项法案并不适用于那些从事情报和监狱管理等工作的美国政府执法人员。

2007 年 3 月,法国立法规定,除新闻从业人员外,任何人利用摄像工具拍下暴力实况,然后将影像上载到互联网上广为流传,将可被判处最高 5 年监禁及罚款 7.5 万欧元。

法国是欧洲首个颁布这类法令的国家。这种利用摄像工具将暴力行为的影像录下,然后通过互联网或手机传播的行为称为"巴巴乐"(happy slapping)。摄像者一般就是施行暴力的人,他们以青少年为主,受害者大部分是路过的陌生人。评论认为,有关当局为取缔"巴巴乐"风而采取的立法行动是笨拙和近乎极权的。

三　偷拍动机分析

1. 寻求刺激

2007 年 8 月,宋某在西单图书大厦用手机偷拍买书女孩们的裙底风光被抓获,宋某声称自己"工作压力比较大,心里空虚,一直想找点刺激"。寻求刺激成为偷拍者的一大动机,越来越多冠以"偷拍"字样、涉及个人隐私的图片传到网上后,吸引了同样寻求刺激的网民点击,甚至成为搜索热门。恶性循环使有偷拍行为的惯犯或登徒子越来越多。"手机可以使我们在毫不知情时被偷拍,无奈地成为网络走光事件的主角。"一位女网友如是说。

2. 敲诈勒索

以敲诈勒索、从中牟利为目的的偷拍会给当事人造成极大伤害。在日本娱乐圈 2001 年轰动一时的偷拍事件中，深田恭子、米仓凉子等众多一线女星在温泉被偷拍，事后这些录影带在书店中被公然贩卖；松岛菜菜子也曾被偷拍，而录影带没曝光，据说是因为其经纪公司出钱购回；《壹本便利》因刊登了偷拍阿娇换衣曾一度令杂志脱销。手机拍照功能越来越强，用照相机、摄像机偷拍进行敲诈勒索、从中牟利的情况也普遍地发生在手机上。

3. 心理问题

就偷拍者的动机，北京某医院的心理医生周大夫告诉记者："大致分为三类，勒索、心理变态或者是无目的只是好奇。如果以勒索为目的，那么偷拍和绑架在本质上是一样的，只是手段不同，至少从动机到行为能够找到解释的根据，不过是违反了被公认的道德标准。如果是心理变态，要看他的动机是否偏向于性，即借助某种非正当手段获得性满足，譬如像手机偷拍隐私部位。第三种的界定比较难，其实人人都有好奇心，尤其是年轻人，我的建议是通过正当的渠道获取相关知识，而不是通过偷拍解决，当然这牵扯到教育和社会问题。"

街头的随机采访显示，大多数女孩子表示，如果被偷拍只能自认倒霉，只有被勒索或照片曝光，才会考虑如何应对，但大多首选息事宁人，对簿公堂是最后的选择。当记者问隐私和权益哪个更重要时，大多数被采访者不置可否。

当手机摄录功能出现后，意味着你我随时都有可能成为偷拍的牺牲品，在很多公共场合的安全感大大降低。但换个角度想，变态的人总是少数，而且又觉得自己没什么见不得人的，也没做什么亏心事，觉得也没什么大不了的。因此，抱着事不关己、高高挂起的心态。

对明星而言，手机偷拍更是让他们苦不堪言。

至于被偷拍者知情后的反应，大致分两种：要么是息事宁人，不愿意公开，要么是勇敢地报警将坏人绳之以法。从心理学角度分析，息事宁人者属于外部控制型的个性，她们感觉事件的结果主要由外部因素决定，并非靠自身力量能够左右；而勇敢报警者属于内部控制型的个性，她们自我控制感强，认为凭借自己的努力可以解决问题，因此她们的态度比较乐观、积极。

多数法律专家称，公众消极地应对偷拍与我国没有针对偷拍的法律法规有关。从法理的角度看,人们在公共空间被拍照,实质上同"被人看在眼睛里"没什么区别。因此,偷拍后如果没有传播,没有侵犯对方的肖像权,只拍某个部位,但看不出此人是谁,即使公开发表也不构成侵权。只有对私人空间的个人行为的偷拍,或未经许可对他人肖像进行传播和用于赢利,才构成侵权,属于法律制裁的范畴。

不过也有好消息,美国佐治亚州理工学院已经研发成功一种激光装置,它可以自动侦测出 10 米内的数码相机或数码摄像机镜头,并向其发射一束激光,如果这时这些摄像头企图拍摄,它们所能得到的将是一片模糊的图像。

在中国,偷拍他人隐私将被治安拘留。2006 年 3 月 1 日实施的治安管理处罚法中明确规定:针对偷窥、偷拍(包括手机偷拍)他人卧室、浴室等隐私场所,或者窃听他人隐私的行为,治安管理处罚法规定,将处 5 日以下拘留或者 500 元以下罚款;情节严重的,处 5 日以上 10 日以下治安拘留,可以并处 500 元以下罚款。如果当事人在公共场所被别人用手机偷拍照片,其可以责令偷拍者删除照片,若遭拒绝可拨打 110 报警。

第 3 节　手机病毒

一　手机病毒解析

计算机病毒对我们来说是再熟悉不过的了,而手机病毒却是这几年出现的新名词。随着新一代手机上市,手机功能已不再是简单的通话,用户会更多地上网、查看邮件、网络游戏、金融服务及其他的数据服务,极大地丰富了手机的使用范围,手机已经逐步成为袖珍电脑。与此同时,手机功能的增加也让各种病毒有了可乘之机。随着手机功能的增强以及数据业务、网络服务的增加,手机病毒将与电脑病毒一样,会非常普遍。

我们可以将手机病毒定义为:手机病毒原理和计算机病毒一样,以手机为感染对象,以移动通信网络和计算机网络为平台,通过病毒短信等形式,对手机进行攻击,从而造成手机异常的一种新型病毒。实际上,手机病毒比传统的计算机病毒危害更大。手机是一种即时通信工具,综合了电子邮件、个人多功能信息管理工具、即时聊天软件等软件的所有功能。

手机用户间的信任度高于网友之间的信任度,因此互联网上的病毒一旦出现手机版本,其破坏程度将远远超过网络病毒。

手机病毒实质上也是一种计算机病毒,与普通的计算机病毒有很多相似之处,它的主要特点包括:(1)手机病毒也是由计算机程序编写而成;(2)同样具有传播功能,可利用发送普通短信、彩信、上网浏览、下载软件、铃声等方式,实现网络到手机的传播,甚至实现手机到手机之间的传播;(3)具有类似计算机病毒的危害后果,包括"软"危害(如死机、关机、删除存储的资料、向外发送垃圾邮件、拨打电话等)和"硬"危害(损毁sim 卡、芯片等硬件损坏)。

目前,手机病毒传播和发作必须具备两个基本条件:首先移动服务商要提供数据传输功能;另外,要求手机使用的是动态操作系统,也就是支持 Java 等高级程序的写入功能。现在凡是具有上网及下载等功能的手机都满足上面的这两个条件,这些智能型手机其实就是一部超微型电脑,因此,受到病毒攻击的可能性比较大。而低端的非上网手机被病毒感染的机会就比较小了。

手机病毒造成的危害主要表现在以下方面:

危害一:侵占手机内存或修改手机系统设置,导致手机无法正常工作。手机的工作原理与电脑类似,有专家认为手机就是经过简化的电脑设备,手机的正常运转必须依赖一定的软件和硬件环境。根据国内外现有的手机病毒报告,病毒通过干扰软件运行环境或修改硬件配置信息而导致手机系统无法正常运转的情况成为手机病毒最常见的危害之一。臭名昭著的"卡比尔"手机病毒就属于这种类型。它通过手机的蓝牙设备传播,病毒发作时,手机屏幕上会显示"Cabir…"字样,中毒手机的电池将很快耗尽。"卡比尔"手机病毒已经进入包括中国在内的 20 多个国家和地区,并且正以惊人的速度进行传播。

危害二:盗取手机上保存的个人通信录、日程安排、个人身份信息等信息,对机主的信息安全构成重大威胁。近两年来,与手机相关的科技迅猛发展,智能手机逐步从高端走进普通消费者的视野,集成了商务通、PDA 等性能的多功能手机价格已经降到了大众消费者可以接受的水平,这就意味着越来越多的人将把手机作为存储个人信息的重要载体,因而它不可避免地成为那些别有用心的黑客、病毒编写者的攻击对象。

危害三:传播各种不良信息,对社会传统和青少年身心健康造成伤害。目前价格 2000 元左右的手机已经拥有了播放 MP3、浏览文本、观看图片、播放视频等功能,手机日益成为"微缩"电脑。这些强大功能在方便大众、造福社会的同时,也为不良、有害信息的传播和展示提供了便利通道和场所。目前手机之间黄色短信"满天飞"的现象已经证明了这一点。而且随着"彩信"的流行,各种不良图片、色情电话录音、色情暴力小电影也开始在手机中传播。

危害四:通过代码控制手机进行强行消费,导致机主通信费用及信息费用剧增。有的病毒能控制手机用户在本人不知情的情况下自动拨打色情等不健康服务电话,不仅导致正常用户付出巨额通信费,而且可能带来严重的社会责任后果。

危害五:攻击和控制通信"网关",向手机发送垃圾信息,致使手机通信网络运行瘫痪。专家指出,手机通信网中的"网关"是网络与网络间的联系纽带,就像互联网中的网关、路由器等设备的作用一样。如果手机病毒针对手机网络中的网关漏洞进行攻击,将可能对手机服务网络造成影响。

因手机病毒尚属新生事物,不明原因的用户或者维修人员往往会怀疑是各种硬件故障,这也会给用户、手机厂家和维修人员带来诸多不必要的麻烦。

手机病毒实质上也是一种电脑病毒,目前,手机病毒攻击方式主要有三种:

(1)直接攻击手机本身,使手机无法提供正常的服务。例如,当我们在网上下载铃声、图片时,破坏者只要找到缺口,传出一个带病毒的短信息,就可以将指令藏在下载内容中。当用户开启手机上的电话本时,病毒就开始根据电话本中的信息大肆传播。这种手机病毒是最初的形式,也是目前手机病毒的主要攻击方式。它主要以"病毒短信"的方式攻击手机,使手机无法提供某方面的服务。

(2)攻击 WAP 网关,使 WAP 手机无法正常接受信息,并向手机发送垃圾信息,这种手机病毒其实是一种变种的电脑病毒。由于它发给其他手机的是文本文档,所以不会破坏手机本身的硬件设备。

(3)攻击服务器。手机的 WAP 功能需要专门的 WAP 服务器来支持,一旦有人发现 WAP 服务器的安全漏洞,并对 WAP 服务器进行攻击,将会造成手机无法接收到正常的网络信息。

　　有些手机病毒,能通过蓝牙无线通信方式或多媒体短信传播,从用户的电话簿中随机选择目标,伪装成操作系统更新文件甚至是色情图片,诱使其他手机用户下载。专家认为,由于它借助短信传播,可以在一瞬间"传遍世界",潜在危害很大。

　　不少手机病毒破坏力比较大,一旦发作甚至比个人电脑病毒更厉害,侵袭上网手机,改变手机的设置,使受害者收到大量乱码短信,无法接收正常的短信;或利用特定类型的手机本身的漏洞以及某些手机对短消息的处理错误,造成手机死机;病毒还会自动打出电话,制造出天文数字的电话账单;或删除手机上的档案和电话本记录。另外,对于一些可以写入手机系统或记忆体的指令,破坏者只要找出缺口,传出一条带毒的短信息,以 Assembly Programming 改变系统的机内码(Machine Code),将指令藏在记忆体中,然后再开启其他手机的电话本,大肆传播病毒,在一定时间内发作,破坏手机的开机系统。由于部分手机病毒是在自动打出电话或发出短信时传播的,因而它比电脑病毒传播得更快,影响更广。随着手机设计更复杂及功能更加多元化,数据功能和上网功能的增强,病毒带来的危害也将会更加巨大。

二　手机病毒产生的原因分析

1. 手机设计上的缺陷

有些类型的手机本身在设计上就存在缺陷,给病毒及黑客提供了机会。

　　据瑞星公司介绍,已经发现了一种专门攻击西门子 35 系列型号手机的病毒——Hack. mobile. smsdos 病毒。这种病毒是一段奇怪的代码,以短信息方式发送给终端用户,在终端用户查看该短消息时,造成手机自动关机。中国研究人员发现西门子 35 系列型手机在处理一些特殊字符时存在漏洞,这种病毒就是利用了 Siemens 35 系列手机特殊的字符处理漏洞,对手机进行攻击,导致手机关机。

　　例如,荷兰安全公司 ITSX 的研究人员发现,诺基亚的一些流行型号的手机的操作系统由于没有对短信的 PDU 格式作例外处理,存在一个安全漏洞，黑客可以利用这个安全漏洞向手机发送一条160个字符以下长度的畸形电子文本短信息，来使手机的操作系统崩溃。这些有害的短信息病毒主要破坏诺基亚3310、3330和6210型手机。诺基亚公司已经证实了上述安全漏洞的存在，并表示该公司已经修补了这一漏洞，之后生产的新手机均不会受到此类有害短信息的影响。但是，2003年以前生产的很多老型号手机却很容易受到攻击，它们仍然是手机病毒和黑客的潜在受害者。

诺基亚Vcard格式是一种全球性的MIME标准，最早由Lotus和Netscape提出。该格式实现了通过电子邮件或者手机来交换名片。Nokia的6610、6210、6310、8310等系列手机都支持Vcard，但是其6210手机被证实在处理Vcard上存在格式化字符串漏洞。攻击者如果发送包含格式字符串的Vcard恶意信息给手机设备，可导致短信服务崩溃，使手机被锁或者重新启动。

松下的GD87彩信手机也存在漏洞，T－Mobile International AG公司已确认了在该款松下彩信手机软件中出现了漏洞，这个漏洞可以让手机不经过使用者同意而访问付费服务，其中的原因是GD87支持WAP PUSH中的Service Loading方式。"WAP PUSH"分为Service Loding与Service Indication两种，其中Service Loding工作过程如下：（1）PUSH发起者向WAP网关发送文本方式的SL（Service Loding）；（2）PUSH网关收到该信息后转化为二进制格式，然后向用户终端推送这个SL；（3）用户终端接收到此信息，但用户并不会知道；（4）如果手机端没有附加的判断，那么手机会自动启动WAP浏览器通过PUSH网关发送请求；（5）服务器返回结果，这时终端就已经登陆到相应的网址了。如果此网站需要付费，则手机用户就会在不知不觉中付出大量的费用。另外，由于KJava大量运用于手机上的程序编程，使得编写用于手机的程序越来越容易，一个普通的Java程序员就可以编写出可传播的手机病毒程序。

2. 手机的多功能化增加了手机感染病毒的概率

手机本身内存容量的不断扩大既增加了手机的功能，同时也给病毒提供了藏身之地。而且，手机直接传输的内容也复杂了很多，从以前只有简单的文本短信息发展到现在的支持二进制格式文件的彩色图片，这些都给病毒的存在提供了很好的外在因素，因此病毒就可以附加在这些文件中进行传播。

面对已经敲响移动通信大门的手机病毒,对于国内、国际上的包括一些知名的大的杀毒软件开发商来说,都绝少涉及。目前,手机病毒还没有形成气候,固然不会引起人们足够的重视,但随着移动通信业的发展,手机功能的翻新与增强,Java 等开放式操作系统的出现以及 3G 手机的出现,手机病毒的危害性肯定会越来越大。

2005 年以来,北京、沈阳、太原等地陆续出现了手机被病毒感染而出现自动关机、信息丢失等现象。山西光远技术公司高级工程师雷利宏分析说,伴随着智能手机的日渐流行以及 3G 时代的来临,以手机为攻击目标的计算机病毒必然将越来越多,破坏性也将越来越大,有可能超过"冲击波"、"震荡波"等网络病毒而成为 IT 行业的"头号杀手"。

智能手机用户尤其需要增强防病毒意识。由于智能手机采用了类似计算机的操作系统和程序运行方式,可发送普通短信、彩信、上网浏览、下载软件、铃声等,轻松实现网络到手机或者手机与手机之间的信息传播。而且手机天生具有的互联互通特点为病毒的广泛传播奠定了物质基础。智能手机相对于传统手机而言,拥有了更强大的数据存储能力,日益演变成一个集成了通信功能的小型电脑,不仅面临手机病毒的威胁,也面临传统电脑病毒和网络病毒的威胁。

3.3G 时代的到来,计算机病毒在手机中流行速度将大大加快

手机病毒其实是计算机病毒的一种类型,是伴随移动通信网络的发展和智能移动终端性能(即手机)的不断强大,被一些人从电脑"移植"过来,专门针对手机软硬件漏洞进行攻击,并通过互联网、移动通信网以及蓝牙、红外线等通信方式传播的软件程序。

2003 年出现的"冲击波"病毒和 2004 年流行的"震荡波"病毒,能够利用操作系统的漏洞进行进攻型的扩散,手机用户只要接入互联网络就有可能被感染。正因为如此,该病毒造成了几千万台电脑受害。与互联网用户相比,手机用户覆盖面更广、数量更多,因而高性能的手机病毒一旦爆发,其危害和影响比"冲击波"、"震荡波"等互联网病毒还要大。

随着手机的普及,特别是智能手机和 3G 网络的发展,手机病毒的传播速度和危害程度也将与日俱增。新的手机病毒不断涌现,传播方式千变万化,使每一个身处手机时代的人们防不胜防。遗憾的是,就像没有任

何一种药可以治疗所有的疾病一样,在手机世界里还没有一种杀毒软件可以查杀所有可能出现的病毒。

三 手机病毒的案例分析

下面是几个典型的手机病毒案例。

1. 蔓延到多个国家的手机病毒 Cabir

据计算机世界日报 2005 年 5 月 3 日报道,Cabir 病毒在 20 个国家被发现,感染手机 10 亿部。芬兰互联网安全机构 F - Secure 公司反病毒研究官员 Mikko Hyppoenen 说:"一种名为 Cabir 的病毒现已在 20 个不同的国家被发现,其中包括美国、中国和俄罗斯,我们两周前在荷兰以及两天前在卢森堡发现了 Cabir 手机病毒."

Cabir 病毒 2004 年 6 月第一次被发现,刚开始仅仅在蓝牙手机上传播,蓝牙是一种互联网和手机的短距离无线通信技术。Hyppoenen 尖锐地指出,一旦你的手机被感染,该病毒将设法把它自己传播给其他兼容的手机。这一病毒在人们进行全球旅行时,最适合它的传播。

2004 年我国首例手机病毒"Cabir"就在上海被发现,感染该病毒的诺基亚 7650 蓝牙手机,接连收到七八条图标类似于拼图游戏的文件并运行后,手机屏幕就出现 Caribe 字样,并且无法删除该文件,手机电池电量也被迅速耗尽。

Cabir 蠕虫病毒利用一个伪装成安全管理工具的特殊格式的(SIS)传输文件,在运行 Symbian 操作系统的手机间进行传播。当这种被感染的传输文件运行时,"Caribe"的字样就会在手机的显示屏上出现。Cabir 蠕虫病毒还能够修改 Symbian 操作系统,使手机在每次开机时,Cabir 蠕虫病毒自动运行。这种病毒通过蓝牙进行传播。利用蓝牙连接,Cabir 蠕虫病毒就能够扫描其他的存在同样缺陷的手机,然后将自己的拷贝发送给它发现的第一个有缺陷的手机。诺基亚公司生产的运行 Symbian 操作系统的手机将会受到 Cabir 蠕虫病毒的攻击,其他厂商生产的使用 Symbian 操作系统的手机也可能受到攻击。

Cabir 至今有大约 15 种变体。这种相对无害的病毒,正在消耗被感染手机的电池的电力。美国加州圣莫尼卡一家电子产品商店在星期一最先发现 Cabir,一名路过的电子产品迷发现一部手机的屏幕有警讯。店主的手机也被感染,而这两个手机都是世界最大手机制造商诺基亚(Nokia)的 6600 型新式智能手机。此型兼具手机和电脑收发电邮等功能。

跟许多电脑病毒通过互联网迅速散播不同的是,Cabir 蔓延缓慢,因为它只借着蓝牙(Bluetooth)的无线通信技术做短距传播,需要用户重新启动被感染的手机。这种病毒传播并不容易,因为接收的用户必须首先同意接受自己的手机与附近手机连接的请求,然后接受来自那个手机的文件,其中有的文件可能携带有恶意代码的警告消息。这一病毒一旦感染了手机,它除了试图传播给其他的手机外,尽管不会造成太大的损害,但它确实有副作用,例如它始终在寻找其他的手机进行联络,手机电池寿命将变得非常短。

现在,澳大利亚的一个名叫 TSG Pacific 公司推出了一款可以杀死 Cabir 病毒的手机杀毒软件。

2. 能够摧毁手机操作系统的手机病毒:FONTAL. A

2005 年 5 月 8 日,芬兰一家信息安全公司近日发现了一种名为"FONTAL. A"的手机病毒,这种病毒能通过手机文件共享或互联网聊天传输,它向手机操作系统植入恶意文件,使手机下次启动时因操作系统崩溃而失败。此外它还能破坏手机操作系统的程序管理器,阻止用户下载安装新的应用程序,也阻止用户将病毒删除。这种能够摧毁手机操作系统的手机病毒的发现为标志,手机病毒已经成为 IT 业的"头号杀手"。虽然手机病毒 5 年前就已被发现,但几年来业界普遍认为"成不了气候"。随着手机病毒的日渐增多,以"FONTAL. A"病毒的发现,标志着手机病毒正从"概念"走向"实用"。

实际上,除了"FONTAL. A"病毒,还有不少颇具破坏力的手机病毒已被安全机构截获。瑞星全球反病毒监测网近期截获了全球第一个可以让攻击者远程控制被感染手机或智能设备的手机木马病毒,瑞星将其命名为"布若达"。瑞星手机安全研发实验室负责人说,"布若达"会在被感染设备中开设后门,利用它,攻击者不但可以偷窃中毒手机里的电话号码和电子邮件,还可以对其进行远程控制。

3. EPOC

Trendmicro 公司发现了在面向手机等便携式信息设备的操作系统"EPOC"上运行的病毒。此次发现的病毒共有 6 种,这 6 种病毒攻击的都是手机本身,其中包括可使键盘操作失效的恶性病毒。(1)EPOC_A-LONE. A:"EPOC_ALONE. A"病毒能够使键盘操作失效。在电脑执行程序时,将显示在红外线通信接收文件时所显示的画面,并将病毒常驻于内存之中。病毒常驻内存后,在手机画面上显示"Warning - Virus",此后便不接受任何键盘操作。不过,如果输入"leave me alone"就可以解除常驻。(2)EPOC_ALARM:"EPOC_ALARM"病毒持续发出警告声音,虽无大害,却也颇为烦人。(3)EPOC_BANDINFO. A:"EPOC_BANDINFO. A"病毒可以将用户信息变更为"Some fool own this"。(4)EPOC_GHOST. A:"EPOC_GHOST. A"病毒可以在画面上显示"Every one hates you"。(5)EPOC_LIGHTS. A:"EPOC_LIGHTS. A"病毒使背景灯(Back Light)持续闪烁。(6)EPOC_FAKE. A:"EPOC_FAKE. A"病毒显示格式化内置硬盘时的画面,不过它只是显示画面而已,实际上并不执行格式化操作。

4. Unavailable

Unavailable 病毒是最初在越南出现的手机病毒。当来电话时,本来屏幕上应显示对方的电话号码,但显示的却是"Unavailable"字样或一些奇异的符号。此时若接电话就会染上该病毒,机内所有数据及设定均将被破坏。一旦发生此情况,可能需要换一个新的手机。

5. 洪流

"洪流"病毒(也称为黑客程序),它利用一些能够发送手机短信网站的功能漏洞,向目标手机大量发送垃圾短信,用户可能会在短时间内收到上百封甚至更多的短信垃圾,致使大量垃圾填满手机存储器,不仅干扰正常通信,使手机电池很快耗尽,而且手机存储器里的垃圾短信也在短时间内难以清除,使被攻击者不胜其扰。同时,也会增加数据网络的负担,严重的还会造成数据网络瘫痪。普通用户一旦被"洪流"盯上,除了关机,可以防范的招数很少。

6. Timofonica

该病毒是一个蠕虫病毒,通过电子邮件散播,不但可以像普通的邮件病毒那样,给地址簿中的邮箱发送带毒邮件,还具有利用短信服务器中转向手机发送大量短信的功能,类似于邮件炸弹。该病毒最早是在西班牙发现的,严格说来,虽然它的发作表现在手机上,但它并非是通过手机传播,该病毒还是典型的电脑病毒。其机理与爱虫病毒极其相似,也是一个

VBS 蠕虫,作为附件,一旦点击,便通过微软的邮件处理系统 Outlook 自动向地址本的所有地址发出上述带毒邮件。该蠕虫被怀疑是具有政治目的的病毒,因为不但其信中的主题意味"戏弄某某电信公司",其内容也是针对西班牙某电信公司的垄断而进行的谩骂与不满的批评言辞。与一般蠕虫(如爱虫病毒)不同的是,除了可以破坏电脑 CMOS 等计算机外,该病毒还启动了上述电信公司的手机电子邮件到短消息发送功能(E – mail to GSM),向这个电信网的手机用户发送垃圾信息,不择手段一番瞎闹胡折腾,作为向该公司的报复行为。

7. Hack. mobile. smsdos

接收到含有这种病毒的信息时,手机会死机或自动关机。这一病毒主要感染西门子 35 系列手机;不过诺基亚 3560 手机操作系统出现一个漏洞,通过向该型号手机发送一个特殊编辑过的短信,也可以出现类似 Hack. mobile. smsdos 病毒的中毒症状,导致用户手机死机。只有把电池取出,重新装入,再次开机,才能恢复手机的正常使用。该款手机收到这一恶意短信后,不会发出"新信息"的铃声,也不会保存该条短信。因此用户被攻击后,无法知道谁是攻击者。

8. "特洛伊木马"病毒(Trojanhorse)

这是一个恶意病毒,病毒发作时会利用通信簿向外拨打电话或发送邮件。例如拨打火警电话,或者是拨打报警电话,让你成为恶作剧者。

9. ACE—?

某网站上最近发布的手机病毒报道,如果接到一条字节为"ACE—?"的消息,千万不要启动呼叫。如果启动呼叫功能,手机就将会被传染病毒,发作的病毒将会使手机不能连接网络。

10. Bluesnarfing

"Bluesnarfing"是一种专门针对蓝牙手机的病毒。可以有效地攻击包括索尼爱立信和诺基亚在内的大多数最流行品牌的手机。它可以从受害人手机的地址簿中下载联系人信息以及在受害人手机的存储设备中放入虚假的短信信息。研究人员称,手机处于"可看见"的模式和打开蓝牙功能时最容易受到攻击。"可看见"模式能够让蓝牙手机找到附近其他的蓝牙手机,这样手机持有者就可以相互交换电子联系人信息。用户可以关闭"可看见"模式,但是,某些型号的诺基亚手机即使关闭这种模式也能够受到攻击。黑客只需要知道手机的蓝牙地址就可以实施这种攻击。

四 手机病毒防范措施

病毒程序编写者越来越精明,加上手机技术标准化,使病毒不仅更易蔓延到某些手机款式,而且扩散到整个手机业。这种危险目前不大,部分因素是掌上信息处理机的技术应用范围,不像微软视窗操作系统主宰个人电脑的天地。这类处理机的厂商最近推出有抗毒软件的新款手机。有多种功能的智能手机,比单纯的手机更易遭病毒侵害。

面对蠢蠢欲动的手机病毒,我们又应该如何去应对呢?

首先是不能麻痹大意。手机病毒在目前还没有达到非常可怕的地步,因为以手机目前的数据处理能力(容量和运算),还不至于强大到可以独立处理、传播病毒,而且手机操作系统是专用操作系统,不对普通用户开放,不像计算机操作系统,容易学习、调试和编写程序,手机所使用的芯片等硬件也都是专用的,平时很难接触到。所以大部分病毒只能通过电脑、WAP 服务器、WAP 网关来骚扰手机,而对手机本身实质性的破坏(例如破坏智能卡、乱拨号等)从技术上讲仍然困难。而且目前大部分手机还不具备 3G 的多媒体特性,感染手机病毒的概率并不大。但更多的IT 专家则警告说,近年来多次计算机病毒大规模爆发正是由于人们麻痹大意所致。以大规模流行的"震荡波"病毒为例,微软公司早就发布了安全公告并提供了可以抵御"震荡波"病毒的升级补丁,但该病毒还是在不到 10 天时间内冲击了全球近 2000 万台电脑,给 IT 及其相关产业造成了重大影响。受害者中当然有不少缺乏经验的个人用户,但也有许多技术实力雄厚的机构。其原因就在于没有及时给系统打上"补丁",而这一操作其实在半个小时之内便可完成。

其次,手机厂商要防止出现手机的安全漏洞,杀毒软件厂商也要开发出手机杀毒软件,现在许多公司已经开发了 PDA 版本的杀毒软件,手机病毒的通道主要是移动运营商提供的网关,因此,在网关上进行杀毒是防止手机病毒扩散的最好办法。

一种专门查杀手机病毒的软件日前已在网上出现,可查杀在手机之间传播的主要病毒。据介绍,网上的这种杀毒软件大小只有 6KB,可查杀Cabir 全系列手机病毒及蠕虫、木马等有害程序 30 余种。该软件仍在测试中,可在网站上免费下载。手机病毒并非防不胜防,但目前各厂商都只在研制杀毒软件的过程中。有人急于推出测试版杀毒软件,为的是抢占手机病毒"危险期"的商机。

从手机用户的角度看,还要注意:

一是要保证下载信息源的可靠。现在不少手机具备了下载和传输短信、铃声、图片等信息的功能。某些病毒编写者正是利用了手机的这一功能编写了病毒代码,当用户访问一些不明站点或下载一些不良信息时,病毒代码就会随同手机传输的信息进入手机,并通过用户的进一步通信进行更大范围的传播。所以,用户在使用手机上网功能或者下载程序时,要尽量从正规网站上下载信息;使用 SD、MMC 等闪存卡与电脑或其他手机交换数据要防止病毒感染;不要随便安装来自不明网站的手机程序,等等。

二是要能抵挡各种"糖衣"信息的诱惑。不少病毒程序以各种"撩人"的标题引诱手机用户下载安装;在 QQ、MSN 聊天过程中一些人也可能发出一些具有"诱惑"性的信息诱骗对方接收;一些不法网站常常利用"激情视频"、"激情交友"等诱惑用户登记手机号码。专家指出,这些场合都是病毒传播和发作的重灾区。如果收到含有病毒的短信或邮件时,应立即删除,如果键盘被锁死,可以取下电池后开机再删除;另外,专家提醒,接听一些来电显示不正常的电话以及来历不明的短信,要格外慎重。

三是要养成良好的信息保存习惯。随着手机功能的日益强大,智能手机逐渐成为商务人士存储信息、安排日程的必备工具。为了防止因病毒感染导致不必要的损失,平时要养成良好的信息存储习惯:对于通信录、约会安排等重要资料,要及时备份,以防丢失;涉及个人重要机密的信息,如银行账号、存折密码、涉密资料等信息,不要在手机中保存。

四是要采取必要的防病毒措施。目前市场上不少智能手机功能已经和电脑相差无几,一些防病毒公司也已针对某些手机操作系统开发了防病毒软件,有条件的用户要及时与手机厂家或防病毒公司联系,安装必要的防火墙、杀毒软件等 IC 接入口或红外传输口进行杀毒。这两种杀毒方法,可从实际出发,灵活选择。另外,手机病毒的传播主要通过基站,所以在基站设立病毒过滤系统,对抵制手机病毒的传播以及扩散都会起到积极的作用。

五是要注意有关手机病毒的新闻报告。一般而言,每一种新的、破坏力较大的电脑病毒或手机病毒一旦开始流行,就会被网络、电视、报刊等各种媒体关注和报道,电脑手机用户应养成关注病毒新闻信息的习惯,及时掌握最新的防病毒技巧。

六是拒绝接收奇怪的电话与短信,关闭乱码电话。当对方打来的电话响铃时,手机屏幕上显示的应是来电号码。如果屏幕上出现别的字样或奇异符号,应不予接听或立即把手机关掉。否则,接听来电,手机会感染病毒,使机内的设定遭到破坏。

短信息的收发越来越成为移动通信的一种重要方式,而短信息也是感染手机病毒的一个重要途径。平常不要轻易打开陌生人的短信,发现有陌生短信时最好直接删除。手机用户一旦接到带有病毒的短信息,阅读后就会出现手机键盘被锁,甚至还有能够破坏手机 SIM 卡的恶性手机病毒。如果收到含有病毒的短信或邮件时,应立即删除,如果键盘被锁死,可以取下电池后开机再删除;如果仍无法删除,可以尝试将手机卡换到另一型号的手机上删除;如果病毒一直占据内存,无法进行清除,可以将手机拿到厂商维修部重写芯片程序。

手机用户还要注意尽量少从网上下载信息,包括铃声和图片。带蓝牙功能的手机用户,可将蓝牙功能属性设为"隐藏",以防被病毒搜索到。

随着 3G 时代的来临,手机更加趋向于一部小型网络电脑。因此,有电脑病毒就会有手机病毒。如果用手机从网上下载有病毒的信息,手机感染病毒就在所难免。

此外,日本的经验值得我们借鉴。I - Mode 是由日本电报电话公司(NTT)的移动通信公司 DoCoMo 于 1999 年 2 月推出的移动互联网技术。这种技术使得用户能够通过手机使用互联网服务。I - Modee在日本取得了巨大的成功,它已经把日本由一个互联网使用比较落后的国家,转变成为世界上发展最快的互联网市场。I - Mode基本与典型的 HTML 浏览器的工作方式相同。I - Mode 手机使用 CHTML 微型浏览器,通过这个微型浏览器,只要输入网址或者安装 I 模式搜索装置,然后按一下手机上专门的 I - Mode 使用按钮,就可以实现上网的目的。用户通过使用 4 个按钮(向前指针、向后指针、选择和倒退/停止),可以完成一系列基本操作。在 I - Mode 手机中,为了禁止非法利用该功能,采取了以下的安全措施:(1)将执行 Java 小程序的内存和存储电话簿等功能的内存分割开来,从而禁止小程序访问。(2)已经下载的 Java 小程序只能访问保存该小程序的服务器。(3)当小程序试图利用手机的硬件功能(例如试图使用拨号功能打电话)时,手机便会发出警告等。

人类社会的发展从来都不是一帆风顺的,手机病毒固然给我们带来了危害和损失,但同时也给我们带来了机遇与挑战。目前,全国的手机用户已经超过 7 亿,而且,每年仍在以惊人的速度增长,并且手机的功能也在不断增强,中国联通、中国移动推出了包括短信、游戏、购物、金融股票、定位、邮件、浏览等在内的各项业务,这些都标志着数据处理即将成为普通用户的正常消费形式,这也给基于数据服务的手机病毒的传播带来了极大的方便。可是,一旦染毒,手机的修复就绝不会像普通计算机那么简单,必然需要大量的专门服务机构和专业技术人员,这里所蕴藏的商机也是巨大的。

第 4 节　手机带来的人身安全问题——电池爆炸

手机是一种精密的通信设备,在设计时,厂商会对其安全性进行严格的考证,电气性能也是最好的,千万不能对其进行任意的改装,否则会降低手机的安全系数。也许只是一个小小的变动很可能成为手机爆炸的导火线。

电池里面都是化学物质,当温度升高时会加快化学变化,就容易导致手机爆炸。所以对电池进行充电或是放置手机时,一定要选择远离高温的地方,同时也要避免夏天时阳光的直射。夏天的时候尽量不要挂在胸前,避免太阳的照射。

目前市场上出售的手机电池分四类:原装电池、品牌电池、不知名的杂牌电池和假冒伪劣电池。据不完全统计,后两者所占比例在半数以上,这些电池正是引发手机爆炸事故的罪魁祸首。而现行的国家标准对目前手机电池市场品牌繁多、良莠不齐的状况显得束手无策。

通常情况下原装充电器可以保证电池安全。而兼容充电器虽说也能使用,但有些因为电气性不合格,会损坏电池,造成爆炸。所以充电器一旦损坏就要及时修理,最好重新买一个原装的。

在充电时,手机电池本身就会产生热量,这时再继续用它打电话,那么热量就会快速提升,就很容易引发危险。最好在充电时关掉手机,减少热量的产生。

长时间通话也会使电池产生大量热量,同时会造成手机内部电路及听筒发热,如果再加上使用的是伪劣电池的话就极易引发爆炸。

手机电池爆炸伤人事件并不罕见:

2003 年 3 月 6 日,西安周女士的手机在家里爆炸,残骸碎片击穿了木制柜。

2003 年 9 月 5 日,因装在裤袋里的手机电池突然爆炸,家住深圳的傅小姐的大腿被烧成了十级伤残。

2003 年 10 月,荷兰一名用户放在裤兜里的手机发生爆炸,把腿炸伤。

2003 年 11 月,一名芬兰女子因手机电池爆炸造成轻伤。

2004 年 1 月 5 日,深圳一市民的手机突然发生爆炸,导致裤子被炸烂,右腿也被严重烧伤。

2004 年 1 月 7 日,越南河内发生手机爆炸,机主承认他是从非正规渠道购买的水货。

2004 年 2 月 13 日,北京市许先生的手机发生燃烧,顷刻间被烧成了一堆粉末。

2004 年 4 月,香港发生手机电池爆炸,该用户右眼几乎失明。

《广州日报》报道,2007 年 6 月 27 日广州发生两宗手机爆炸伤人事件。一名男子在被窝里玩手机时,手机突然爆炸,男子胸膛被严重炸伤。同日,一名女士的国产手机电池充电时爆炸,女事主的鼻梁被电池碎片割伤,缝了 6 针,留下 2 厘米长的伤口。

据《兰州晨报》报道,2007 年 6 月 19 日端午节那天中午,当地气温较高,电焊工肖金鹏戴着面罩作业时,其装在胸前衣兜里的手机突然一声巨响,肖金鹏倒在了血泊中,随后其被送往医院经抢救无效死亡。事后才知是手机电池爆炸炸死了他。警方勘查现场并进行尸检后初步认为,肖金鹏是由于手机电池在高温下发生爆炸,被炸断肋骨刺破心脏身亡的。经查手机电池爆炸致人死亡,在中国尚属首例。

据了解,死者所用的手机是其亲属从外地购买的,手机质量是否有问题有待进一步检测认定。金塔县有关部门已将事件发生情况通告手机商家,手机商家近日将派代表赴金塔进行调查。

打手机的 4 个注意事项:不要长时间用手机通话;在充电时尽量不要打手机;不要将手机挂在胸前;多用耳机接听电话。预防手机爆炸的主要对策有:一般情况下,人们不会将手机爆炸与电池联系起来。但事实上,手机爆炸的真正根源是电池。电池爆炸发生的根本原因是使用了伪劣产品。目前手机所用电池多为锂电池,电池爆炸的原因大致有三:①电池本身原因。由于电池内部缺陷,电池本身在不充电、不放电的情况下爆炸;②电芯长期过充。锂电池在特殊的温度、湿度以及接触不良等情况或环境下可能瞬间放电产生大量电流,引发自燃或爆炸;③短路。这种可能性较小。另外,消费者将手机放在高温或易燃物品旁,也有可能引起爆炸。

防止手机电池爆炸的对策有:

1. 尽可能用原厂电池

使用原厂电池是保证自己安全最重要的一项。诺基亚称,在过去几年内,全球已有 20 余件手机电池爆炸事件发生,引发这些爆炸案的都不是原装电池。通过诺基亚的声明,我们可以看出第三方提供的电池是多么不安全,所以尽量不使用第三方电池,这样能减少被炸的几率。

2. 不要随意改装手机

改装手机固然是一件颇有乐趣的事情,但不当的改装却极易引发手机的爆炸。手机本是一种精密的通信设备,在设计时,厂商会对其安全性进行严格的考证,电气性能也是最好的,然而当改装后,这一切都会发生变化,容易导致手机的爆炸。

3. 尽可能使用原装充电器

原装充电器可以保证电池安全,这点相信大家都应该有所了解。兼容充电器虽说也能使用,但有些因为质量(电气性)不合格,会损坏电池,造成爆炸。

4. 不要将电池放在高温环境下

高温会导致电池热量提升,这时极容易爆炸,所以我们对电池进行充电或是放置手机时,一定要选择远离高温的地方,同时也要避免夏天时阳光的直射。

5. 不要使用破损的电池

破损的电池极易发生爆炸,即便是不爆炸,也会损坏手机,造成手机内部器件短路,所以不使用破损电池也可保证自身的安全。

6. 不要长时间用手机通话

长时间通话不仅会造成手机电池发热,同时也会造成手机内部电路及听筒发热,如果这时你刚好用的是伪劣电池,那么极易引发爆炸。

7. 在充电时尽量不要打电话

在充电时,手机电池会产生热量,这时我们再继续用它打电话,那么热量就会快速提升,很容易引发危险。

8. 不要将手机挂在胸前

将手机挂在胸前虽说是一种个性的展示,但却不是明智的做法,一方面如果手机炸了会直接伤及胸部及面部,另一方面也会增加丢失的机会。

9. 尽量将手机放在包里

将手机放在包里既可以减少丢失的几率,同时也能防止爆炸对我们带来的危险,最好不要放在牛仔裤的兜里,一旦发生危险,就不容易拿出来了。

10. 多用耳机接听电话,最好是蓝牙耳机

耳机接听电话既可以减少辐射,同时也能避免因手机爆炸而带来的面部伤害。之所以推荐蓝牙耳机,那是因为无线的特性,这样会更安全些。

第5节　手机带来的环境保护问题

随着人们生活水平的日益提高,手机已成为人们日常生活中不可或缺的通信工具。然而,电子技术水平日益快速不断升级和社会对手机功能需求的不断更新和膨胀,使得手机被废弃和淘汰的速度越来越快。这些废旧手机若得不到妥善的处置,将对人类健康和环境安全构成极大的危害。旧手机一块电池里的镉就能严重污染6万升水,这些水可以装满3个奥运会的标准游泳池。

据中国工业和信息化部统计,中国平均每年淘汰近7000万部手机。赛迪网的调查显示,中国近六成的用户有换机需求。高收入或对手机时尚比较敏感的客户半年左右换一次;半年至一年换手机的用户比例为12.8%;一年至两年换手机的用户比例为24.4%。彩屏、和弦、无线上网、

数码拍照到 MP3,每一个新功能,都带来一个新换机时代。

　　每年 2 亿块电池变为垃圾。有人把这种独具特色的穷慷慨、穷大方戏称为"中国式奢侈",然而由此带来的资源浪费和环境问题却令人担忧。若按平均每个用户每 3 年更换一次手机的保守频率,每部手机一般都配有两块电池和一个充电器来算,中国每年就有 2 亿块手机电池和 1 亿个手机充电器变为垃圾。

　　当前全国淘汰的旧手机,加上手机附件,产生了重量约 1.5 万吨的电子废物。虽然其占生活垃圾的比例不足 1%,但却是重金属等有毒有害废物的主要来源之一。作为数字时代的高科技垃圾,废旧手机已引发了极大的处理危机。

　　因经济水平限制,30% 的消费者为获取一定经济利益也会选择卖给二手商贩,手机商贩倒卖的手机主要流向广州等地,一部分经翻新后销售到购买力相对较弱的地区,而那些失去价值的零部件和外壳被随意丢弃,一部分由小作坊露天提取贵重金属,残液则直接倾倒,以牺牲环境为代价赚取私人利益。对于 20% 的直接丢弃的手机,混入生活垃圾中,将直接造成环境危害。

　　目前中国手机消费者环境意识薄弱,对手机垃圾的环境危害认识不足,所以没有妥善处置废弃不用的手机。手机的主机电路板、电池和塑料外壳中含有铅、镉、汞、六价铬、聚氯乙烯、溴化物等有害物质。目前国内手机配线板上的部件接点都是用铅来焊接的,它会对人的免疫系统、分泌系统以及中枢神经系统造成损害,而且对儿童的脑神经也会造成严重伤害;配线板和塑料配件上的溴化物也会引发癌症、肝脏损害以及神经、免疫和内分泌系统的问题;铬化合物会透过皮肤,造成严重过敏,严重时还能引起哮喘,甚至破坏 DNA;汞会破坏脑部神经;镉及其化合物侵入人体,可蓄积于肝脏、肾脏和肠黏膜上,引起疼痛病。

　　如果将其随意丢弃到环境中,随生活垃圾一起采用传统的垃圾处理方法运送到普通垃圾场掩埋,一段时间以后,有害物质渗透出来,随着渗滤液污染土壤和地下水,并通过食物链富集于人体;如果将手机垃圾运到焚化场焚化,将污染大气,燃烧的聚氯乙烯手机塑料外壳还会产生含氯的有毒物质,在一定温度范围内还可能产生致癌物质二恶英。

　　目前,国内在防治手机垃圾污染方面可依据的法律文件包括:《清洁生产促进法》、《固体废物污染环境防治法》和工业和信息化部制定的于2005 年 1 月 1 日起实施的《电子信息产品污染防治管理办法》。

根据"污染者付费"原则，手机生产厂商应对手机垃圾对环境的污染问题承担主要责任。而且，在《电子信息产品污染防治管理办法》第 16 条中也明确规定："生产者应当承担其产品废弃后的回收、处理、再利用的相关责任。"

现阶段，一些大型手机生产厂商也认识到了这个问题，组织了简单的回收废旧的行动，并准备将回收到的手机送入电子废物处理厂统一处理。如诺基亚公司，在其销售点、维修点等处不分品牌回收废旧手机。他们与电子废物处理厂商签订协议，将其从社会上收回来的废旧手机及其在生产过程中产生的边角料和实验中报废的手机，一同交给电子废物处理商，以进行资源回收再利用。

但实际上回收状况不佳，诺基亚从设置回收箱至今，仅收集到手机一部，电池几块，附件 200 余个。由于缺乏规范有效的回收机制，导致现在许多电子废物加工处理厂都出现"无米可炊"的窘境。上海、江苏、广东等地近几年新办的 10 多家电子废物加工处理厂，几乎全部处于闲置状态。长期收集到的电子废物，均可在几小时内处理完毕。绝大部分废旧家电被"游击回收队"以 50～100 元/台的价格收走，对正规处理厂产生了截流作用。现有垃圾回收网络则因无法承担此回收价告败于"游击回收队"。

关于废旧手机的处置方法，欧洲及美国和日本等国家和地区已经建立起了比较成熟的体系，尤其是在欧盟的一些国家。这些国家公民的环境意识和法律意识较高，较早意识到了回收废旧手机等电子垃圾的必要性。以下是欧盟在回收及处理废旧手机方面制定的相关政策法规和采用的处理方法的介绍。

欧盟在 2002 年 9 月 24 日出台了一项名为"FONEBAK"计划，这是一项专门针对废旧手机进行回收利用和资源化处理的环境保护计划。该计划在法律上要求移动电话制造商和发行商负责采用环保方法回收和再生废旧手机及其配件，而且要求达到规定的目标回收率。这个计划得到了多数移动运营商和手机分销商的支持。在德国，电信移动电话公司将回收手机和促销新手机结合起来，推出折价回收旧手机的活动。旧手机在经德国移动专卖店的专业人士评估之后,根据其功能和性能被分成 10 欧元、20 欧元和 40 欧元三个等级的折价。在英国,手机用户可以将废弃的手机投放到设置在遍布全英 1600 个零售网点的回收箱里,或是通过移动公司提供的免费邮寄袋将废旧手机寄给 FONEBAK 回收中心。

通过各种方式回收的手机将被统一运往回收再生工厂,进行资源化处理。首先,对每一部手机进行检测与分类,将可以继续使用的零部件拆除,将报废而无法继续使用的手机分为机壳、电路板和电池三个部分,分别回收处理。机身的塑料外壳一部分被压成颗粒后用于制造交通管理系统的塑料路障,赛马场的全天候跑道,塑料桶等;另一部分被送入高温焚化炉里焚化,产生的热量用于给附近的村庄供暖。电路板则被送入加热炉里熔化、分选,提炼贵重金属。平均每 100 克机身中,含有 14 克铜、0.15 克金和 0.01 克钴。这些金属又重新用于工业生产或制造首饰、铜管等。电池部分再生出的镍,用于制造平底锅,再生的锂继续生产锂电池。

2004 年 8 月 13 日,为解决日益严重的废弃电子产品污染环境问题,欧盟正式颁布了《电子垃圾处理法》。《电子垃圾处理法》包括两个指令,即:《关于报废电子电器设备指令》和《关于在电子电器设备中禁止使用某些有害物质指令》。其中关于手机的规定为:所有在欧盟市场上生产和销售的手机,必须在 2005 年 8 月 13 日以前建立完整的分类回收复原及再生使用的系统,并负担产品回收责任。同时,还规定了每部手机的最低回收率标准,以每部手机的重量来衡量,整机可回复使用率至少要达到原机器的 75%,各种零组件和材质可再生使用比率至少要达到 65%,否则将限制在欧盟各成员国销售。2006 年 7 月 1 日以后,投放到欧盟市场的产品,不得含有铅、镉、汞、铬、聚氯乙烯、聚合溴化联苯(PBB)、聚合溴化联苯乙醚(PBDE)等 7 种有害物质,否则将限制在欧盟各成员国销售。

欧盟在手机垃圾污染防治过程中采用的措施,固然为我们树立了良好的典范,然而由于我国当前手机产业发展水平和居民消费水平、文化传统以及全社会对环境保护的意识的限制,我们不能照搬他们的方法。但欧盟还是为我们指明了解决手机垃圾污染的方向。我们通过分析总结,借鉴发达国家的经验,结合国情、市情,针对以上提到的问题在手机垃圾的有效管理方面思考、探索出一些建议。

将废旧手机引入规范的电子废物处理厂,是能够将手机垃圾资源化的前提条件。通过何种渠道回收，以什么样的回收成本达到规定的回收率，都直接影响着手机垃圾的资源化效益，也是回收问题的难点。我们建议解决这个问题可以同时采用两种模式：市政模式和销售商模式。

市政模式是指由环保部门与手机制造企业联合举办专门的手机垃圾定期或不定期回收活动，将回收的废旧产品运往指定的加工再循环企业进行资源回收。当然这种方法需要消费者有较高的环境保护意识。

销售商模式即由制造企业通过其销售网点和销售后维修网点，利用向消费者提供购买折扣和优惠券，或采取以旧换新，以有偿回收的方式开展其废旧产品的回收。这种消费刺激的方法可以更有效地回收消费者手中的废旧手机。

回收成本问题的有效解决是正规处理厂对抗"游击回收队"的关键，可以通过手机加价销售的方式，将手机垃圾的污染治理费用、回收费用加负于整个产业链上，包括生产者、销售者、消费者，一级一级地分解。

对于回收后的手机，由专业的电子垃圾处理企业进行资源化处理。如：对于可以继续使用的部件拆卸下来作备件继续使用。而无法使用的，进行熔化分选，产生的热量用于通过废旧锅炉产生蒸汽发电，提炼出的贵重金属，如铂、金、银和铜等被重新用于工业生产，用来制造首饰、铜管或是制造新的手机。

手机垃圾实际上是一种资源的负载体，处理得当是可以获得利润的。因此一方面呼吁更多富有远见卓识的企业参与到这项利国利民又"利己"的事业当中，另一方面，需要政府扶持，给予税收减免等保护政策。同时也不能忽视规范电子垃圾处理厂的操作，建议实行资质认定制度，以确保垃圾回收不会是"二次污染"。

现行的环境管理理念及方法已经不能满足资源化与可持续发展的需求。手机生产商的环境责任不能只局限于生产制造过程的清洁化，必须涵盖产品的整个生命周期。手机生产商必须对手机垃圾问题的有效解决扮演重要角色。因此，必须转变现行的环境管理理念及方法，树立生产者责任延伸理念，围绕手机产品的整个生命周期的环境影响设计和制定有效的环境管理策略。

解决手机垃圾问题，最根本的还是要树立起前瞻性的污染预防理念，生产出"绿色手机"，即环境友好型产品。从源头上减少手机垃圾的产生量,而不是将管理的重心放在垃圾污染的最终处置上。也就是说在手机设计时尽量少用或不用有毒有害物质,而选用清洁材料作为替代,并且将清洁生产理念覆盖产品的整个生命周期。建议手机生产商对手机从设计、制造、销售、消费到回收循环利用和废弃产品处置全过程的环境影响进行充分的考虑,尽可能地为环境而设计。更进一步,就是发展"绿色化学"。

　　良好的舆论氛围可以引导人们的思想,强大的法律手段可以有效约束人们的行为,从而逐渐培养起环保意识,手机垃圾的法律约束可以归属于电子垃圾的环保立法。

第 6 节　形形色色的手机媒体新难题

　　有关手机的新问题可谓形形色色,比较突出的主要有以下几个:

一　手机卡复制器犯罪

　　2005 年 8 月以来,一种手机"SIM 卡"复制器在北京电子市场热销,它可任意复制他人的卡号,甚至可将 16 个号码复制于一张卡上。复制器一旦蔓延全国,势必令电信市场陷入乱局,盗打电话将更加猖獗。

　　在北京中关村有商铺公开出售该种复制器,其中一家还公开张贴"克隆手机卡,一卡十号"等广告标语。卖主声称,这种复制器又叫"魔卡",能把几个电话卡号兼容在一个卡上,目前每日可卖出数十张,每张 200 元人民币。复制器有一个看起来很普通的"USB"接口,可以放入手机"SIM卡"。配套出售的还有一张用来写入数据的空白 SIM 卡和一张光碟。一张空白卡可以兼容 16 个电话卡号,且操作简单,只需 30 分钟左右就可把他人的卡号复制到空卡上。

　　这种复制器危害太大,万一自己的卡被别人复制了,除损失电话费外,个人隐私亦全被人知道了,后果不可想象。北京市通信管理局办公室官员日前表示,这种行为违反《电信管理条例》,将对此事进行调查,对违法经营者进行查处。国家工业和信息化部有关官员更指出,这种行为会对国家和个人利益造成很大的危害。

二　手指过劳病症

黑莓手机(Blackberry)。由于在电邮收发和网页信息浏览方面具有强大的处理能力而日渐流行,可是,骨科医生发现,越来越多求诊者因为过度使用他们的多功能手机,而得了手指过劳病症。

2005年,美国黑莓手机的用户有251万人,比一年前的107万人多了一倍多。这种手机有个微型键盘,使得文本的输入非常方便。美国手治疗医师学会的库尔兹说,正是这个键盘给使用者的手带来了问题。

其实,国内很多人因为频发手机短信也得过手指过劳病症。随着手机功能越来越多,各种手指病症只会越来越多。

三　手机辐射是否危害人们健康的争论

新华网柏林2005年5月9日报道,德国和瑞士科学家对近年来有关手机辐射的研究成果进行分析后得出初步结论认为,尚无证据表明手机和发射天线对人体健康有害。家用微波炉电磁波产生的热能,是手机电磁波两倍以上,手机产生的热能很低。

研究人员同时指出,针对某些特定人体组织或系统进行的测试,尽管可以在实验室里观察到效果,但在实际中究竟对人体健康意味着什么依然存在争议。例如,在实验中,几乎观察不到移动无线电辐射对中枢神经系统或遗传特征有什么危害,但依然不能就此得出确凿无害的结论。

2004年12月,一项由欧盟资助的实验室发表的研究结论,认为手机发出的无线电波会损害身体细胞和破坏脱氧核糖核酸(DNA)。该研究项目由欧盟资助大部分经费、名为"反射作用"(Reflex)的研究却显示,使用手机可能危害健康。长达4年的研究在7个欧洲国家进行,由12个组织负责,德国研究组织Verum则为统筹,在实验室环境下调查手机放射物对人类和动物细胞的影响。

研究使用电磁波能量(SAR)水平为每千克0.3~2伏特的放射物,大部分手机发出的无线电波则介于每千克0.5~1伏特的SAR水平。SAR用来计算身体组织吸收无线电能量的比率,国际非游离辐射防护委员会建议SAR的上限应为每千克2伏特。当细胞暴露于手机电磁场中,DNA

出现单股和双股断裂的情况显著上升,部分损害更是细胞所无法修补的。负责此项研究的阿德尔科化说:"下一代细胞仍然会受损。"这代表病变细胞随着分裂一直繁衍下去,而细胞突变被视为致癌的原因。此外,研究亦显示放射物对细胞造成其他破坏。

不过,由于研究只在实验室进行,研究员声称这不能确实证明手机有损健康,但建议进一步对人类和动物进行基因毒性和形态影响测试。阿德尔科化建议:当设有固网电话时,就不要使用手机,并尽量使用免提听筒。

一些研究手机放射物对健康影响的独立调查,亦显示放射物可能对人体构成影响,包括令人体组织变热,引致头痛和反胃,但目前仍未有研究证明放射物会对身体造成永久性损害。其他独立研究发现,手机辐射对人体产生影响,例如造成大脑升温、头痛及作呕。不过,没有任何研究能够重复证明手机对人体有害。

四　交通安全

使用手机影响交通安全已经是一个路人皆知的问题。

悉尼两名女学生 2005 年 5 月 16 日拍下了校车司机一边驾车一边发短信的照片,在《星期日电讯报》刊登的照片上,可以看见司机一只手拿着手机,另一只手握着方向盘。两名女生是用自己的手机摄像机拍下的。她们告诉报社,该司机用了 15 分钟发短信和打电话,这期间他的眼睛根本没有看路,而他的车上共载了 60 多名学生。新南威尔士州交通部长沃特金斯说,这名司机已经被勒令停职,事件将交由警方处理。

美国首都华盛顿市议会 2004 年 1 月 6 日通过一项法案,禁止司机在驾车途中用手接打手机,违者将被处以 100 美元的罚款。这项于 2004 年 7 月开始实施的法案规定,除非遇到紧急情况,司机不能在驾车途中用手接打电话,否则他们将会收到交通违规传票,并被处以 100 美元罚款。但他们可以使用免提设备接听电话。美国纽约州 2001 年 6 月通过了同样的立法,成为美国第一个禁止司机在驾车途中用手接打手机的州。

2004 年 12 月,英国驾车禁用手机的法律生效。违犯者当场会被罚款 30 英镑,如果被控上法庭的话,最高的罚款金额是 1000 英镑。

五 手机铃声或手机通话在公共场合造成噪音污染

手机铃声正成为城市生活中的新生噪音污染源。在文明古国、礼仪之邦的中国，在图书馆、剧院、音乐厅、教室等公共场合，手机铃声常常乍然响起，某些人不顾他人在意与否，拿起手机就大声吆喝，实在让人难以容忍。在一些会议和课堂上，尽管主持人或老师事先要求大家关掉手机，但手机铃声仍然此起彼伏。不仅如此，一些坐在主席台上讲话的人也会被自己的手机铃声打断，从腰间摸出手机，不慌不忙接听，把台下听众都晾在一边。在一些高雅音乐会上，当全场观众屏息凝听优美的音乐时，时而也会有刺耳的手机铃声响起，大煞风景。

六 手机上瘾症

庞大的手机用户群和手机 24 小时可随身携带、开放式、即时传播的特点，使手机媒体成为现代人们参与各种社会活动的快捷、实用的平台。

目前中国有 4 亿手机用户。央视日前一项调查显示，76% 的受访者表示，如果没有手机短信，会觉得不适应，甚至"非常不适应"。

据新加坡《新明日报》2005 年 6 月 26 日报道，每 4 个新加坡人中，就有一个患上"手机瘾"，一天没有手机，就会坐立不安，好像整个生活瘫痪了一样。

现代人的生活离不开手机，无论是在街上走路，或是在餐厅吃饭，还是在路上驾车，甚至是在坐马桶的时候，都离不开手机，不是讲电话，就是发短信。

新加坡《星期日时报》对 150 名年龄从 14 岁到 40 岁不等的手机使用者做了抽样调查。1/4 受调查的人表示，如果一天没有手机，他们就会无所适从。调查也显示，有 93% 的人，会在饭桌上使用手机。而有 60% 的受调查者坦言，即使是在上厕所的时候，他们也会接听电话或是发短信。

手机也是年轻人谈情说爱不可缺少的一部分。有 56% 的年轻人表示，他们经常会用手机发短信，相互联络。

第11章　手机媒体的管理

伴随手机媒体在全球的发展,许多国家都认识到对于手机媒体应该促进发展与进行管理并重。手机媒体的优势是信息传播速度快、便携性高、交互性强,这些都是纸质媒体、广播、电视等无法比拟的。与互联网一样,手机媒体作为一种新媒体,已经产生了社会影响。厦门PX事件就是一个典型案例。2007年12月福建省政府和厦门市政府决定顺从民意,停止在厦门海沧区兴建台资翔鹭集团对二甲苯(paraxylene,简称PX)工厂,将该项目迁往漳州古雷半岛兴建。在厦门PX事件中,包括手机媒体在内的新媒体,成为民意表达和汇聚的新途径和新平台。

但是,手机媒体也带来许多垃圾信息及各种负面效应,对手机媒体进行监管存在不少难点。

第1节　手机媒体管理的特殊性

一　手机媒体监管的难点

1.传播者身份的隐蔽性

较之网络媒体,手机媒体的用户与行为更容易被追踪。在互联网上,管理者通常借助IP地址对可疑信息进行追踪,但是IP地址远不如手机号那样个性化。显然,只要人们用手机上网、通话、收发信息,管理部门就可以相对便捷地对手机使用情况进行跟踪管理。不过,难题依然在一定程度上存在,因为用户数量和信息量都很庞大。更重要的是在中国,至少是在短期内还无法做到全面的实名制。

从经济的角度考虑,政府不可能对每个手机用户进行审批登记,即无法对所有的手机用户实行实名制。其中的标志之一就是存在大量的预付费手机用户,如"神州行"、"动感地带"、"如意通"、"UP新势力"等。即使是后付费用户,如"全球通",也存在号码转移、借用他人身份证登记等可能。因此,在手机信息传播中,传播者身份存在较大的隐蔽性。

2. 手机用户的海量性

手机用户数,以及手机传播的信息量数以亿计,要想对手机媒体进行全面及时的控制,甚至想要限制或禁止某些信息的传播,都不可能完全做到。社会控制,对于手机媒体来说,显得苍白无力。有关非典型性肺炎(SARS)短信的传播就是一个非常典型的例子。

3. 跨地域传播带来的挑战

手机传播是跨地域、甚至是超越国界的。WAP、I－MODE、3G 手机用户可以通过互联网轻而易举地登录到世界上任何一个国家和地区的网站、BBS、博客论坛和聊天室中,使得网络用户出现了地域上的极端分散性。在网络上从事违法犯罪活动经常影响到很多国家与地区。在处理这些违法犯罪行为时,往往涉及管辖权方面的棘手问题。

4. 政策法规滞后

法律往往落后于科技的发展,手机媒体传播的飞速发展与相关政策法规管理的落后形成鲜明对比。同时,管理机构对于手机这个全新的媒体暂时还缺乏管理经验,管理手段和方法更新的速度往往慢于新问题产生的速度。同时,新出台的法律法规中的某些制度又缺乏现实可操作性,执行起来存在各种冲突或难以实现。

手机传播无疑带来了信息传播的新"自由",不仅对传统的传播学理论提出了严重的挑战,同时也给原本社会既定的法律法规和道德观念带来了极大的冲击。手机信息的真实性、准确性、传播作品的版权问题,都是棘手的问题。

二 手机媒体在新闻传播过程中出现的问题

较之传统媒体和网络媒体,手机媒体在新闻传播方面具有天然的优势,为广大用户提供了更加快捷、便利和丰富的移动信息服务。由于手机媒体具有互动、开放、私密等特性,加之把关机制不健全,相应的管理政策和制度措施不配套,使得手机媒体在新闻传播过程中出现了不少问题。

手机媒体在新闻传播中存在的问题,主要表现在传播虚假新闻、散布不良信息等方面。这些问题对手机媒体的发展产生了不容忽视的负面影响,甚至可能危害到社会稳定和国家安全。

手机媒体存在传播虚假新闻的问题。这类新闻一般通过两种途径传播,一种是手机网站编译、转载了传统媒体或网络媒体的虚假新闻并进行传播;另一种是传统网站通过手机短信等方式,向那些定制本网站新闻资讯的手机用户发出了虚假信息,他们再把虚假信息转发、传播,从而一圈一圈地扩散开去。不少虚假新闻具有一定的轰动效应,借助人际传播的巨大威力,通常会产生较大的社会影响。2003 年 3 月底流传开来的"比尔·盖茨遇害"的假新闻,就是最典型的例子。这条新闻源于美国一家貌似 CNN 的网站 3 月 28 日刊发的一则报道,在中国日报网站对该消息进行翻译报道后,国内网站纷纷转载,两家知名网站很快发布了手机短信报道,该新闻被评为当年国内"最有影响力"的假新闻之一。

色情、迷信、暴力和赌博等不良信息内容通过手机广泛传播,败坏了社会风气,严重危害青少年的身心健康。主要是某些商业网站为获取经济利益,开展了专门的情爱手机短信息定制业务,不少色情淫秽信息包含其中。某些手机网站上充斥着色情文字、图片、视频等不良内容,用户可以通过"包月"方式"随意定制"、"无限量欣赏"。

再以手机出版为例。国务院 1997 年 1 月颁发的《出版管理条例》,要求出版单位实行责任编辑制度,以保障出版物刊载内容的合法性,主管出版业务的国家行政机关,通过书号的分配,实现对图书出版的总体调控,这对传统出版而言,原来那套出版"游戏规则"就变得毫无意义。

第一,网络、手机可以使人们跳过出版社,直接在网络(包括移动通信网络)上发表自己的言论(作品)。网络免去了传统的编辑出版所必需的"编辑、印刷、装订、运送、发行"的流程,人们可以通过鼠标的点击,方便迅捷地发表自己的著作。网络空前地满足了人们发表言论(在法律许可的范围内)的需求,一个人只要能上网,他就可以在网络上找到地方把自己的著作"贴"上去。这样,只有少数人才可以著书立说的情况发生了变化。网络写手们根本不用去找出版社,而是把稿子直接送到网络公司,简单的"粘贴"和"发送"即代替了传统出版模式中烦琐的"编、印、装、运、发"流程,又避开了复杂而严格的内容审查。

第二,网络出版不存在书号,因此完全可以不受书号的限制。书号已失去了对出版物的调控作用。这对以拥有书号以自重的出版部门而言,是一个巨大的冲击。

第三，在网络出版中，作者可以不需要编辑出版部门的审查，即可将作品公之于众，因此对现行的责任编辑制度提出了挑战。众所周知，书刊的问世是要经过专家审查的，它向读者提供的知识信息必须具有可靠性。也正因如此，读者对书刊有信赖感，但是，在网络出版中，由于相当一部分知识信息是未经有关专家审查而发表的，因此，其权威性和可靠性就大打折扣了。

第四，网络技术带来的零门槛问题，使得人人都有可能进行出版活动，那么出版物的内容质量监控和管理就相当困难。出版物的内容是什么，是否符合国家有关政策，质量水平是否达到一定标准，粗制滥造能否加以惩处等问题都还没有准确的答案。网络出版在未来的顺利发展取决于网络出版的管理和组织能否有效进行。近几年网上垃圾造成的精神污染以及对社会的危害已受到关注，也给网络的发展造成阴影。

我国传统出版业中，由于出版社是精神产品的直接生产者，而精神产品对于社会发展和社会稳定又具有很强的舆论引导作用，因此，国家规定出版社必须坚持国有国营原则，即只有经国家主管部门审批、到工商行政管理机关领取了营业执照的国有出版机构才是出版行为的主体，其他任何机构、任何个人都不能成为出版的主体，否则就是非法出版。

第五，虽然《信息网络传播权保护条例》、《电子出版物管理暂行规定》涉及网络出版，但是大部分有关电子出版物的规定限定于"互联网"领域。相对于网络出版而言，互联网出版是一个比较明确的概念。新闻出版总署、中国工业和信息化部令（第17号）《互联网出版管理暂行规定》第5条明确指出："本规定所称互联网出版，是指互联网信息服务提供者将自己创作或他人创作的作品经过选择和编辑加工，登载在互联网上或者通过互联网发送到用户端，供公众浏览、阅读、使用或者下载的在线传播行为。其作品主要包括：①已正式出版的图书、报纸、期刊、音像制品、电子出版物等出版物内容或者在其他媒体上公开发表的作品；②经过编辑加工的文学、艺术和自然科学、社会科学、工程技术等方面的作品。本规定所称互联网出版机构，是指经新闻出版行政部门和电信管理机构批准，从事互联网出版业务的互联网信息服务提供者。"由此规定可见，手机媒体涉及的网络并不一定是指互联网，因此在法律适用上，所有有关互联网的出版规定将不能完整适用于手机媒体。

假如这时我们再拿出《出版管理条例》逐步对照的话，可能找不到对这种新的出版形式适用的条款，这就提出了一个极其现实的问题，在不能把现行《出版管理条例》生搬硬套到手机及网络出版上的情况下，通过什么手段来规范网络出版行为？从实际的角度出发，我们认为把现行的预防制法律条例调整为追惩制也不失为一个办法，虽然 ICP（内容提供商）是否具有传统意义上的合法出版资格无法确认，但认定其法律责任给从事网络出版的公司提供一个合适的法律框架却相当容易，只要其出版活动在框架规定的范围以内，就无需再对其进行不必要的限制和管理。

手机媒体与网络媒体在法律层面并无实质差异，完全可以比照立法和适用。我国加入世界贸易组织之前对著作权法进行了修改，新闻出版总署和工业和信息化部联合颁布了《互联网出版管理暂行规定》。这部规章是在《互联网信息管理规定》基础上对互联网规范管理的深化，将网络出版纳入规范有序的管理，对规范国内网站的建设和活动、监控互联网上的信息，起到相应的作用。《互联网出版管理暂行规定》对网络出版的众多方面作了明确规定：国家新闻出版总署为全国互联网出版工作的主管机关；互联网出版实行编辑责任制度；互联网出版不得宣扬邪教、迷信；从事互联网出版活动须经批准，等等。但是以上规定对手机媒体的特点而言还不全面。

2008 年，北京市决定对手机发布的公共资讯进行规范。对于通过手机短资讯传播和散布谣言并涉及危害公共安全的行为，将由北京市公安局会同有关部门和通信局及相关通信运营公司，根据有关法律法规对相关责任人进行查处。

报道称，北京市政府 2007 年 12 月 17 日发布《关于进一步规范本市手机短资讯发布公共资讯管理工作的通知》，这项通知规定，以市政府部门名义通过手机短信发布资讯，须经主管副市长批准后，由发布部门通知相关通信运营公司安排发布。

通知还规定，以北京市政府名义通过手机短资讯发布非应急类公共资讯，由发布部门报市政府，北京市应急办负责审核并报主管副市长和常务副市长批准后，北京市通信局负责通知相关通信运营公司安排发布。

第2节 我国手机媒体管理的现状及问题

我国对手机媒体的管理,正处在摸索阶段。由于特殊的电信收费体制及含蓄的中国文化,中国短信文化十分发达,因此,现阶段我国对手机媒体的管理主要体现在对负面短信的控制方面。

我国已经有一些省份制定地方法规对手机媒体进行管理,如《贵州省手机报管理暂行办法》,这种探索是难能可贵的。该法规借鉴了我国网络出版、网络传播管理法规一些成熟的做法,例如其第六条。但是该暂行方法对手机媒体的概念、特征、规律还缺乏深刻的认识,尤其是将手机媒体局限于依托传统媒体的手机媒体,不符合产业发展方向,还需要进一步完善。

手机媒体可以依据不同的标准分类,按照其与传统媒体的关系,手机媒体可以分为:不依托传统媒体的手机新闻出版,依托传统媒体的手机新闻出版。前者管理难度大,但是代表了产业主流与方向。后者可以比照传统出版的管理模式,管理难度小。但是从互联网发展走过的历程来看,后者受制于已有的管理模式、人员结构、思想观念、资金运作等因素,很难成为新兴产业的主体。

一 我国对基于短信技术的手机传播的控制

从技术发展的角度看,短信(包括彩信)的信息承载量十分有限,无法传播大量的多媒体信息和广告信息,因此,基于短信(包括彩信)技术的手机媒体、手机传播的前途并不被看好。但是它却是我国目前手机媒体的重要方式。对基于短信(包括彩信)技术的手机媒体的管理可以借鉴目前对负面短信控制的经验与教训。

尽管手机短信只是手机媒体的初级形式,但是暴露出来的问题不容忽视。不良手机短信已经显示出对公共秩序和社会风气的危害,为了不让手机短信沦为一种新的信息公害,有关部门应该加快相关的条文立法,全面加强管理和规范,在确保通信自由的前提下,涤荡阴霾和污垢,还信息时空一片洁净。

根据《中华人民共和国电信条例》第五十七条规定:任何组织或者个

人不得利用电信网络制作、复制、发布、传播含有下列内容的信息：(一)反对宪法所确定的基本原则的；(六)散布谣言，扰乱社会秩序，破坏社会稳定的；(八)侮辱或者诽谤他人，侵害他人合法权益的；(九)含有法律、行政法规禁止的其他内容的。

目前手机短信的发送主要有手机间点对点发送、通过人工声讯台发送、网站发送和计算机软件发送等方式，由于后两种方式有较强的群发能力，不良短信往往是通过后两种方式发送的。从技术上讲，移动通信运营商只能了解到短信息的发送者和接收者，而不能监控到短信息的内容，目前还很难对垃圾信息进行过滤。

1. 对负面短信的控制

负面短信的许多类型，从信源来看同网站内容提供商有关，即"以讹传讹"类新闻短信和黄色、灰色类短信。如果对网站的信源做好防范或监管的话，此类负面短信就会大大减少。对于新闻类短信，网站编辑要极其慎重，不但求快更要求准，对重要或重大新闻要经过多方检验和核对证实后再予以发送，这样才会减少假新闻的传播几率。对于黄色、灰色类短信，经营短信的网站要加强行业自律，实现手机短信内容的净化。但这一点似乎难以奏效，在网站经营的短信类型中，这类"荤段子"下载和订购率是最高的，巨大的商业利益淹没了网站对公共利益维护的责任。因此需要监管部门对有关网站加强审核和监督，促使其约束自己的行为。对于普通违法乱纪类短信和破坏社会安定团结类短信，其传播者难以事先确定和预料，故只能从加强信道监控和提高受众本身的防范意识着手。移动运营商应该主动担当起必要的社会责任，配合主管部门对短信通路进行监控。虽然依靠目前的技术只能识别信号的传输质量，而难以识别以及过滤信号的内容，如果要精确判断，只能靠人工完成，但面对巨大的信息发送量显然是无法实现的。不过移动运营商可以针对数量超乎寻常的手机或平台的短信内容进行抽检，防止其传播有害信息。

此外，可以借助其他媒体加强宣传，增强手机用户对不良信息的防范意识。对有害短信，许多国家已经采取了法律手段规范短信息服务，例如欧盟就制定了《保护私人信息数据》行为准则，手机用户不再被动接收垃圾信息。在我国，手机仍处在被动接收短信阶段，如何帮助用户不接收或少接收那些不良短信，有关部门应该借鉴其他国家的法律法规，制定出一套适合国情,符合实际的法律法规。对于病毒类短信,应该引起足够的重视,加强手机网络的防毒、抗毒和驱毒技术研发,以防患于未然。

2. 对短信内容服务商 SP 的管理

伴随短信传播发展的爆发性、增长的持续性,短信传受主体的多元交互性及其在新的传播模式中权利的分解与集中,短信传播内容的社会化、庞杂化及短信传播形态的人性化等自有特征的形成和张扬,短信的传播控制问题日益凸显出来:信息迟收、漏收。

经营同一种业务的 SP 过多,很难从服务上分出优劣,无法进行约束。手机用户在 SP 上注册的信息与运营商用户资料信息分离,经常出现 SP 在不知道用户停机、欠费状态的情况下仍旧发送短信,产生无用的互联网短消息费用。SP 的服务质量导致用户投诉时无法迅速处理,造成用户对移动运营商情绪上的不满,从而影响与客户的关系。手机用户经常遭到乱计费收费,并且无法查询 SP 业务详单和相关费用,服务质量有待提升。

运营商与各 SP 双重服务,品牌不统一。一个 SP 一个接入号码,既浪费了号码资源,又导致用户使用困难。现有的许多 SP 客户服务系统无法受理短信定制、取消及投诉服务,给用户和运营商带来很大的麻烦。由于短信息只能是被动地接收,而不能主动地过滤内容,一旦运用不当,短信息服务就成为一种公害,造成垃圾信息的滥发。

现有的短信业务已经不能满足各个阶层用户的需求。如何有效地控制短信传播,使这种新媒介的衍生物既能迅速发展又能更好地服务于社会,形成媒介与社会之间的良性互动,成为我们必须面对的新的传播管理挑战。任何事物,在缺乏控制,尤其是缺乏法律控制前提下的迅速膨胀,势必会带来一系列的社会问题。

从调控标准来讲,对于短信传播的控制同对其他社会问题的控制一样,有两重标准:

其一,法律标准。法律是由国家权力机关制定的,由国家强制力保证实施的社会规范,是短信传播必须遵守的最低标准,是短信传播行为规范的底线。

其二,道德标准。这是对短信传播行为的较高要求,强化短信传播的伦理道德建设是通过短信传播先进文化,满足人们多方面需求的重要保证。

要强化行业自律,建立 SP 行业自己的游戏规则。一个没有自己完善的游戏规则的行业是没有前景的,存在状态势必是混乱的,因此,移动运营商和 SP 正在逐步建立自己的游戏规则,这对短信传播的行业自我管理来讲是一个良好的开端,当然不光要有规则,还应该根据规则来管理,根据短信传播发展情况来修订游戏规则。

二 我国手机媒体管理中存在的主要问题

手机媒体作为高新技术的产物,是在媒体、通信等不同行业的交叉地带发展起来的,横跨多个行业,产业链复杂,其发展速度之快,带来的问题之复杂,超越了目前的认知水平和管理水平,出现了管理责任不明、管理依据不足、管理力量薄弱等问题,也出现了行业发展受利益驱动明显、知识产权保护不力、产业生态环境恶化等问题。

1. 管理责任不明,存在监管空白

手机媒体管理涉及不同行业和产业部门,在管理上存在很多不明确的地方。比如,是按媒体属性由意识形态主管部门来实施管理,还是按电信增值业务由工业和信息化部门来实施管理? 又如,是否与传统的管理分工相类似,对手机报纸、手机电视、手机广告等手机媒体业务分门别类由相关部门实施审批、监管? 这些问题都还没有准确答案,不少业务没有明确的管理主体,没有纳入管理视野。

2. 管理依据不足,缺乏法规政策

以手机报纸为例,具有什么样的资格可以开办手机报纸? 是否现有平面媒体都可以自动获得这种资格? 能否允许新的主体运营手机报纸? 如何对手机媒体的内容进行把握和引导? 手机媒体的版权问题如何保证? 手机新闻网站、手机电视、手机小说等也遇到了类似的管理问题。对于这些问题,目前的法规政策尚不十分明确,制度措施尚不十分健全,如何引导手机媒体健康发展,是一个亟须解决的问题。

3. 管理力量薄弱,不良信息泛滥

目前各相关部门对新媒体的管理重点放在了互联网上,对手机媒体的管理关注程度不高,投入力量不大。一些手机媒体业务已发展到较大规模,但还没有纳入管理视野,形成了管理真空地带。手机媒体基础运营商、服务提供商、内容提供商对产业发展的关注度很高,对行业管理的关

注度明显不够,管理上投入的力量明显不足。特别是由于缺乏相应的管理机制,免费 WAP 网站特别是一些规模较小的站点含有大量低俗、迷信内容,大量社区型站点允许用户自由发表言论而没有相应管理人员,存在一定的安全隐患。

4. 利益驱动明显,消费陷阱较多

由于无线互联网行业处于初创期,许多规则尚未建立或未被遵守,利益驱动机制发挥的作用很大,不少服务提供商为追求一己之私,费尽心机设置陷阱,诱导欺骗消费者。值得一提的是,免费 WAP 网站力图通过免费内容和服务聚拢人气,但基于资本的压力和运营成本的考虑,必须找到相应的盈利模式。为了能够持续运营,部分免费 WAP 网站打着免费旗号,与收费网站进行了收费链接,许多用户在不知情的状况下被扣取了费用。由于这些网站没有任何登记信息或联系方式,用户投诉无门,从而对无线互联网行业造成了负面影响。

5. 产权保护不力,侵权盗版严重

由于免费 WAP 网站缺乏良好的盈利预期和盈利模式,缺乏持续创新的实力,而且大部分网站在业务内容审核方面缺乏相应的版权审核流程,不少免费 WAP 网站直接将不拥有知识产权的图片、彩铃和信息内容复制到自己的网站上,提供给用户免费下载或收取费用。这不但侵害了知识产权拥有者的合法权益,而且阻碍了 WAP 业务创新,妨碍了无线互联网行业的持续健康发展。

6. 业务模式雷同,产业生态恶化

回顾有线互联网的发展历程,由初期的"烧钱"、泡沫的产生和破灭,到打拼出一条可持续发展之路,有很多的经验教训值得借鉴。目前,大量免费 WAP 站点正处于"烧钱"阶段,为用户提供免费内容和服务以聚拢人气、积攒用户。这种仅仅靠"烧钱"延续生命,靠"免费"吸引眼球的单一发展模式,有可能造成无序竞争状态,阻止资金、技术的持续投入,破坏 WAP 产业的价值链和生态模式,动摇移动互联网的产业模式。

三 不成功的手机实名制

2005 年 11 月 1 日,公安部、工业和信息化部、中国银监会联合发布,要求基础运营商承担部分责任,根据用户的有效身份,实行手机实名制。

工业和信息化部正在制定的《通信短信息服务管理规定》也明确提出手机用户将实行实名制登记制度。

其出发点在于：对于手机实名制，将对利用手机短信息进行潜在的犯罪活动起到威慑作用；对手机用户进行有效身份登记将使公安机关打击违法行为更为有效；实行手机实名制后，无法追查机主是何人的情况将有所改变，不仅消费者能从中受益，运营商也将减少话费欠费死账，等等。

我国手机实名制原计划于 2006 年 12 月底之前全部完成，但是事与愿违。客观地实事求是地说，我国推行手机实名制是不成功的。分析其原因，主要有以下几个方面：

1. 超过 7 亿用户是海量，工作量极大

推行实名制涉及庞大的老用户群，这是实名制要面对的第一道难关。目前我国手机用户超过 7 亿，中国移动和中国联通对后付费用户早已按实名制的入网程序执行多年。实名制实际上针对预付费的手机用户。

小灵通也在此番整顿之列，包括机卡一体和机卡分离的小灵通。虽然一般到营业厅办理小灵通业务需要出示身份证，但充斥在全国大街小巷的代理商们并没有执行。

用户群数量庞大，对运营商来说是一项极其庞大的工程，对用户来说也增加了额外的负担和不便。很多用户可能无法理解重新登记问题。因此，必须出台相关的配套措施解决老用户的问题。我国推行实名制的老用户基数太大，应当尽量简化、方便登记手续。比如异地号码在本地就能够登记。

老用户重新登记面临绕不开的法律难题。单凭工业和信息化部文件能否对拒不登记的老用户实施强制措施，是否有权对这些老用户采用强制停机的手段等都值得商榷。用户购买手机卡，便与运营商形成合同关系。如果他们没有违反原合同规定，移动运营商因为部门规定单方面停机，等于终止合同，运营商要承担法律责任，因为合同法是国家制定的法律，要高于部门制定的文件。

事实上，在这方面有过教训。20 世纪末，我国移动数字网全面建成，有关部委曾统一部署各地关闭模拟网。当时天津模拟网手机用户实际只有几千户，涉及人数不多，又有部委文件，按说很好办，但事实并非如此就是因为涉及法律问题。在规定关闭期限之后，天津模拟网又运行了很长

时间,最后费了很大的劲儿,提供了许多优惠条件才说服客户同意转网。几千户尚且如此,而手机实名制涉及全国 7 亿多用户,其工作难度可想而知。人们担心,弄得不好,手机实名制方案会成为一纸空文,这样影响的将不仅是工业和信息化部的声誉,而是整个政府的形象。

在公民法律意识越来越高的今天,任何一家移动运营商也不愿贸然行事。如果老用户拒不登记,又无法收回他们占有的号码,不但运营商经济损失大,而且手机实名制将陷入尴尬境地。

2. 身份鉴定如何保真

实名制中的身份鉴定如何保真? 用假身份证登记是一个不得不面对的问题。目前国内假证制作太容易,制作成本低且渠道也比较通畅,开户时运营商营业人员或者难以辨别身份证真假,或者出于自身利益的考虑,用假身份买手机卡或开户也并非难事。一位专家指出,这种情况下恐怕效果离治理者的预期要差很远。

有的消费者不愿意提供身份信息,而运营商为了争夺市场迁就用户,使实名制受到推行阻力。有专家认为,最早国内的手机卡需要本地户口或者需本地户口作担保才能办理,许多人特别是外地人抱怨不已,限制了运营商业务的开展。而不注重实名身份的预付费业务推出后,发展十分迅猛。如果再推行实名制,会让许多消费者觉得不方便而再度制约业务发展,毕竟外来务工者、学生等人群已经成为手机用户主要增量部分,这部分消费者看重不记名预付费的来去自由、方便快捷。

要求运营商对短信加强监管固然重要,但并不能从根本上解决问题。垃圾短信传播途径有两种,一部分是通过运营商的平台发布,对此运营商可通过技术手段排查、屏蔽;另一部分是不法的群发公司使用不记名的SIM 卡,通过群发工具发布,运营商一般的监管手段很难奏效。所以,扫除垃圾短信的难点在于治理群发公司,而群发公司掩护自己的重要工具,就是不记名的 SIM 卡。

此外,即使所有手机用户都登记真实资料,照样存在发送不法短信的空间。如果违法交易行为没有发生或没有被掌握,即使不法短信发送人登记了真实身份,公安部门也不能据此给予任何形式的处罚。

3. 私人信息如何保密

大量用户的真实私人数据能否保证不外泄? 很多用户担心自己的个

人信息会被泄露出去。虽然按规定用户信息只有运营商掌握并保密,但现在的手机销售网点遍地都是,用户登记的个人信息很难保证不被中间渠道商泄露。中国的信用体系特别是个人信用体系的建立迫在眉睫。

完善相关的用户信息保密制度,比如对中间渠道商的信息保密规定,对用户资料查询的授权规定等,以充分保护用户的隐私。政府必须同时规定对用户个人信息的保密制度,比如只有司法机关和行政机关在必要的情况下,才能通过法定程序查询个人信息。

手机实名制管理的首要目的是遏制屡禁不绝的不法短信。手机实名制的实行,能为公安部门侦破不法短信提供方便,但仅靠实施手机实名制,要根除不法短信难度很大。

第 3 节　发达国家对手机媒体管理的政策和法律

目前全世界只有对移动通信行业、手机用户的行为进行规制的法规,但是却没有一部对手机媒体进行管理的法规。

目前全世界手机媒体最为发达的国家是日本,但是日本对手机媒体的管理依赖的是行业自律。其民间的有关手机媒体的行业协会起到了关键性作用。由于日本特殊的自律文化,其对手机媒体的管理经验很难移植到中国。

在美国、欧洲、新加坡、韩国等国家,以及中国香港地区,对移动通信行业的管理法规比较健全。其管理焦点主要集中在对具有拍照摄像功能的手机的管制,以及手机实名制的推广。美国的手机媒体主要集中在手机搜索、手机商务、手机视频等方面,手机媒体在美国刚刚起步,因此还谈不上对手机媒体的管理。新加坡、韩国等国为了打击借助于手机的犯罪活动,推行手机实名制。但是,在人口、幅员、国情与上述国家大相径庭的中国,全面推行手机实名制的难度太大,工业和信息化部、公安部等部委酝酿手机实名制已经多年,但是始终无法在可操作性上有所突破。在许多国家,具有拍照摄像功能的手机对隐私的侵犯已经成为社会公害,因此手机媒体成为这些国家立法规制的重点。

显然,对手机媒体进行立法管理,在全世界都属于摸索阶段。

一　对手机管理的有关规定

对于手机铃声或手机通话在公共场合造成噪音污染，完全是使用者使用习惯和公德意识的问题。虽然手机铃声早已从当初单调刺耳的振铃进化为立体声和弦，各种美妙的音乐成为其素材，如果在适当的场合和适当的时间，它能给人带来享受和放松，但在一些特殊的公共场合，如图书馆、展览馆、剧院、音乐厅、电影院、教室等地方，即使铃声再美妙，它也会破坏安静的气氛，成为让人恼怒的噪音。在特定的公共场合包括音乐会、影剧院、博物馆、图书馆和美术馆等最好能禁止手机铃声打扰；而在一般的公共场合应招贴醒目的标志，提醒人们降低手机铃声或调成震动，不要在公共场合大声通话。此外，应加强公众的自律意识，养成公共场合文明通话习惯。

对可拍照手机侵犯隐私权或窃取机密的控制，实际上是针对有关传播者自律和他律的问题。侵犯隐私权并不是拍照手机的错，而是使用者的错。因此，应该对使用者在他律上进行有效限制和约束。一些国家已意识到这一问题的严重性，正在限制这种"隐蔽照相机"的使用范围。

二　国外实行实名制的做法

1. 韩国

韩国就是从源头上控制实行手机号码入网登记制度的。韩国采取一户一网、机号一体的手机号码入网登记制，韩国人买手机时必须出示身份证，然后由售货员将顾客的身份证号码、住址等信息输入电信运营商的中心数据库。韩国还制定了相关法规，重罚违法者。

早在 2002 年 8 月，韩国信息通信部针对手机短信广告泛滥出台一项严厉措施：广告商在发布手机短信广告时，必须注明"广告"字样和发送者的单位、电话及手机号码，同时对于滥发垃圾短信者，个人可处以最高8500 美元的罚款。

手机在韩国十分普及，而韩国对手机的管理也有其独到之处。手机实名制是韩国对手机管理的"最有力武器"。无论是韩国人或外国人在韩国买手机，必须用身份证进行登记。韩国实行一户一网、机号一体的手机号码入网登记制,而且机芯内不设"卡"。手机丢了,只要向电信部门申报,便立即断网,丢失的手机也就彻底作废了。因此,在韩国基本没听说过有人偷盗手机。目前,韩国已建立了全国统一的"身份证信息库",只要把顾客身份证号码输入电脑,并与信息库相连,即刻便能鉴别真伪。而韩国电信还建立了一套报警系统,以防犯罪分子用别人的身份证购买手机。例如,某人用别人的身份证购买手机后,只要一通话,电信部门就会立即给身份证的主人打电话进行核实,一旦有假,立即停机。

韩国实行手机实名制后,手机销售不仅没有下滑反而更火。由于韩国手机使用费相对来说比较低廉,再加上服务周到,确保安全,所以韩国人更换手机的频率相当快,这成了韩国手机市场发展的原动力。

2. 东南亚

泰国是实施手机实名制的典型国家。从 2005 年 5 月 1 日起,泰国推出一项针对手机预付费卡的管理措施,要求购买预付费 SIM 卡的用户提供身份证或护照。要求现有的 2150 万预付费用户和在泰国的外国手机用户必须在 6 个月内将其身份证号码或护照号码提交给各自的运营商,并要求运营商的客服中心与每个用户进行联系。政府警告说,如果用户没有在 SIM 卡登记的最后期限内进行登记,将对其终止服务。

新加坡于 2005 年 10 月也宣布从 11 月开始实施手机实名制,新加坡政府官员表示,当地预付费用户高达 140 万新元,市场占有率为 35%。然而,过去不少运营商或经营者选择以手写方式,抄录用户资料,不但容易出错,还可能发生犯罪分子利用人头户申请手机号,从事不法勾当,诱发社会治安的问题,因此,新加坡决定推出新措施,同时规定,15 岁以下用户不被接受登记,而且每个人最多只能拥有 10 个手机号码。从 2005 年 11 月 1 日起,身份证扫描辨识系统遍布新加坡的卖场与通信行,强制预付卡消费者登记个人基本资料。

印尼的手机用户中 90% 以上用的是预付费手机。由于恐怖分子和罪犯频频使用这种无需身份登记的手机作案,政府决定从 2005 年 10 月起,对全国所有手机进行注册,拒绝登记的用户将被停机。这种做法也被泰国政府采用,用来防范泰国南部的极端分子利用手机作案。

印尼进行手机登记的直接原因是手机成了恐怖分子作案的辅助工具,贩卖手机充值卡成了恐怖分子筹集经费的重要手段。在 2002 年的巴厘岛爆炸案中,有一颗炸弹就是用手机引爆的。2005 年 10 月,巴厘岛发生了第二次恐怖爆炸,警方在现场查获了两颗未被引爆的手机炸弹。印尼由于岛屿众多,交通不便,通信主要靠手机。以前,人们购买预付费手机不用进行身份登记,即使登记也是走走形式。现在,政府意识到,对所有手机用户进行登记如同切断了恐怖分子的耳目。因此,政府将登记截止日期定在了 2006 年 4 月。从目前情况来看,用户登记并不踊跃,经过两个月的登记工作,最大的电信公司登记了不到 25% 的用户,第三大电信公司登记的用户不到5%。

3. 印度

和其他领域相对落后的基础设施相比,印度电信业的发展可谓"一枝独秀"。据统计,印度目前有 5000 万人拥有手机,其数量已经超过固定电话用户。随着经济的发展,印度出现用手机进行金融诈骗的苗头,甚至有恐怖分子在 2005 年 10 月发生的新德里连环爆炸案中,用手机引爆炸弹。在这种背景下,印度政府在中央调查局中设"网络空间犯罪调查部",负责调查手机及互联网等虚拟空间的犯罪行为。与此同时,印度国内十多家网络运营商无一例外地被要求严格执行手机用户的入网登记制度。在开办新手机业务时,每个人都要填 3 页纸的表格,里面详细记录了姓名、家庭及办公地址、联系电话等内容,有的甚至还要填写父母等直系亲属的姓名,以防止因重名引发管理混乱。直到所填写的内容经过验证后,网络运营商才会按照用户选择的号码发给用户相应的 SIM 卡。随着竞争的加剧,印度也出现了使用充值卡的手机,用户买这种手机不仅需要在开户时进行登记,而且在买卡充值时还要当场登记该充值卡的序列号以及想要充值的手机号码。如果该充值卡中的钱被充入了其他号码的手机,一旦被发现,网络运营商马上会打电话进行质问。

4. 澳大利亚

澳大利亚的手机付费制度与我国相同,两种制度并存。对于后付费用户,已经实施实名制,对于预付费用户,从 2004 年起,等同实名制一样管理,管理工作由澳大利亚电信公司 Telstra 负责。Telstra 有一个手机用户数据库,该数据库与国家信息安全库相连。澳大利亚共有四大移动运营商,其他运营商的同类信息根据政府要求也由 Telstra 统一管理。

5. 美国

"9·11"事件发生后,美国政府出于国家安全考虑,全面加强了对手机等通信工具的监控,其中最重要的措施是通过立法对国民进行大范围监听。2001 年 10 月 27 日,美国总统布什签署了《爱国法》,法案允许联邦调查局使用"漫游监听电话"系统。据《纽约时报》报道,2002 年布什曾授权美国国家安全局,可在未经法院批准的情况下,监控国际电话和电子邮件。从那时起,美国国家安全局对美国境内的 500 人、境外的 5000 ~ 7000 人实施了全天候监听。前不久,美国国会对《爱国法》的延长进行辩论时,布什承认,"9·11"事件后,他曾 30 多次授权进行监听,每 45 天进行一次审议。

在社会层面,手机服务商在接受《纽约时报》记者采访时表示,如果开通手机长期服务,服务商会要求用户签一份合同,用户要在合同中提供自己在美国的"社会安全号",这个"社会安全号"记录着用户的所有个人信息,包括出生年月、性别、住址、电话、电子邮件地址、驾照号码和以往信用状况等。在使用方面,美国政府及媒体不断提醒民众,在商场、餐厅、副食店等处付款时,要留心那些拿着手机、离你很近的人。目前在美国的许多公共场所,如游泳池、存包处等地方是禁止使用拍照手机的。此外,据《今日美国》报道,有上网功能的手机可以从网上下载色情信息,最近美国最大的手机服务商推出了手机内容过滤装置和密码锁,以防止未成年人购买色情信息,美国移动电信工业协会也公布了手机内容分级标准。但美国家长和社会舆论仍十分担心。

6. 日本

日本是全球移动通信发展最快的国家之一,也是世界上最早开通 3G 商用网络的国家。截至 2009 年 12 月,日本共有移动用户 1.1062 亿。移动通信已经渗透到日本人生活的方方面面,在为人们带来生活便利的同时,也产生了一些不良现象,预付费手机犯罪现象尤为突出。

日本运营商早在 2000 年就已经注意到预付费手机犯罪的问题,采取了行业联合管制的方法进行预防。2000 年 5 月 12 日,日本几家移动运营商采取防范协议,要求新入网的预付费手机用户向运营商提供真实的个人信息。用户依据协议获得的预付费手机,在运营商将手机送到申请书所记载的住所、姓名的用户时取得确认后方能获得。针对已经入网的用户,呼吁提供其住所、姓名等个人信息。

从 2004 年起,日本流行"是我是我"的诈骗方式。犯罪分子拨通电话,冒充通话方家人,谎称发生事故要求通话方向指定银行账户汇款,造成了较大的影响。根据日本警视厅的调查,在 2005 年 1 月 ~ 6 月使用手机的"是我是我"诈骗案件中,93% 使用了预付费手机,成为预付费手机犯罪的突出代表。面对预付费手机犯罪现象的日益严重,日本政府立即着手处理。

一方面,通过立法规范手机犯罪行为。日本自民党、公明党两党联合作出决定,为了遏制使用"是我是我"诈骗案件中经常使用的预付费手机以及普通手机进行犯罪,将通过立法的方式来进行约束。

另一方面,日本政府开始考虑禁止预付费手机业务。由于犯罪分子使用预付费手机进行犯罪活动,使运营商难以对其进行追踪。但是,日本政府为了避免预付费犯罪事件对运营商造成影响,要求日本媒体禁止对预付费业务事件过多关注,保持事件的冷静处理。

在日本,移动通信的发展与运营商的积极推动是分不开的。在移动通信发展初期,为了使业务能够快速开展,日本运营商采取了机卡不分的政策,用户通过与运营商签约来获得手机终端。随着日本移动通信的进一步发展,运营商对机卡合一的终端需求有一定的降低,但为了配合新业务的开展,同时加强对用户的控制,减少用户流失,日本运营商依然采取协议入网的方式来发展新用户,使得在日本移动用户中,后付费的签约用户占了绝大多数,预付费用户比例较少。

尽管如此,日本运营商早在 2000 年就已经注意到预付费手机犯罪的问题,采取了行业联合管制的方法进行预防。2000 年 5 月 12 日,日本 5 家移动运营商 NTT DoCoMo、J – Phone(即现在的 Vodafone K. K.)、IDO、DDI Cellular、Tu – Ka Cellular(IDO、DDI Cellular 和 Tu – Ka Cellular 已并入 KDDI 集团)等公司联合宣布,针对日益严重的预付费手机犯罪问题,共同协商采取防范协议。根据协议,新入网的预付费手机用户要向运营商提供真实的个人信息。用户依据协议获得的预付费手机,要在移动运营商将手机送到申请书所记载的住所、姓名取得确认后方能获得。针对已经入网的用户,呼吁提供其住所、姓名等个人信息。

协议并没有规定具体的实施时间,只是要求各公司在完成准备工作后尽早开始实施。此外,协议规定预付费手机同普通手机一样,用户应根据法律配合警察等司法机关,提供必要的信息。

除了实施行业联合管制、对新入网的预付费用户实施新政外,日本各运营商还依据自身情况,有针对性地对已有的预付费用户采取一定的管理措施。在已有预付费用户方面,以日本三大移动运营商来说,排名第一的 NTT DoCoMo 公司用户基数达到 4994 万,其预付费用户仅有 6 万人,占总用户数的 0.18%。相反,排名最后的 Vodafone K. K. 公司拥有 150 万预付费用户,占其用户总数的 10% 左右,是日本移动运营商中预付费用户比例最高的运营商。不同的用户规模使运营商在处理预付费用户事件时,采取不同的应对方案。

NTT DoCoMo 公司——直接关闭预付费业务。NTT DoCoMo 公司于 2004 年 12 月开始要求预付费用户提交真实姓名以及公司名称进行身份认定,但并没有根除预付费手机犯罪的问题。为了阻止欺诈性犯罪继续蔓延,NTT DoCoMo 公司于 2005 年 4 月起正式停止移动电话预付费服务。

KDDI 公司——未采取针对性措施。KDDI 公司预付费用户约有 105 万,占公司总用户数的 4.3%。由于 KDDI 公司的预付费用户主要是国外旅游者在日本短期租用的手机用户,因此 KDDI 公司暂时没有面向预付费用户采取针对性措施。

Vodafone K. K. 公司——冻结涉嫌欺诈账户。由于预付费用户众多,Vodafone K. K. 不能采取停止服务的举动,但它采取冻结账户的方法来防治犯罪。2005 年 1 月 25 日,由于受到欺诈性账单以及其他犯罪行为的影响,Vodafone 宣布单方面停止部分预付费移动电话用户的服务,仅 2005 年 1 月就冻结了 200 多个预付费账号。同时,Vodafone K. K. 公司还要求新注册用户提交姓名与住址。

目前,在日本买个手机很麻烦。除了出示驾照、学生证等证件才能购买外,购买者还要说明自己在日本至少居住 3 个月以上。在签购买合同时,需要填写姓名、住址、固定电话、邮箱等内容,店员还会耐心地告诉你搬家时要通知移动电话商,每个月别忘了根据邮寄的话费单去交费。完成这些手续后,店员还需要大约 20 分钟来通过总台确认身份、完成手机网络登录等,如果买手机的人很多,要等上几个小时才能买走手机。在使用过程中,电话公司有时会和话费单一起寄来预防手机犯罪的广告,警告机主不要随便把手机借给别人使用,以防他人通过手机进行网上交易。

从日本的经验可以看出,针对预付费手机用户采取实名制,要求用户提供姓名和住址等个人信息是预防预付费手机犯罪的重要手段。我国移动市场上出现的黄色短信泛滥、短信欺诈等案件日益增多,已经严重影响了人们的日常生活,使我国手机实名制的实施问题提上了日程。在实施预付费手机实名制的过程中,政府的立法与运营商的努力是密不可分的。

在实施手机实名制的工作中,运营商的努力是必不可少的。一方面,预付费手机是运营商业务收入的重点。我国的手机用户已有4亿,其中大多数都是不记名的预付费用户。近年来,我国城市中高端用户市场逐渐饱和,使用预付费业务的低端用户逐渐成为手机用户增长的主要部分。实行手机实名制会影响此类用户的增长,继而影响运营商的收入。另一方面,实施手机实名制后,现存的庞大预付费用户信息如何重新登记,登记带来的成本支出也需要运营商仔细平衡。

在中国实施手机实名制还存在着不少困难。中国预付费手机用户数量庞大,完成全国预付费手机用户的实名登记制度将是一项庞大的工程,像 NTT DoCoMo 公司那样关闭预付费业务显然是不现实的,需要社会各界和广大消费者通力合作才能完成。其次,用户身份的审核难以实施。不准确的信息会使实名制名存实亡,运营商难以保证用户提供信息的准确性,身份核对的操作也难以执行。再次,要求运营商加强用户信息的保密制度也存在一定风险。

从日本的经验看,预付费业务确实给用户带来了极大的方便,对运营商来说,也是发展用户的一个主要手段,但是不记名预付费业务的大力推广,也加大了公共安全部门对防止与查证用户骚扰、欺诈等侵犯用户公共安全行为的难度,从广大的用户消费群体利益出发,政府和运营商应该积极考虑采用实名制方式。当然,在实施过程中应采取稳健的态度,分阶段、分步骤、有计划地进行。

第4节　加强对手机媒体管理的对策

手机既是个人通信载体,又具有大众传媒性质,涉及不同行业和产业部门;手机传播信息数量庞大、内容繁杂,技术条件和标准要求高;手机信息的发布、传播、处理等具有随意性、传播时间短、影响面广等特点,信息的发布者、传播者、接收者不容易掌握;参与手机新闻传播业务的既有各类企业,又有新闻媒体,主体复杂。所有这些,都使手机媒体传播的信息内容管理更加复杂。对于这一新兴媒体,目前国内尚无相关的管理制度和法律法规。如何对手机媒体业务特别是其中的内容信息加强监督、管理,尊重和保护知识产权,防止违法和不良信息通过无线互联网传播,是需要抓紧研究解决的重大课题。

一　对手机媒体的管理途径

在手机媒体的发展中,政府的重要作用是不容忽视的,它不仅是手机媒体的管理者,还应当是新媒体发展的促进者。政府有责任净化手机媒体内容,保障手机网络安全,使这一新兴媒体得到蓬勃发展。

控制和自由如一个硬币的正反面是不可分割的,但是这里的控制策略的制定,必须结合手机媒体的实际情况,不能沿用对传统媒体的控制办法。

手机媒体的便携性、开放性、自由性、互动性和低成本化为"噪音"传播提供了技术上的可能,手机媒体的突破地域、时间界限等特点,无疑为手机媒体的控制增加了难度。对于传统的大众媒体,国家可以通过制定法律、法规和政策控制媒体的立场,保证其为国家的主流意识形态和广大人民的利益服务。但对于手机媒体来说,一些有形的控制手段很难奏效,国家难以全面及时地监控海量的信息与用户。

目前对手机媒体,主要有以下三个层面的控制途径:

1. 加强手机媒体的法律法规建设

这是一种硬性控制手段。目前,世界各国的手机媒体立法才刚刚起步。立法毕竟只是形式上的问题,更大的难处在于执法的障碍重重。对手机媒体信息传播的监控,对违法事实的调查、取证,部门之间协调等都是执法部门的新课题。

从 21 世纪初开始,手机媒体在全球范围内迅速发展,手机媒体具有传播速度快、便携性高、传播范围广、信息量大、交互性强等巨大的优越性,成为引人注目的第五媒体。但是手机媒体中的信息在权威性、可信度、知识产权保护、信息安全性方面等不如传统的传播方式,同时在手机媒体中还存有一定数量的黄色的、反动的、虚假的信息垃圾。因此,世界上一些国家先后颁布了相关的法规对手机媒体进行管理和控制。

2. 加强手机媒体的伦理道德规范

虽然这只是一种软性的控制手段,但我们认为这也是一种相当有效的手段。毕竟控制的最高境界是防患于未然。道德与法律一起成为现代社会调节人与人之间关系、规范人的行为、维护社会安定的两大支柱。道德通过舆论、习俗、信念发挥作用,法律通过威慑和惩罚发挥作用。手机媒体作为现代人生存的第二空间理应有自己的一套道德伦理体系。

法律是最昂贵的社会组织工具,它的作用常常产生在事后,这就使得法律失去了人们可以信赖的共同期望,人们不能指望有法律的存在就能随时杜绝违法行为的产生,就使得社会经济系统在运行过程中耗费了大量的成本用于实施法律之外的民间保障行为。而道德如亚当·斯密所说:"出自一种对光荣而又崇高的东西的爱,一种对伟大和尊严的爱,一种对自己品质中优点的爱。"道德的实质就是同情心,就是对同胞的爱和对自我欲求的克制,这是受个人利益支配的命令,它是主动的,而不是被迫的。因此,从这个意义上说,我们认为道德自律对手机媒体或对其传播者的作用要大于法律的作用。因为有了道德,人类社会才变得丰富多彩,才会运转有序,才会始终保持积极向上的时代主旋律。

日本的手机媒体基本上采取的是伦理道德约束,取得了很好的效果,但是,这种根植于日本文化的管理模式能否移植到中国,显然是值得深思的。

3. 技术管理

有效地克服手机媒体带来的负效应,除了加强政府对手机媒体的监管、对手机媒体进行法制管理、倡导文明的网络道德外,还有技术措施即以技术对抗技术,进一步加强技术控制。

例如对于垃圾信息问题,可以通过开发技术控制信息污染产品,采用反垃圾过滤器解决;对于手机病毒问题,可以培养专门的手机媒体安全专家,研制手机病毒防范措施,增强反病毒技术的研究与开发,在病毒检测、病毒消除、病毒免疫和病毒预防等方面努力研制新产品;对于反动、色情信息的防范,可以通过过滤软件来实现。高新技术的使用在一定程度上可以把手机媒体中的不良信息屏蔽在用户所能获取的范围之外。

二 加强手机媒体管理的具体策略

对手机这一新兴媒体,应当坚持发展与管理并重,通过科学规范的管理促进健康有序地发展;应当坚持趋利避害、为我所用,充分发挥这一新兴传播载体的独特优势推动各项工作取得进展;应当既借鉴网络媒体管理过程中积累的有益成果和丰富经验,又要吸取"先发展后治理"带来的惨痛教训,避免管理工作过度滞后于产业发展。

1. 明确手机媒体定位

目前手机还定位于通信行业,缺乏作为一个真正意义上的媒体应该具备的丰富的原创内容、健全的采编体系、完善的运作机制、专业的从业队伍,也缺乏作为一个真正意义上的媒体应该具备的公信力和社会地位。应该看到手机作为一种新型大众传媒所具有的重大意义,看到手机与传统媒体、网络媒体开展跨界技术整合和内容整合是大势所趋,看到 3G 应用将创造出一个巨大的媒体市场,从而将手机媒体作为一种独立的媒介加以对待。要从政策上加以明确,从发展上加以引导,从管理上加以规范,打破不同行业和产业的壁垒,在通信业务与传播媒体的互动、互补中找到新的合作和发展模式。

2. 推动电信与传媒行业融合

融合是大势所趋。不少专家认为,按照"十一五"规划《建议》提出的要求,有线电视网、电信网、互联网之间实现"三网合一",将会使资源得到充分整合,节省上千亿元重复建设费用;手机与传统媒体这两大不同行业、不同产业之间的融合,也将创造出几千亿元的经济价值。移动通信和传媒产业有很强的互补性,两者结合可以为消费者提供量身定做的媒体内容和传播方式。一批主流媒体正在积极推动与 3G 技术的互相渗透与融合,构建立体化的传播平台。但从总体上看,目前传统媒体在无线互联网领域才刚刚涉足,新闻网站也只是进行了初步尝试,手机媒体业务还处于延伸和补充地位,不同行业之间的渗透融合之路还十分漫长。

3. 推动新闻媒体拓展新的发展空间

无线互联网是一个崭新的业务领域,手机媒体是一种全新的传媒形态,新闻媒体正面临着发展壮大新闻事业的良好机遇和广阔天地。应该看到,当前整个互联网正从门户时代向服务时代过渡,从桌面互联网向掌上互联网转型,在移动互联网实现终端融合、业务融合和网络融合中,预示着互联网产业的重新洗牌,主流媒体完全可以有新的更大作为。主流媒体要努力适应形势的发展变化,熟悉和掌握科技发展的最新成果,积极运用先进的通信手段,充分发挥自己权威的传播地位、丰富的信息资源、良好的管理经验、过硬的人才队伍以及稳定的受众群体等优势,转变观念,创新思路,实现传统媒体业务与新型传播手段的有效结合,拓展新的发展空间。

三　学会运用手机媒体

新闻和信息的合理运用是政治成功的关键。合理运用新闻和信息,就必须遵循新闻传播原理,加强对各种媒体的科学掌控和运用。特别是面对当今时代多元化、即时性、多样性的舆论生态环境,必须积极运用手机媒体这一最新的传播载体,顺应新闻规律,提高传播技巧,主动设置议程,及时发布信息,努力占得舆论引导的先机,把握正确舆论导向。

1.创新新闻宣传理念

手机媒体对传统新闻传播理念甚至网络新闻传播理念造成的冲击开始显现。手机媒体受终端显示屏、用户使用习惯等的制约,体现出自身独有的传播特点和规律。变革传播观念,探索传播技巧,关系到手机新闻宣传成效,关系到手机媒体竞争力强弱。手机媒体与网络媒体、传统媒体在新闻宣传中要"求同",也要"求异",即在新闻宣传内容的政治方向、价值取向上必须一致,在新闻选择、话语结构、信息形态、传播方式方面则要体现出差异性。

2.创新手机媒体内容

新媒体从本质上说无非是新的内容发行平台和分销渠道,而这必然带来所需内容的重大变化。手机媒体要发展壮大、走向成熟,一定要有量体裁衣、适合自身传播的信息内容。现在出现了少量试验性的、专门供手机媒体刊播的新闻、评论,以及小说、电影、电视剧等内容。要研究用户需求,丰富服务功能,针对用户群体的差异、接受心态和阅读习惯的变化,运用体现手机媒体特征的语言、内容和表达方式进行新闻传播,不能照搬照抄传统媒体、网络媒体的内容。

3.打造新兴舆论阵地

手机媒体相关业务发展很快,要密切关注发展态势,适时制定发展规划,着手打造主流手机媒体网站,建设无线互联网上权威的综合信息发布和服务平台,给予必要的政策支持,不失时机地占领新闻传播制高点。国家主流媒体特别是重点新闻网站要充分发挥信息、资源、人才等各方面优势以及网络媒体建设经验,主动掌握最新的科技手段、驾驭最新的传播渠道,开展手机媒体业务,使新技术为我所用。要积极应对传播手段更新带来的挑战,准确把握新形势下新闻宣传管理工作的要求,在方法、手段和机制等方面积极探索创新,确保手机这一新兴舆论阵地得到巩固和发展。要高度重视手机媒体在突发事件报道中的作用,第一时间发布权威信息,发挥舆论主导作用。

四　加强手机媒体的管理

手机媒体是一种新媒体,有其自身的特点和运行规律,既有的管理办法并不完全适用;手机媒体是一种"自媒体",它让每个人都变成了移动的信息发布者、传播者、接受者,对既有的新闻传播秩序构成了挑战;手机媒体将一切内容和行为都高度技术化、介质化,传统的管理手段往往难以奏效。如何科学有效地对手机媒体实施管理,推动整个无线互联网产业的持续健康发展,是一个现实而紧迫的课题。

1. 明确责任主体,理顺管理体制

现在一些手机媒体业务影响很大,但没有明确的政府部门负责管理,或者没有作为管理重点,行业发展环境不容乐观。要将这一新兴媒体尽早纳入关注视野,明确责任主体,积极实施管理。手机媒体管理涉及不同行业和产业部门,要明确相关管理部门的职责,加强协调配合,建立和完善管理体制机制。

2. 健全法规制度,严格依法管理

要适应手机媒体发展状况,体现手机媒体特点,抓紧制定相关管理法律法规或规章制度,可以借鉴互联网相关管理规定的要尽快作出解释,避免管理工作相对于产业发展过度滞后,出现"先发展后规范"的情况。要尽快对从事新闻信息服务的手机网站、手机报纸等的资质审批、内容监管作出具体规定,引导手机媒体健康有序发展。

3. 完善技术手段,强化技术管理

手机媒体是最新通信技术发展的产物,在管理上的技术要求很高,要

注意不断完善技术手段,提高管理的技术含量。要建立对不良短信息、不良 WAP 网站的监控系统,及时发现这些信息并及时予以处理。电信运营商要继续加大技术投入力度,建立相应的工作流程,积极配合相关管理部门的工作,加强对 SP 的技术监管。

4. 推动行业自律,强化自我约束

要坚决禁止违法和不良信息通过手机媒体传播,尊重和保护知识产权,维护公平竞争的环境。要制定自律规范,强化自我约束,在适当的时期组织成立中国无线互联网行业协会。电信运营商要主动承担相应的职责和任务,协助健全信息服务类业务的管理和控制机制,促进无线互联网行业的协调健康可持续发展。

5. 规范免费 WAP 网站管理,实施登记备案制度

免费 WAP 网站数量庞大,存在的问题也较为突出,当前要重点加强对这类网站的管理。工业和信息化部于 2004 年建立了无线增值业务经营许可证颁发制度,严格考核从事无线增值业务的 SP 的各种资质,各运营商根据主管单位的授权,为获得许可证的 SP 开通相关业务,这种上下结合的管理流程较为有效地保障了信息内容健康有序。对于免费 WAP 网站,建议由行业管理部门分类进行登记或备案,掌握准确情况。各运营商对已经登记或备案的网站予以接通,否则不予接通。

6. 加强理论与实务研究,为行业发展提供指导帮助

今天,公众认识世界、辨别真伪以及形成观念,对于信息媒介的依赖程度越来越大。手机媒体正在成为人们的信息伴侣、娱乐伙伴,成为个体与社会联系的枢纽。对手机媒体这一新兴事物,从理论到实践、从内容到技术都还处于探索之中,迫切需要加强相关领域研究,为行业发展提供指导帮助。当前,要深入研究手机媒体对现有媒体理论和传播学理论提出的新的挑战、对传统产业政策的突破以及相关的法律法规问题。要研究手机媒体对新闻事业发展的影响和新形势下媒体发展战略,推动传统媒体、新闻网站与移动通信的相互渗透与融合,建设主流新闻媒体的立体化传播平台,发挥主流新闻媒体的主渠道作用。要研究如何适应信息产业发展规律,进一步引入市场化运行机制,深化新闻媒体内部体制机制改革,建设灵活高效、适应新技术发展的新闻媒体。要深入研究媒体的跨界整合趋势和手机媒体的内容创新问题,为占领无线互联网舆论阵地提供

有力支撑。要深入研究手机媒体管理中面临的突出困难和问题,切实通过科学规范的管理营造出健康有序的行业环境,迎来手机媒体蓬勃发展的时代。

五 尊重手机媒体发展的特殊规律,创新手机媒体管理的原则

1. 尊重手机媒体的特殊规律,确立正确的立法原则

手机媒体有其特殊的产业发展规律与技术特点,在制定有关手机媒体的政策与法规时,要避免鸵鸟政策。

作为网络媒体的延伸,在对手机媒体进行立法管理时,要借鉴我国对网络媒体管理的经验教训。手机媒体是跨地域和跨国界的,因此我们在立法时要考虑与国际接轨,并借鉴其经验教训。

政策制定与立法原则应该是顺应和促进手机媒体产业发展,规范与发展并重。手机媒体可以依据不同的标准分类,按照其与传统媒体的关系,手机媒体可以分为:不依托传统媒体的手机媒体,依托传统媒体的手机媒体。前者管理难度大,但是代表了产业主流与方向。后者可以比照传统媒体的管理模式,管理难度小,但是从数字新媒体发展走过的历程来看,后者受制于已有的管理模式、人员结构、思想观念、资金运作等因素,很难成为新兴产业的主体。我们的政策法规不应该制约前者的发展。

我们目前对新媒体的监管存在一个问题,就是重规范轻发展。政策法规本应该是促进媒体产业的发展,而事实却是许多政策法规在制约其发展。

例如,2004 年 7 月,广电总局曾经颁发《互联网等信息网络传播视听节目管理办法》(即"39 号令"),对包括互联网、手机、电视等不同终端在内的视频内容给予了诸多规定。"39 号令"明文规定:"从事信息网络传播视听节目业务,应取得《信息网络传播视听节目许可证》",并根据业务类别、接收终端、传输网络等项目分类核发《许可证》。而互联网企业得到的许可证数量并不多。"39 号令"还明文规定:在互联网上传播的,利用一切视音频摄制设备"拍摄、录制的由可连续运动的图像或可连续收听的声音组成的视音频节目",均属广电总局监管范围之列。

然而,目前技术水平不具备实时监控和过滤的能力,如果要求所有网

上的视频内容都申请许可证,政府不得不成立一个巨大的审核办公室。否则,大部分内容都没有时间来审理。

中国国家广播电影电视总局与工业和信息化部在 2007 年 12 月 29 日联合发布一项新规定,规定互联网视频公司须是国企或国资控股。从 2008 年 1 月 31 日起,申请互联网视听节目服务的企业,必须是国有独资或国有控股单位,而且 3 年内无违法记录。根据《规定》,互联网视听节目服务是指制作、编辑、集成并通过互联网向公众提供视音频节目,以及为他人提供上载传播视听节目服务的活动。

互联网没有国界,对本土视频网站的内容过度监管,可能会使得部分网民转而投向国外网站,使得国内视频产业发展落后。显然,简单地把管理电视、电影等传统媒体的方法转移到数字媒体上,是不利于其发展的。

手机传播是零门槛的传播方式,数以亿计的手机用户中的任何人都可能成为传播主体,因此,很难采用传统的出版审批制进行管理。鉴于手机媒体的特殊规律,建议区分企业和个人的手机媒体行为,并采取“登记制＋追惩制”进行手机媒体的管理。

以网络媒体、手机媒体为代表的新型数字化出版方式,是整个新闻出版业的发展方向,纸质媒体日落西山是一种历史的进步和必然。因此,在立法上应该鼓励传统出版社利用新媒体技术,积极投身到网络媒体、手机媒体活动中,促进我国的出版产业升级。

2. 注重知识产权保护

在我国目前网络传播的立法和执法中,有不尽如人意的地方,例如网络版权保护。在网络(包括移动通信网)上,知识产权被侵犯屡见不鲜。一个作者要在互联网上维护自己的合法权益往往要付出很高的时间、经济成本,并且承担着较高的败诉风险,因为在网络上对知识产权的侵犯存在零成本、隐蔽性、迅速性、全球性以及罪证难以收集等特点。简言之,在网络上侵权非常容易、而维权却十分困难。在手机媒体中,如果版权问题得不到很好的解决,结果或许是彻底毁灭手机媒体产业。

3. 增强政策法规的可操作性

手机媒体是没有国界的、是世界的,可以借鉴目前成熟的、成功的国内外手机媒体政策与立法。手机媒体的管理者和缔造者一样需要富有创新精神。手机媒体需要监理,但不是传统意义上的政府管理。如果监管者用传统的管理方法监管新媒体,面临着的结果无非两种,要么是产业一管就死,要么是管理规则因为操作性不强而形同虚设。

手机媒体管理是一项极其复杂、艰巨而又长期的任务。任何一种管理手段都只能起到一定的作用,而不能够全部解决手机媒体有害信息传播中的问题。不管是通过法律手段、技术产品还是道德教化和自我约束,不管是他律还是自律,各自都有一定的局限,都不是百分之百地奏效。因此,手机媒体信息内容的监管应该是一种综合管理,在管理模式的选择上应该确立一个综合管理框架,综合法律、政策、技术、伦理等多种管理手段,使它们互相配合,互相协调。只有这样,才能最终实现对手机媒体的有效管理,才能给人类社会一个健康、有序的手机媒体信息交流环境。

事物往往具有两面性,对手机媒体进行监控是要付出代价的,而且监控越是严格,成本就越是高昂。这里的成本是指广义的社会成本。因此,需要在手机媒体监控的成本与效益之间求得平衡。

作为现代科学技术的成果,手机媒体自身是中性的,无论是良性作用,还是负面效应,都是参与其中的人"制造"的。手机媒体可以改变人类,人类也可以改变手机媒体。我们不能因为手机媒体存在种种弊端,而因噎废食,视之为洪水猛兽。

参考文献

1. 匡文波:《手机媒体概论》[M],中国人民大学出版社,2006 年。

2. 匡文波:《网络媒体概论》[M],清华大学出版社,2001 年 3 月。

3. 匡文波:《网络传播学概论》[M],高等教育出版社,2004 年 6 月第 2 版。

4. 匡文波:《网络传播技术》[M],高等教育出版社,2003 年 9 月。

5. 匡文波:《网民分析》[M],北京大学出版社,2003 年 12 月。

6. 匡文波:《网络传播理论与技术》[M],中国人民大学出版社,2007 年 11 月。

7. 匡文波:《电子与网络出版教程》[M],中国人民大学出版社,2008 年 6 月。

8. 童晓渝:《第五媒体原理》[M],人民邮电出版社,2006 年 10 月。

9. 朱海松:《第五媒体:无线营销下的分众传媒与定向传播》[M],广东经济出版社,
   2006 年。

10. 郝振省:《2005~2006 中国数字出版产业年度报告》[M],中国书籍出版社,2007
    年 3 月。

11. 潘玉鹏,夏欣,周岩:"手机媒体:报纸发展的新机遇"[J],《中国记者》,2005 年第
    1 期。

12. 佟风,黄勇:"手机媒体化:一场新的应用革命将走进你我他?"[OL],新华网,2004
    年 12 月 27 日。

13. 方兴东:"手机网必将超越互联网——移动梦网运行四年露出冰山一角"[N],《市
    场报》,2005 年 2 月 4 日第 10 版。

14. 刘华:"手机媒体化的现实问题与前景展望"[OL],新华网,2004 年 6 月 17 日。

60. 陆云红:"手机报的传播特点"[J],《当代传播》,2005 年第 2 期。

15. 项国雄,黄小琴:"从人际传播的角度对手机短信进行文本解读"[J],《现代传
    播》,2004 年第 6 期。

16. 王雪:"手机报为传媒带来了什么"[J],《中国传媒科技》,2004 年第 8 期。

17. 李健:"手机报纸看上去很美"[N],《中国经营报》,2005 年 8 月 20 日。

18. 周玉芬,陈熔:"手机媒体:3G 杀手级应用"[N],《人民日报》,2005 年 8 月 18 日,
    第 3 版。

19. 赵斌:"电视遭遇网络,爱恨交织"[OL],四川新闻网,2005 年 6 月 27 日。

20. 陈子健:"拓展电视产业的新渠道——国内首家手机电视业务初探"[J],《广播电

视信息》,2004 年第 7 期。

21. 吴庆康、陈映蓁:"手机变成电视机"[OL],[新加坡]《联合早报》,2005 年 6 月 18 日。

22. 王鹤:"数字生活新方向:手机电视成为未来热点"[N],《经济参考报》,2005 年 5 月 30 日。

23. 黄朝琴:"移动出版"[J],《出版参考》,2004 年 7 月下旬刊。

24. 符祝慧:"日本网络广告速增,2004 年总收益超过电台"[OL],[新加坡]《联合早报》,2005 年 7 月 26 日。

25. 董晓常:"中国的网络广告市场正处在一个高速发展期"[J],《互联网周刊》,2004 年 12 月 21 日。

26. "日本新手机让家长追踪孩子去处"[OL],[新加坡]《联合早报》,2005 年 5 月 25 日。

27. 刘砺平:"手机病毒成 IT 行业'头号杀手'"[N],《天津日报》,2005 年 5 月 9 日。

28. 陈军:"手机病毒时代悄悄来临"[N],《大众科技报》,2005 年 5 月 24 日。

29. 姜楠,王健:"手机病毒与防护"[J],《计算机安全》,2004 年 12 月。

30. "手机短信息典型陷阱面面观"[N],《泉州晚报》,2005 年 4 月 12 日。

31. 宋瑾:"传统媒体手机版,走出网络神话后的新希望"[J],《新闻界》,2005 年第 5 期。

32. 黄璜,项国雄:"手机:颇具发展潜质的个性化媒体"[N],《新华日报》,2006 年 1 月 16 日。

33. 郭学文:"手机报:值得重视的新媒体"[J],《青年记者》,2006 年第 2 期。

34. 陆云红:"手机报的传播特点"[J],《当代传播》,2005 年第 2 期。

35. 连晓东:"手机电视,今年难以实现规模商用"[N],《中国电子报》,2006 年 1 月 4 日。

36. 胡谋:"热点解读:限制使用拍照手机,待条件成熟时立法"[N],《人民日报》,2004 年 7 月 29 日第 5 版。

37. 王金元:"新技术使手机变身移动博客工具"[N],《北京科技报》,2005 年 4 月 6 日。

38. 陈昔:"海外 3G 业务:日本的 3G 业务"[J],《通信世界》,2004 年 10 月 21 日。

39. "工业和信息化部 2000～2005 年通信业发展统计公报"[OL],http://www.mii.gov.cn。

40. [加]马歇尔·麦克卢汉:《理解媒介——论人的延伸》[M],商务印书馆,2000 年第 1 版。

41. [美]保罗·莱文森:《手机:挡不住的呼唤》[M],何道宽译,中国人民大学出版社,2004 年 8 月版。

42. [英]马丁·沃尔夫:《全球必须认真应对经济大变迁》[N],《金融时报》,2006 年 2 月 1 日。